KB059048

비탄의 망령은 은퇴하고 싶다

Nageki no bourei ha intai shitai

은퇴하고 싶다

~최약 헌터에 의한 최강 파티 육성술~

6

 글 : 츠키카게

Chyko
일러스트 : 치코

제블디아 황제 주최
「백검 모임」

『오오오……, 욕심 많은 자……,
다시 나에게 도전하는가…….』

과연 신 상대로도 세이프 링이 통할까?
공격을 당해본 적이 없으니 모르겠지만,
생각해봤자 의미가 없다. 공격당하게 되면
어차피 죽을 뿐이다.

비탄의 망령은 은퇴하고 싶다

Nageki no bourei ha intai shitai

은퇴하고 싶다

~최약 헌터에 의한 최강 파티 육성술~

6

글: 츠키카게

Chyko
일러스트 : 치코

CONTENTS

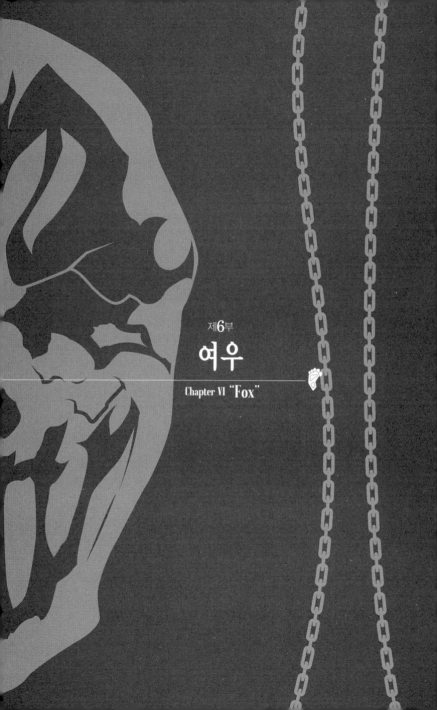

제6부

여우

Chapter VI "Fox"

Prologue   귀환

날씨는 맑고, 시원한 바람이 마차 안을 스쳤다.

스루스에서 바캉스를 마친 다음, 마차를 타고 며칠. 딱히 아무 일도 없이 나는 한 달 만에 제도 제블디아의 거대한 문 앞에 도착했다.

종합적인 평가를 내리자면——— 멋진 바캉스였다. 아놀드에게 쫓기거나 지저인이 습격하는 등, 이런저런 사건이 있긴 했지만 지금은 전부 좋은 추억이다.

모든 것을 좋은 추억으로 삼는다. 그것은 계속 문제에 휘말려 왔던 내가 유일하게 적응한 점일지도 모르겠다.

이번에는 마지막에 루크 일행도 합류했으니 더 이상 바라는 건 욕심일 것이다.

마차 안은 스루스에서 사온 선물로 가득 차 있었다. 클랜 멤버들과 에바에게 바캉스를 자랑하기 위해 사들인 것들이다.

여관에서 팔던 온천 드래곤 만쥬나 온천 드래곤 알, 온천 드래곤 입욕제 같은 것들이 대부분이긴 했지만, 그중에는 지저인 황녀(시트리 말로는 이름이 류란이라고 한다)가 가져다준 선물도 있다.

기묘한 돌이 박혀 있는 펜던트다. 나는 가치 같은 걸 잘 모르겠지만 지저인 연구는 진도가 잘 안 나가는 것 같으니 알아보는 사람에게는 희귀한 물건일지도 모르겠다.

우리 파티는 마차를 쓰더라도 거의 타지 않는다. 항상 타는 사람은 나와 루시아, 시트리 정도다(그리고 그녀들도 가끔씩 뛴다). 오늘도 루크 일행(과 티노)는 수행 대신 뛰고 있는데, 오랜만에 보는 광경이라 매우 정겨운 느낌이 들었다.

한 달 만에 본 제도의 문은 크게 파손되어 지금도 공사 중인 것 같았다. 경비를 맡은 기사단이 늘어서 있어서 스루스와는 전혀 달리 경계가 엄중했다.

루시아에게 제도에서 소동이 일어났다는 이야기를 듣긴 했는데, 보아하니 아직 분위기가 가라앉지 않은 모양이다.

바캉스에 가든 안 가든 지옥이라니…… 제도가 너무 위험한 거 아닌가?

뭐, 그래도 보아하니 지금도 혼란스러운 건 아닌 것 같았다. 크게 기지개를 켜고 하품을 했다.

"오랜만에 본거지로 돌아왔으니 느긋하게 자야지."

"…………계속 느긋하게 지내시던 것 같은데요…….."

그야 바캉스니까…… 하지만 여행 중에는 아무리 온 힘을 다해 느긋하게 지내더라도 무의식적으로 긴장하는 법이다. 집에서 느긋하게 지내는 건 따로 계산(?)해야 한다.

루시아가 이마를 누르며 크게 한숨을 쉬었다.

"에휴………… 오래 떠나 있었으니 보구도 충전해야겠네…….."

"응…… 아. 보구는 대충 충전해두었으니 그렇게 큰 부담은 없을걸?"

"네?"

루시아가 상식을 벗어난 사람을 보는 듯한 눈초리로 나를 보았다.

지금까지 보구 충전은 거의 전부 루시아에게 맡겼으니 충격인 모양이다.

이래 봬도 나, 할 때는 한다고.

"크류스네한테 해달라고 했거든………… 시트리가."

"그렇게 많은 양을요?! …………………에휴우우우우."

루시아가 크게 한숨을 쉬었다. 보아하니 마음에 안 든 모양이다.

"무슨 생각을 하시는 건데요? 그렇게 많은 보구의 충전을 다른 사람에게 맡기다니——— 주위 사람에게, 폐를, 끼치지 마요!"

"다, 다들 기뻐하면서 하던데………… 훈련이라고."

루시아의 불쾌한 듯한 눈초리를 보고 나도 모르게 변명했다. 그야 폐를 끼친다는 것 정도는 알고 있다. 나도 그렇게까지 할 생각은 없었다. 시트리의 교섭력이 무시무시한 거지.

내 변명을 듣고도 여동생의 눈초리가 누그러지지 않았기에 덧붙여 말했다.

"그, 그리고 괜찮아………… 루시아가 충전해 줄 거물들은 아직 남아있으니까."

"맞을래요?"

문뿐만이 아니라 제도 내부도 기억과는 많이 달라져 있었다.

폭탄이라도 떨어진 건지 집이 잔뜩 무너졌고, 정비되어 있던 도로도 여러 군데가 갈라져서 기사단이 필사적으로 교통 정리를 하고 있다. 깔끔하게 손질되었던 가로수도, 약간 마음에 들었던 카페도 전부 피해를 입어서 전쟁이라도 일어난 건가 하는 착각이 들 정도다.

'아카샤의 탑'과 《마장(히든 커스)》이 맞붙었다는 이야기는 대충 들었는데——— 보아하니 《마장》의 클랜 마스터——— 그 태우는 할멈이 꽤 날뛴 모양이네.

'아카샤의 탑'은 무시무시한 비밀결사인 것 같은데, 《마장》도 마찬가지다.

그 녀석들은 거리에서 아무렇지도 않게 광역 공격 마법을 날리니까…… 이래선 어느 쪽이 비밀결사인지 알 수가 없다.

그래도 보아하니 시체 같은 건 굴러다니지 않는 것 같다. 잿더미가 되었을지도 모르겠지만, 사람들도 이제 이런 상황에 익숙해진 것처럼 보인다. 충돌은 이미 끝난 모양이다.

헌터에게는 있을 수 없는 일이지만, 나는 시체를 보는 게 껄끄럽다. 제도 밖으로 나가 있어서 정말 다행이다.

어차피 내가 있어도 아무것도 못 했을 테고———.

항상 그랬듯이 마차를 시트리에게 맡기고 선물인 온천 드래곤 만쥬 박스를 챙기고는 오랜만에 돌아온 클랜 하우스의 계단을 뛰어 올라갔다.

중간에 조금 먹어봤는데, 온천 드래곤 만쥬는 꽤 맛있는 과자다.

정말 드래곤이 들어 있는 건 아니지만, 단맛과 짠맛이 둘 다 갖춰져 있어서 단걸 싫어하는 사람도 맛있게 먹을 수 있게끔 배려한 간식이다. 결국 온천 드래곤과 무슨 상관이 있는지는 모르겠지만, 온천 드래곤도 맛있게 먹었었다.

라운지에 들어간 다음 미소를 지으며 소리쳤다.

"다녀왔습니다~! …………어?"

미소를 지은 채 굳었다. 항상 깔끔하게 정돈되어 있던 라운지는 끔찍한 모습이었다. 여러 개 놓여 있는 테이블에는 헌터들이 죽은 듯한 눈을 보이며 엎드려 있었고, 바닥에는 술병이 굴러다니고 있었다.

최근에 어디선가 본 적이 있는 광경이었다. 나를 따라온 루시아는 눈을 크게 떴고, 루크가 인상을 찌푸리며 (아마도) 바람직하지 못한 일을 생각하고 있었다.

게다가 테이블 중 한 곳에서 축 늘어져 있는 것은 분명히 우리 클랜에 소속된 파티 중에서도 톱클래스의 실력을 자랑하는《흑금 십자가》다.

그 파티의 리더인 스벤이 좀비 같은 눈빛으로 나를 보고는 굳었다.

아, 그러고 보니 클랜 멤버들이 소동에 휘말려서 시끌벅적해졌다고 했었지.

나는 방긋방긋 웃으면서 그 탁자로 다가간 다음, 멍하게 바라보고 있던 스벤의 눈앞에 선물로 사 온 온천 드래곤 만쥬 박스를 내려놓았다.

데포르메 형식으로 그려진 드래곤이 인쇄된 박스를 보고 스벤의 볼이 굳었고, 어깨가 부들부들 떨렸다.

나는 그의 어깨를 툭툭 두드려주고는 뒤로 빙글 돌아 뛰어가기 시작했다.

쾅당, 뒤에서 스벤이 일어서는 소리가 들렸다.

"앗! 야, 임마, 거기 서! 이 자식———."

"루크, 나는 바쁘니까 뒷일 좀 부탁할게."

"좋았어, 스벤! 내 신기술을 보여주마, 훈련장으로 가자!"

이제 막 돌아왔는데 기운이 넘치네…… 그리고 미안해, 스벤. 나는 에바에게 선물을 줘야 해서 불평을 들어줄 만한 시간이 없거든.

"젠장! ……얘들아! 크라이를 놓치지 마라!"

눈을 반짝이는 루크를 보고 스벤이 비장감조차 감도는 목소리로 외쳤다.

다른 멤버들이 시체가 되살아나는 것처럼 고개를 들었고, 그들의 두 눈이 먹잇감을 발견한 것처럼 빛났다.

스쳐 지나가며 루시아의 어깨를 두드렸다. 루시아가 날카로운 목소리로 정말, 정말 하고 소리쳤다.

라운지에서 비명이 울려 퍼졌다. 나는 방긋방긋 웃고 숨을 헐떡이며 계단을 뛰어 올라갔다.

얼굴을 보자마자 표정이 완전히 바뀐 스벤과는 달리《시작의 발자국(퍼스트 스텝)》부 마스터, 에바 렌피드는 평소 같은 태도였다.

"어서 오세요, 크라이 씨…… 바캉스는 어떠셨나요? 소문은…… 들었지만요."

"뭐, 이런저런 일이 있긴 했지만, 즐거웠어. 이거, 선물이야."

방긋방긋 웃는 나를 보고 에바가 어이없다는 듯한 표정을 지으며 온천 드래곤 만쥬를 받아들었다.

이거야, 이러면 되는 거지. 치유된다.

스벤은 왜 그렇게 마치 부모님 원수라도 발견한 듯한 표정을 지은 건데. 내가 대체 뭘 했다고.

같이 바캉스에 가지 않았던 너희들 잘못이잖아! 뭐, 왔어도 나름대로 힘들었겠지만!

"크라이 씨도 배럴 대도적단 때문에 힘드셨겠지만, 이쪽도…… 크라이 씨가 자리를 비운 동안 힘들었거든요…… 나중에 클랜 멤버들을 치하해 주셨으면 하는데."

이미 온천 드래곤 만쥬를 주고 왔어.

"……그러고 보니, 조금 여위었나?"

머리카락이 뜨지도 않았고, 제복 차림새도 완벽하다. 안경에도 얼룩 하나 없다. 하지만 전체적으로 보니 기억하고 있던 에바보다 약간 날씬해 보인다.

에바는 헌터가 아니지만 이 클랜의 실질적인 톱이다. 클랜 멤버들이 그렇게 지쳐 있었으니 에바가 부담을 느끼더라도 이상할 게 없다. 나는 장식이라서 있든 없든 마찬가지지만, 여차할 때 책임을 질 사람이 없다는 게 정신적으로 힘들었을지도 모르겠다.

"자리를 좀 비우면서 에바에게도 폐를 끼쳤을 테고, 할 일이 있으면 내가 할 테니까 좀 쉬도록 해."

클랜을 운영하려면 정말 할 일이 많다. 나는 잘 이해가 안 되는 게 대부분이긴 하지만, 루시아와 시트리에게 도와달라고 하면 된다. 시트리는 뭐든 잘하고, 루시아는 오빠가 추태를 보이는 게 신경 쓰이는 건지 일이 있을 때마다 도와주기 때문에 에바의 부하들하고도 친하게 지낸다.

내가 그렇게 제안하자 에바는 약간 부드러운 표정을 지은 다음, 한숨을 쉬고는 고개를 살짝 저었다.

"아뇨, 소동은 이미 가라앉았으니까요…… 보고서는 책상 위에 올려놓았습니다만, 《마장》과 '아카샤의 탑' 잔당의 충돌 때문에 제도 전체가 벌집을 쑤신 것처럼 떠들썩했었어요. 잔당이라고 해도 거물이 아직 몇 명 숨어있었던 모양이라———《발자국》에도 긴급 협력 요청이 와서 꽤 많이 동원되었고요."

"그거…… 힘들었겠네."

정말 바캉스 중이었던 게 다행이다.

《마장》의 리더, 《심연화멸》은 무시무시한 마도사(마기)다. 얼마나 무시무시하냐면, 루시아가 그 이름을 듣기만 해도 기분 나쁘다는 표정을 지을 정도로 무시무시하다. 뭐든지 태워버리기 때문에 나는 마음속으로 '태우는 할멈'이라고 부르는데, 마녀란 그야말로 그런 사람을 일컫는 말일 것이다.

게다가 나는 원한도 샀다.

이미 해결된 이야기이긴 하지만, 클랜을 설립할 때 그녀가 눈독을 들이고 있었던 파티를 실수로 끌어들여 버린 것이다. 게다가 왠지 모르겠지만 스카우트 경쟁에서 이겨버렸다. 바로 그 파티가 우리 클랜에서 두 번째로 골치 아픈 파티———《별의 성뢰(스타 라이트)》이고, 나는 그 이후로 제도에서 당당하게 돌아다닐 수 없게 되어버렸다.

그 무시무시한 할멈이 관여했다면 스벤 앵거가 다 죽어가는 것도 당연할 것이다. 그 할멈은 아크조차 애송이 취급하는 데다 좋아하는 게 사람을 태우는 거라니 답이 없다. 아직 잡혀가지 않은 게 진짜 이상하다.

어지간히 고생한 건지, 에바가 하는 말에는 어두운 열기가 담겨 있었다.

"게다가 상대 쪽 마도사도 엄청난 실력이라——— 믿겨지시나요? 상대는——— 뇌정 소환 의식을 치르려 했던 모양이에요. 사람이 잔뜩 있는 이곳에서, 뇌정이라고요?!"

……지옥인가?

정령 소환은 마술의 오의다. 루시아는 폭포를 만들어내기 위해 쉽사리 소환하곤 하지만, 공격력이 높은 일부 정령은 존재만으로도 전략병기 취급당하는 경우도 있다. 사람이 잔뜩 있는 제도에서 쓸 만한 마법이 아니라는 건 무능한 나도 잘 알고 있다. 역시 비밀결사의 일원이라는 건가?

그러고 보니 아놀드도 뇌정을 물리친 모양이던데, 실력이 좋은 마도사의 지휘하에 들어가 그 힘의 지향성이 확실해진 정령은 야생 정령과 비교해도 훨씬 강하다. 그야말로 재앙 그 자체다.

"그 이야기를 듣고 《심연화멸》이 무슨 짓을 했는지 상상이 되시나요?! 계약한 화정을 소환했다고요! 힘에 힘으로 맞서려 한 거예요! 정말 믿기지 않아요. 이 제도의 한복판에서 그랬다고요?! 이러니까 레벨8은———."

왠지 죄송합니다.

"…………………제도가 용케 남아 있네."

파괴의 흔적을 봤을 때는 제도에서 전쟁이라도 벌어진 건가 싶어서 놀랐는데, 《심연화멸》이 정령을 소환했다면 오히려 이 정도 파괴로 끝난 게 기적 같다. 그 할멈은 소문에 따르면 보물전을 통째로 태워버린 적도 있는 것 같다. 그리고 《심연화멸》에게는 그런 짓을 하더라도 이상할 게 없는 박력이 있다.

내 말에 에바가 곤란하다는 듯이 눈썹을 늘어뜨렸다.

"자세한 정보는 들어오지 않았는데, 아무래도…… 정령이 양쪽 다 큰 힘을 사용한 뒤라 매우 지친 상태였던 것 같거든요……."

"흐음~. 운이 좋았던 건가."

"특히 뇌정의 힘 소모가 현저했기에 금방 결판이 난 것 같아요. 뭐, 운이 좋았죠."

정령 소환이란 원래 있던 정령을 소환해서 부리는 기술이다. 그 위력은 사용자의 실력 말고도 정령의 컨디션에도 크게 좌우된다. 명령을 받지 않았을 때는 당연히 어디선가 자유롭게 지낼 테고, 발동시킨 뒤에 올 때까지 시간이 좀 걸리기에 정말 변수가 큰 기술이라 할 수 있다. 막상 소환하려고 보니 계약했던 정령이 소멸되어 소환하지 못했다는 이야기도 있을 정도다.

참고로 루시아는 폭포를 만들 때 쓰곤 하기에 수정을 병 속에 넣어서 가지고 다니는 모양이다. 길들이는 솜씨가 장난이 아니다. 예전부터 동물을 잘 길들이던 아이였다.

내 『독 체인(개 사슬)』을 길들인 것도 루시아다.

뭐, 이미 끝난 일이고 나하고는 상관이 없다. 책상 위에 놓여 있던 보고서를 적당히 치우고는 내가 먹으려고 사 온 온천 드래곤 만쥬 박스(24개입)를 뜯었다. 재고를 전부 사 왔기에 30박스 정도는 남았다.

딸기 맛인 붉은 드래곤 만쥬를 입에 넣자 에바가 갑자기 이해가 안 되는 말을 했다.

"그러고 보니 크라이 씨. '백검 모임' 말인데요———."

"으흡? 으윽…… 콜록콜록…… 아, 자리를 비워서 미안해. 그래도 놀다 온 건———."

붉은 드래곤 만쥬를 삼키고 곧바로 변명하기 시작한 내게 에바는 의아하다는 듯이 눈을 반짝이며 말했다.

"네? 아뇨………… 연기되어서…… 사흘 뒤에 개최됩니다. 결석이라고 연락할지 망설이고 있었는데 늦지 않게 돌아오셔서 정말 다행이네요."

제1장   백검 모임

"어?! 마스터가, 그, 그 '백검 모임'에?!"

클랜 멤버 중 한 명에게 정보를 들은 티노 셰이드는 자기도 모르게 눈을 크게 떴다.

"응? 몰랐어? 초대장이 온 모양이더라고. 부 마스터가 준비하느라 계속 우왕좌왕하더라."

"아, 아니…… 마스터는 얼마 전까지 나하고 의뢰를———."

처음 듣는 이야기였다. 바캉스라는 이름의 시련 중에도 마스터는 그런 낌새를 전혀 보이지 않았다.

'백검 모임'에 초대받는 것은 이 제국의 헌터들에게 최고의 영예 중 하나이며 제국에 크게 공헌했다는 증거다. 아크 로댕처럼 대대로 제국에서 활동한 헌터의 명가 일원이라면 모를까, 마스터처럼 젊은 나이에 초대받은 건 전대미문일 것이다.

애초에 원래는 '백검 모임' 개최 시기가 이미 지났을 것이다. 온천에서 대활약을 펼치면서 휴가도 잊지 않았던 마스터가 그런 영예를 받았다니, 누가 상상이나 했을까?

"부 마스터는 반드시 돌아올 거라고 했어. 회합이 연기되는 것까지는 예상하지 못한 모양이지만———."

"…………."

클랜 멤버들은 아무렇지도 않은 것 같았다. 하지만 마스터의 곁에서 모든 것을 봐온 티노는 벌벌 떨 수밖에 없었다. 회합이 연기되어 늦지 않게 참가할 수 있게 된 것이 우연이 아니라는 사실을 알고 있기 때문이다.

마스터는 그렇게 먼 곳에서, 그렇게 대활약을 펼치면서 모임 개최 시기에 스케줄을 딱 맞춰서 온 것이다. 그러지 않았다면 아슬아슬할 때까지 스루스에서 온천을 즐겼을 리가 없다.

이제 티노는 진의를 파악하는 것조차 포기해버릴 정도의 선견지명과 배짱이다. 티노가 비슷한 상황이었다면 아무리 회합이 연기되어서 늦지 않는다는 걸 헤아리고 있었더라도, '백검 모임'처럼 큰 이벤트를 앞두고 온천에서 느긋하게 쉬자는 생각을 할 수는 없었을 것이다. 대체 무슨 의미가 있는 건가요, 마스터어……

이런저런 생각 때문에 정신을 차리지 못하고 있던 티노에게 클랜 동료가 별생각 없이 잡담이라도 하는 것처럼 말했다.

"그런데 마스터는 누구를 데리고 가려나…… 한 명까지 동반이 가능할 텐데———."

"!!"

그랬다. 분명히, 그랬다. '백검 모임'에 출석할 때는 한 명, 파트너를 데리고 갈 수 있는 것이다.

헌터들은 대부분 귀족의 전통에 맞춰 가장 신뢰할 수 있는 이성을 파트너로 데리고 간다고 한다.

물론 그냥 생각하면 티노가 그 후보에 들어갈 일은 없을 것이다. 그렇게까지 분수를 파악하지 못하는 건 아니다. 하지만, 그래도.

마스터가 리더를 맡고 있는 《비탄의 망령(스트레인지 그리프)》은 사이가 좋은 파티다. 파트너 후보로는 일단 리즈 언니와 시트리 언니를 들 수 있고, 루시아 언니도 있다. 티노는 단 하나밖에 없는 그 자리를 놓고 싸움을 벌이는 스마트 자매의 모습이 일부러 상상하지 않아도 눈에 선했다.

그렇다면——— 티노에게도…… 조금이나마 승산이 있는 것 아닐까?

언니와 시트리 언니가 싸우면 마스터는 분명히 둘 다 선택하지 않을 것이다. 그렇다면 마스터는 자연스럽게 루시아 언니를 선택하게 될 텐데, 분명히 자상한 루시아 언니라면——— 티노에게 파트너 자리를 양보해줄 것이다. 왜냐하면 루시아 언니는 마스터의 여동생이니까.

꿀꺽, 침을 삼켰다.

그건 너무나도 비열한 생각이었다. 하지만 수단을 고르다간 앞으로 나아갈 수가 없다.

미래는 쟁취하는 것이다. 티노는 그 사실을 바캉스 때 마스터의 방식을 보고 배웠다.

필요한 것은——— 속도다. 언니들이 이 사실을 눈치채기 전에 전부 끝내는 것이다!

백검 모임에는 드레스 코드가 있다. 정말 예쁜 드레스를 챙겨서 마스터에게 가면 모든 것을 짐작한 마스터는 티노를 초대해줄 것이다. 그리고 마스터가 예스라고 하면 언니들은 노라고 할 수 없다. 거만하기 짝이 없는 그 생각 때문에 심장이 아플 정도로 두근거렸다.

하지만 분명히 오늘 나는――― 머리가 잘 돌아간다.

"…………그 이야기, 다른 사람에게는 하지 마."

"그, 그래?"

티노는 낮은 목소리로 협박하듯이 입막음을 하고는 재빨리 드레스를 준비하기 위해 뛰어가기 시작했다.

'백검 모임'. 그것은 제국의 헌터들 사이에서 가장 유명하고 가장 격식 있는 회합이다.

주최자는 당대 황제. 제블디아에 공헌했다는 사실을 인정받은 극히 일부 헌터만이 출석할 수 있으며, 나는 이번이 처음이라 잘 모르겠지만 황제 말고도 제국의 중진들이 많이 출석하는 모양이다. 또한 지금까지 출석한 헌터들은 모두 대성했다.

소문에 따르면 예전에 아크의 선조가 사투를 벌인 끝에 현재 제도가 있는 곳에 존재하던 레벨10 보물전을 공략한 뒤 황제에게 불려간 것부터 시작되었다고 한다. '백검 모임'의 '백검'은 로댕 가문에 전해져 내려오는 보구――― 성검에서 유래된 모양이다.

'모임'에 출석하는 것은 알아보기 쉬운 영광이지만, 나는 지금 당장에라도 은퇴하고 싶은 기분으로 머릿속이 가득 차 있었다. 황제가 출석하는 이벤트라는 것만으로도 가고 싶지 않은데, 이 제도를 거점으로 삼고 있는 괴물 같은 헌터들이 잔뜩 출석한다니,

갈 이유가 없다.

그 녀석들 같은 역전의 용사와 비교하면 나 같은 건 공벌레나 마찬가지다. 게다가 나는 예법도 모르니 보통 이런 이벤트에 가면 어느새 실례를 저질러버리고 만다.

이미 개최 시기는 코앞으로 다가와 있었다. 바캉스의 여운을 즐길 여유도 없이 하루 종일 차분히 대책을 생각해 보았지만, 내 텅 빈 머리에는 아무것도 떠오르지 않았다.

애초에 사흘 뒤라니, 개최 시기가 너무 이르다. 아, 하루 지났으니까 이제 이틀 뒤인가?

절대로 가고 싶지 않다. 왠지 배가 아파지기 시작한다.

"가고 싶지 않아…… 배가 아프네."

내 책상에 엎드려서 불평하는 나를 보고 에바가 크게 한숨을 쉬고는 힘주어 말했다.

"안 돼요."

일부러 바캉스 일정까지 잡고 도망쳤는데 연기라니…… 치사하지 않나? 아니, 치사하지.

보아하니 전부 《마장》과 '아카샤의 탑'의 충돌이 너무 치열했기 때문인 것 같다. 발족한 이후로 한 번도 연기된 적이 없었던 이벤트를 연기할 정도니 레벨8이란 정말 무시무시하다.

그래도 바캉스를 다시 한번 갈 수는 없다. 한 번 대놓고 도망친 것만으로도 어이가 없을 텐데, 또 도망친다면 오히려 에바가 도망쳐버릴 것이다. 나는 손가락을 튕겼다.

"그래, 아크에게 가라고 하자."

"………이미 알고 계시겠지만, 아크 씨도 따로 초대받았습니다."

그렇다. 아크도 따로 초대받았다.

그는 로댕 혈족이라 모임의 단골손님이다. 몇 년 전부터 초대받았다고 했더라……?

"……입고 갈 옷이 없어."

"헌터에게 드레스 코드는 지정되지 않은 것 같습니다만…… 일단은 준비해 두었습니다. 주문 제작으로요."

역시 에바, 항상 그랬지만 너무 용의주도해…….

에바가 가지고 온 것은 척 보기에도 고급스러운 것 같은 턱시도였다.

턱시도…… 턱시도를 입고 가라고? …………절대로 안 되지.

"……사이즈를 잰 적도 없는 것 같은데."

"시트리 씨가 가지고 있었어요. 헌터들 중에는 갑옷과 투구 같은 중장비 차림으로 출석하는 사람도 있는 것 같지만…… 크라이 씨는 평소에 갑옷 같은 걸 장비하지 않으니까요."

그것도 그것대로 시선을 끌 것 같네…….

냉정하게 생각하자. 우선, 출석하는 건 싫다. 절대로 싫다. 뭐가 어찌 됐든 싫다.

이쪽을 빤히 바라보는 에바에게 경고했다.

"뭐, 나는 딱히 상관없는데 말이지…… 우리 파티 멤버를 데리고 가면 분명히 문제를 일으킬 거야."

"? 초대받은 사람은 파티의 대표자로서 크라이 씨뿐인데요……."

"정신 나갔네."

싫다. 혼자서 그런 사지에 가다니, 절대로 싫다. 아니, 태우는 할멈도 있을 거거든? 그 시점에서 이미 아웃이다. 안셈에게 가라고 하자.

전전긍긍하면서 어떻게든 회피할 방법을 생각하던 내게 에바가 안경을 빛내며 추가 정보를 주었다.

"동반자를 한 명 데리고 갈 수 있습니다."

"좋아, 아크를 데리고 가야지."

"안 돼요."

"안셈을 데리고 가야겠네."

"그건…… 회장에 들어갈 수가 없어요."

에바의 말투가 매우 진지해서 나는 왠지 혼나고 있는 듯한 기분이었다.

못 들어가진 않겠지만, 안셈을 데리고 가는 건 문제가 있을지도 모르겠다. 그는 위압감이 넘치고 덩치가 큰 남자니까 불필요하게 귀족이나 다른 근육뇌 헌터들을 자극해버릴 가능성이 있다.

도망친다는 방법을 쓰지 못한다면, 있는 힘껏 겸손을 떨어야겠다. 구석에서 눈길을 끌지 않게끔 얌전히 있어야지. 가만히 있으면서 다른 사람들을 피하는 실력만 놓고 보면 나보다 뛰어난 사람이 없다. 뭐하면 엎드려 비는 것도 상관없다. 그렇게 되면 동반자는 엎드려 비는 것도 상관이 없는 나도 상관이 없는 자로 한정된다(의미불명).

그런 시점에서 꽤 많이 좁혀지네………… 역시 아크에게 결석한다고 연락을 하게 만든 다음에 내 동반자로 따라와 달라고 하는 방향으로 갈 수밖에———.

"아크 씨는 항상 파티 멤버 중에서 한 명을 선택해서 데리고 가는 모양이던데요. 치열한 경쟁이 펼쳐진다더군요."

"그건…… 살의가 끓어오르네."

강한 데다 훈남이고, 덤으로 파티 멤버 중 누구를 데리고 가더라도 문제가 생기지 않는다니, 완전히 모범생이잖아. 역시 가진 자는 다르다는 건가?

거기서 나는 머리를 너무 회전시킨 반동으로 인해 크게 하품을 했다.

왠지 생각하는 게 귀찮아지기 시작하네…… 이제 모임까지 시간도 얼마 안 남았으니 시간이 되는 사람을 적당히 데리고 가면 될 것 같은 느낌이 든다. 어필하고 싶은 것도 아니고, 야심이 있는 것도 아니고, 분위기를 파악하고 촌놈은 촌놈답게 조용히 지내다 보면 모임 같은 건 눈 깜짝할 새에 끝나겠지.

그래, 내게는 『미라지 폼(춤추는 광영)』이 있다. 그걸로 얼굴을 바꾸면 된다.

모여든 귀족들 사이로 숨어버리면 된다. 턱시도 차림이라면 옷차림 때문에 들킬 걱정도 없다.

오늘 나는…… 머리가 잘 돌아간다.

나이스한 아이디어가 생각나서 싱글거리고 있자니 갑자기 문이 세차게 열렸다.

들어온 사람은 리즈였다. 장거리 여행에서 돌아온 직후인데도 여전히 기운이 넘치는 것 같아서 다행이긴 한데, 그녀의 모습을 보고 나도 모르게 눈을 크게 떴다. 에바도 굳어 있다.

리즈는 평소와는 달리 새빨간 드레스를 입고 있었다. 허벅지 쪽에 슬릿이 깊게 파인 드레스였다.

목 부분까지 몸에 딱 달라붙은 드레스가 날씬한 몸매에 잘 어울렸다. 슬릿 사이로 그을린 피부가 슬쩍 드러나서 말로 표현할 수 없는 섹시함이 느껴졌다.

하지만 딱 하나, 늘 그랬듯이 다리를 두르고 있는 『하이스트 루트(하늘에 도달하는 기원)』 때문에 분위기가 엉망진창이다. 제자리에서 의기양양하게 한 바퀴 돈 리즈가 약간 쑥스러운 듯이 말했다.

"저기, 크라이, 어울려?"

"어울리긴 한데…… 그 옷은 뭐야?"

"에헤헤…… '백검 모임', 한 명만 데리고 갈 수 있지? 크라이에게 폐를 끼치지 않게끔 차려입어야겠다 싶어서어, 준비한 거야."

……아니? 아니아니아니아니, 너는 안 되지. 드레스는 어울리지만, 제일 안 되는 패턴이라고.

게다가 옷차림이 엄청 화려하고, 딱히 누가 시비를 안 걸어도 직접 걸러 갈 거잖아. 황제 상대로도 시비를 걸러 갈 거잖아. 그런데, 뭐라고 해야 하나…… 준비를 완벽하게 했네. 놀러 가는 거 아니거든?

마치 초대받는 게 당연하다는 태도라 뭐라 말하기 힘들다.

그래, 그래, 딱히 중요한 이벤트가 아니었다면 기꺼이 데리고 갔겠지만 말이야…….

에바도 약간 정색하는 눈치다. 아무리 복장이 자유롭다 해도 새빨간 드레스는 아니지.

괜찮아, 그런 표정 보일 필요 없어…… 나도 아니까. 데리고 가지 않을 테니까.

그때, 리즈가 열어둔 문으로 시트리가 들어왔다.

시트리는 검은색 롱 드레스차림이었다. 어깨부터 가슴 쪽까지 하얀 피부가 드러나 있어서 (온천에 다녀온 직후지만) 항상 로브차림만 봤기에 신선하다. 평소 아무것도 달고 다니지 않는 머리카락에는 별로 화려하지 않은 머리 장식까지 달고 있어서 나도 모르게 넋이 나갔다.

시트리는 먼저 와 있던 손님을 보고는 인상을 찌푸렸지만, 그 손님의 조신한 몸매를 보고는 입가에 미소를 드리웠다.

그리고 나를 돌아보고는 활짝 웃으며 아양을 떨었다.

"어떠신가요, 크라이 씨. '백검 모임'용으로 맞췄어요. 이런 차림새라면 크라이 씨에게 폐가 되진 않을 거예요!"

"……뭐어? 시트, 너, 그게 무슨 뜻이야?"

"물론 전투 능력도 확실하고요. 보세요…… 팔은 가리지 못했지만———."

그녀는 볼을 붉히며 대담하게도 치맛자락을 들춰 보였다. 혈관이 비쳐 보일 정도로 하얀 허벅지. 거기에는 가죽 벨트가 감겨 있었고, 소형 포션병이 여러 개 달려 있었다.

은근슬쩍 시비가 걸린 리즈가 곧바로 달려들었다.

"시트는 갑작스러운 전투에 대처할 수가 없잖아? 짜져 있으라고, 내가 같이 갈 거니까!"

"언니, 예법 모르잖아."

"뭐어? 예법 같은 건 필요 없잖아!"

아니, 필요할 것 같은데…… 둘 중 누구를 데리고 갈 거야? 하고 물어본다면…… 시트리려나. 드레스 차림도 지나치게 화려하지 않고 정말 잘 어울린다. 근접전투 능력이 약간 불안하긴 하지만, 그녀라면 내가 실수를 하더라도 도와줄 테고.

"저, 저기…… 마스터어…… 혹시——— 아무것도 아니에요."

조심조심 고개를 내민 티노가 서로 노려보는 두 언니를 보고는 방에 들어오기도 전에 급하게 도망쳤다. 혹시 티노도 내가 '백검 모임'에 간다는 정보를 듣고 온 건가?

사실…… 안 갈 건데.

"여, 크라이! 강한 녀석하고 싸우러 간다는 게 사실이야?! 나도 데리고 가라!"

루크가 눈을 빛내며 뛰어들어 왔는데, 애초에 목적이 잘못되었고, 뭐든지 베려 하는 루크를 데리고 가는 패턴은 리즈를 데리고 가는 패턴만큼이나 있을 수 없는 일이다.

데리고 간다면 시트리나 루시아…… 허를 찔러서 엘리자인데, 시트리를 데리고 가면 리즈가 삐질 테고, 루시아는 반항기다. 그리고 어차피 엘리자는 행방불명일 거다. 엘리자는 우리 파티에서 제일 마이페이스라 툭하면 행방불명되곤 한다. 처음 만났을 때도 사막에서 쓰러져 있었던 게 기억난다.

별명이…… 《방랑(로스트)》이니까.

"크라이, 나를 선택해줄 거지? 착하게 있을 테니까, 응?"

"쿡쿡, 크라이 씨, 언니에게 확실하게 말씀해 주세요. 이런 행사에는 어울리지 않는다고요!"

리즈와 시트리가, 둘 다 자신만만하게 나를 다그쳤다. 나는 눈을 비비고는 크게 하품을 했다.

어차피 회장에는 아크가 있다. 무슨 일이 생기면 아크가 어떻게든 해줄 것이다.

"에바, 미안한데…… 준비해줘. 같이 갈 거니까."

"…………네?"

에바가 눈을 동그랗게 뜨고는 넋이 나간 듯이 나를 바라보았다.

'백검 모임' 당일. 벼락이 쳐서 제도가 멸망하지 않으려나~, 하고 계속 기도했는데도 창문 밖의 날씨는 정말 맑았다.

나는 비를 부르는 남자다. 해수욕이나 등산 같은 걸 하러 나가면 꽤 높은 확률로 비를 맞게 된다.

하지만 싫어하는 행사를 할 때는 중지되지 않았다. 신이 나를 싫어하는 걸까.

회합이 시작되고 몇 시간이 지나면 나는 많은 귀족들과 많은 헌터들에게 둘러싸인 채 슬프게도 제도의 쓰레기가 되어 사라져버릴 것이다. 아크가 도와줄 것 같긴 하지만, 시간이 다가오자 배가 아파지기만 했다.

책상 위에 늘어져 있던 내게 평소와 완전히 똑같은 모습인 에바가 어이없다는 듯이 말했다.

에바는 제복 차림이었다. 모임은 밤부터 시작되기 때문에 밤이 되면 드레스로 갈아입으려는 것 같다.

"……왜 그러세요? 크라이 씨."

"이제 안 되겠어. 가고 싶지 않아."

"………파티 멤버도 아닌데 동반하게 된 저는 어떻게 되고요?"

맞는 말이긴 하다. 하지만 다른 선택지가 없었다.

"에바도 승낙해줬잖아."

"……제가 크라이 씨의 의뢰를 거절한 적이 있었나요?"

"…………가고 싶지 않아."

"안 돼요. 그리고 그건 부탁이 아니에요!"

볼을 책상에 찰싹 붙인 채, 에바 쪽으로 눈만 돌리고 말했다.

"뭐, 진지하게 말하자면…… 리즈를 데리고 갔을 때 어떻게 될지는 알지?"

"그건…… 그렇지만요…… 크라이 씨도 그런 걸 신경 쓰시는군요."

뜻밖이라는 표정을 지은 에바. 그녀는 대체 나를 뭘로 보고 있는 걸까.

자랑은 아니지만, 나는 계속 다른 사람들의 눈치를 보면서 살아온 남자라고.

"이번에는 규모가 말이지…… 그게, 리즈를 데리고 가면 재미없는 일이 벌어질 것 같아서."

"재미없는 일이라니———."

내가 최소한 하드보일드한 척하려고 하자 에바가 어이없다는 듯이 나를 보았다.

그때, 나는 확인해야만 하는 게 생각났다.

"맞다, 에바. 회합에 가기 전에 예법 같은 걸 가르쳐주면 안 될까? 나는 공부한 적이 없어서."

레벨8이 되면 이곳저곳에 불려갈 기회도 많아지는데, 나는 대부분 결석했다.

대규모 클랜의 클랜 마스터라고 해서 귀족이나 상인이 불러낸 경우도 있었지만, 그쪽도 에바에게 전부 떠넘겼었다. 헌터를 제외하면 내가 가끔 만나는 사람들 중에서 제일 높은 사람은 탐색자 협회 제도 지부장 거크 씨다.

나는, 문제를, 일으키고 싶지 않단 말이야! 이번에는 리즈 같은 파티원들을 데리고 가지 않으니 그나마 낫지만, 슬프게도 정치 쪽에서는 무해하다는 것이 죄가 되기도 한다.

내가 부탁하자 에바가 곤란하다는 듯이 눈썹을 늘어뜨렸다.

"……그렇게 긴장하실 필요는 없을 것 같은데요. 헌터에게 그렇게까지 예법을 요구하지는 않을 테니……."

그런 건 나도 알아. 나는 이래 봬도…… 정상이라 생각한다. 존 댓말도 쓴다. 최대한 겸손하려고도 한다. 그런데, 그럼에도 불구하고 누군가를 화나게 만들어버리는 경우가 많다.

분명 그들은 마초를 좋아해서 호리호리한 내가 싫은 거겠지.

어? 아크는 마음에 들어 한다고? 응, 응, 그렇지!!

"그래도, 음…… 귀족에게 잘 보이고 싶은 거라면 뭔가 선물을 주는 게 좋을지도 모르겠네요."

"……선물?"

뇌물인가. 그런 수가 있었나. 별로 엮이지 않고 싶다는 게 진심이긴 하지만, 방법을 따지고 보면…… 괜찮을지도 모르겠다. 화나게 만드는 것보다는 훨씬 낫다. ……시트리 같은 사람들이 그런 걸 잘할 것 같네(편견).

"굳이 비싼 물건을 줄 필요는 없어요. 레벨이 높은 보물전에서만 얻을 수 있는 물건이 귀족들 사이에서 높은 지위의 상징이 되곤 하니까…… 그 왜, 아크 씨가 저번에 공략했던 【백아의 화원(프리즘 가든)】의 최심부에 있는 '하늘의 꽃' 같은 게 유명하죠……."

"아~, 그, 딱히 의미도 없는 꽃 말이지……. 뭐가 좋다는 건지……."

마나 머티리얼로 이루어져 있고 꽃잎이 투명한 꽃이다. 우리 멤버들도 따 왔기에 기억하고 있다.

예쁘다고 하면 예쁘고 신비스럽긴 했지만, 딱히 뭔가 특별한 힘이 있는 것도 아니고 안정적이지도 않아서 보물전 밖에서는 실체를 오랫동안 유지하지 못하는 슬픈 물건이다. 성 형태의 보물전 같은 곳에 가끔 장식되어 있는 그림 같은 것과 마찬가지다. 아이템이라기보다는 보물전의 일부이기 때문에 가지고 와도 팬텀(환영)의 시체처럼 금방 사라져버린다. 리즈와 시트리가 꽃다발로 만들어 선물해줬던 그것도 결국 어떻게 해야 할지 몰라서 라운지에 있던 꽃병에 한꺼번에 꽂아두었더니 어느샌가 사라졌다.

뭐가 좋은 건지 전혀 이해가 안 되긴 하지만, 희귀성이라는 의미에서는 높은 지위의 상징이 될 것 같긴 하다.

"화제도 될 테니 혹시 뭔가 있다면……."

"진짜, 높은 사람들 생각은 이해가 안 되네. 음~, 뭐가 있더라…………? 찾아볼까."

마침 우리 파티는 얼마 전에 【만마의 성(나이트 팰리스)】이라는 레벨이 높은 보물전을 공략한 직후다. 가지고 돌아오는 전과는 보통 팬텀의 드롭 아이템이나 보구지만, 《비탄의 망령》의 멤버는 자유분방하기 때문에 '하늘의 꽃'처럼 선물로 주기 딱 좋은 물건을 가져왔을 가능성이 있다.

귀찮긴 하지만 문제가 생기는 걸 피하기 위해서니까. 뭔가 비위를 맞춰주기에 좋은 물건이 있는지 찾아봐야겠다.

하늘이 붉게 물들었을 무렵, 클랜 하우스 바로 앞에 마차가 왔다.

나는 턱시도를 입고 클랜 마스터실에서 욱신욱신 아픈 배를 부여잡고 있었다.

두 손의 손가락에는 보구 반지를 확실하게 끼고, 목에는 보구 펜던트, 벨트에 달아둔 보구 사슬에 보구 귀걸이. 팔에는 팔찌형 보구———『미라지 폼』, 품속에는 끼지 못한 반지. 독부터 마법, 물리까지 온갖 공격에 대비했지만, 그래도 기분은 전혀 나아지지 않았다.

백검 모임에 초대받아 오는 사람들은 레벨이 매우 높은 헌터들이다. 그런 괴물들을 상대로 보구를 좀 가지고 있는 정도인 일반인이 뭘 할 수 있을까. 이렇게 된 이상 이제 하늘에 기도할 수밖에 없다.

괜찮아, 내게는 아군이 있다. 아크도 있고, 에바도 있다. 공수 양면으로 빈틈 같은 건 없다.

그리고…… 비장의 수도 있다. 책상 위에 올려둔 '선물'을 내려다보았다. 괜찮아, 괜찮다고.

얌전하게 있으면 된다. 분명 잘 풀릴 것이다. 제국의 중진들이 모인다니 헌터들도 얌전하게 있을 것이다. 그렇게 중얼거리고 있자니 문이 열렸다.

"오래 기다리셨죠…… 표정이 왜 그러세요? 크라이 씨."

시야에 들어온 그 모습에 나는 무심코 배가 욱신거리며 아프다는 것도 잊고 눈을 크게 떴다.

에바는 감색 롱 드레스 차림이었다. 제도에 있을 때는 날마다 얼굴을 본다. 하지만 헤어스타일이나 안경도 바뀌지 않았는데 항상 입던 제복을 입지 않은 것만으로도 마치 다른 사람 같았다.

어두운 색 드레스는 화려함과는 거리가 멀지만, 에바에게 잘 어울렸다. 평소에는 제복으로 확실하게 가려두고 있지만, 지금 그녀는 어깨 부분을 많이 드러내고 있어서 하얀 피부와 드레스의 대조가 눈부셨다.

화려하지는 않지만 액세서리도 차고 있어서 나도 모르게 머리부터 발끝까지 몇 번이나 바라보았다.

리즈 같은 사람들은 소꿉친구라 지금도 어린 시절과 비슷한 시선으로 봐버리게 되는데, 에바는 그렇지 않다. 나이는 한 살 정도밖에 차이가 없을 텐데 그녀의 모습에서는 차분함과 위엄이 느껴졌다.

큰일이네…… 에바 곁에 있으면 눈에 띄어버릴지도 모르겠다.

하지만 그녀를 뺏기게 되면 큰일이다. 마음을 단단히 먹어야겠다.

"정말 잘 어울려, 에바. 그 모습을 본 것만으로도 초대하길 잘했네."

내가 그렇게 마구 칭찬했는데도 에바는 볼을 붉히지도 않고 눈을 흘겼다.

"…………크라이 씨는 언제나 클랜 마스터의 책무를 제게 떠넘기고는 파티에 데리고 가주지도 않으시니까요. 데리고 가주신다면 몇 번이든 보여드릴 수 있는데요."

"아………… 아하하하하…………."

"보세요, 나비넥타이가 비뚤어졌잖아요…… 정말."

에바가 슬쩍 다가서서 넥타이를 바로잡아 주었다. 익숙하지 않다는 게 뻔히 보였다.

향수를 살짝 뿌린 건지 정말 좋은 냄새가 났다. 넥타이를 제대로 조인 다음, 에바는 우아한 동작으로 돌아섰다. 기념사진을 찍고 싶은 기분이다. 왠지 엄청 이득을 본 것 같은 느낌이 든다.

"자, 가시죠. 마차는 벌써 도착했어요. ……확실하게 에스코트해주셔야 해요."

"그래, 물론이지."

속물 같긴 하지만, 좋은 걸 봐서 그런지 기분이 좀 나아졌다.

선물을 챙겨서 에바와 함께 밖으로 나갔다. 클랜 하우스 밖에는 제블디아의 문장이 새겨진 마차가 기다리고 있었다. 평소에 헌터들이 타고 다니는 마차가 아니었다.

시선이 쏠리고 있었다. 에바의 손을 잡고, 제대로 하는 건지 모르겠지만 에스코트했다.

둘이서 마차에 타자 거의 진동도 없이 마차가 움직이기 시작했다. 긴장이 되지만 그래도 클랜 마스터니까 잘 차려입은 에바 앞에서 한심한 모습을 보여줄 수는 없다.

마차가 날아가는 듯이 달려갔다. 그 앞에 있는 것은 제도 제블디아의 상징이자 가장 화려한 건물——— 황성이다. 황제가 주최하는 백검 모임은 황성 안에서 개최된다. 당연히 나는 들어가 본 적이 없다.

크게 심호흡을 하며 긴장을 풀던 내게 매우 차분해 보이는 에바가 물었다.

"그러고 보니…… 크라이 씨, 그 상자는 뭔가요?"

"아…… 그 왜, 에바가 알려준 뇌물이야. 조금이라도 잘 보이자 싶어서…… 그 왜, 우리 파티는 이런저런 악평이 있으니까……."

진짜로 가지고 올 줄은 몰랐는지, 에바가 뜻밖이라는 듯이 눈을 크게 떴다.

"뇌물이라니…… 그런 말은 회장에서 하시면 안 돼요. ……【만마의 성】에서 가져온 물건인가요……? 문제가 안 된다면 가르쳐 주셨으면 하는데, 뭐가 들어있나요?"

물론 문제는 안 된다. 상자를 쓰다듬고는 미소를 지으며 대답했다.

"아니, 내가 바캉스 가서 사 온 선물이야. 보물전에서 가지고 온 것들은 딱 느낌이 오는 게 없어서———."

뭐, 희귀한 물건은 아니지만, '하늘의 꽃'보다는 나을 것이다.

맛있기도 하고, 선물은 안 주는 것보다 주는 게 나을 것이다.

에바가 한순간 멍한 듯한 표정을 짓고는 나를 빤히 보았다. 그렇게 쳐다보면 부끄러운데.

"……네? ……잠깐만요, 바캉스를 갔다가 사온 선물? 진심이세요? 바캉스 선물이라니, 혹시………… 만쥬인가요?"

"……아니, ……온천란인데. 스루스의 특산품이고, 정말 맛있어."

그리고 '온천 드래곤 만쥬'보다 '온천 드래곤 알'이 조금 더 비싸다.

에바가 완전히 질색하는 표정을 지으며 나를 바라보고 말했다.

"…………크라이 씨, 당신, 정말 긴장하신 거 맞아요?"

………………어?

잠시 후, 성에 도착했다. 제도에 온 지 시간이 꽤 지났지만 황성을 가까이서 본 건 처음이었다.

제블디아는 주변 나라들 중에서도 제일가는 국력을 자랑한다. 제도의 중심에 솟아 있는 성은 마치 국력을 상징하는 것처럼 거대했고, 멀리서 몇 번이나 본 적이 있는 나도 무심코 깜짝 놀랐을 정도로 장엄했다.

주위를 둘러싸고 있는 거대한 해자는 마치 호수 같았고, 거대한 다리를 건너가자 황성의 전경을 볼 수 있었다.

성벽은 낮지만, 보기에만 그렇고 소문에 따르면 보구의 힘과 마술을 통해 항상 강력한 결계가 펼쳐져 있다고 한다. 뭐, 헌터에게 몇 미터의 벽 같은 건 있으나 마나한 거니까.

다리 양쪽에는 잘 닦인 검은색 갑옷을 입은 병사들이 서 있었다.

제블디아 제국은 질실강건(質實剛健)을 중시한다. 강건한 병사들은 나라의 문장이 새겨진 마차가 한가운데를 당당하게 통과하는 모습을 보고도 눈썹 하나 까딱하지 않았다. 나는 살짝 한숨을 쉬고는 창문 너머로 경치를 보던 것을 멈추고 다시 앞쪽으로 돌아앉았다.

아무래도………… 선물을 어딘가에 버릴 만한 틈은 없을 것 같다.

계속 마차 안에서 작은 목소리로 잔소리를 하던 에바가 못을 박아두려는 듯이 말했다.

"유서 깊은 모임이라고요?! 생각 좀 하세요."

"선물을 가지고 오라고 조언해준 건 에바잖아……."

"……크라이 씨, 파티에서 갑자기 온천란 같은 걸 받으면 무슨 생각이 들 것 같아요?"

"…………."

…………꽤 기쁠 것 같지만, 이런 말은 안 하는 게 낫겠지.

상품명도 멋지고. 뭐, 드래곤의 알 같은 게 아니라 그냥 계란이었지만! 사기인가?

아무튼 여기까지 가지고 왔으니 줄 수밖에 없다. 버릴 만한 곳이 없다.

"그런데 누구에게 주실 생각이었죠?"

"황제 폐하."

아양을 떨 거면 당연히 제일 높은 사람이지. 그보다 아랫사람에게 주다니, 실례잖아.

내가 한 말을 듣고 안 그래도 하얗던 에바의 얼굴에서 핏기가 가셨다.

"……절대로, 그러지 마세요. 크라이 씨, 진지하게 생각하셨어요? 전대미문이거든요?!"

"꽤 관대한 분이라고 들었거든."

"한도가, 있어요."

마부석에 있는 분에게 들리지 않게끔 작은 목소리로 지적하는 에바. 알았어, 알았다고. 내 행동이 상식에서 벗어난 행동이라는 건 알았어. 에바를 데리고 오길 정말 잘했네.

그렇지! 그라디스 경이 있으면 그라디스 경에게 줘야겠다.

일단 스루스에서 인연이 생겼고, 그의 부하들은 온천란을 사가지도 않았을 테니까.

크게 심호흡을 했다. 너무 긴장해서 오히려 왠지 잘 풀릴 것 같은 기분이 든다.

"애초에 온천란이라니, 유통기간은 괜찮은 건가요?"

"그래, 루시아에게 보존 마법을 걸어달라고 했으니까…… 빈틈없게 준비했지."

"…………에휴, ……정신을 차린 건지 아닌 건지…….."

정신을 못 차렸으니까 도와줘. 아마 나하고 에바를 더해서 반으로 나누면 완벽할 거야.

수많은 병사들의 시선 속에서 마차가 문을 지났다. 역시 제블디아 황성, 철벽 같은 수비다.

신기하게도 몸수색은 당하지 않았다. 황성은 경비가 꽤 엄격하다고 들은 적이 있는데———. 당당하게 옆에서 걸어가는 에바에게 작은 소리로 묻자 에바는 눈살을 찌푸리며 짤막하게 가르쳐주었다.

"전통이에요. 최초의 '백검 모임' 때 당대 황제가 헌터들을 신뢰하며 무기를 소지하는 걸 인정해주었기에 지금도 이 '모임'만큼은 무기의 소지를 인정받고 있어요. 처음에 말씀드렸잖아요, 무장한 사람도 온다고."

그렇구나…… 꽤 과감한 사람이었던 모양이다. 그러고 보니 지금 황제 폐하도 무인으로 유명하다고 했던가?

황성 내부는 넓었고, 통로에는 새빨간 융단이 깔려 있었다. 공기조차 거리와는 조금 달랐다.

나도 모르게 이곳저곳 둘러볼 뻔하다가 참으며 에바에게 맞추었다. 오늘은 관광하러 온 게 아니다.

걸어가자 귀족들이나 헌터들의 모습이 드문드문 보이기 시작했다. 귀족들은 잘나 보이고, 헌터들은 강해 보인다. 그리고 실제로 잘났으며, 강하다. 벌써 집에 가고 싶다.

쭈욱 늘어선 경비병들은 바깥에 있던 사람들과는 달리 하얀 갑옷을 입고 있었다. 정예인 모양이다.

멍하니 관찰하고 있자니 멀리서 귀에 익은 목소리가 들렸다.

"우오오오오오오오오오오오옷! 이 나라에서 가장 훌륭한 성에,

내가 있다!! 나쁘지 않은 곳이야!"

"이, 이 녀석! 입 다물어! 너, 뭘 하려고 여기 온 건지 모르는 거냐?!"

"그래, 괘씸한 녀석을 베기 위해서잖아? 그래서, 괘씸한 녀석은 어디 있지? 저 녀석인가? 저거? 모두가 괘씸한 녀석인가?"

"삿대질! 하지 마라! 네가 괘씸한 녀석이다! 젠장, 어째서 전통 있는 '백검 모임'의 경비에 외부인을 넣게 된 거야?"

"어쩔 수 없잖아. 상부의 명령이야. 보아하니 검성이 꽂아 넣은 것 같던데. 아무리 실력이 좋다고는 해도, 임시라고는 해도……유서 깊은 백갑주를 '망나니'에게 주다니———."

"갑주 같은 건 필요없어. 왜냐하면 베이기 전에 벨 테니까! 주먹이 우는군."

"……정말로 이해하긴 한 거냐? 알겠어? 네 역할이 괘씸한 녀석을 베는 거긴 해. 하지만 수십 년 동안 괘씸한 자가 나타나지는 않았단 말이다. 이봐! 갑옷을 벗지 마!!"

에바가 깜짝 놀라 눈을 크게 뜨며 나를 보았다. 나는 못 본 척하기로 했다.

……뭐, 정규 수단으로 들어왔다면 괜찮은 것 아닐까……. 참고로 검성은 루크의 스승님이다.

제도 최강의 검사(소드맨)라 불리는 사람이지만 자유분방한 루크를 제어하지 못하는 모양이라 자주 항의가 들어온다. 루크는 베는 것도 좋아하지만, 사실 베이는 것도 정말 좋아하기 때문에 마음고생이 얼마나 심할지 짐작이 가고도 남는다.

보아하니…… 모임이 끝나면 제블디아에서 도망치게 될지도 모르겠다.

회장은 큰 홀이었다. 평소에는 어떤 용도로 쓰는 걸까. 늘어선 테이블과 천장에 매달린 샹들리에. 하지만 장식된 홀의 넓이에 비해 안에 있는 사람의 숫자는 그리 많지 않았다.

입구에서 안을 들여다보는 내게 에바가 몸을 자연스럽게 들이밀고는 작은 목소리로 내 마음속 의문에 대답해 주었다.

"……전통이에요."

그렇구나…… 전통이라. 편리한 말이네…… 나중에 나도 써먹어야지.

회장을 둘러 보았다. 누가 헌터고 누가 귀족인지는 보는 눈이 없는 나도 확실히 알 수 있었다.

나는 이 나라의 귀족에 대해 잘 모르고 흥미도 없지만, 마나 머티리얼을 흡수한 헌터는 분위기가 다르다. 특히 백검 모임에 초대를 받을 만한 헌터는 이 헌터의 성지에서도 진짜로 손에 꼽힐 정도니 시선을 피해 사람들에게 주목받지 않게끔 주의하는 것도 어렵지 않을 것이다.

그리고 잠깐 둘러본 느낌으로는 모임이 상상했던 것보다 정상적인 것 같았다. 아직 아무도 날뛰지 않았다.

벽 쪽에는 기사들이 쭉 늘어서서 눈을 번뜩이고 있고, 입구 근처에는 고급스러워 보이는 순백의 에이프런 드레스를 입은 메이드와 마찬가지로 고급스러워 보이는 검은색 옷을 입은 하인들이 늘어서 있었다. 황성의 하인은 서민들이 동경하는 직업 중 하나다. 이런 곳에서 일하는 사람은 교육을 잘 받은 귀족의 친척일 경우가 많다고 한다.

그때 나는 눈을 크게 떴다.

"……나쁘지 않은 곳이야. 그래, 그래, 인사는 중요하지."

마침 먼저 들어간 헌터가 입구 근처에 늘어서 있던 하인들에게 일부러 인사를 하러 갔다.

척 보기에도 강해 보이는 구릿빛 피부의 남자였다. 아마 맨손으로 싸우는 계열 헌터일 것이다. 진한 갈색 머리카락에 단정한 얼굴. 이름은 모르겠지만 훌륭한 헌터일 게 틀림없다. 잘 살펴보니 귀족들도 다들 제일 먼저 하인들에게 인사를 하러 가서 예의를 보이고 있다. 이야기를 나누고 있는 사람도 있었다.

그렇구나, 제국 귀족은 하인들과 이야기를 나눈다고. 거만한 사람이 많을 줄 알았는데 보아하니 이 정도 상류층이면 다들 신사숙녀들만 있는 모양이다. 헌터들도 인격자들만 있는 것 같다. 냉정하게 생각해보니 여기에 불려오는 헌터들은 (나를 제외하면) 아크와 동격이나 마찬가지일 테니 그럴 만도 할 것 같다.

하마터면 나만 인사를 하지 않고 안으로 들어갈 뻔했다. 자라온 환경이 문제다. 미리 상황을 살펴보길 잘했다.

"크라이 씨."

"그래, 나도 알아."

다른 사람들에게 맞추는 것만 놓고 보면 나보다 더 뛰어난 사람은 없다.

나는 앞으로 나아가는 귀족님의 뒤를 몰래 따라가서 아무렇지도 않은 표정으로 인사할 차례가 오기를 기다렸다.

잘 살펴보니 하인들도 잘생기고 예쁜 사람들뿐이다. 지금은 에바가 마련해준 턱시도를 입고 있기에 옷만 놓고 보면 뒤처지지 않겠지만, 외모는 분명히 내가 밀린다.

게다가 그중에는 척 보기에 나보다 연하인 사람도 있었다.

특히 눈길이 가는 사람은 머리카락이 하늘색인 여자애였다. 티노보다 연하로 보이는데 다른 하인들과 마찬가지로 에이프런 드레스를 제대로 소화하고 있어서 매우 훈훈하다.

이런 연하인 애까지 일을 제대로 하고 있는데 나도 참——— 등을 쭉 펴고 미소를 지었다.

긴장할 필요는 없다. 에바가 신기하게도 굳은 표정을 짓고 있지만…… 진정하자. 귀족이나 헌터를 상대하는 것과는 다르다. 상대방도 우리가 예의를 모른다는 건 알고 있을 것이다. 에바가 말했었다, 헌터에게 그렇게까지 예법을 요구하지는 않는다고.

하인들은 부드러운 표정을 지으면서도 눈만은 웃고 있지 않았다. 잘 살펴보니 왠지는 모르겠지만 경비를 맡은 기사들도 이쪽을 바라보고 있었다. 나는 살짝 헛기침을 한 다음, 있는 힘껏 허세를 부렸다.

"음…… 이번에는 초대해 주셔서?"

"크라이 씨, 초대해 주신 분은 황제 폐하세요."

작은 목소리로 에바가 말했다. ……그럼 뭐라고 인사하면 되는데.

"…………정말, 그렇군. 실례, 배움이 부족한지라…… 안녕.

만나뵙게 되어 영광이군."

하얀 눈이 이쪽을 보고 있다. 나는 알고 있다. 이 촌놈은 뭐지? 그런 시선이다.

나는 헛기침을 하고는 손가락을 따악, 튕겼다.

선물을 여기서 처분해버려야지. 겸손을 떨 기회다.

"그래! 열심히 일하고 있는 아가씨에게 선물을 주지."

"아……."

나는 머리카락이 하늘색인 메이드 여자애에게 온천 드래곤 알 박스를 건넸다.

여자애가 깜짝 놀란 듯이 목소리를 내는데, 맛은 내가 보장할 테니까 안심했으면 좋겠네.

에바가 굳어 있다. 다른 하인들도 내 겸손한 모습에 놀란 건지 이쪽을 바라보고 있다. 그래, 그래. 나는 배움이 부족하지만 다른 사람을 해치지는 않는다고. 친밀한 느낌을 마구 드러내며 말했다.

"뭐, 대단한 건 아니야. 안에 들어 있는 건 온천 드래곤 알이지. 맛있으니까 친구들하고 같이 먹으면———."

"드래곤의 알?!"

———좋겠네. 그렇게 말하려던 참에 소녀가 놀란 것 같기도 하고 비명 같기도 한 소리를 질렀다.

다음 순간, 나는 회장을 경비하고 있던 기사들에게 둘러싸여 있었다.

마치 감시당하고 있던 것 같은 속도다. 사방에서 검을 들이대자 미소를 지은 채 몸이 굳었다.

온천 드래곤 알 상자가 메이드에게서 기사 중 한 명에게 넘어갔다. 기사는 그걸 조심조심 들어 올린 다음, 살며시 귀를 가져다 댄다.

아니, 위험한 물건은 아니야. 그리고 드래곤의 알도 아니고.

온천 드래곤 알은 그냥 상품명이고, 내용물은 그냥 달걀이다.

참가자들의 시선이 쏠리고 있다. 에바가 새파랗게 질렸다.

뛰어온 사람들 중에서 제일 화려한 갑옷을 입은 덩치 큰 남자가 내게 소리쳤다.

"네놈………… 대체 무슨 생각이지?! 이분께서 누군지는 아나?"

"…………."

……누군데?

상황을 이해하지 못한 나를 주위 사람들이 믿기지 않는다는 듯한 눈초리로 보고 있었다.

에바가 완전히 새파랗게 질렸다. 아직 미소를 짓고 있던 내 앞에서 남자가 큰 소리로 말했다.

"이분께서는 현 제블디아 황제 라드릭 아트룸 제블디아 폐하의 따님, 뮤리나 아트룸 제블디아 황녀 전하시다."

"………………응, 그래, 그렇지."

그렇구나…… 그렇게 나왔나? 기사들이 내게 검을 들이댄 이후로 상상했던 상대보다 세 단계 정도 높은 사람이네.

큰일이다…… 나는 부드럽게 미소를 지으며 필사적으로 머리를 회전시켰다.

하인들 중에서도 특별히 어렸고, 이상한 분위기를 뿜어내는 것 같긴 했다.

이 제블디아에 황녀가 있다는 사실은 알고 있었지만 얼굴까지는 몰랐다고. 그런데 보아하니…… 다들 얼굴까지 알고 있었던 모양이다. 어쩐지 헌터들까지 예의를 차리더라니.

정작 황녀 전하는 아무 말도 하지 않고 멍하니 이쪽을 바라보고 있다.

미리 가르쳐줬으면 하는데…… 아마 상식이었던 것 같다.

황녀는 진짜 높은 사람이잖아? 구석에서 하인들 사이에 끼어 있을 거라는 생각을 누가 해?

전통? 이것도 전통인가? 배 아파.

"그리고…… 용의…… 알이라고?! 이렇게…… 위험한 물건을 전하께 드리려 하다니…… 아무리 폐하의 초대장을 가지고 있다 해도 한도가 있다!"

"아, 당황할 필요는 없어. 대단한 것도 아니고, 위험하지도 않아."

참고로 용의 알도 아니다. 온천 드래곤 알이라고 했잖아. 알이라는 단어를 수식하는 것은 드래곤이 아니라 온천이다. 나는 크게 심호흡을 하고는 손을 살짝 들었다.

"미안, 화장실 좀 다녀와도 될까?"

"…………크라이 씨, 당신, 무서운 게 없나요?"

검이 목에 닿을락 말락 한다. 한 발자국도 움직일 수가 없다. 다행히 곧바로 베어 죽이지는 않을 것 같지만, 인상은 최악이다. 쫓겨난다 해도 이상할 게 없다. 뭐, 쫓겨나는 것 정도라면 전혀 상관없지만, (있는지 없는지는 모르겠지만) 황녀 모욕죄 같은 걸로 잡혀가더라도 이상할 게 없다. 그리고 나는 이 제도의 트레저 헌터들의 지위를 떨어뜨린 대죄인으로서 영원히 쫓기게 되는 것이다.

내가 현실도피를 하기 시작했을 때, 날카로운 여자 목소리가 들렸다.

"자, 잠깐만⋯⋯⋯⋯."

내게 들이대고 있던 칼끝이 흔들리고 주위를 둘러싸고 있던 기사들이 갈라졌다.

목소리를 낸 사람은 한 달 정도 전에 나와 문제가 있었던 에크렐 그라디스였다. 오늘은 저번에 만났을 때와는 달리 칼을 차고 있지 않았고, 프릴이 달린 이브닝 드레스를 입고 있었다.

그 날카로운 목소리에는 나이에 어울리지 않는 위엄이 있었다. 눈은 떨리고 있었지만.

"거, 거기 있는 남자는 '아카샤의 탑'으로부터 제도를 구해낸 공로자다. 제군들의 직무는 이해하고 있다만, '백검 모임'의 주역은 헌터다. 선물을 줬다는 것만으로 흠을 잡을 필요는⋯⋯ 없겠지."

"하, 하지만⋯⋯ 에크렐 님."

"그리고⋯⋯ 용의 알은 매우 귀중한 물건이다. 어지간한 장식품보다 훨씬 비싸니 그야말로 어울리는 물건이라 할 수 있겠지. 뭐, 황녀 전하께 직접 건넨 것은⋯⋯ 저기⋯⋯ 믿기지 않을 정도로 무례한 행동이었다만⋯⋯ 위험하지 않다고 거기 있는 남자도 말했다. 일단 맡아두고 확인하면 될 터. 천도 이래 대대로 이어져 내려온 전통 있는 이 모임을 시작하기도 전에 망칠 셈인가?"

내게 그렇게까지 사납게 대하던 기사들이 열 살 정도밖에 안 되는 소녀의 말을 듣고 동요하고 있다. 에크렐 양이 유명해서 그런지 좀 전까지 조용히 지켜보고 있던 귀족들 중에서도 드문드문 맞장구를 치는 목소리가 나왔다.

덕분에 살았다. 그런데 왜 도와준 거지…… 혹시 『오버 그리드(진화하는 귀면)』를 돌려받고 싶은 건가? ……안타깝게도 그건 이미 티노에게 줘버렸는데.

하지만, 아무튼 덕분에 살았다. 고맙다는 마음을 담아 바라보니 에크렐 양은 어깨를 움찔거리며 떨었다.

"크라이 씨…… 대, 대체 무슨 생각이세요?"

"…………어? 아니, 구해줘서 살았네. 다행이야."

주위 사람들 눈에 띄지 않게끔 신경 쓰면서 클랜 마스터를 다그쳤다.

빠른 말투로 묻는 에바를 보고 크라이는 마치 백기를 드는 것처럼 두 손을 들고는 미소를 지었다.

눈빛으로 따졌지만, 크라이는 마치 실수 같은 건 저지르지 않았다는 듯한 표정이었다. 최근에는 (비교적) 얌전히 지냈지만, 《천변만화》—— 에바를 곤란하게 만드는 레벨8의 진짜 실력이 발휘되었다고 할 수 있다.

그럴 것이다. 실수가 아닐 것이다. 제블디아 황녀의 얼굴과 이름을 모르는 사람이 있을 리가 없으니 실수일 리가 없다. 주위 사람들이 다그치는데 태연한 것도 당연하다.

하지만 동반자이며 같은 클랜의 부 마스터인 에바로서는 그냥 넘어갈 수가 없는 일이었다.

에바는 어떻게 해볼 수가 없었다. 말릴 틈조차 없었다. 에크렐이 감싸주지 않았다면 쫓겨났을지도 모른다. 회합이 시작되기도 전에 쫓겨난다니, 전대미문이다.

게다가――― 황녀에게 선물을 직접 주다니, 그런 이야기는 들어본 적도 없다.

'백검 모임' 때 황제의 딸이 메이드 차림을 하는 것은 제1회 때부터 내려온 전통이다.

제1회 '백검 모임' 때 당시 황제가 헌터의 자질을 시험하는 일환으로 자신의 딸을 하인으로 분장시켜 하인들 사이에 숨겼다. 손님 중 한 명이었던 헌터, 솔리스 로댕은 곧바로 정체를 간파하고는 황녀에게도 예의를 보였고, 황제는 그 모습에 깊은 감명을 받았다고 한다.

그 이야기는 제도에서 유명했다. 현재는 반쯤 형태만 남았고 황녀의 변장도 복장만 갈아입는 식으로 간소해졌지만, 거기에는 암묵적인 합의가 존재한다.

지금 황녀는 하인들 중 한 명이다. 하지만 그래도 황녀라는 사실에는 변함이 없다. 선물을 주기만 하는 거라면 모를까, '열심히 일하고 있는 아가씨에게 선물을 주지'라는 말은 불경죄밖에 되지 않는다.

무슨 생각을 하고 있는 걸까…… 테이블에 놓여 있는 요리를 둘러보고 있는 크라이에게서는 아무것도 알아낼 수가 없다. 밥이 맛있을 것 같다고 생각하는 듯한 표정이지만, 설마 그렇게 느긋한 생각은 하고 있지 않을 것이다.

귀족들은 아무렇지도 않게 황녀에게 다가간 데다 수많은 사람들의 시선이 쏠리는 와중에 태연하게 아양(아마 크라이에게 그럴 의도는 없었겠지만 주위 사람들은 그렇게 보았을 것이다)까지 떤 《천변만화》를 노려보고 있었다.

그리고 에바는 알고 있다. 그렇게 건넨 선물이 귀중한 드래곤의 알이 아니라 단순한 '온천 드래곤 알'이라는 이름의 온천란이라는 사실을!

그것이 무슨 의미를 지니는지 전혀 알 수가 없지만…….

"크라이 씨, 이제 와서 드리는 말씀인데…… 제게는 짐이 너무 무거운 것 같네요."

"그런 말을 해도 곤란한데…… 그 왜, 아마 내게 다가오는 사람들 중 대부분의 목적은 에바일 테고…….”

나도 모르게 작은 목소리로 불평하자 클랜 마스터는 눈썹을 늘어뜨렸다. 그럴 리가 없잖아!

여기서 문제를 일으키면 아무리 파죽지세로 계속 발전하고 있는 클랜이라 해도 그냥 넘어갈 리가 없다.

지금까지 업무의 일환으로 출석한 파티 등에서 클랜 마스터가 함께 있었다면 좋았겠다고 생각한 적이 몇 번이나 있었다. 하지만 실제로 함께 와보니——— 지금까지 따라오지 않은 게 다행인지도 모르겠다.

그 눈이 보고 있는 것은, 사고는, 에바가 보고 있는 것과는 너무나도 달랐다. 생각해보니 처음에 클랜을 만들 때 에바를 데리러 왔을 때부터 이 클랜 마스터의 행동은 아무튼 지나치게 대담했다.

크라이가 상황을 잘 무마해준 에크렐에게 다가가 마치 오랫동안 알고 지낸 친구를 만난 것처럼 친근감 있게 말을 걸었다.

"이야, 좀 전에는 고마워. 나는 예의 같은 걸 잘 몰라서…… 아, 존댓말을 쓰는 게 나으려나?"

"히익……… 아, 아니. 경매 때는, 빚을 졌다. 배럴 건도, 있고."

"…………어? 아니, 그거, 나는 아무것도 안 했는데……. 그 왜, 경매 때랑 마찬가지야."

"으, 으음……."

헌터를 싫어하고 기가 드센 것으로 유명했던 에크렐이 완전히 겁을 먹고 있었다. 보아하니 경매 때 일어난 사건 때문에 어지간히 고생한 모양이다. 크라이가 방긋방긋 웃고 있어서 더 대비되는 느낌이다. 에바의 동반자는 평소에도 방긋방긋 웃으면 뭐든지 다 잘될 거라고 생각하는 것 같았다.

"뭔가 보답을 할 수 있으면 좋겠는데…… 그 가면은 이미 다른 사람에게 줘버려서———."

변명을 하는 듯한 그 말을 듣고 에크렐의 표정이 단숨에 창백해졌다.

"?! 그, 그런 건, 이제 필요 없다! 마음대로 해라! 나, 나는 바쁘다. 이제 폐를 끼치지 마라!"

"아…………."

그럴싸한 말을 힘차게 외치고는 에크렐이 재빨리 떠나갔다.

유명한 그라디스 가문의 영애를 말만으로 창백하게 만든 크라이가 얼빠진 표정으로 눈을 깜빡였다.

얼빠진 표정으로 그녀를 보낸 동반자가 에바를 보고는 곤란하다는 듯이 말했다.

"소동을 일으킬 생각 같은 건 없었는데 말이지. 안 그래? 에바."

"…………그렇, 죠."

이미 충분히 소동이 일어났다고요, 크라이 씨. 당신, 그 유명한 그라디스 아가씨를 창백하게 만들었거든요?!

귀족들이, 특별히 초대받은 각 기관 사람들과 상인들이, 《천변만화》라는 눈에 띄는 신인에게 어떻게 덤벼들지 생각하고 있다. 수많은 시선을 느낀 에바는 강한 사명감에 자기도 모르게 등을 쭉 폈다.

내가…… 어떻게든 해야 한다. 크라이 씨가 이곳저곳에 적을 만들기 전에 상황을 해결해야 한다.

그때, 타이밍 좋게 종소리가 울려 퍼졌다.

'모임'이 시작된 것이다.

시끄러운 소리가 잠잠해졌다. 조용해진 와중에 입구 쪽으로 시선이 쏠렸다. 눈을 휘둥그레 뜨고 이리저리 둘러보고 있던 크라이의 팔을 살짝 때린 다음, 입구 쪽을 보게 했다.

크게 열린 문에서 유유히 들어온 사람은 기장이 긴 어두운 색 의상을 걸친 장년 남자였다.

금발벽안. 나이는 쉰 살에 가까울 텐데도 시선이 날카로웠고, 그 몸집에서도 늙음이라는 것이 느껴지지 않았다. 복장은 간소했으며, 궁상스럽지는 않지만 장식품 같은 것을 거의 달고 있지 않았다.

무엇보다 머리에는 관을 쓰지 않았다. 하지만 그 모습은 위풍당당 그 자체였기에 어떤 차림새라 해도 억누를 수 없는 패기가 느껴졌다.

제15대 제블디아 황제.

라드릭 아트룸 제블디아. 이 트레저 헌터의 시대가 올 것을 누구보다 일찍 확신하고 제블디아 제국에 큰 번영을 가져다준 장본인이다.

간소한 복장. 관도 쓰지 않았고 호위도 데리고 오지 않았다. 그것 또한 대대로 이어져 내려온 전통이다.

유일하게 황제라는 사실의 증명으로 허리에 보검을 차고 있다.

(옆에 있는 클랜 마스터를 제외하고) 사람들이 무릎을 꿇으려 하자 라드릭 황제는 의젓하게 말했다.

"됐다. 편히 있거라. 오늘 밤은 나의 요청에 잘 모여주었다. 여기 모인 자들은 모두 제블디아에 번영을 가져다준 벗이다. 오늘 밤은 딱딱한 예법 같은 것들을 제쳐두고…… 즐기도록."

"……왠지 생각했던 것보다 평범한 사람이네."

"?!"

박수갈채가 이어졌다. 그 뒤에 숨어 작은 목소리로 터무니없는 말을 한 클랜 마스터를 에바는 자기도 모르게 팔꿈치로 살짝 찔렀다. 그리고 검도, 마법도 오가지 않을 거라 '예상'되는 전장의 막이 올라갔다.

『아시겠어요? 크라이 씨. 어디까지가 진심이고 어디까지가 연기 인지는 모르겠지만, 곤란하거나 망설여질 경우에는 전부 저한테 물어보세요. 최악의 경우, 전부 저한테 떠넘기셔도 상관없고요. 아시겠어요?』

역시 에바를 데리고 오길 잘했다. 너무 든든하다.

'모임'에 나온 요리나 술은 역시 맛있었다. 이것만으로도 온 보람이 있다.

와인 잔을 들고 우글우글, 마치 벌레처럼 몰려드는 아저씨들을 상대했다.

뭔가 엄청 사람들이 다가오는데…… 모처럼 아크를 발견했는데 만나러 갈 수도 없잖아.

거의 모두 얼굴이나 이름, 입장도 모르는 사람들이다. 제국의 높은 사람이라는 건 분명할 테니 연줄을 만들려 하는 거면 절호의 기회겠지만, 안타깝게도 나는 전혀 흥미가 없다.

대놓고 시선을 엉뚱한 방향으로 돌리는데도 말을 거는 뻔뻔함은 흉내 낼 수가 없을 것 같다. 말도 굳이 하나하나 뜸을 들여가며 돌려서 해서 이해가 잘 안 된다. 최근 제국의 사정도 잘 모르니 시사 이야기를 해봤자 모른다. 단적으로 말해주질 않으니 커뮤니케이션의 캐치볼이 성립조차 되지 않는다.

하지만 내게는 현실도피 스킬이 있다. 그리고 나를 완전히 파악하고 있는 에바도 있다.

귀족인지 상인인지 잘 모르는 아저씨에게 밝게 웃으며 말했다.

응, 그래, 그렇지라고 말하면 되는 거라고, 이런 녀석들에게는.

"클랜 일까지 포함해서 그런 것들은 전부 이 오른팔인 에바에게 맡기고 있습니다. 실은 웰즈 상회에 엎드려 빌면서 빼내 왔거든요. 제가 말하는 것도 좀 그렇지만 실력이 대단하죠."

"이럴 수가…………. 그 유명한《천변만화》가 엎드려 빌었다고?!"

"응, 그래, 그렇지."

열 명 정도 이야기를 나누었나? 에바 이야기는 백발백중으로 말을 돌리는 데 성공했다.

보아하니 다들 내가 데리고 온 미녀에 흥미진진한 모양이었다.

웰즈 상회는 제국에서 제일가는 대상회다. 빅 네임이다. 이 회합에도 관계자가 몇 명 있을 것이다. 뭐, 정확하게 말하자면 에바는 일부러 빌어서 데리고 온 게 아니라, 엎드려 빌어서 겨우 데리고 올 수 있었던 사람이 당시에 접수처를 담당하고 있던 에바 한 명이었던 건데, 내 보는 눈도 그럭저럭 쓸만했던 것 같다.

말했어. 나는 분명히 말했다고. 접수처 사람이라도 좋으니 달라고 말했다.

　정체불명의 아저씨들이 눈을 크게 뜨며 에바를 보았다. 에바는 새파랗게 질리며 눈을 이리저리 굴렸다.

　"네…… 네에, 뭐………… 크라이 씨, 이제 그만하세요."

　"지금 제가 성공한 것도 그녀의 힘이라 해도 과언이 아니겠죠. 그러니 이렇게 유서 깊은 자리에도 함께 와달라고 했어요. 공사 양면으로 정말 신세를 지고 있습니다. 아, 절대로 넘기진 않을 거예요."

　맛있는 와인 덕분에 혀도 잘 돌아간다. 이야기만 하느라 요리를 먹을 틈이 없기에 취기도 돈다.

　"아, 오해하지 마셨으면 하네요. 첩 같은 건 아니니까………… 굳이 말하자면 제가 첩 같은 거고———윽."

　발을 밟혀서 나도 모르게 숨을 삼켰다.

　"……실례했습니다. 마스터도 좀…… 취기가 돈 모양이라서요."

　에바의 감정을 억누른 듯한 목소리를 듣고 높은 사람이 눈을 살짝 크게 떴다.

　이 목소리는…… 화가 났을 때 목소리다. 앞날을 위해 에바를 확실하게 띄워줄 생각이었는데.

　"…………아, 실례, 그냥 좀…… 농담입니다. 정말, 제게 대미지를 입힐 수 있는 건 에바뿐이네요. 보물전에서도 부상당한 적이 없는데……."

　"…………그것도 농담이신가요?"

　"방금 한 말은 농담이 아닌데."

나는 도움이 안 되는 세이프 링(결계지)을 쓰다듬으며 눈살을 찌푸렸다. 높은 사람이 계속 짓고 있던 호감 가는 듯한 미소를 무너뜨리고는 당황한 듯한 표정으로 나와 에바를 보았다.

그런 내 옆을 시트리가 불과 얼마 전에 보았던 까만 드레스 차림으로 시원스럽게 지나쳤다.

"?! 어, 어째서 시트리 씨가……."

"…………나도 몰라."

하지만 틀림없이 시트리였다. 내가 잘못 볼 리가 없다.

이거─── 혹시 다들 있는 거 아닌가…… 경비가 엄중할 텐데 어떻게───.

팔짱을 끼고 태연한 척하면서 상황을 정리하고 있자니 테이블 아래에서 갈색 팔이 뻗어 나왔다. 다리를 쿡쿡 찌르기에 마시던 와인 잔을 건네주자 스윽, 들어갔다.

…………테이블보에 잘 숨어서 보이지 않는 것 같다. 테이블 아래에서 떨리는 목소리가 들렸다.

『마스터어어어…… 이건…… 진짜 범죄 아닌가요?』

"?????!"

에바가 멍하니 눈을 크게 뜨고 있다. 나는 미소를 지으며 온 힘을 다해 못 본 척했다.

…………티노하고 리즈는 허가 없이 들어왔겠네, 분명히.

"크라이 씨…… 저거, 어떻게 하실 생각이시죠?"

"…………예전부터 어디에든 따라오고 싶어 했단 말이지."

"?! 그, 그런 문제도 아니고, 그런 상황도 아닌 것 같은데요."

그렇게 말해봤자…… 이제 와서 어떻게 할 수도 없다. 소동을 일으키지 않게끔 기도할 뿐인데, 티노도 (아마 억지로 끌려온 거겠지만) 있으니 뭐…….

만에 하나를 대비해서 다른 멤버도 있는지 확인했는데, 안셈은 어찌 됐든 거대해서 눈에 띌 테고, 뭐 작아지는 방법도 없는 건 아니지만 성격을 생각하면 오진 않았을 것이다. 루시아도 안 온 것 같다.

아, 거크 씨가 있네. 여전히 턱시도가 안 어울리는데…….

황제 폐하는 정말 인기가 많은 것 같다. 귀족들과 헌터들에게 둘러싸여 있고, 이쪽을 보는 것 같은 기색도 없다.

에바는 걱정 때문에 정신을 못 차리는 것 같지만, 내 긴장감은 조금씩 풀리고 있었다.

처음에 경계했던 싸움 같은 것도 그냥 소문이었나 보다.

내가 황제 폐하 쪽을 보고 있다는 걸 눈치챈 건지, 에바가 작은 목소리로 물었다.

"폐하께는 언제 인사하러 가실 건가요?"

"어? 갈 생각 없는데."

"?! 아, 안 돼요! 무슨 생각이신데요?!"

그야…… 가고 싶지 않다는 생각이지. 딱히 이름을 알리고 싶다는 생각도 없고, 차례대로 인사를 해야만 한다면 어쩔 수 없이 하겠지만, 하지 않아도 된다면 조용히 돌아가고 싶다. 게다가 이대로 조용히 있으면 잘 넘어갈 것 같은 분위기도 든다. 다들 바빠 보이고.

"그건 그렇고, 잘 들어, 에바. 테이블 위에 있는 호화로운 요리와 디저트를 보라고."

"? 네에…… 즐비하네요."

좀 전부터 이상한 사람들에게 붙잡힌 탓에 모처럼 나온 호화로운 요리를 별로 먹지 못했다.

"모든 요리와 술을 제패할까 하거든."

"???? 어째서요?"

"그야………… 하고 싶으니까. 꽤 맛있을 것 같고."

"…………전혀 긴장하신 거 아니죠?"

긴장했다고. 요리를 먹고 있는 사람에게 다가올 만한 사람은 별로 없을 거 아냐.

시트리와 눈이 마주쳤기에 손을 살짝 흔들었다. 시트리는 한순간 깜짝 놀랐지만, 곧바로 미소를 지으며 손을 마주 흔들어 주었다. 옆에 있는 사람은 풍뚱한 노인이다.

"프림스 마도 과학원 원장이네요. 시트리 씨가 예전에 소속되어 있던 곳이에요."

제블디아에서 손꼽히는 연구기관이다. 그곳의 톱이라면 귀족일 것이다. 그 정보까지 감안해서 살펴보니 수염이 긴 노인의 얼굴에서 품격 같은 것이 느껴졌다. 역시 연금술사(알케미스트), 발이 넓다.

요리를 먹고 술을 마시며 사람이 없는 곳을 향해 어슬렁거리며 다가갔다.

매우 자연스럽게 수상쩍은 행동을 취하는 내 뒤를 에바가 얌전히 따라왔다.

　"에바는 다른 곳으로 가도 돼. 연줄이라도 만들지 그래? 나하고 같이 있으면 위험할 거야."

　"어디 사는 누구 씨 덕분에 이미 충분할 정도로 생겼어요. …………위험하다니, 그게 무슨 뜻이죠?"

　아니, 시비 걸리기 쉬운 체질이라서.

　"황제 폐하께 내 대신 인사해줘."

　"당신도, 가야죠!"

　"알았어, 알았다고. 나중에 갈 테니까."

　황제 폐하는 아직 사람들에게 둘러싸여 있다. 아크가 밝은 미소를 지으며 이야기를 나누는 모습이 보인다. 내가 저기 있었다면 구경거리가 되어버렸을 것이다.

　역시 자신감이 넘치는 남자는 다르다. 저 모습은 그야말로 영웅이라 하기에 걸맞다. 본받고 싶다.

　에바의 잔소리를 흘려들으며 잘 모르는 고급 술을 차례대로 맛보았다.

　그리고 잔을 하나 받아든 순간, 나는 눈을 크게 떴다.

　브랜드는 모르겠지만 붉은 와인이 담긴 잔이다. 나는 주위를 두리번거린 다음 근처 테이블로 다가갔다. 내 기척을 눈치챈 건지 갈색 팔이 쏘옥 나왔기에 잔을 들려주고는 빈 잔을 받았다.

　……리즈는 어떻게 이동하고 있는 거지?

　"무슨 일 있으신가요?"

"아니…… 뭔가 섞여 있길래."

"……네?"

"아마 헌터의 힘을 시험하는 거겠지. 자주 있는 일이야."

"네, 네에……."

곤란하네. 뭐가 섞여 있는 건지는 모르겠지만 아마 멀쩡한 물건은 아닐 것이다.

마경을 답파하는 헌터에게 독물에 대한 내성은 필수다.

팬텀이나 마물이 쓰는 경우도 있고, 공기에 섞여 있는 경우도 있다. 특히 그 능력은 레벨이 높은 보물전에는 반드시 필요하기에 헌터들은 때때로 일부러 독물을 먹기도 한다. 그렇게 함으로써 마나 머티리얼이 몸에 독물 내성을 알아서 만들어주는 모양이다.

나는 독물에 대한 내성이 전혀 없지만, 그 대신 보구가 있다. 오른쪽 집게손가락에 낀 반지———『실버 브레스(올바른 은관)』는 장비한 자에게 영향을 미치는 약물을 감지해주는 보구다.

이 은색 반지는 장비한 자가 독에 다가가면 까맣게 변하며 열을 내뿜는다. 『세이프 링』은 음식물에 섞인 독까지 무효화시켜주지는 않기에 내 생명줄 중 하나라 할 수 있다.

정말, 평범한 파티인 줄 알았는데 기습적으로 시험을 하니 힘드네. 역시 방심할 수는 없겠어.

"말도 안 돼요…… 보고하는 게 낫지 않을까요?"

"아니, 아니, 냉정하게 생각해봐, 에바. 황제 폐하가 출석하는 파티에 내놓은 음식에 간단히 독을 탈 수 있을 리가 없잖아. 게다가 '모임'의 경비는 일반적인 파티보다 훨씬 엄중할 거라고."

"그건…… 뭐, 그렇죠."

에바가 당황하고 있다. 지금까지 누군가가 음식에 독을 탄 적이 없을지도 모르겠다.

나는 시트리의 요리에 독이 섞여 있던 적이 있는데.

"레벨이 높은 헌터도 잔뜩 있잖아. 이런 곳에서 그런 짓을 하려는 사람이 있다면 엄청난 바보일 테고, 경계하고 있는데도 눈치채지 못하는 주최 측도 얼간이일 거야. 유서 깊은 회합에서 그런 일이 있을 리가 없어. 뭐, 나는 이런 쪽의 프로나 마찬가지니까 내게 맡겨줘. ……아, 이것도 안 되겠네. 나는 예전부터 운이 안 좋았거든."

테이블로 다가가자 다시 팔이 뻗어 나왔다. 그 손에 와인 잔을 들려주었다. 리즈는 거의 모든 독물에 내성이 있으니 괜찮다.

분명 이것도 전통일 것이다. 오, 독을 타두었는데 아무렇지도 않다니 역시 헌터구나, 이런 식으로.

주위를 살펴보았는데 다른 사람들은 경계하며 먹고 마시려는 기색이 없다. 내가 눈치채지 못했을 뿐이고 경계하는 건지, 아니면 나 말고 다른 모두가 독에 내성이 있는 건지, 그것도 아니면 주최 측에서 헌터에게만 독을 탄 물건을 건네게끔 주의를 기울이고 있는 건지. 아무튼 이런 상황에서 떠들어봤자 눈에 띌 테고, 촌스러울 뿐이다. 에바가 들고 있던 잔을 살짝 건드려보았는데, 독은 들어있지 않은 것 같았다.

그래도 이렇게 독이 들어있다면 오늘은 리즈도 술을 충분히 마실 수 있을 것이다.

다행히 요리에는 들어 있지 않은 모양이다. 가끔씩 독이 들어 있는 술을 리즈에게 넘기며 요리를 먹었다. 특히 디저트인 쇼콜라가 일품이다. 선물로 가지고 가고 싶을 정도다.

대충 맛을 본 다음 익숙한 손놀림으로 독이 든 술을 신나게 테이블 밑에 있는 리즈에게 건네고 있자니 갑자기 경비를 맡은 기사가 험상궂은 표정을 지으며 다가왔다.

"너…… 아까부터…… 무슨 짓을 하고 있는 거지?"

큰일이다. 큰일이라고. 지금까지 지적을 받지 않아서 긴장감이 사라지던 참이었는데, 보아하니 나를 지켜보고 있었던 것 같다. 자, 어떻게 할까…….

"……아아, 아무것도 아니야…… 경비나 제대로 하지 그래."

너무 급한 나머지 이상하게 대답해버렸다. 그렇지 않아도 험상궂던 기사의 표정이 악귀와도 같이 일그러졌다.

"윽…… 닥쳐라! 이봐, 테이블 아래에 무언가가 있다!"

에바가 새파랗게 질렸다. 도망칠 틈도 없이 기사들이 둘러쌌다. 헌터들이, 초대받은 손님들이, 황제 폐하가 무슨 일인가 싶어서 이쪽을 보았다. 토할 것 같다.

이렇게 된 이상 내가 주의를 끄는 사이에 리즈를 도망치게———.

나는 재빨리 그렇게 판단하고는 적당한 방향을 손가락으로 가리키며 소리쳤다.

"앗! 저건 뭐지?!"

"?!"

너무나도 뻔한 말이었지만, 시선이 일제히 그쪽으로 쏠렸다.

뒤늦게 나도 그쪽을 보았다. 그리고── 눈을 크게 떴다.

마침 내가 손가락으로 가리킨 곳── 황제 폐하의 바로 위쪽 천장 부근에 사람의 상반신이 늘어져 있었다. 얼굴은── 알아볼 수가 없다. 얼굴을 뒤덮고 있는 것은 여우를 본떠 만든 군청색 가면이었다. 여우 가면이 이쪽을 향하고는 한순간 움직임을 멈췄다. 하지만 시선이 쏠렸다는 사실을 바로 이해한 건지 곧장 낙하했다.

그것은 너무나도 기분 나쁜 광경이었다. 존재하지 않았던 하반신이 돋아나고, 곧바로 곤두박질쳤다. 그 밑에 있던 사람은── 황제 폐하다.

"으음?!"

어?! 뭐야, 이 행사? 전통?!

아무것도 모르고 있는 사람은 아마 나뿐이었을 것이다. 귀부인의 앙칼진 목소리가 회장을 뒤흔들었다.

그때, 내 바로 밑을 진홍의 바람이 지나쳤다.

리즈다. 드레스 차림이면서도 여전히 장착하고 있는 신발 보구. 리즈는 곧바로 좀 전에 나를 다그쳤던 기사의 등을 박차고는 (아니, 짓밟고는) 공중으로 솟구쳤다.

『하이스트 루트』는 공중을 한 발짝 내디딜 수 있게 되는 보구다. 하지만 그렇게 딱히 강력한 것도 아닌 능력을 리즈는 완벽하게 다루고 있었다. 그녀의 한 발짝은 누구보다 빠르다.

한 발짝만에 가속했고, 그 신발이 여우 가면의 몸통에 박혔다. 사람의 몸에서 나는 것 같지 않은 금속이라도 후려친 듯한 소리. 여우 가면이 기역 자로 날아간 것과 기사가 소리친 것은 거의 동시였다.

"치, 침입자다!!"

어?! 침입자?! 진짜로?!

전투 같은 건 아무도 예상하지 못했을 것이다. 하지만 그때는 이미 헌터들이 움직이기 시작하고 있었다.

"우오오오오오오오오오옷, 내 침입자아아아아아아아아아아!!"

거대한 문을 박차고 회장에 들어온 루크가 온 힘을 다해 던진 검이 깔끔하게 여우 가면의 몸통에 박혔다.

"록 블록(앉은 거석)!"

방금 엄청 루시아의 목소리가 들렸는데!!

어디선가 날아든 바위가 여우 가면의 온몸에 달라붙어 여우 가면을 바위 탑으로 만들었다.

그리고―― 정신을 차리고 보니 올려다봐야 할 정도로 거대한 안셈이 주먹을 크게 휘두르고 있었다.

"으음!!"

홀이 뒤흔들리고, 거대한 바위 탑을 산산조각냈다. 굉음이 비명을 지워버렸다.

아크 일행도 전투태세에 들어가 있긴 했지만, 우리 파티 멤버들의 살기가 너무 대단했다. 뒤쪽을 보니 에이프런 드레스를 입고 메이드 사이에 끼어 있던 루시아가 이마를 누르며 한숨을 쉬고 있었다.

아, 그런 곳에 있었구나.

"음……?"

그때, 안셈이 살짝 끙끙댔다. 기사들 뒤로 대피한 황제가 눈을 크게 떴다.

안셈의 주먹 바로 옆에 박살 낸 줄 알았던 여우 가면이 서 있었다. 가면에도, 몸을 숨기려는 듯한 칠흑 로브에도 흠집 하나 나지 않았다. 루크의 검이 분명히 박혔을 텐데, 너무나도 불길하다.

황제 폐하의 앞에 서 있던 높은 사람 같은 남자가 팔을 들어 올리고 지령을 내렸다.

"붙잡아라!!"

"시끄럽군. 어설프게 하니까 그렇게 되는 거야!"

"아."

각자 전투태세를 갖추고 상황을 살피고 있는 초고레벨 헌터들. 그들 사이에서 한 발짝 앞으로 나선 사람은——— 불꽃처럼 붉은 로브를 입은 노파였다. 등을 쭉 펴고 있고, 키도 여자치고는 꽤 컸다.

하지만 그 얼굴에는 깊은 주름이 수없이 새겨져 있고, 거기에 파묻힌 듯한 새빨간 두 눈 안쪽에는 타오르는 것 같은 빛이 보였다.

그 여자는 탁월한 마도사다. 홍련의 아이, 나와는 달리 실력을 통해 레벨8로 인정받았으며 제도에서도 손꼽히는 마도사.

《심연화멸》. 불과 얼마 전에 제도를 반쯤 무너뜨린 모양인데 뻔뻔하게도 '모임'에 참가하다니, 정말 대단한 배짱이다. 말보다 손이 먼저 나가는 사람들의 대표 격이다. 어째서 이렇게 위험한 사람이 '모임'에 매번 초대받는 건지는 모르겠지만, 아마 초대하지 않으면 황성을 태워버릴지도 모르기 때문일 것이다.

맞서는 자를 모조리 잿더미로 만드는 것으로 유명한 마도사가 팔로 공기를 긁는 듯한 동작을 취했다. 빛나는 듯한 불꽃이 팔에 휘감겼다. 하얀 턱시도를 입은 아크가 소리쳤다.

"모두, 엎드려!"

에바가, 귀족들이, 황제 폐하가 아크의 경고를 듣고 재빨리 엎드렸다.

서 있던 건 나뿐이었다. 위기 감지 보구도 대처하지 못하면 의미가 없다.

"엔드 오브 블레이즈(거꾸로 소용돌이치는 종언)!"

빛이 시야를 태웠다.

그리고——— 정신을 차리고 보니 회장이었던 곳에는 아무것도 없었다.

"……음?"

정확히 말하자면 지면과 바닥 근처에 있던 건 남아있지만, 내 가슴 근처부터 위쪽에 있던 것들은 모조리 불타서 사라져버린 모양이었다. 높은 천장에 장식되어 있던 샹들리에도, 대리석 천장도 전부 잿더미가 되었고, 여우 가면이 있던 곳 바로 위에는 큰 구멍이 뚫려 하늘까지 보였다. 현실감이 전혀 없다.

아마 수리하는데 상당한 시간과 돈이 들 것이다. 바로 지금 같은 상황에 언더맨들의 저렴한 노동력이 필요하다.

여우 가면이 있던 곳에도 당연하다고 해야 하나, 아무것도 남지 않았다. 보아하니 하늘을 향해 불꽃이 솟구친 것 같았다. 주위가 파괴된 것은 단순한 여파일 것이다. 제도 최강의 마도사, 《심연화멸》의 진가다.

"아아아………… 모처럼 나온 쇼콜라가…….."

"크라이…… 씨?"

현실감이 없는 데다 현실 도피까지 뒤섞여서 나도 모르게 별로 중요하지도 않은 말을 꺼내자 곁에서 엎드려 있던 에바가 이름을 불렀다. 그러자 단숨에 사고가 되돌아왔다.

위험하잖아!! 선 채로 죽을 뻔했다고!

그제야 시끄러운 소리가 귀에 들어왔다. 땅바닥에 엎드린 귀족들의 모습이 시야에 들어왔다. 뒤늦게 심장이 쿵쿵 뛰기 시작했다. 나는 크게 심호흡을 했다.

하고 싶은 대로 저지른 할멈이 인상을 찌푸리며 말했다.

"흥…… 여전히 말도 안 되는 애송이로군."

그 목소리에 주눅이 든 것처럼 옆을 보았다.

"아, 쇼콜라."

보아하니 내가 벽이 되어서 타다 만 모양이다. 나를 기점으로 부채꼴처럼 회장이 그을리지 않은 채 남아 있었다.

범위 마법이었다면 전멸했겠지만(애초에 범위 마법이었다면 땅바닥에 엎드렸더라도 휩쓸렸을 거다), 지향성이 강한 마법이었던 모양이다. 멀쩡하게 남은 쇼콜라를 나도 모르게 입에 넣고는 내가 너무 TPO를 고려하지 않았다는 사실을 이해했다. 사람들의 멍한 시선이 내게 쏠렸다. 뭔가…… 뭔가 말을 해야 하는데.

뭔가…… 음, 그러니까, 저렇게 불쾌해하는 할멈을 띄워줄 만한 말을 해야 하는데…….

"타다가 남아버렸네. 그래도 좀 더 화력이 강했으면 다 탔을 거야."

"…………."

카이나 씨를 감싸며 몸을 숙이고 있던 거크 씨가 엄청난 표정으로 나를 보고 있었다. 시트리도 눈을 동그랗게 뜨고 있다. 기분 나쁜 침묵이 주위를 지배하려던 참에 황제 폐하가 손뼉을 쳤다.

"하찮은 참견을 당했군. 안타깝지만 오늘 밤 모임은 이것으로 끝이다! 프란츠 경, 부상자를 확인하도록! 경계를 엄중히 하라!"

아, 끝났구나. 다행이다, 다행이야…… 뭐, 그렇겠지.

왠지 엄청 피곤하다. 너무나도 많은 일이 있었다. 지금은 그냥 클랜 하우스로 돌아가서 자고 싶다.

그런 생각을 멍하니 하고 있던 나를 처음으로 황제 폐하가 보았다.

"《천변만화》─── 아니, 《비탄의 망령》과 《심연화멸》. 너희에게는 할 이야기가 있다."

…………나는 없는데…….

어깨를 늘어뜨린 나와는 달리 태우는 할멈은 살짝 불쾌한 듯이 코웃음을 쳤다.

침입자───라기보다는 《심연화멸》의 공격으로 인해 사용할 수 없게 된 곳을 떠나 다른 곳으로 옮겼다.

모인 사람들은 그곳에 있던 관계자들이었다. 제국 쪽 멤버를 제외하면 거크 씨와 에바, 마법으로 보조해준 루시아와 루크, 리즈, 안셈. 그리고 회장이 파괴된 원인을 제공한 《심연화멸》.

보아하니 시트리는 몰래 도망친 모양이다. 뭐, 아무 짓도 안 했으니까…….

평소라면 따라오려 했어도 이상할 게 없는데.

원래는 토할 것 같았겠지만, 오늘 나는 마음이 좀 편하다. 왜냐하면 여기에는 귀족까지 휘말리는 것도 아랑곳하지 않고 성을 날려버린 《심연화멸》이 있으니까. 그에 비해 나는 죄가 없다.

편안하게 웃고 있자니 황제 곁에 있던 장년 남자가 이쪽을 보았다. 척 보기에도 다른 기사들과는 달리 호화로운 외투를 걸친 남자다. 어두운 금발에 푸른 눈을 지닌 미장부. 좀 전에 폐하가 프란츠 경이라고 부른 걸 보니 귀족인 것 같다.

"자…… 우선 상황 확인부터 하지. 《천변만화》, 그건 대체…… 뭐지?"

"………………."

그런 걸 나한테 물어봤자, 내가 물어보고 싶을 정도인데. 애초에 나는 행사라고 생각했을 정도다. 옆에 있던 에바를 보고 리즈 같은 사람들도 보았지만, 아무도 도와주지 않았다.

"…………전통?"

프란츠 씨가 눈을 크게 떴고, 이마에 푸른색 핏줄이 드러났다. 혼나기 마스터인 나는 알고 있다.

이건…… 혼나기 일보 직전이다. 대답을 잘못해선 안 된다.

"윽…… 보아하니 질문을 잘못한 것 같군…………. 질문을 바꾸마. 네놈의 파티 멤버가 회장에 있었던 이유는 뭐지?"

…………그런 걸 나한테 물어봤자, 내가 물어보고 싶을 정도인데. 속이 따끔거릴 정도의 압박감에 휩싸여도 모르는 건 모르는 거다. 그때, 루크와 리즈가 쓸데없는 소리를 했다.

"나는, 사람을 벨 수 있다고 해서 왔을 뿐이야!!"

"뭐어?! 너희가 경비를 제대로 안 하니까 크라이가 손을 쓰게 된 거 아냐?! 손님을 위험에 처하게 해놓고, 대체 뭔데! 엎드려 빌어! 엎드려 빌라고!"

"뭐…… 뭐라고?!"

잠깐만, 그러지 마. 내가 엎드려 빌 테니까 그러지 마! 아니, 그런 식으로 말하면 마치 내가 손을 써서 너희를 끌어들인 것 같잖아! 안 그랬어, 안 그랬다고………… 어라? 안 그랬지?

내 일인데도 자신이 좀 없어진 나를 에바가 눈썹을 움찔거리며 바라보았다.

흥분해서 그런지 리즈의 얼굴은 평소보다 약간 달아올랐다. 새빨갛고 화려한 드레스 차림으로 한 발짝 앞으로 나선 다음, 마치 악질적인 건달 같은 말투로 따져댔다. 불법 침입을 해놓고 정말 뻔뻔한 것 같다.

"애초에 너희들, 요리에 뭔가 탔던데! 어떻게 된 거야!"

"…………윽?! 무, 무슨 바보 같은 소릴!"

이야기를 듣고 있던 기사들이 눈을 크게 떴다. 프란츠 씨의 얼굴이 흥분으로 인해 새빨갛게 물들었다.

나는 재빨리 도와주러 나섰다.

"자자, 리즈, 진정해. 손님도 아닌데 내놓은 물건에 불평하면 안 되지."

"어~, 그래도오……."

곧바로 목소리가 바뀐 리즈. 조금이라도 책임을 덜어줘야지.

"뭐가 들어있긴 했거든? 그래도 레벨이 높은 헌터들은 신경 쓸 것도 못 되는 정도였어."

"……………하긴, 그럴지도 모르겠지마안……."

"그리고 실례가 되잖아. 리즈가 그렇게 말하면 마치 경비가 허술했던 것 같다고!!"

그 여우 가면의 습격이 행사가 아니었다면 경비가 꽤 허술한 거겠지만, 요리에 독이 들어있던 것은 방향성이 다르다. 입식 형식인 파티, 게다가 황제 폐하가 계신 곳이니 요리에 대한 경계는 가장 엄중할 것이다.

"윽………… 이, 있을 수 없는 일이다. 체크는 완벽했다. 확인해라!"

프란츠 씨가 당장에라도 폭발할 정도로 얼굴을 빨갛게 물들이고는 경비를 맡은 기사에게 명령했다.

그러자 나는 재빨리 책임을 전가하러 나섰다. 리즈가 잘못하긴 했지만, 제일 큰 문제를 일으킨 건 성을 날려버린 할멈이다.

"아, 그래도《심연화멸》이 증거를 전부 날려버렸고…… 침입자도 태워버렸지. 천장을 날려버린 건 그렇다 치더라도, 너무 심했다고."

"크크큭…… 말은 잘하는구나. 태우지 못했다고."

……네?

내가 눈을 깜빡이고 있자니 초고화력으로 성을 태운 《심연화멸》이 시시하다는 듯이 코웃음 쳤다.

"이상한 연기는 그만해라, 애송이. 눈치챘지? 사람을 태운 냄새가 나지 않았어. 만만한 놈이 아니야."

사람을 태운 냄새가 나지 않았다니…… 무섭네.

그러자 루크가 신기하게도 인상을 찌푸리며 말했다.

"하긴, 손맛이 이상했지……."

넌 검을 던졌잖아. 손맛 같은 건 모른다고.

"…………으음."

"뭔가 이상한 느낌이었지."

"마법 효과도 평소보다 약했던 것 같고……."

"……응, 그래, 그렇지!"

나는 동료들이 한 말에 온 힘을 다해 맞장구를 쳤다.

안셈과 루시아가 고개를 끄덕이는 걸 보니 내가 고개를 끄덕이더라도 문제는 없을 것이다. 그런데 재능이 있는 사람들의 감성은 진짜 이해가 안 되네…………

"기척도 느껴지지 않았다. 어떤 속임수인지는 모르겠다만, 애송이가 없었다면 위험했겠지. ──그리고, 뭔가 짐작 가는 게 있는 모양이로군."

"어? 없는데."

"……………애송이, 너한테 말한 게 아니다."

아차. 황제 폐하와 주위에 있는 기사들이 나를 흘겨보고 있다. 너, 뭔가 알고 있지? 그런 말을 자주 듣다 보니 부정하는데 익숙해져 버렸다.

그런데………… 여우 가면, 여우 가면이라……. 예전에 보물전 중에 그런 팬텀이 나오는 곳이 있었지.

나는 일단 손을 살짝 들고 말했다.

"아무튼, 성을 날려버린 건 《심연화멸》 잘못이라고 생각합니다. 전부 심연화멸 잘못이에요."

《심연화멸》이 깜짝 놀란 듯이 나를 노려보았다. 레벨이 높은 헌터를 적으로 삼는 건 피하고 싶지만, 리즈 일행의 불법 침입 등을 얼버무리기 위해서다. 어쩔 수 없지.

용기를 내서 말했는데, 프란츠 씨는 내가 한 말을 그냥 무시했다.

"침입자는 그렇다 치고, 식사에 독을 탄다는 건 있을 수 없는 일이다. 체크는 완벽했다."

나도 그렇게 생각했는데——— 아니…… 잠깐만? 나는 바로 터무니없는 생각이 들었다.

『실버 브레스』는 장착한 자에게 영향을 미치는 약물을 감지하는 보구다. 그 성질상, 보구가 감지하는 약물은 장비한 자의 내성에 좌우된다. 그리고 나는 재능이 전혀 없는 일반인 이하.

다시 말해………… 혹시 평범한 사람에게는 독이 아닌 게 독인 걸로 판정된 건가?

그럴 수도 있다. 적어도 엄중한 검사를 뚫고 독을 탔다는 것보다는 가능성이 클 것 같다. 마실 것에만 들어있기도 했으니, 약간 강한 알코올을 반지가 독이라고 보았을 가능성도———.

다른 사람들도 아무렇지도 않게 먹고 마셨으니까…….

하지만 한번 꺼낸 말은 이제 취소할 수 없는 상황까지 왔다. 험상궂은 표정을 짓고 있는 프란츠 씨와 기사들을 보고 있자니 심장이 아파진다.

"뭐, 혹시나 전부 타버렸을 가능성도 있고……."

남은 테이블은 내 뒤에 있던 것뿐이다. 아무것도 검출되지 않더라도 변명이 통할 것이다.

"혹시나 나만 노렸을 가능성도———."

"아까부터 중얼중얼 뭐라고 하는 거냐! 아무것도 나오지 않는다면——— 알고 있겠지?"

"아무것도 나오지 않는다면 그것도 나름대로 잘된 일이니———."

"까불지 마라! 네놈은 영예로운 '백검 모임'을 모욕한 거란 말이다?!"

칼슘이 부족한 건지, 황제 폐하에 대한 충성심 때문인지, 프란츠 씨의 압박이 엄청나다.

아니, 그런데…… 잠깐만? 리즈도 뭔가 들어있다고 했으니까, 맞는 건가?

……근데 리즈는 아무렇지도 않게 내 말에 맞춰주니까. ……조마조마하며 기다리고 있자니 좀 전에 프란츠 씨가 확인하라고 지시를 내린 기사들이 돌아왔다. 얼굴이 창백해진 채 떨리는 목소리로 보고했다.

"요리 일부에서——— 독물이 혼입되어 있는 것이 확인되었습니다! 꽤 강한 독입니다."

"뭐……라고?!"

"좋았어, 맞았다!"

"잠깐, 크라이 씨?!"

무심코 승리 포즈를 취한 나를 보고 에바가 비명 같은 목소리를 냈다.

좋아, 좋아, 좋아, 이제 나는 무죄다. 그런데 내가 찾아냈을 때는 마실 것에만 있었는데, 설마 음식에도 들어 있었을 줄이야——. 내가 상상했던 것과는 좀 다르지만, '백검 모임'——— 무시무시한 곳이다.

"검출된 것은…… 어쩔 수 없지. 프란츠, 침입자 건까지 함께 조사하라."

씁쓸한 표정으로 지시를 내린 황제 폐하에게 어울리지 않는 턱시도를 입은 거크 씨가 다가갔다.

"폐하, 저희도 협력하겠습니다."

"흐음………… 받아들이는 게 낫겠군."

황제 폐하가 나와 《심연화멸》을 힐끔 보았다.

아니, 일단 탐색자 협회에 소속되어 있긴 하지만, 뭐든지 하는 건 아니거든?

또 이상한 일에 휘말리는 건가…… 나는 기분 나쁜 예감이 들어서 무심코 크게 한숨을 쉬었다.

심문 같은 청취를 마치고 해방되었을 때는 날이 완전히 샌 뒤였다.

나는 진짜로 아무것도 모르기 때문에 매우 고통스러운 시간이었다. 운이 안 좋아서 그런 상황에 익숙해진 나도 전혀 아무것도 느끼지 못하는 건 아니다.

나와 함께 있으면서 이것저것 조정해준 에바가 지친 기색도 없이 말했다.

"보아하니 제국에서는 뭔가 짐작하고 있는 것 같네요."

"진짜, 자기들이 무능한 걸 떠넘기기는."

"자자…… 제국 신민으로서 빚을 만들었다고 생각하면———."

기분이 상한 것 같은 리즈를 루시아가 달래고 있다. 안셈과 루크는 야간 경비에 참가하는 모양이라 없다. 반쯤 무너진 황성 경비를 오늘 밤에는 레벨이 높은 헌터들이 담당하는 것 같다.

내가 그 중요한 역할로 발탁되지 않은 이유는 프란츠 씨가 거부했기 때문이다. 계속 협박하긴 했지만, 왠지 그 사람에게 호감이 가는 것 같다. 다음에도 또 거부해줬으면 좋겠다.

"그러고 보니 리즈는 어떻게 잠입한 거야? 경비병들이 잔뜩 있었잖아?"

"응~?"

리즈가 눈을 반짝이며 아무 말도 하지 않고 루시아를 가리켰다. 그쪽을 보니 루시아가 눈을 슬쩍 피했다.

그렇구나, 마법으로 보조해준 거야……. 그렇게?! 그렇게 '모임'에 가고 싶었어?! 나는 땡땡이를 치더라도 가고 싶지 않았는데……

꼭 좀 내 대신 가줬으면 좋겠다. 그때 눈치챘다.

"……그러고 보니 티노는?"

"……어? 몰라~."

자기가 끌어들여 놓고, 완전히 책임을 내팽개쳤네……. 나는 루시아를 보았다.

"루시아 언니는 뭔가 아시나?"

"저…… 저기………… 그러니까……."

루시아가 신기하게도 눈을 동그랗게 뜬 채 당황하고 있다. 보아하니 루시아 언니에게도 버림받은 모양이구나…… 티노가 불쌍하다. 루시아가 한참 눈을 깜빡이더니 자신 없는 듯한 목소리로 말했다.

"……아마, 시트가 어떻게든 했을 거예요. 혼자만 안 왔으니까."

그렇긴 하지…… 시트리는 뭘 해도 빼먹는 게 없으니까. 그 여우 가면에게 혼자서만 공격하지 않았던 것도 여차할 때를 대비하기 위해서였을 것이다. 역시 《최우수》, 믿음직스럽다.

그렇게 생각하니 기분이 좋아진다. 이런저런 일이 있었지만, 하루를 무사히 마쳤다. 골치 아픈 이벤트를 소화했다고 생각하면 안 좋은 것만도 아니고. 그래, 긍정적으로 가자!

클랜 하우스에서 에바와 헤어진 다음, 지친 몸을 질질 끌면서 계단을 올라 내 방으로 향했다.

클랜 마스터실 문을 열자 낯익은 드레스 차림인 시트리가 뛰쳐나왔다.

볼을 붉게 물들인 채 매우 기분이 좋아 보였다. 그리고 시트리는 돌발 출현으로 굳은 내게 신이 나서 말했다.

"어서 오세요, 크라이 씨! 저하고 티노가 탄 독은 도움이 되었나요?"

"…………네?"

소파에서 어깨가 드러난 이브닝 드레스를 입은 티노가 죽어가고 있었다.

리즈가 이해가 된다는 듯이 손뼉을 쳤다.

"아~, 이상하다 싶었단 말이지이. 크라이가 준 와인에 들어있던 건 독이 아니라 약이었으니까."

"이런…………."

루시아가 마치 두통을 견디는 듯이 이마를 눌렀다.

잠깐…… 어? 뭐? 잠깐만? 그러니까…… 뭐야?

"남은 요리에는 아무것도 안 들어있길래 이대로 가면 위험하려나 싶어서요…… 빈틈을 봐서."

"범죄자…… 죄송합니다죄송합니다죄송합니다. 마스터어, 저, 더러워져 버렸어요."

티노가 중얼중얼 말하고 있다. 안 되겠다, 이제 뭐가 뭔지 모르겠다. 일단 냉정해지자.

나는 방긋방긋 웃고 있는 시트리의 머리를 마구 쓰다듬고는 침실에서 자기로 했다.

무시무시한 상대다.

《심연화멸》이 침입자에게 가한 공격으로 인해 혼란스러워진 회장을 보고, 그것은 표정에 드러내지 않은 채 혀를 내둘렀다.

《천변만화》. 수많은 조직을 괴멸에 몰아넣은 그 헌터의 가장 무시무시한 점은 정보 수집 능력이다.

알 리가 없는 정보를 알고, 있을 리가 없는 곳에 있다. 신산귀모(神算鬼謀)이자 신출귀몰. 완전한 포커 페이스까지 포함한 그런 능력들은 레벨이 높은 트레저 헌터도 좀처럼 갖추기 힘든 것들이다.

그저 강한 힘을 지닌 자보다 훨씬 골치 아프다.

침입자를 어떻게 감지한 거지?

직접 눈으로 봤는데도 도무지 수법을 이해할 수가 없다. 기척은 전혀 없었다. 소리도 아니고, 체온도 아니다. 실제로 회장에 설치되어 있던 감지 계열 함정도 발동되지 않았다.

그런데 나타난 것과 동시에 간파당했다. 《천변만화》의 표정에는 전조가 없었다.

아니, 그렇게 따지면—— 약도 마찬가지다. 무차별적으로 넣은 그것을 《천변만화》는 모조리 발견해냈다. 마법을 쓴 것도 아니고, 마치 어디 있는지 아는 것처럼. 원래는 회장을 혼란에 빠뜨릴 예정이었던 그것은 전부 《천변만화》의 동료가 마셔버렸고——.

흥미롭다. 모든 것이 지리멸렬하고 이해가 되지 않는다. 하지만 결과는 따라붙었다.

신산귀모에게 지모로 도전하는 것은 어리석은 생각이다. 해야 할 일은 공격을 계속 가하는 것뿐이다.

그 두뇌를 능가할 정도로 압도적인 공격을―― 선제공격을 할 수 있다는 것이 바로 '악'의 강점이니까.

마침 형편 좋게도 《천변만화》는 딱 좋은 공격 소재를 주었다.

《천변만화》가 선물한 '드래곤 알'은 비싸고 희귀한 물건이지만, 위험한 물건이기도 하다.

최강종 중 하나. 드래곤.

드래곤이 모은 금은보화나 낳은 알은 가치가 높지만, 드래곤에게는 역린이나 마찬가지다. 드래곤은 도둑을 절대로 용서하지 않는다. 둥지에서 훔쳐 온 알 때문에 나라가 멸망했다는 전설도 있다.

물론, 《천변만화》는 선물한 알을 낳은 드래곤을 이미 쓰러뜨렸을 것이다.

하지만 과연 나라가 드래곤에게 습격당한다면 이 나라의 귀족들은 어떻게 느낄까?

《천변만화》. 네놈은 호의로 선물한 공물 때문에 자신이 지켜낸 자들에게 살해당할 것이다.

제2장   신산귀모의 어둠 전골

왠지 이제 끝장난 건지도 모르겠다. 경솔한 행동을 하거나 적당히 행동한 적은 있어도 누군가에게 악의를 품고 행동한 적은 한 번도 없었는데, 답이 없는 상황이다.

지옥 같았던 '모임'으로부터 하룻밤이 지난 뒤. 나는 클랜 마스터실의 지정석에서 몸을 축 늘어뜨리고 있었다.

설마 시트리가 독을 타다니…… 《심연화멸》이 회장을 반쯤 무너뜨린 것과 비교하면 어느 쪽 죄가 더 무거울까?

리즈 같은 파티원들의 불법 침입은 대충 넘어가게 되었지만, 그래도 독은 아니다. 애초에 '모임'에 가지고 온 시점에서 아웃이잖아. 변명 같은 걸 해볼 수도 없다. 엎드려 빌어도 끝날 일이 아닐 것이다.

아직 들키지는 않았지만, 제블디아의 조사기관은 우수하다. 시간문제일 것이다. 애초에 제블디아에는 진위를 판정하는 보구도 있다.

"크라이 씨, 신문이에요."

그때, 에바가 신문을 가져다주었다. 평소에는 대충 훑어보기만 하지만, 오늘은 확실하게 확인했다.

보아하니 함구령이 내려진 모양이다. 신문에는 회장에 나타난 침입자 이야기는 전혀 나오지 않았다.

그 대신 일면을 장식한 것은———.

"제블디아에 드래곤이 습격……?"

"알고 계신 줄 알았는데요………… 우리가 떠난 직후라고 하네요."

에바가 눈 아래쪽에 다크서클이 생긴 채 매우 지친 기색으로 말했다. 알고 계시지 않았는데…….

"어어………… 운이 얼마나 안 좋은 건데…………"

"네? 운……?"

드래곤(용). 그것은 무수히 존재하는 환수 중에서도 최강이라 불리는 종족이다.

종류에 따라 모습이나 형태가 다르긴 하지만, 대부분 강인한 육체와 방대한 마력(마나)을 지니고 있으며 때로는 분노한 드래곤한 마리의 힘 때문에 나라가 멸망하는 일도 있다고 한다. '드래곤 슬레이어'라는 칭호는 예로부터 영웅의 증거로 유명하다.

하지만 원래 드래곤은 사람들이 사는 곳을 습격하는 생물이 아니다. 뭐, 스루스에서 온천 드래곤을 마주친 시점에서 그 이야기도 수상쩍긴 하지만, 내 헌터 인생 중에서도 도시에서 드래곤에게 습격당한 적은 겨우 세 번밖에 없다.

"다행히 어젯밤에는 레벨이 높은 헌터가 여럿 있었기에 문제없이 토벌되었다고 합니다만……."

"흐음…………"

신문을 보았다. 보아하니 아크 같은 사람들이 지키고 있었던 모양이다. 로댕 가문은 제국 귀족과 친분이 있기에 이럴 때 나서는 건 항상 그의 역할이다. 그밖에도 어젯밤에는 루크 같은 우리 파티원도 경비에 동원되었을 것이다. 드래곤이 강력하긴 하지만 전투광인 데다 레벨이 높은 헌터를 당해낼 수는 없다. 불행 중 다행이다.

그런데 불과 얼마 전에는 정령이 도시를 습격했었고, 지저인이 습격해 오질 않나, 온천 드래곤이 습격하질 않나, 요즘 제블디아는 재해가 너무 자주 일어나는 것 같다. 혹시 시트리가 독을 탔던 것도 그 일환 아닌가?

그때 나는 충격을 받았다. 신문을 책상 위에 내려놓고는 팔짱을 끼고 다리를 꼬며 천장을 올려다보았다.

잠깐만——— 리즈는 애초에 들어있던 게 독이 아니라 약이라고 했다.

다시 말해…… 범인이 두 명 있는 건가? 애초에 냉정하게 생각하니 침입자는 진짜로 있었던 거고———.

"이건 복잡한 사건이군. 제국의 조사기관이 알아낼 수 있을지…………."

"……네?"

그냥 내버려 두었으면 단순했을 것을, 시트리가 상황을 복잡하게 만들었다.

침입자의 침입 경로도 태우는 할멈이 전부 날려버린 탓에 흔적을 찾아낼 수 있을지 의심스럽다.

아무리 우수한 제국의 기관이라도 설마 처음 넣었던 약과 독물을 넣은 범인이 다른 사람이라는 생각은 하지도 못할 것이다.

뭐, 애초에 잔에 들어있던 약에 대한 증거는 아무것도 없지⋯⋯
혹시 회장의 다른 테이블에 약이 든 잔이 있었을지도 모르지만 그
것도 할멈이 태워버렸으니————.

으음~. 눈을 감은 채 생각하고 있자니 에바가 조심조심 물어
보았다.

"뭔가⋯⋯ 알아내셨나요?"

"이 사건, 내 추리가 맞다면 범인은 두 명 있어."

"?! 네?! 어째서 그렇게⋯⋯?"

시트리와 약을 넣은 사람이다. 그리고 약을 넣은 사람과 침입
자는 이어져 있다고 생각하는 게 자연스럽다.

하지만 그런 말을 할 생각은 없다. 시트리가 저지른 짓을 보고
하면 시트리가 죄인이 되어버릴 테니. 범죄는 바람직하지 못하
지만, 내가 시트리 편이라는 건 그보다 앞서는 대전제다.

그녀를 고발할 바에는 차라리 함께 다른 나라로 도피하는 걸 선
택할 것이다. 무엇보다, 결과론이긴 하지만 시트리가 탄 독은 누
군가를 해치지도 않았다.

이렇게 된 이상, 진범에게 죄를 뒤집어씌워야겠다. 허락도 없
이 그런 곳에 있었던 시점에서 어차피 목이 매달리게 될 테니까.

어? 리즈네도 허락을 받지 않고 침입했다고? 하하하.

"그건 그렇고, 그 할멈도 참 골치 아픈 짓을 저질렀단 말이지."

"⋯⋯⋯⋯."

《심연화멸》이 회장을 태우지 않았다면 지금쯤 증거를 찾아내
고 진범을 붙잡았을지도 모르는데.

아니, 자칫했다간 폐하가 불탔을 거야. 왜 그 할멈은 아직 잡혀가지 않은 거야? 날뛰니까?

아무튼, 내가 할 수 있는 일은 진범이 얼른 잡혀가기를 기원하는 것과 만에 하나 시트리에게 의혹이 쏠리면 옹호하는 것 정도일 것이다. 전자는 그렇다 치고, 후자는 온 힘을 다해야지……. 예전에 집단 탈옥 방조 혐의를 받았을 때는 제대로 지켜주지 못했지만, 나도 몇 년 동안 조금이나마 성장했다. 성장한 건 주로 레벨이긴 하지만——— 헌터의 레벨은 신용이다. 레벨8이라면 발언에 신빙성도 있을 테고.

문제가 있다면 이번에는 누명이 아니라는 점인데.

"범인은 알고 계신가요?"

"범인은 그 침입자야."

"저기………… 정체는요? 아니, 두 명이라면 협력자가 있었다는 건가요?!"

"……자자, 진정해, 에바. 이건 그렇게 단순한 이야기가 아니야."

"죄, 죄송합니다——— 저도 모르게."

에바가 눈을 크게 뜨고는 아래쪽을 보았다.

…………에바 같은 사람에게는 진실을 말해도 되려나?

나는 지금까지 에바에게 도움을 잔뜩 받아왔고, 그녀를 더할 나위 없이 신뢰하고 있다. 무엇보다, 나보다 훨씬 똑똑한 에바라면 좋은 방법을 생각해줄지도 모른다.

"참고로, 마지막에 검출된 독을 탄 사람은 시트리하고 티노야."

"………………네?!"

에바가 눈을 한껏 크게 뜨고는 맥이 빠지는 듯한 목소리를 냈다. 뭐, 그런 반응을 보일 수밖에 없겠지.

그녀는 눈을 연달아 깜빡이며 내 얼굴을 빤히 보았다.

"네? 네? 네에?"

"뭐, 진정하라니까. 하지만 문제는 그게 아니야."

"이, 이이, 이게 진정할 일이에요?"

신기하게도 에바가 새파랗게 질렸다. 이제 와서 말해버린 게 조금 후회가 되지만, 이미 늦었다.

뭐, 괜찮아. 괜찮다고, 어떻게든 될 거야. 아직 죽은 사람은 없으니까 세이프!

그때, 방문이 세차게 열렸다. 에바가 움찔거리며 몸을 떨었다.

"여, 크라이! 좋은 거 보여줄게!"

기운차게 소리치며 들어온 사람은 황성 경비에 참가한 줄 알았던 루크였다.

루크는 새파랗게 질린 에바를 보고도 딱히 아무런 반응도 하지 않았고…… 문제는 들쳐메고 있던 물건이었다.

루크와 비슷할 정도로 큼직한 짐이다. 구역질이 날 정도로 진한 피비린내가 퍼졌다.

트레저 헌터라면 익숙할 만한 냄새긴 한데…… 그러지 마세요.

루크는 쿠웅, 소리를 내며 짐을 내려놓고는 뽐내듯이 말했다.

"점프해서 베었어. 하마터면 아크에게 뺏길 뻔했지만, 내가 이겼지!"

사냥감을 가지고 오다니, 고양이야? 잠깐, 열지 마, 열지 말라고.

"절반은 제국 녀석들에게 뺏겨버렸어. 뭐, 절반으로 나누지 않았다면 문을 통과하지도 못했겠지만."

이런 냄새를 풍기면서 거리를 돌아다니다니, 완전히 테러잖아. 피가 쏟아지지 않은 건 분명히 누군가가 쏟아지지 않게끔 포장해 주었기 때문일 것이다.

어떤 의미로는 제일 마음대로 살아가는 게 루크다. 루크에 비하면 리즈가 상식인일 정도니까.

"맞다, 크라이. 제국 녀석들이 할 이야기가 있으니까 오라던데. 탐협에서 기다리겠대."

"…………나는 할 이야기가 없는데."

"그렇구나……………… 벨까?"

"왠지 갑자기 이야기를 하고 싶어지네……."

안 되겠다, 혼자 가는 건 짐이 너무 무거워. 어쩔 수 없이 일어서자 에바가 신기하게도 눈가에 눈물을 머금고는 이쪽을 보고 있다는 걸 눈치챘다. 역시 이런저런 일 때문에 충격이 컸던 모양이다.

"에바도 가자. 루크는…… 이야기가 복잡해지니까 안 와도 돼."

일반인이 있으면 제국 녀석들도 허튼짓을 하지 못하겠지. 그들은 아무리 무서워 보여도 우리 파티의 야생아들과는 다르다.

"잠깐만, 크라이. 이건 어떻게 할까?"

루크가 자기가 가지고 온 비린내 나는 짐을 손가락으로 가리키며 의아한 표정으로 말했다. 그런 걸 내가 어떻게 알아…….

크게 한숨을 쉬고는 루크에게 말했다.

"마음대로 해도 되지만, 방을 더럽히진 마."

정말, 그 사람들은 왜 툭하면 내게 의존하려는 건지.

이 제도에는 나 말고도 실력이 좋은 헌터들이 산더미처럼 있는데, 진짜 이해가 안 된다.

가고 싶지 않다고 떼를 쓰는 몸을 달래가며 탐색자 협회의 회의실로 향했다. 에바와 함께 안으로 들어가자 방에는 이미 쟁쟁한 사람들이 모여 있었다.

지부장인 거크 씨와 카이나 씨. 어제 나를 경비에서 제외한다는 파인 플레이를 보여준 프란츠 씨와 기사 몇 명. 《심연화멸》이 거들먹거리고 있는 게 보여서 나도 모르게 인상을 썼다.

"흥…… 뭔가 하고 싶은 말이 있나 본데."

"아니………… 딱히……."

나이가 느껴지지 않을 정도로 엄청난 할멈의 눈빛 때문에 나도 모르게 눈을 피했다. 그래도 황제 폐하는 없는 것 같았다.

자리에 앉자 프란츠 씨가 인사도 하지 않고 말을 꺼냈다.

"잘 왔다. 이곳에 부른 건 드래곤 습격 사건에 대해 확인하고 싶은 게 있었기 때문이다. 어젯밤 사건에 대해서는 이미 들었겠지?"

"……그러기 전에 한 가지만 물어봐도 될까요?"

"……뭐지?"

거크 씨가 볼을 움찔거리며 이쪽을 보았다. 에바도 걱정스러운 듯한 눈초리로 나를 보고 있었다.

괜찮아, 이상한 말은 안 할 거니까.

"어제 독이 들어있었던 사건―― 구체적인 범인이 밝혀졌나요?"

"……………아직이다."

세이프. 무심코 숨을 내쉰 나를 보고 프란츠 씨가 이를 악물었다.

"뭔가 하고 싶은 말이 있나 본데, 크라이 안드리히."

"…………아니, 아무것도 아니야. 계속 말해, 계속 말해."

오히려 밝혀내지 못해서 다행일 정도다. 하룻밤이 지났는데 밝혀내지 못했다면 분명히 미궁에 빠질 것이다. 시트리가 정말 재주 좋게 해낸 모양이다.

프란츠 씨는 숨을 크게 몇 번 쉬고는 억누르는 듯한 목소리로 말했다.

"어젯밤, 크림슨 드래곤 성체가 황성을 습격했다. 시간은 심야 3시── 크라이 안드리히, 네놈이 돌아간 직후. 다행히 어젯밤에는 레벨이 높은 헌터들이 황성을 완벽하게 경비하고 있었다."

"아, 우리 아크가 있었다면서. 신문 봤어, 드래곤도 불쌍하네."

드래곤이 확실히 강력하긴 하지만, 높은 레벨을 인정받은 헌터는 '드래곤 슬레이어'의 칭호를 지닌 사람들투성이다. 어젯밤에는 안셈도 있었을 테니 아무리 드래곤이라 해도 그런 사람들을 상대하는 건 힘들었을 테고.

불행 중 다행인 것 같다. ……아니, 그런 상황에서 나를 부르는 건 이상하지 않아?

완전히 방관자 같은 기분으로 말하자 프란츠 씨가 날카로운 눈빛으로 나를 노려보았다.

"드래곤은 일직선으로 황성을 노리고 왔다. 자료도 조사해 보았다만, 이런 사태는 제도가 이곳으로 옮겨오고 나서 처음이다."

"……뭐, 어떤 거든지 처음은 있는 법이야. 나도 처음 경험하는 것들투성이거든."

"크라이, 둘러대지 마라!"

둘러대지는 않았는데, 거크 씨에게 혼났다. 부조리하네. 하지만 애초에 내가 제도에 오고 나서 제도에서 일어난 큰 사건은 대부분 처음 경험한 것들이었다. 이 도시, 저주받은 건 아니겠지.

"드래곤은 이유도 없이 사람이 사는 곳을 습격하지 않는다. 우리는 드래곤이 노릴 만한 것이 뭔가 성 안에 있었던 게 아닐까 하는 결론을 내렸다."

"그렇구나…… 그거 힘들었겠네…………. 아니, 잠깐만. 성 안에 있는 물건을 노렸다면 예전에 이미 드래곤이 습격했어도 이상할 게 없지 않나?"

드래곤 중 일부는 금은보화를 모으는 성질이 있고, 자신의 보물을 도둑맞으면 곧바로 미쳐 날뛰며 땅끝까지 되찾으러 온다고 한다. 그 환수는 강대한 힘과 지성을 자랑하지만, 결코 관대하지는 않다. 인간 같은 건 먹을 게 별로 없는 음식이라 생각하는 것 같다.

다시 말해 그 '물건'이라는 건 최근에 성 안으로 옮겨졌을 가능성이 큰 것이다.

내 명추리를 듣고, 기어코 프란츠 씨가 테이블을 세게 내리쳤다.

"뻐, 뻔뻔하게 둘러대는 것도 적당히 좀 해라! 우리의 견해로는 그 '물건'이——— 네놈이 황녀 전하께 선물한 드래곤의 알이란 말이다!"

"…………어?"

예상하지 못한 말을 듣고 나는 눈을 크게 떴다. 드래곤은 대부분 알을 낳지만, 한 번 출산할 때 하나의 알만 낳는다. 그것을 훔쳐 간다면 드래곤은 미쳐 날뛰며 곧바로 되찾으러 올 것이다.

하지만 그 선물은 드래곤 알이 아니다. 에바에게도 말했는데, 상품명만 온천 드래곤 알인 온천란이다. 잔뜩 팔던 상품 중 하나고, 달걀이다. 이 사람이 대체 무슨 소릴 하는 거지?

"그래도…… 저기, 미안한데, 그건 그냥 온천란이야."

조심조심 말하자 프란츠 씨가 세차게 테이블을 내리쳤다.

"그래! 그렇다고! 우리는 서둘러 선물을 검사했다. 그건, 말도 안 되게도, 완전히 평범한 온천란이었다! 스루스에서 팔고 있는 물건과도 비교해 보았다! 이게—— 무슨 뜻인지 알고 있겠지?"

프란츠 씨가 흥분해서 얼굴을 새빨갛게 물들인 채 콧김을 거세게 내뿜으며 다그쳤다. 나는 조금 진지하게 생각했다.

"………………크림슨 드래곤이 온천란을 좋아한다는 건가?"

"——— 윽."

프란츠 씨가 입술을 떨면서 일어섰다. 그때, 믿음직스러운 에바가 조용한 목소리로 말했다.

"누군가가 크라이 씨———《천변만화》를 함정에 빠뜨리려 했다는 거군요."

에바가 지적하자 프란츠 씨는 주먹을 쥐고는 크게 심호흡을 하고 나서 말했다.

"윽…… 그렇다. 그 말이 맞아. 그리고 만약에 네놈의 선물이 진짜 용의 알이었다면, 아무리 알이 크림슨 드래곤의 알이 아니었다 해도 혐의가 풀리진 않았을 거다. 풀릴 리가 없지."

아, 그렇구나. 그런 식으로 짜나가는 거구나…… 배울 점이 있네.

"하지만 네놈은 그것을 회피했다. 그리고 그 사실로 인해 범인을 꽤 좁힐 수 있었다. 네놈이 황녀 전하에게 알을 줬다는 사실을 아는 사람은 별로 없으니까."

호오…… 그거참 기적적인 회피네. 평소에 착하게 살아서 그런가.

진짜 드래곤의 알을 훔치면서 살지는 않았다고.

그때, 신기하게도 조용히 이야기를 듣고 있던 《심연화멸》이 코웃음 쳤다.

"흥…… 함정에 빠뜨린 거냐? 애송이, 수법이 여전하군."

"…………어?"

함정……? 무슨 소릴 하는 거야, 이 할멈. 나는 함정에 빠진 적은 있어도, 빠뜨린 적은 없는데.

애초에 온천 드래곤 알이 함정이라니, 아무리 그래도 무리가 있지.

나도 모르게 코웃음 치자 프란츠 씨가 헛기침을 크게 했다.

"아무튼, 드래곤을 조종할 수 있는 자는 그리 많지 않다. 지금부터 할 이야기는——— 기밀에 해당하는 내용이다."

프란츠 씨가 손을 들어 올리자 뒤에서 대기하고 있던 기사들이 방에서 나갔다. 탐협 직원들도 따라 나갔기에 남은 사람은 거크 씨와 카이나 씨, 나와 에바, 그리고 《심연화멸》뿐이었다.

나도 나가고 싶었는데, 이런 분위기에서는 그럴 수가 없을 것 같았다.

프란츠 씨는 크게 심호흡을 하고는 테이블 위에 천으로 둘러싼 큼직한 물건을 올려놓았다.

그는 신기하게도 긴장한 듯한 표정으로 나와 《심연화멸》을 바라보며 말했다.

"이번에는 긴급 사태이니 수단을 가리지 않겠다."

"윽?! 그건——— 말도 안 돼?!"

《심연화멸》이 신기하게도 동요하며 목소리를 냈다. 거크 씨와 카이나 씨, 에바도 멍해졌다.

프란츠 씨가 천을 들추자 안에서 나온 것은 한없이 맑은 보옥이었다. 잔잔한 바다를 연상케 할 정도로 한없이 투명한 그것은 비싸기만 한 일반적인 보석이 드러내지 못하는 빛을 품고 있었다.

『트루 티어즈(진실의 눈물)』. 온갖 거짓을 밝혀내는 힘을 지닌 수정구슬 형태의 보구.

제국 비보 중 하나이며 이 제블디아가 발전한 요인 중 하나이기도 하다.

그것은 제국에 대대로 내려오는 보도이며, 결코 뽑아서는 안 되는 검이기도 했다.

"말도 안 돼! 그 보구의 사용은 제국 법으로 엄격히 제한되어 있다! 이 정도 안건에 사용 허가가 나올 리가 없어."

거크 씨가 흥분해서 얼굴을 새빨갛게 물들인 채 외쳤다. 맞는 말이다.

이 보구는 사용한 자의 모든 거짓을 밝혀낸다. 세뇌나 기억의 소거를 비롯한 온갖 정신오염도 통하지 않고, 지금까지 이 수정 구슬을 속인 사람은 없다. 하지만 그 보구는 그냥 편리하기만 한 게 아니다.

진실만을 정확하게 비추는 보옥은 다툼을 불러온다. 그렇기 때문에 이 보구를 사용하기 위해서는 복잡한 신청과 허가, 그리고 무엇보다 증거가 필요하며, 최고 권력자인 황제조차 쉽사리 쓸 수가 없다.

무엇보다 힘이 너무나도 강하다. 사람은 누구나 청렴결백할 수만은 없다. 다들 비밀 하나둘쯤은 가지고 있는 법이다. 그런 보구를 간단히 쓰게 내버려 두면 모두가 제블디아를 떠나갈 것이다. 그리고 그것은 나라의 멸망을 의미한다.

이 보구를 사용할 수 있게 허가가 나는 경우는 죄가 확정된 10대 범죄(제국에서 가장 무거운 열 가지 죄)를 저지른 사람 정도다. 아무리 의심스럽다 해도 의심스러운 것만으로는 사용할 수가 없다. 사용해서는 안 되는 것이다.

나는 몇 번이나 쓴 적이 있지만 말이지. 보옥의 심판을 여러 번 받고도 아직까지 잡혀가지 않은 사람은 나 정도밖에 없을 것이다.

분위기가 팽팽해졌다. 깜짝 놀란 다른 사람들을 대신해서 내가 말했다.

"황제 폐하에게 허가를 받은 거야?"

"받을 수 있을 리가 없잖나! 그분께서는 누구보다 자신에게 엄격하신 분이시다!"

"호오…… 멋대로 가지고 와버린 거구나."

아무리 상급 귀족이라 해도——— 아니, 지보를 가지고 나올 수 있는 권력자이기에 더욱 이런 행동은 용납될 수 없다.

이 사실이 밝혀지게 되면 그는 무사하지 못할 것이다. 그 정도로 『트루 티어즈』는 중요한 문제다.

프란츠 씨가 나를——— 나만을 보며 말했다.

"할 수 있다면 증명해 봐라. 자신의 무죄를!"

"좋아. 오히려 잘된 거지."

"읔?!"

찔리는 게 없으니 전혀 상관이 없다. 보옥의 심판을 여러 번 받아봤는데, 몇 번을 봐도 이 보구는 아름답다. 가까운 곳에서 볼 기회가 생겨서 기쁠 정도다.

맑은 수정이 내 모습을 비추었다. 그리고 나는 하품을 하면서 보옥에 손을 가져다 댔다.

『나, 크라이 안드리히는 제블디아를 일절 적대시하지 않는다.』

"읔!!"

의식이 빨려 들어가 한순간 공백이 되었고, 보옥이 푸르스름한 빛을 내뿜었다. 내 말이 진실이라는 증거다.

프란츠 씨는 입을 떡 벌렸다. 이런, 이런, 나만큼 무해하면서도 무능한 사람은 없는데.

거크 씨도 눈이 뒤집힌 것 같았다. 그러고 보니 거크 씨는 처음에 내가 『트루 티어즈』의 심판을 받았다는 이야기를 들었을 때 엄청나게 화를 냈었다. 헌터의 명예를 지키는 것도 탐색자 협회가

할 일이라는 게 그때 했던 말이다.

"뭐, 프란츠 씨가 너무 긴장한 거야. 힘을 좀 빼라고. 나는 상관 없지만, 헌터에게 갑자기 『트루 티어즈』를 쓰려 하는 건 엄청난 실수잖아. 태워버린다 해도 어쩔 수 없지."

특히 지금 이곳에는 성격이 급한 것으로 유명한 할멈도 있다. 《심연화멸》을 힐끔 보니 그녀는 일그러진 미소를 지으며 말했다.

"칫. 어쩔 수 없군…… 자, 이러면 되는 거지? 『나는, 제블디아 를 적대시하지 않는다』."

보옥이 푸르스름한 빛을 내뿜었다. 《심연화멸》이 인상을 찌푸 렸다. 트루 티어즈를 사용하는 데 익숙하지 않기 때문일 것이다.

나는 눈을 동그랗게 뜨고는 무심코 말했다.

"어라? 적대시하지 않았어? 앗."

"윽………… 정말 사람을 열받게 하는 애송이로군."

말실수를 해서 입을 다문 나를 《심연화멸》——— 로제마리 퓨 로포스가 마치 장작이라도 보는 듯한 눈초리로 바라보았다.

그러자 프란츠 씨가 고개를 크게 숙였다.

"윽………… 협력, 감사한다. 그럼 본론으로 들어가지."

거크 씨하고 카이나 씨는 안 써도 되나…… 보아하니 우리는 정 말 신용이 없나 보다.

프란츠 씨는 보구를 정성껏 다시 포장해서 넣고는 마음을 다잡 는 듯이 헛기침을 살짝 하고 말했다.

"《천변만화》, 《심연화멸》, 네놈들은——— '여우'를 알고 있겠지?"

여우……? 그러고 보니 천장에 달라붙어 있던 녀석이 여우 가면을 쓰고 있었는데.

프란츠 씨가 한 말을 듣고 할멈의 눈이 빛났다.

"!! …………그렇군, ……그 가면은 그런 거였나. 정말 알아보기 쉬운 짓을 하는군."

내가 상식을 알고 있다는 전제로 단정 짓지 말아줬으면 하는데. 나는 잠시 생각하다 손뼉을 쳤다.

"여우? 아, 물론 알지. 일단 물어보는 건데, 동물 말하는 건 아니지?"

"……그래. 동물도, 마수도 아니다."

역시나. 동물이나 마수가 아니라면 답은 한 가지밖에 없다.

정말로 자랑할 건 아니지만, 나는 불운 체험담 중 하나로 꼬리가 열세 개 달린 여우와 마주친 적이 있다.

너무나도 많이 모인 마나 머티리얼 때문에 이동하면 그곳이 보물전으로 변할 정도로 터무니없는 팬텀 여우다. 지성을 지니고 있으며, 경험을 지니고 있고, 힘을 지니고 있었다. 당시 우리 힘으로는 도저히 맞서 싸울 수 없었던 신에 가까운 존재다. 공략 추정 레벨은 아마 최고(레벨10)일 것이다.

마주친 건 완전히 우연이었다. 원래는 마주치고 싶어도 그럴 수 없는 존재다. 우여곡절 끝에 겨우 살아 돌아올 수 있었지만, 그 괴물 여우는 지금도 보물전으로서 세계 어딘가를 방황하고 있을 것이다.

그리고 거기에 서식하는 졸개 팬텀은 여우 가면을 쓴 인간(인간은 아니지만)이었던 것이다.

어쩐지 침입자를 봤을 때 왠지 낯익은 것 같았다. 뭐, 가면 디자인이 꽤 많이 다르긴 하지만, 이미지 체인지를 했을지도 모르니까…….

"현재 우리나라를 덮친 사건들 중 몇 가지는 '여우'의 공작으로 인한 것으로 예상된다."

"그렇구나. …………그렇구나?"

그 여우는 신과 같은 힘을 지니고 있긴 했지만, 인류를 적대시하지는 않았다. 아니, 전혀 흥미가 없는 것 같았다. 지니고 있는 힘이 전혀 다른 차원이니 팬텀은 보물전 밖에서 활동할 수 없다는 상식이 들어맞지는 않겠지만, 대체 제블디아가 무슨 짓을 했길래 그렇게 화나게 만든 거지?

프란츠 씨가 짜증 난다는 듯이 말했다.

"제블디아는 지나치게 커졌다. 트레저 헌터를 중용함으로써 발전했지만, 그것을 탐탁지 않아하는 자들도 있다. 아마 이번 사건도 헌터와의 관계를 악화시키기 위한 공작일 것이다. 요리에 독을 탄 건 너무나도 치졸한 짓이지만 말이지……."

"……그래, 그건 틀림없이 '여우'의 소행이야. 나를 함정에 빠뜨리다니, 터무니없는 녀석이군!"

나는 떠오른 의문을 전부 무시하고 온 힘을 다해 묻어가기로 했다.

어차피 애초에 침입자 탓으로 돌릴 생각이었고, 팬텀 상대로는 죄책감도 들지 않는다.

"루크가 사람을 베는 것도 여우 때문이야. 리즈가 불법 침입했던 것도 여우 때문이야. 시트리와 티노가 독을 탄 것도 여우 때문이야! 정말 괘씸하군!"

"?! 그건 여우 때문이————이봐, 방금 뭐라고 했지?!"

"어차피 짐승인가, 그 여우 녀석. 언젠가 분명히 그럴 줄 알았다고, 나는!"

그렇게 유부를 바치고 엎드려 빌었는데…… 마주친 이후로 소문조차 들리지 않았기에 방심하고 있었다.

뭐, 방심하지 않아도 내가 할 수 있는 건 아무것도 없지만.

발끈한 나를 곁눈질하며 할멈이 어깨를 으쓱였다.

"그런데…… 귀찮은 짓은 그만하고 얼른 본론으로 들어가시지. 법을 어겨가며 트루 티어즈를 가지고 나와서 사용한 이유가 따로 있을 텐데?"

내 기억에 따르면 그녀는 말보다 손이 먼저 나가는 사람들의 필두였을 텐데, 오늘은 온화하네.

프란츠 씨는《심연화멸》의 말을 듣고 살짝 헛기침을 하고는 진지한 표정으로 말했다.

"아무튼, 역사 깊고 강한 제블디아로서는 그 녀석들에게 위축된 모습을 보여줄 수가 없다. 이제 곧 폐하께서 외유를 나가실 예정이라는 건 알고 있겠지?"

"…………그렇군, 그런 거였나."

뭔지는 모르겠지만, 그런 거인 모양이다.《심연화멸》이 고개를 끄덕였고, 거크 씨가 몸을 앞으로 내밀었다.

에바가 진지한 눈빛을 보이고 있다. 아무것도 모르는 사람은 나밖에 없는 것 같다.

하지만 혼자 뒤처지는 건 익숙하다. 나는 일단 하드보일드한 미소를 지었다.

"그래서………… 《천변만화》, 네놈에게 의뢰할 게 있다."

"미안하지만, 나는 쉽사리 받아들이지 않아."

의뢰 내용도 듣지 않고 거절한다. 거의 조건반사나 마찬가지였다.

나는 지금까지 못 할 것 같은 힘든 의뢰는 물론이고 약간 까다로울 것 같은 의뢰도 전부 흘려넘겼다. 쉽사리 받아들일 거라 생각하면 곤란하지. 내가 할 수 있는 건 아크를 빌려주는 것뿐이야.

애초에 왜 나지? 여기에는 나보다 천만 배는 강한 할멈이 있는데.

"여우는 네놈을 함정에 빠뜨리려 했다. 여우는 네놈을 두려워하고 있어. 트루 티어즈의 심판을 받은 이상, 네놈은 결백하다."

"보구가 고장 난 건지도 모르지."

"윽………… '티어즈'는 제국의 기둥이다. 그리고 보구는 고장 나지 않아!"

거크 씨가 살기조차 느껴지는 듯한 눈빛으로 나를 노려보았다.

음…… 아크 같은 사람에게 넘기면 되려나? 곧바로 신산귀모의 책략을 짜내고 있던 내 앞에 프란츠 씨가 큼직한 트렁크 케이스를 내려놓았다.

설마, 보수? 준비가 철저하긴 한데———. 이봐, 이봐, 설마 내가 돈에 넘어갈 거라 생각한 거야?

얕보면 곤란한데. 나는 빚을 내서라도 보구를 사들이는 남자 거든?

"네놈은 보구 콜렉터인 모양이더군. 보수로서——— 폐하께서 는 황성의 보물고에서 이것을 하사하겠다고 하셨다."

단호한 태도로 의뢰를 거절하기로 결심한 내 앞에서 프란츠 씨가 트렁크 케이스를 열었다.

안에 들어 있던 것은 녹색과 붉은색, 금색으로 짜였고 약간 색이 칙칙한 천이었다. 옷이나 외투가 아니다. 꽤 두껍고, 나름대로 화려하다.

나는 무심코 눈을 크게 뜨고는 떨리는 손으로 그 천을 만졌다. 매끈매끈한 질감이다.

생각했던 것보다 작지만——— 이건 혹시………… 동화에도 자주 나오고 희귀해서 좀처럼 유통되지 않는 것으로 유명한 보구———『플라잉 카펫(하늘을 나는 융단)』 아닌가?

굳은 표정으로 고개를 든 나를 보고 프란츠 씨는 여기에 온 뒤 처음으로 미소를 보였다.

뛰어난 트레저 헌터에게 훈련은 일상의 일부다.

《시작의 발자국》 클랜 하우스 지하 5층.

가장 넓은 훈련장 문 앞에 《발자국》 헌터들이 모여 있었다.

마침 훈련을 할 생각으로 온 스벤이 모여 있던 사람들을 보고 눈을 동그랗게 떴다.

"……뭐 하고 있어? 이런 곳에 모여서."

"응. …………아무래도 오늘 지하 5층은 대절한 모양이야."

"대절……? 그런 제도는 없잖아. 또 리즈가 멋대로 구는 건가?"

인상을 찌푸린 스벤에게 멤버 중 한 명이 몸을 살짝 떨며 말했다.

"아니………… 마스터가 훈련을 하고 있다고."

스벤은 그 말을 듣고 말없이 문을 보았다. 뭘 하고 있는 걸까. 두꺼운 금속 문 너머에서는 뭔가 무거운 물건이 부딪히는 소리가 연속으로 울리고 있었다.

《천변만화》는 훈련을 하지 않는다. 레벨이 높은 헌터라고는 믿기지 않을 정도로 하지 않는다. 하지만 훈련장을 만들어놓고 거의 쓰지 않는 마스터가 예외적으로 훈련장을 쓸 때가 있다.

보구 콜렉터로도 유명한 《천변만화》는 새로운 보구를 손에 넣으면 훈련장에서 그것을 시험해본다. 그것도 평범한 헌터라면 사용하기를 망설일 만한 보구도 아랑곳하지 않고 기동시키기 때문에 무슨 일이 벌어질지 모른다. 아마 본인은 이해하고 있겠지만(이해하지 못했다면 보통은 기동시키지도 않는다), 주위에서 보기에는 골치 아프기 짝이 없는 일이다.

"오늘은 한층 더 거칠군……. 어쩔 수 없지, 한잔하러 갈까."

다른 훈련장을 쓸 수도 있겠지만, 《천변만화》는 힘 조절이라는 걸 모른다. 만에 하나 천장을 뚫고 오기라도 하면 큰일이다. 이번에는 꽤 의욕이 넘치는 것 같으니 휘말리게 되면 골치 아프다.

스벤 일행은 어깨를 으쓱이고는 익숙한 느낌으로 그곳을 떠나 갔다.

시야가 단숨에 가속했다. 정체를 알 수 없는 만능감과 고양감 이 머릿속을 맴돌았다.

대단해! 대단하다고! 지금 나는 바람이 되었어!

———그리고 나는 융단과 함께 벽에 머리를 들이받고는 몸을 거세게 부딪힌 뒤 바닥에 떨어졌다.

둔탁한 소리가 넓은 훈련장 안에 울려 퍼졌다. 다행히 세이프 링이 작동되었기에 대미지는 없다.

벽 쪽에서 팔짱을 끼고 이쪽을 보고 있던 충전 담당 루시아가 눈살을 찌푸리며 말했다.

"……리더, 속은 거 아닌가요?"

"……아니, 하늘은 제대로 날고 있으니까……."

"본인은 태우고 싶지 않은 것 같은데요……."

루시아가 말한 대로 충전을 마치고 기운을 되찾은 융단은 내 눈 앞에서 귀퉁이를 발처럼 디디고 일어서서 마치 경계하는 것처럼 거리를 슬금슬금 벌리고 있었다.

저절로 움직이는 보구를 '자주형'이라고 부른다. 『독 체인』도 그런데, 이런 보구는 꽤 간단히 기동시킬 수 있는 반면에 조작하는 데 문제가 있다. 예를 들어 동물 계열 사슬은 종류나 발견되는 양도 많지만, 같은 계통 사슬도 각각 성격이 달라서 도구라는 의미로는 다루기가 매우 까다롭다.

그리고 내가 받은 융단은 성격에 좀 문제가 있는 것 같았다. 나는 씨익 웃고는 말했다.

"『플라잉 카펫』이 아니라 『난폭한 카펫』이었던 모양이네———끄윽!"

융단이 단숨에 거리를 좁히고는 내 몸통에 일격을 날렸다. 융단이라 공격이 가볍기는 하지만, 그 때문에 세이프 링이 자동으로 기동되지 않았다.

나는 살짝 기침을 하며 입가를 소매로 닦았다. 꽤 하는군, 역시 황성의 보물고에서 잠들어 있던 아이야.

"허억, 허억, 좋아. 너는 오늘부터 내 라이벌이다."

"융단이요?"

공격력은 나와 비슷한 정도로 낮은 것 같다. 하지만 방어력은 나보다 훨씬 높다.

섀도우 복싱을 하고 있는 융단에게 덤벼들어 몸을 붙잡았다. 그 순간, 몸이 떴다.

시야가 회전했고, 융단이 이리저리 하늘을 날았다. 달라붙어 있는 것만으로도 벅찼다.

사람이 한 명 타고 있는데도 엄청난 속도다. 보구에도 성능 차이가 있다. 이 융단은 가속 성능과 최고 속도가 꽤 높아서 이동

수단으로는 정말 좋을 것 같다. 게다가 선회 성능도 뛰어나서 공중제비도 돌 수 있다. 승객까지 제대로 고려해주는 융단이었다면 정말 비싼 값으로 거래되었을 것이다.

다시 어떻게 해보지도 못하고 벽에 격돌했다. 융단은 천이라 무사하지만, 나는 세이프 링을 하나 소비했다.

플라잉 카펫은 비행용 보구로 꽤 유명하고 꽤 비싼 값에 거래되는 보구다.

그 지명도는 내가 유일하게 지니고 있는 비행용 보구인 『나이트 하이커(밤하늘의 어둠 날개)』를 훨씬 뛰어넘는다.

이건 현관 매트 정도 사이즈지만, 보통은 여러 명이 탈 수 있고 짐도 실을 수 있다. 거기에 기동도 간단하니 인기가 없을 리가 없다. 그리고 내 지식으로는 승차 거부를 하는 융단이 있다는 이야기를 들어본 적이 없는데, 아마 그게 황제 폐하가 내게 주는 보수로 이 융단을 선택한 이유일 것이다.

이 말괄량이 같으니. 다시 융단에게 슬금슬금 다가가는 나를 보고 루시아가 몇 번째일지 모를 한숨을 쉬었다.

"돌려주는 게 낫지 않아요?"

"하늘을 나는 건 인류의 꿈이야. 이해가 안 돼?"

"저는 혼자서도 날 수 있으니까요. 애초에 리더에게는 나이트 하이커가 있잖아요."

"그건 결함품이야. 게다가 밤에만 쓸 수 있잖아."

그리고 플라잉 카펫은 내가 동경하던 보구였다. 성격이 다소 골치 아프더라도 이런 기회를 놓칠 수는 없다.

융단이 자연스러운 움직임으로 미끄러지듯이 내 주위를 회전하며 다리를 걸었다. 그리고 쉽사리 엉덩방아를 찧은 내 머리를 귀퉁이 부분을 내밀어 쓰다듬었다. 완전히 바보 취급하고 있다.

나는 하드보일드한 미소를 지었다.

"훗, 귀여운 녀석 같으니. 좋아, 이름을 지어주마. 그래…… 카펫이니까 카 군이다! 으엇!"

융단이 내 발치로 미끄러져 와서는 나를 태우고 천천히 5미터 정도 높이인 천장 근처까지 날았다.

이제야 나를 주인으로 인정한 건가……. 그런 생각을 한 순간, 융단이 뒤집어져 나를 공중에 내팽개쳤다.

머리가 금속 바닥에 처박혀 엄청난 소리가 훈련장에 울렸다. 또 세이프 링을 소비해버렸다.

아마 하루 동안 이렇게 세이프 링을 많이 소비한 사람은 나밖에 없을 것이다.

"역시 하이커가 더 쓰기 편하지 않나요?"

"아니…… 그거 연습할 때도 몸은 거의 비슷하게 부딪혔으니까."

루시아가 혼이 빠져나가는 듯한 긴 한숨을 쉬고는 내 세이프 링을 다시 충전해 주었다.

"함께 어울려주고 있는 제 입장도 좀 생각하세요."

"탈 수 있게 되면 태워줄게."

"절대로 싫어요. 몇 번이나 말씀드렸는데, 저는 혼자서도 날 수 있다고요."

루시아는 빗자루를 타고 날 수 있다. 보구 빗자루가 아니라 그냥 빗자루다. 그런 마법을 쓸 수 있는 것이다.

내가 생각한 마법인데, 당시에는 『마녀의 빗자루』가 유명한 비행형 보구라는 사실을 몰랐다. 아마 그냥 시판되는 빗자루를 타고 하늘을 날 수 있는 건 이 세계에 루시아뿐일 것이다.

참고로 루시아가 말하기로는 빗자루는 쓰지 않는 게 더 날기 편하다고 한다. 응, 그래, 그렇지……

계속 떨어지거나 벽에 부딪히곤 했지만, 이 정도로 풀 죽을 정도로 내 마음은 약하지 않다.

최근에는 약간 운동 부족 느낌이었기에 딱 좋을 정도다. 『난폭한 카펫』은 나를 계속 떨어뜨렸지만, 붙잡지 못할 곳까지 도망치려는 기색은 없었다. 다시 말해, 그의 본능은 분명히 나를 태우고 싶어 하는 것이다.

융단은 팔랑팔랑 흔들리며 몸통박치기를 날렸다. 상대가 천이기 때문에 위력은 뻔하지만, 속도가 빠르기에 충격도 웃어넘길 수가 없었다. 나는 바닥에 몇 번 튕긴 다음 대자로 뻗었다.

융단은 내 위를 하늘하늘, 쾌적하게 떠 있었다.

……………어쩌면 그냥 성격이 안 좋은 건지도 모르겠네.

하지만 그것 또한…… 좋다. 나는 어른이라서 융단에게 바보 취급 당해도 의기소침해지진 않는다.

다시 일어난 내게 루시아가 말했다.

"그러고 보니 리더. 슬슬 의뢰 준비를 하는 게 낫지 않나요?"

"…………어? 의뢰?"

전혀 생각하지 못했다. 눈을 동그랗게 뜬 내게 루시아가 불쾌하다는 듯한 표정을 지었다.

융단이 분위기를 파악한 것처럼 얌전히 있었다.

"에바 씨에게 들었는데요? 선불로 융단을 받았다면서요."

"…………."

이런, 잊고 있었다. 융단을 눈앞에 내놓은 시점에서 나는 그냥 고개만 끄덕이는 기계가 되어버렸던 것이다.

동경하던 보구를 보고는 그 전후의 기억이 사라졌다. 뭔가 부탁받은 것 같기도 하고, 아닌 것 같기도 하고…….

일은 하고 싶지 않지만, 융단도 절대로 돌려주고 싶지 않다. 민음직스러운 여동생에게 조심조심 물어보았다.

"…………의뢰표, 가지고 있어?"

"네, 에바 씨에게 받았어요. 정말…… 창피했다고요…….."

루시아가 얼굴을 새빨갛게 물들이며 나를 노려보았다. 정말 항상 폐를 끼쳐서 죄송합니다.

제블디아의 인장이 새겨진 봉투를 받아들고는 떨리는 손으로 뜯었다.

융단이 뒤에서 들여다보았다. 나는 내용을 대충 읽고는, 죽었다.

"황제의 호위 의뢰………… 그렇구나……."

이건…… 책임이 막중하다. 내게 부탁하다니 머리가 이상하잖아………… 아크에게 넘겨야 하려나?

나는 여러 가지 의미로 헌터에 적합하지 않은 사람이지만, 제일 적합하지 않은 일을 한 가지만 들자면 호위일 것이다. 이유는 간단하다. 내가…… 운이 정말 안 좋기 때문이다.

예전부터 호위 의뢰에는 별로 좋은 추억이 없다. 호위라는 건 원래 보험이다. 뭐, 호위를 고용할 정도니까 위험한 곳을 돌아다니는 거지만, 대부분의 경우에는 별다른 문제 없이 의뢰가 끝난다……고 들은 적이 있다.

하지만 나는 지금까지 호위 의뢰 중 거의 모든 상황에서 어떠한 문제가 발생했었다.

그 문제는 팬텀일 때도 있고, 마물일 때도 있고, 도적단이나 범죄조직일 때도 있었다. 자연재해일 때도 있었다. 뭐, 호위가 아니라 바캉스를 갔을 때도 험한 꼴을 당하니 호위를 맡을 때의 확률은 비교도 안 되는 수준이었다.

나는 내 단점을 이해하고 있다. 그렇기 때문에 호위 의뢰는 절대로 받고 싶지 않고, 실제로 받지 않게끔 하고 있다. 나는 죽을 뻔한 상황에 익숙해졌지만, 사람들은 대부분 익숙하지 않다.

나는! 의뢰주를 고려해서! 그렇게 말하는 것이다!

그러나 평소라면 거절했겠지만, 이번에는 플라잉 카펫이 인질로 잡혀있다.

퇴로가 끊긴 형태로 의뢰를 떠맡게 된 나는 한참 고민한 결과, 동료들을 소집하기로 했다.

원래 우리는 지금까지 의논을 거듭하며 나아가 왔다. 보물전에 가지 않게 된 이후로는 그럴 기회가 많이 줄었기에 이런 회의를 하는 것도 오랜만이다.

클랜 하우스의 미팅 스페이스. 큼직한 테이블을 중심으로 각자

자리에 앉아있다.

검성의 제자이자 제도에서 손꼽히는 검의 달인. 《천검》이라는 별명을 지닌 검사. 루크 사이콜.

그림자조차 남지 않는 신속의 도적(시프). 《절영》, 리즈 스마트.

자재 수집과 두뇌를 담당하는 최우수 연금술사. 시트리 스마트.

파티의 생명줄. 수비와 치유를 담당하며 제도에서도 유명한 팔라딘(수호기사). 안셈 스마트.

거기에 오늘의 손님인 (왠지 모르겠지만 있는) 티노, 그리고 에바다. 나는 크게 손뼉을 쳤다.

"그럼, 제35회 탄령(스트그리) 회의를 시작하겠습니다!!"

"우오오오오오오오오오오오오! 핫하~!"

"크라이 멋지다~! 휘익~, 휘익~!"

"……마스터어, 신!"

루크와 리즈가 억지로 분위기를 띄웠고, 티노가 급하게 뒤따라 말했다.

"……또 엘리자가 없네."

"음~, 어제는 봤는데…… 엘리자는 자유로운 사람이니까……."

리즈가 다리를 크게 움직여 꼰 다음, 고개를 갸웃거렸다.

그럴 만도 하다. 엘리자를 파티에 끌어들일 때의 조건은 그녀의 자유를 존중하는 것이었다.

엘리자에게 주려고 사 온 바캉스 선물이 없어진 걸 보니 잘 지내고 있는 것 같다.

그런 다음, 항상 그랬듯이 시트리가 사회를 이어받아 주었다.

"오늘 회의의 주제는 저번 '백검 모임'에서 일어난 사건을 계기로 들어온 의뢰——— '황제 폐하의 호위'에 대한 것입니다. 여러분께서도 아시다시피 제블디아 제국 황제는 1년에 한 번, 다른 나라와 회담을 진행합니다. 해마다 근위대인 제0기사단이 담당하던 그 호위를 올해는 《천변만화》가 맡게 되었습니다."

그때 티노가 조심조심 손을 들었다. 잠을 못 잔 건지 눈 아래에 다크서클이 보였다.

"네? 네? 저기…… 이유가, 뭐죠? 왜냐하면 독은———."

나도 이유를 모르겠지만…… 에바가 어흠, 살짝 헛기침을 하고는 덧붙여 말했다.

"그 건은 불문에 부치기로 했습니다. ……아마 크라이 씨가 파둔 함정의 일환으로 간주한 거겠죠."

"?! ……………………마스터어는 신, 마스터어는 신."

티노가 망가진 장난감처럼 중얼거리기 시작했다. 어느새 그렇게 된 거지…….

그리고 나는 크게 심호흡을 한 다음, 기합을 담아 말했다.

"아무튼, 이번 의뢰는 반드시 받아야만 합니다."

"호오~, 이번에는 의욕이 있네! 황제의 호위…… 주먹이 운다! 그 녀석도 검사니까!"

"뭐, 상대가 그 '여우'니까요."

"어어?! 거물이잖아. 그렇구나아, 여우 가면을 쓰고 있긴 했으니까…… 알아보기 쉽네~. 나는 한 번 정도는 싸우고 싶었거드은."

"으음, 으음……."

"마스터어가…… 의욕……."

루크가, 루시아가, 리즈가, 안셈이 각자 반응을 보였다. 보아하니 상대가 최악의 팬텀이라 해도 아랑곳하지 않는 것 같다(티노 제외). 무시무시하면서도 믿음직스럽다…… 너무 무리하지는 않았으면 좋겠는데…….

호위 의뢰는 내키지 않지만, 나는 루크와 다른 파티원들을 믿고 있다. 그들을 호위로 데려가면 안심이다. 그리고 내가 빠지면 완벽하다. ………그렇게 할 수 있게끔 허락을 받을 수 있으려나?

그때 의뢰표를 읽고 있던 시트리가 눈을 동그랗게 뜨고 말했다.

"아, 멤버 인원수에 제한이 있네요. 다섯 명이에요."

"윽?!"

리즈가 입을 다물었다. 루크가 눈을 반짝이며 숫자를 셌다. 나는 고개를 끄덕였다.

"그렇구나…… 나랑 엘리자를 빼고 다섯 명을 보내라는 건가? 역시 지시가 딱 맞네."

"?! 농담하지 마세요!"

에바가 소리쳤다. 농담한 거 아닌데…….

리즈는 팔짱을 끼고는 나를 보고 말했다.

"흐응~. 따돌림당하는 사람이 생기는구나. 뭐, 크라이가 멤버를 고르면 되겠지?"

"그래, 맞아. 리더, 나는 어떤 결정을 내리든 크라이를 따를 거야!"

"제일 뒤끝이 없을 것 같기도 하니까…… 저는 물자 조달 담당이니까."

항상 이럴 때 팍팍 들이대는 루크와 리즈가 예상했던 것보다 얌전하다. 시트리도 차분해 보인다.

자, 누구로 할까……. 일단, 루크하고 리즈는 안 된다. 너무 위험해. 리즈를 빼고 시트리를 넣으면 뒤끝이 있을 것 같으니 시트리도 안 되고. 음, 고민되네…….

나는 한동안 고개를 갸웃거리고 있다가 크게 끄덕였다.

"좋아, 나, 아크, 에바, 루시아로 정했어."

"네?! 잠깐만요, 저는 헌터가 아닌데요?!"

에바가 깜짝 놀랐다. 괜찮아. 아크가 있으면 호위 같은 건 충분해. 루시아는 보구 충전 요원이다. 그러자 리즈가 응석을 부리는 듯한 목소리를 냈다.

"크라이, 한 자리 비었는데?"

"어………… 그럼 일단 티노."

"네?!"

티노가 이상한 목소리를 냈다. 그때, 루크가 일어서서 소리쳤다.

"역시 안 되겠어, 크라이! 호위는 실력으로 정해야지!"

"찬성! 크라이는 착하니까 약해 빠진 녀석을 데리고 가려 할 테고!"

"그럼 토너먼트식―― 아니, 배틀로얄로 정하죠!"

"…………으음."

보아하니 다들 가고 싶어서 어쩔 줄 몰랐던 모양이네.

루시아가 크게 한숨을 쉬고는 말리러 나섰다.

"다들 진정해요. 리더의 결정이니까―― 선택받지 못했다고 해서 소란을 피우는 건———."

"혼자 선택받았다고 기뻐하기는. 이 브라콘 루시아! 크라이 씨, 루시아가 에이프런 드레스를 입고 거울 앞에서 빙글빙글 돌고 있었어요! 크라이 씨가 칭찬해줄까, 라고 하면서요!"

"…………뭐, 뭐어? 그런 짓, 안 했어!"

루크가 목도를 뽑아 들고 달려들었다. 리즈가 테이블을 걷어찼고, 시트리가 포션을 획획 던지기 시작하자 루시아가 시트리에게 덤벼들었다. 에바가 새파랗게 질렸고, 티노가 비명을 질렀다.

나는 에바와 티노를 데리고 안셈 뒤에 숨으며 방에서 도망쳤다.

역시 안 되겠어. 냉정하게 생각해보니 이야기를 꺼내기 전에 눈치챘어야 했는데.

우리 파티 멤버는 다들 사이가 좋지만, 그와 동시에 서로 경쟁하는 사이이기도 하다. 저렇게 될 거라는 건 뻔했다.

아무도 선택하지 않는다면 그나마 어떻게든 되겠지만, 한 명을 선택하면 모두가 따라와 버릴 것이다. 어린애인가?

뭐, 애초에 멤버 제한이 다섯 명이라는 게 문제지만, 제한이 없더라도 협조성이 마이너스인 우리 파티 멤버를 데리고 가는 건 너무 위험하다. 루시아 같은 애라면 모를까 리즈나 루크의 만행을 말릴 자신도 없고, 엘리자도 너무 자유롭다. 황제 폐하에게 근처에서 사냥한 도마뱀 같은 걸 먹어보라고 할 것 같다.

"다섯 명이라는 인원수 제한은 귀족이나 근위대를 감안해서 정한 숫자일 겁니다. 제국이나 근위대에도 위신이 있고, 애초에 근위대가 메인, 헌터는 어디까지나 서브라는 위치겠지만요…….”

“마스터어, 저기…… 저한테는 짐이 너무 무거워요…… 농담이시죠?”

괜찮아, 농담, 농담이야. 리즈를 빼놓고 티노만 데리고 간다니, 그러면 티노가 죽어버리잖아.

그런데, 그렇단 말이지…… 어디까지나 서브라고. 그야 그렇겠지. 너무 긴장했던 것 같다.

그때 나는 하늘의 계시를 받았다. 나도 모르게 미소를 지었다. 《시작의 발자국》은 규모가 큰 클랜이다. 다른 헌터들과의 교류도 활발하다. 그리고 나는 엉터리지만 일단은 차세대 최강 클래스로 이름난 파티를 이끌고 있다. 특히 알고 지내는 헌터는 꽤 많다.

그렇다…… 강하고 레벨이 높고 유명하고 부탁하기 편한 사람들 중에서 다섯 명을 모으면 되는 것이다.

헌터는 자존심이 강하니 황제의 의뢰라면 아무도 거절하지 않을 것이다.

그리고 만에 하나, 억에 하나, 황제가 암살당한다 하더라도 분명 책임이 분산되겠지.

드림 파티를 만들 수 있겠는데. 이름하여 호화로운 어둠 전골 작전이다. 물론 그중 한 명이 아크라는 건 굳이 말할 필요도 없다. 오늘 나는………… 머리가 잘 돌아간다. 왠지 신이 나기 시작했다.

“뭐, 뭐죠? 그 미소는…….”

그래, 거크 씨도 끼워주자. 거크 씨는 예전에 헌터였고, 실력이

나 신용도 부족함이 없다.

항상 골치 아픈 의뢰를 떠넘기던 남자에게 항상 내가 얼마나 험한 꼴을 당하고 있는지 깨닫게 해주는 것이다. 어차피 험한 꼴에서 도망치지 못한다면 모두 길동무다. 녀석들이 떠들어대는 내 신산귀모를 보여주겠어.

거크 씨가 어깨를 떨면서 최근에 봤던 것 중에서 가장 강한 기세로 탁자를 내리쳤다.

"크라이, 폐하의 호위다! 진지하게 선정해! 알겠냐, 실패는 절대로 용납되지 않는다. 네가 맡은 임무가 제블디아에서 트레저 헌터가 향후에 어떤 위치를 맡게 될지 결정할 거란 말이다."

"아, 네."

"나는 이미 헌터를 그만뒀다! 마타 머티리얼도 흡수하지 않았어. 네가 나를 신경 써준 건지는 모르겠다만, 냉정하게 생각해라. 그런 내가 어울리겠나?"

신경 써준 거 아니야. 그냥 휘말리게 만들려고 했을 뿐이라고. 하지만 거크 씨는 받아들일 생각이 없는 것 같다. 그런데 그렇게 따지면 나도 안 어울릴 텐데.

한동안 팔짱을 끼고 생각하는 척했지만, 거크 씨는 계속 어깨를 들썩이기만 하고 차분해질 기미가 보이지 않았다.

카이나 씨의 쓴웃음만이 나를 치유해준다. 그때, 나는 손가락을 튕겼다.

"그래, 카이나 씨, 당신으로 정했어! 함께 호위에 참가해 주세요!"

"네?!"

나이스 아이디어다. 호위에도 치유가 필요하고, 나는 평소부터 그녀가 범상치 않다고 생각해왔다.

"화, 화, 화…… 황제를! 가지고 놀지 마! 너한테 브레이크는 없는 거냐!"

거크 씨가 떨리는 목소리로 소리쳤다. 그리고 나는 지부장실에서 쉽사리 쫓겨나 버렸다.

너무해. 항상 나한테 (실제로 내가 하는지 여부는 별개로) 일을 떠넘기는 주제에, 내 요구를 거절하다니…… 실망이야. 뒤따라온 카이나 씨가 미안해하는 것 같기도 하고, 뭐라 말로 표현하기 힘든 미소를 지으며 내게 리스트를 건네주었다.

"미안해요, 크라이 군. 지부장님도 악의는 없어요. 이건 제도 지부에서 레벨이 높은 헌터의 리스트예요. 멤버를 선정하는 데 참고가 될까 해서요."

"그래, 고마워. 정말, 나는 진지하게 생각한 건데……."

"필요하다면 저희 쪽에서도 요청을 할 테니 말씀하세요."

기운을 조금 되찾았다. 하긴, 카이나 씨를 끌어들이는 건 좀 아니었던 건지도 모르겠다.

하지만 거크 씨 자리가 하나 비어버렸다. 그만큼 채워야 하는데…… 리스트를 확인해 보니 거기에 적혀 있던 사람들은 아는 사람들투성이였다. 《비탄의 망령》 멤버 이름도 모두 나와 있었다.

제도에는 레벨이 높은 헌터가 꽤 많구나…… 나는 그 리스트 중에서 한 명의 이름에 눈독을 들였다. 레벨6 헌터인 것 같고, 이름이 특이한 남자다. 물론 본 적도 없고, 아는 사람도 아니다.

…………뭐, 남은 자리는 네 자리나 있으니 첫 번째는 이 녀석이면 되려나? 이런 건 기세가 중요한 거니까.

"카이나 씨, 이 케챠챠카라는 사람, 요청해줄 수 있어?"

"…………네에."

곧바로 결단을 내린 게 뜻밖이었는지, 카이나 씨가 눈을 크게 떴다.

호위에 있어서 중요한 것은 대군을 상대할 수 있는 범위 화력이다.

특히 모든 방향에서 마물이 습격해 올 것을 고려하면 강력한 마도사는 반드시 필요하다.

내키지 않지만, 루시아를 제외한 강력한 마도사라면 대충 짐작이 간다.

내가 그다음에 찾아간 곳은 마도사 클랜, 《마장》의 본거지였다.

애초에 이번에 《심연화멸》은 공범이다. 이야기를 해두지 않으면 문제가 될지도 모른다.

《마장》의 본거지는 《발자국》과는 달리 낡은 저택이었다. 클랜을 설립한 당시부터 계속 써온 것 같은 그 유서 깊은 저택은 개수 공사를 반복하며 멋과 실용성을 겸비한 건물이 되었다.

현관 앞까지 와서 들어가지 못하고 서 있자니 안에서 싸늘한 눈초리가 낯익은 청년이 나왔다.

"아, 크라이 씨. 무슨 일로 찾아오셨나요?"

"아룬, 헬로~! 잘 지냈어?"

"……그러니까, 그 호칭은 마리만 부르는 애칭이라, 저기…… 아르트라고 불러주시면 좋겠는데요."

좋은 인상을 주기 위해 일부러 친근하게 말을 걸자 아룬이 신기하게도 부끄러워하며 몸을 움츠렸다. 좋은 애칭인 것 같은데, 아룬. 자리가 남아 있었다면 어둠 전골에 집어넣었을 것이다.

"《심연화멸》에게 볼일이 있거든. 지금 있어? 없다면 말을 좀 전해줬으면 하는데……."

《심연화멸》도 이런저런 일 때문에 바쁠 것이다. 자리를 비웠다면 좋겠는데…… 한번 찾아갔는데 부재중이었다는 이유가 있다면 전언을 통해 참가 의뢰를 하더라도 태우지는 않을 것이다.

그런 내 소원은 이루어지지 않았고, 아룬은 눈을 반짝이며 흔쾌히 문을 열어주었다.

"아, 타이밍이 좋으시네요. 방금 이야기를 나누던 참이었어요. 들어오시죠."

《마장》의 클랜 마스터실은 마치 귀족의 저택에나 있을 법한 응접실 같았다. 두꺼운 융단에 낡은 램프. 벽에는 책장이 늘어서 있었고, 그 위에는 역대 클랜 마스터들의 초상화가 걸려 있었다.

《심연화멸》은 여전히 동화에 나올 법한 마녀 같은 모습이었다. 그것도 악당 쪽 마녀.

홀쭉하지만 키가 커서 마주 보고 있으면 엄청난 압력이 느껴진다.

《심연화멸》. 로제마리 퓨로포스는 내 말을 듣고 눈을 가늘게 뜨며 말했다.

"크크큭………… 신경 써줘서 영광이군 그래, 《천변만화》."

"…………"

"하지만 너도 알고 있듯이━━ 나는 나라에서 근신당해서 말이지. 제도 밖으로 나갈 수는 없어. 저번에 '아카샤의 탑'과 충돌했던 것도 뒤처리가 골치 아픈 데다 제도를 지킬 필요도 있을 테고."

"그렇구나…… 그, 그건 몰랐네."

하지만 냉정하게 생각해보니 그럴 것도 같았다. 그녀가 황성을 파괴했다는 사실은 숨길 수도 없을 것이고, 아무리 긴급 사태라 해도 별다른 처분 없이 넘어가기에는 너무 지나친 행동이었다.

보아하니 그녀가 지목되지 않은 것에는 이유가 있었던 것 같다.

"그러고 보니 고맙다는 인사를 아직 못했군. 원래는 '모임' 때 말할 생각이었는데━━ 타이밍이 없었어."

"무슨 소리야?"

"둘러대지 마라. 내 화정의 힘을 소모시킨 게 너지? 아, 녀석들의 뇌정도 그랬던가?"

이해가 잘 안 되는 내게 《심연화멸》이 눈을 반짝이며 말했다.

"어떻게 위치를 알아냈는지는 모르겠다만, 참견해준 덕분에 제도를 부수지 않게 되었어."

"아, 네."

그러고 보니 바캉스 중에 제도에서 뇌정과 화정이 맞부딪혔다고 했지…… 그런데 어째서 그런 생각을 하는 거지? 나는 그 정령하고 마주치지도 않았는데.

나는 당장에라도 나를 태워버릴 것 같은 그녀의 표정을 보고 세이프 링을 문지르며 크게 심호흡을 했다.

세이프 링으로 마법 자체는 막을 수 있지만, 불꽃 마법은 주위에 미치는 영향도 크다. 산소가 없어지면 나는 죽는다. 그래서 지금 나는 산소를 만들어내는 반지를 끼고 있다. 열기가 밀어닥쳐도 죽는다. 그래서 지금 나는 냉기를 만들어내는 반지를 장비하고 있다.

하지만 그렇게까지 해도…… 불꽃은 결계로 막더라도 사라지지 않기 때문에 불길이 번져서 타버릴지도 모른다. 그런데 어떻게 하지…… 두 명째 자리도 비어버렸다.

그때, 함께 있던 아룬이 말했다.

"마스터, 《마장》에는 마스터 말고도 영예로운 임무에 걸맞은 강력한 마도사가 여러 명 있을 겁니다."

"흐음…… 그건 《천변만화》가 정할 일이다만…… 그래. 아르트바란, 말을 꺼낸 네가 가볼 테냐? 마리도 함께 가면 어떻게든 되겠지."

마리, 마리라. 예전에 카페에서 아룬하고 같이 아놀드에게 마구 큰소리를 쳤던 여자애지.

아룬도 그렇고 꽤 어린 것 같긴 하지만, 《심연화멸》이 정한 멤버니까 문제는 없어 보인다.

예상치 못한 말을 들어서 그런지 아룬이 눈을 동그랗게 뜨고 있었다.

"저와 마리라면 어지간한 것들은 대처할 수 있긴 하겠죠. 하지만 마스터를 데리러 오셨으니 자리는…… 하나밖에 없지 않나요?"

"…………그런 거냐?"

《심연화멸》이 나를 보았다. 그야 자리는 하나를 염두에 두고 있었지만, 그런 거라면 두 사람도 문제가 없다.

그럴싸하게 고개를 끄덕이며 말이 나온 김에 빚도 만들어두기로 했다.

"그래, 어떻게든 될 거야. 둘이서 어떻게든 된다면 아룬하고 마리를 합쳐서 한 자리로 해도 되겠지. 어때?"

"…………."

《심연화멸》이 입을 다물었고, 아룬이 눈을 크게 떴다. 밀어붙일 수 있을까? 안 되려나? 뭐, 어찌 됐든 나머지 자리도 전부 찬 건 아니니까 문제는 없는데.

그때, 《심연화멸》이 크게 웃었다. 방에 있던 가구가 덜컹덜컹 흔들려서 나도 모르게 몸을 떨었다.

"히~히히힛!! 말은 잘하는구나. 우리 아르트바란하고 마리가 반푼이라고?"

"아니, 그런 건———."

"하나, 그렇긴 하지. 중요한 의뢰이긴 해. 아르트바란을 보내는 건…… 포기하도록 하지."

멋대로 이야기가 진행되고 있다. 아룬은 꽤 좋은 사람인 것 같으니 나는 상관없는데, 《심연화멸》은 다른 사람의 이야기를 듣지 않는 타입이었다. 《심연화멸》은 바닥을 지팡이로 세게 두들기고는 화를 내는 듯한 목소리로 말했다.

"우리가 정신이 없는 건 우리 쪽 사정 때문이니까. 우리 부마스터인 테름 아포크리스를 보내도록 하마. 너도 알고 있겠지만 레벨7 마도사다. 문제는 없겠지?"

"아, 네."

이름은 알고 있지만 이야기를 해본 적은 없다. 얼굴도 모른다.

하지만 따질 수는 없다. 나는 그저 인형처럼 고개를 끄덕였다.

거크 씨와《심연화멸》, 정신력이 소모되는 이벤트를 두 개나 마치고 클랜 하우스로 돌아왔다.

이제 아크만 남았다. 라운지에서 시간을 때우고 있던 낯익은 얼굴——— 라일에게 말을 걸었다가 눈을 동그랗게 떴다.

"어? 아크 없어?"

"몰랐어? 규모가 큰 의뢰가 들어와서 한동안은 돌아오지 않는다던데."

그 훈남, 진짜로 못 써먹겠네. 필요할 때만 노린 듯이 자리를 비우니…….

테름과 케챠챠카, 잘 알지도 못하는 멤버 사이에 낀 상태로 내가 평화롭게 지내려면 아크 같은 강한 아군이 반드시 필요한데, 연락이 안 된다면 어쩔 수가 없다.

아크의 구멍을 메꿔줄 인재는 좀처럼 찾기 힘들다. 능력은 둘째 치더라도 정신 안정제 역할로 따지면 그는 대체가 불가능한 사람이다.

나는 의자에 털썩 앉아서 팔짱을 꼈다. 손가락으로 팔을 툭툭 두드리며 생각했다.

두 명을 찾아냈고 남은 사람은 세 명…… 세 명이라. 3이라는 숫자, 왠지 느낌이 딱 오는데.

"예전 어둠 전골 파티인가…… 하지만 그러면 티노만 따돌리게 되어버리는데. 마음이 너무 아파져."

"무, 무슨 생각을 하는 거야, 마스터……."

왠지 피곤해지기 시작했다. 두 군데 정도 돌아다녔을 뿐인데 하루에 쓸 수 있는 체력을 모조리 써버린 듯한 느낌이다.

이제 어찌 되든 상관없으려나…… 어차피 우리는 보험이나 마찬가지고, 혹시나 기적이 일어나서 아무 일도 없을지도 모른다. 무슨 일이 생기더라도 정예인 근위대가 있으니 어떻게든 될 거다.

"라일, 안 갈래? 황제 호위 의뢰인데."

"푸읍…… 콜록, 콜록, 아, 안 가! 밥 먹으러 갈래? 같은 느낌으로 말하지 말라고!"

혹시 황제 호위 의뢰가 영예로운 게 아닌 건가? 라운지를 둘러보았는데, 다들 고개를 마구 젓고 있다. 아니면 내 인망이 너무 없나?

그런데 곤란하다. 모으지 못하면 내가 혼나버릴 텐데. 이제 누구든 상관없으니 채워야…….

그런 생각을 하고 있자니 갑자기 앙칼진 목소리가 울려 퍼졌다.

"!! 아~, 약한 인간!"

이 클랜, 《시작의 발자국》에는 엄청난 문제아 파티가 둘 있다.

첫 번째는 내가 소속되어 있는 파티인 《비탄의 망령》, 다른 하나는 모든 멤버가 인족을 자연스럽게 깔보는 '정령인(노블)'으로 구성된 파티, 문제를 일으킬 수밖에 없는 《별의 성뢰》다. 소리치며 들어온 사람은 그 파티의 멤버, 크류스 알르겐과 리더인 라피스 플루골이었다.

"이것저것 소문은 듣고 있다만—— 흥. 잘 지낸 모양이로군."

"또 큰 소동을 벌인 모양이던데, 입니다! 살아있다니 정말 악운이 강한 녀석이군, 입니다!"

'정령인'은 일부 예외를 제외하고는 모두가 실력이 뛰어난 마도사다. 《별의 성뢰》도 마도사 파티 중에서는 제도에서 톱클래스를 자랑하고 있다. 종족이 종족이니만큼 성격은 좀 그렇지만, 결코 악당은 아니고 자존심이 없는 나는 의외로 대하기 편한 상대였다. 참고로 '정령인'은 유일하게 마도에 깊게 파고든 인간만큼은 존경하며, 나는 루시아의 오빠라 꽤 잘 봐주고 있는 편이다.

뭐, 황제 폐하와 잘 지낼 수 있을지는 꽤 의심스럽지만, 정령인의 성격은 유명하니 아, 정령인이니 어쩔 수 없지, 정도로 넘어가 줄 것이다.

그리고 가만히 있어도 눈에 띄는 사람들이니 그녀들을 끌어들이면 사람들의 주목이 전부 그쪽으로 쏠릴 것 같다.

라운지에 좀처럼 오지도 않는데, 이건 신이 데리고 가라고 하는 거라고 생각할 수밖에 없겠다.

어둠 전골에는 쟁쟁한 건더기가 모여들고 있었다. 억지로 기운을 내며 방으로 돌아왔다.

첫 번째. 탐협의 추천, 특이한 이름으로 유명한 케챠챠카 뭉크! 직업은 불명!

두 번째. 《마장》의 부 마스터이자 《심연화멸》이 보낸 자객, 테름 아포크리스!

세 번째. 정령인만으로 구성된 《별의 성뢰》, 리더 라피스 플루골……이 마음에 들어 하며 항상 리더에게 존댓말을 쓰라고 혼나는 크류스 알르겐! 리더의 명령으로 참가했다!

멤버는 다섯 명이니 남은 자리는 두 개다. 책임이 막중하다. 냉정하게 생각하면 케챠챠카가 '쓴맛', 테름이 '매운맛', 크류스가 '단맛'이라고 치고 이제 '신맛'과 '매콤짭짤한 맛(?)'만 있으면 완벽하다. 다섯 가지 맛이라는 의미로. 아니면 크류스를 신맛으로 두고 단맛을 추가할 수도 있겠지만, 가능하다면 이 파티를 이끌며 잘 처리해줄 사람을 끌어들여야 한다.

《발자국》에 소속된 파티 중 괜찮은 곳은 당연히 《흑금 십자가》다. 하지만 스벤도 바쁘다. 라운지에는 없었고, 훈련장에도 없었으니 찾아내지 못할지도 모른다.

이거…… 곤란한데. 두 명, 누구를 넣어야 하지? 융단으로 한 자리를 채울 수는 없을까…….

눈살을 찌푸리며 진지한 표정으로 고개를 갸웃거리고 있자니 시트리가 들어왔다.

방긋방긋, 오늘은 기분이 꽤 좋은 것 같다.

"크라이 씨, 멤버 선정은 어떻게 되었나요?"

"세 명은 정해졌어. 이것저것 생각하고는 있는데 그럴싸한 사람이 없어서. 그쪽은 괜찮아?"

"네. 그 이후로 모두 함께 의논해서 저희는 참가하지 않기로 했어요! 한 명만 즐거워지는 건 공평하지 않으니까요!"

"즐겁다니⋯⋯⋯⋯⋯."

어째서 같은 마을에 태어나 똑같이 자랐는데 이렇게까지 차이가 벌어져 버린 걸까요.

시트리는 뒤쪽으로 돌아와서는 내 목에 팔을 감으며 나를 뒤에서 끌어안았다.

"하, 지, 만, 사실 크라이 씨가 곤란하실 것 같아서 후보를 데리고 왔어요."

"⋯⋯어?"

시트리가 밝은 목소리로 문을 향해 말을 걸었다. 문이 세차게 열리고 큰 발소리를 내며 들어온 것은 키가 2미터 정도 되는 큼직한 전신 갑옷이었다.

가로로도, 세로로도 큼직한 중전사형 몸매다. 갑옷의 색은 신기하게도 그을린 듯한 갈색. 풀페이스 투구라 얼굴은 안 보인다. 갑옷은 규칙적인 발걸음으로 내 앞에 선 다음, 두 손을 옆구리에 대고는 깔끔하게 직립했다. 이해가 안 되어서 아무런 말도 할 수가 없다. 시트리가 내 목을 끌어안은 채 소개해 주었다.

"이름은 키르나이트 버전 알파, 최근에 생긴 제 친구예요."

"⋯⋯⋯⋯그거, 본명이야?"

부모님 얼굴을 한번 보고 싶네.

"쿡쿡쿡………… 이 컨트롤러를 받으세요."

시트리가 작은 레버와 큼직한 버튼 네 개, 작은 버튼 하나가 달린 상자를 건네주었다.

레버를 앞으로 밀자 키르나이트가 앞으로 걸어가 책상에 부딪혔다. 그럼에도 아랑곳하지 않고 다리를 계속 움직인다.

……이거 괜찮은 거야? 매우 불안해하던 내게 시트리가 버튼에 대해 설명해주었다.

"이 버튼이 싸운다, 이 버튼이 방어, 뛴다, 춤춘다예요. 레버는 이동이고요."

맞다, 시트리의 이 표정, 마치 새 장난감을 보았을 때 같잖아. 예전부터 시트리는 새로운 지식이나 아이템을 손에 넣으면 내게 자랑하러 오곤 했다.

태클 걸 부분이 이것저것 있긴 하지만, 일단 버튼을 다시 보며 말했다.

"버튼 숫자가 부족한 거 아니야?"

"너무 많은 것 같아서 하나는 춤춘다에 할당했는데…… 아, 이 작은 버튼이 자립사고 모드예요."

그게 있다면 컨트롤러는 필요가 없잖아.

"절대로 배신하지 않을 테니 꼭 데리고 가주세요! 쓰다가 버리셔도 상관없어요!"

어지간히 자신이 있는지, 시트리의 목소리에는 열기가 담겨 있었다.

아니, 이거 분명히 사람 아니지? 골렘이지? 여전히 특이한 짓을 하는 애다.

하지만 시트리가 그렇게 말하니 도움은 될 것 같다. 골렘을 인원수에 넣을 수 있을지는 모르겠지만…… 우선 한 자리는 이거면 되려나. 호화로운 어둠 전골에 한 발짝 다가간 것 같다.

"알았어, 고마워, 덕분에 살았네. 이제 남은 자리는 하나인가……."

"? 저기…… 그건 크라이 씨 자리 아닌가요?"

"?!"

눈을 크게 뜨고 손가락을 꼽으며 멤버를 세보았다. 케챠챠카, 테름, 크류스, 키르나이트까지 네 명.

나를 넣으면 정원인 다섯 명이긴 하다. 중간부터 나 자신의 존재를 전혀 고려하지 못하고 있었다.

그래도 이건 좋은 생각이다. 눈치채지 못한 척하면서 한 명 더고르면 내가 안 가도 되지 않을까? 나는 진지하게 고민하다가 눈살을 찌푸렸다.

나머지 한 사람은……………… 티노라도 상관없으려나? 아니, 그래도 최근에 이것저것 휘말리게 했으니까.

그리고 애초에 예상하고 있던 멤버가 한 명도 참가하지 않았다. 아크를 동료로 삼았다면 티노를 데리고 갔을 텐데…… 다른 지인들이라면……………… 아놀드에게 말해볼까.

어느 정도 앙심이 남아 있을지도 모르지만 황제를 호위한다는 영예로운 임무는 레벨이 높은 헌터들에게 군침이 도는 일일 것이다. 화해하면서 빚까지 지울 수 있을지도 모른다.

크크큭, 골치 아픈 일을 정리하는 데다 빚까지 지우다니, 내 흐름이 오고 있군.

혹시 내가 진짜로 신산귀모인가?

쓸데없는 계산을 하며 실실 웃고 있자니 팔을 빼낸 시트리가 손뼉을 탁 치며 말했다.

"아, 맞다. 키르나이트 말인데요, 잡식이니까 먹이는 뭐든 먹어요. 안 먹어도 한동안은 살아갈 수 있지만, 생고기 같은 걸 주시면 좋겠네요. 식사는 누구에게도 들키지 않는 곳에서 하게끔 길들여 두었으니 안심하세요."

"…………어?"

그리고 운명의 날이 다가왔다. 탐색자 협회의 방. 프란츠 씨는 인사를 마치자마자 내가 선정한 리스트를 확인하고는 의아하다는 듯이 눈살을 찌푸렸다.

"이건…… 어떻게 된 거지? 네놈 파티 멤버가 없잖나."

"응, 그래, 그렇지."

"레벨7──《지수》 테름과 《별의 성뢰》의 마도사는 그렇다 치고, 이 케챠챠카 뭉크라는 이름은 들어본 적도 없다. 게다가 키르나이트 버전 알파? 이건 뭐지?"

뭘까요. 나도 모르는데. 그런데 정말 훌륭한 어둠 전골이다. 【흰늑대 소굴】의 어둠 전골에 비해 평균 레벨이 높기 때문에 호화로운 어둠 전골이라는 조건은 만족시킨 것 같다. 누가 좀 살려주세요.

중간부터 이상한 분위기를 타버렸기 때문이다(참고로 아놀드는 그냥 거절했다).

쓴웃음을 짓고 달래며 그에게 손바닥을 보여주었다.

"진정하라고. 내가 생각한 베스트 오브 베스트 파티야."

"마도사가 세 명이나 되지 않나. 균형이 안 좋군. 적어도《부동불면》은 넣었어야지! 인선을 맡기긴 했다만, 설마 이렇게까지 엉망진창인 선택을 할 줄이야———."

귀가 따갑다. 균형이 안 좋은 게 사실이긴 한데, 케챠챠카가 마도사일 줄은 몰랐다.

그렇지, 모르는 사람을 황제 호위 의뢰에 끌어들이면 안 되겠지. 그래도 나한테 어쩌라는 거야!

"네놈이 데리고 온 걸 보니 이 자들은 '여우'가 아닌 거겠지?"

"그래, 그건 틀림없어. 걱정 안 해도 돼."

내가 마주친 팬텀은 눈이 장식인 나도 한눈에 알아볼 수 있을 정도로 격이 달랐다. 아무리 그래도 잘못 볼 리는 없다. 그때, 호위 담당으로 데리고 온 크류스가 드센 목소리로 소리쳤다.

"나불나불 시끄럽다! 입니다! 내가 참가한 이상 문제 같은 건 일어날 리가 없지, 마음 편히 먹어라, 입니다!"

프란츠 씨는 근위 기사단장이다. 당연히 상급 귀족일 텐데, 그녀는 그런 걸 전혀 신경 쓰지 않았다.

선천적으로 뛰어난 능력과 마술적 자질, 미모를 지니고 있어 예전에는 신의 사자로 추앙받은 적도 있는 '정령인'에게 인간의 작위 같은 건 거의 신경이 쓰이지 않는 모양이다.

흥분해서 얼굴을 새빨갛게 물들인 채 테이블을 쾅쾅 두들기는 모습이 마치 어린애 같긴 했지만, 그 미모 때문에 뭐라 할 수 없는 귀여운 분위기가 풍겼다. 미인은 정말 이득이겠어, 나는 그렇게 느긋한 기분으로 그 모습을 지켜보고 있었다. 보아하니 프란츠 씨도 혼낼 생각이 아예 들지 않는 것 같았다. 응, 그래, 그렇겠지.

"착각하지 마라. 원래는 아무리 황제라도 정령인인 내게는 상관없다! 입니다! 라피스의 지시라서 어쩔 수 없이 도와주는 것뿐이다, 입니다!"

참고로 존댓말이 이상한 건 원래 그녀가 존댓말을 쓰는 습관이 없었기 때문이다. 처음 만났을 때는 반말이었고, 내게 했던 말도 매도와 욕설의 폭풍이었다. 그래도 클랜 마스터니까 존댓말을 쓰라고 라피스에게 혼난 이후로는 이런 느낌이다. 아무래도 크류스는 '입니다'와 '예요'를 붙이면 존댓말이 된다고 생각하는 모양이다. 나는 방긋방긋 웃으며 말했다.

"융단 충전 담당이에요."

"뭐어?! 까불지 마라, 약한 인간! 입니다! 루시아 씨에게 부탁받아서 어쩔 수 없이 하고 있을 뿐이다, 입니다!"

"응, 그래, 그렇지."

"애초에 우리가 약한 인간의 클랜에 들어가 준 것도 루시아 씨를 준다고 약속했기 때문이잖아! 입니다! 얼른 내놔라! 입니다! 언제까지 질질 끌 셈이냐! 입니다!"

"응, 그래, 그렇지."

여전히 떠들썩하네. 용케도 그렇게 소리를 지르면서도 목이 안 쉰단 말이지.

참고로 루시아를 준다는 약속 같은 건 안 했다. 시트리가 교섭할 때 제시한 조건은 루시아의 스카우트 권리다. 그리고 《비탄의 망령》은 탈퇴가 자유이기 때문에 실은 교섭 조건으로 성립되지도 않는다. 다시 말해, 단적으로 그녀들은 속은 것이다. 그런 사실을 절대로 인정하려 하지 않지만.

"내가 도와줄 거다! 입니다! 호위 같은 건 나 혼자서도 충분하다! 입니다! 약한 인간은 믿기지 않을 정도로 허약하니 따라오지 마라! 입니다!"

"어? 진짜? 안 가도 돼? 앗싸~."

눈을 크게 뜬 나를 보고 크류스는 한층 더 세게 테이블을 두드리며 일어선 다음, 나를 손가락으로 가리키며 소리쳤다.

"까불지 마! 입니다! 설마 자기는 안 가면서 내게 일을 시킬 셈이냐? 입니다! 잠꼬대는 자면서 해! 입니다! 그래도 레벨8이니 그에 맞는 태도를 보여라! 입니다!"

"자자, 진정해. 목이 마르지? 내 차를 줄 테니까."

차를 내밀자 크리스는 마구 화를 내면서 낚아채듯이 받았다.

참고로 크류스의 인정 레벨은 3이다. 실력은 좋지만 툭하면 의뢰인과 다투기 때문이다. 정령인과 잘 지내려면 아크처럼 마음이 넓거나 나처럼 자존심이 없을 필요가 있다. 그러니 냉정하게 생각해보면 크류스를 호위로 발탁한 것은 지나친 모험이었을지도 모르겠다.

어이가 없다는 듯이 말문이 막힌 프란츠 씨에게 나는 자포자기하는 심정으로 우쭐대며 말했다.

"퍼펙트한 멤버군. 폐하께서도 분명히 만족하실 거야. 만약에 내 인선에 문제가 있다면 다른 사람에게 호위를 부탁하도록 해."

──그리고 나는 무사히 멤버를 밀어붙일 수 있었다.

그 사람들은 황제의 호위를 뭘로 보고 있는 걸까? ⋯⋯응, 그래, 그렇지. 전부 내 잘못이겠지.

이렇게 된 이상, 각오를 다질 수밖에 없다.

"크라이 씨, 이거, 부탁하신 물건이에요. 급하게 준비하느라 정보가 있는 것만 정리했지만요⋯⋯."

"아, 고마워. 덕분에 살았어."

나는 스트레스 때문에 토할 것 같았지만, 일을 확실하게 해준 에바에게 파일을 받았다.

이번 목적지, 회담 장소인 '트아이잔트'. 그곳으로 향하는 루트에서 맹위를 떨치는 도적들의 리스트다.

모래의 나라 '트아이잔트'는 사막 한복판에 있는 나라다. 제블디아와 비교하면 완전히 시골이고 정비된 가도도 중간까지밖에 없다. 아무래도 회담 회장은 각 나라마다 로테이션으로 돌아가는 모양인데, 이번 회담은 황제를 노리는 자에게는 절호의 기회일 것이다. 뭐, 여우가 보기에 제블디아의 경비 같은 건 아무것도 아니겠지만, 팬텀이 무슨 생각을 하는지는 알 수가 없다.

받은 리스트에 적혀 있던 이름은 생각보다 적었지만, 방심할 수는 없다.

눈을 크게 뜨고 리스트를 살펴보던 내게 에바가 곤란한 듯한 표정으로 예상치 못한 말을 했다.

"그렇게 걱정하실 필요는 없을 것 같은데요……. 이번에는 황제 호위 임무고, 일정을 고려하면 중간부터는 하늘로 이동하겠죠. 지금까지 진행된 회담 때도 멀리 나갈 때는 비행선을 사용했으니까요."

"…………공적(空賊)이 나타날지도 모르지."

"안, 나, 타, 나, 요! 애초에 공적이 뭔데요!"

그렇구나, 하긴 황제가 사막을 걸어가진 않겠지. 하지만 탈것의 힘으로 하늘을 날다니, 황제는 목숨이 아깝지도 않은가? 육지나 바다에는 위험한 게 잔뜩 있긴 하지만, 하늘에도 위험한 게 잔뜩 있는데. 인간은 하늘을 날 수 없지만 하늘을 나는 마물은 잔뜩 있다. 만약 무방비하게 떨어지더라도 세이프 링 덕분에 대미지를 입지는 않겠지만, 난폭한 카펫(내가 이름을 붙여주었다)과 사이좋게 지내는 게 나을지도 모르겠다.

혹시 황제 폐하가 내게 융단을 준 것도 그러기 위해서인가?

제0기사단은 하늘에서 싸울 수 있나? 나는 육지든 바다든 하늘이든 싸울 수가 없는데 괜찮을까?

만에 하나를 대비해서 어슬렁거리며 머리를 감싸 쥐고는 소란스럽게 굴었다.

"아니, 도적이 나올지도 몰라. 마수가 나올지도 몰라. 그리고 보물전이 생겨날지도 몰라. 재해에 휘말릴지도 몰라. 큰일이라고, 에바."

"?! …………왜 그러시죠? 갑자기 그런 말씀을 하시고…… 평소

여유는 어쩌시고요."

"아니, 이렇게 말해두면 안 나오려나 싶어서."

"네에……."

자랑은 아니지만, 내 예상은 지금까지 맞은 적이 없다. 이건 기원이다.

이렇게 말해두면 나와봤자 도적과 마수, 보물전, 재해가 아닌 게 나올 것이다. 나는 만족했다.

자, 무슨 일이 생기더라도 대처할 수 있게끔 가져갈 보구를 챙겨두어야겠다.

여행 준비는 시트리에게 맡겼다. 전투는 기사단과 케챠챠카 같은 사람들이 있으니 나는 그것 말고 다른 걸 담당하면 된다. 내역할은 헌터들을 잘 컨트롤하는 거지만, 이번에 데리고 갈 사람들은 레벨이 높은 베테랑뿐이니 그런 부분은 걱정할 필요가 없을거다.

"제35.5회 탄령 회의! 다음 무대는―― 하늘과 사막입니다!"

클랜 하우스 회의실 중 한 곳에 크라이와 엘리자를 제외한《비탄의 망령》멤버들이 모여 있었다.

자료가 덕지덕지 붙은 칠판 앞에 서 있던 사람은 항상 이럴 때 진행을 맡는 시트리였다.

"우오오오오오오오오! 하늘! 사막! 샌드 드래곤!"

"그런데 크라이도 참 부지런하네……. 수행할 시간이 전혀 없잖아. 좀 쉬어도 될 텐데. 사막이든 하늘이든 상관없으니 데이트하고 싶어어!"

"……으음, 으음."

루크가 눈을 반짝였고, 리즈가 다리를 테이블 위에 뻗은 채 어이없다는 듯이 말했다.

"우리의 이번 목적은 황제의 호위로 발탁된 크라이 씨를 보조하는 거예요! 혹시 잘 풀리면 크라이 씨의 레벨이 오를지도 모르니 확실하게 해보죠!"

"정말. 자기가 선택받지 못했다고 해서———."

"루시아, 우리는 모두 함께 한 팀이에요! 새치기를 하면 안 된다고요!"

루시아가 투덜투덜 불평하자 시트리는 방긋방긋 웃으며 억누른다.

"트아이잔트는 낮 기온이 매우 높지만, 내성은 이미 화구에서 올렸으니 문제가 없겠죠. 밤낮 기온 차도 지금은 문제가 안 될 테니…… 이번에 문제가 될 것은 '하늘'이에요. 트아이잔트로 가는 비행선은 원래 없어요. 솔직히 말해 정기적으로 비행선을 운행할 만한 나라도 아니니까요."

"하늘! 나도 하늘의 마물을 벤 적은 없는데!"

"루크, 진정해. 하늘은 루시아가 어떻게든 하거나…… 배에 숨어들까?"

"'백검 모임' 때처럼 숨어드는 건 불가능해요. 신분이 불확실한 사람은 들어갈 수가 없으니까요."

지명을 받은 루시아가 눈살을 찌푸렸다. 루시아는 강력한 마도사지만, 마술이라는 건 만능이 아니다. 잘하는 분야가 있고, 못하는 분야가 있다. 루시아는 너덜너덜한 책을 꺼내서 팔랑팔랑 넘기기 시작했다.

"안 그래도 많은 인원을 날리는 건 난도가 높은데, 비행선까지 쫓아가려면 힘들겠네요. 새로운 마술을 만들어내야겠네…… 아, 찾았어요. 닌자의 비술편 5. 인법 '공둔'."

"그거 예전에 만화에 나왔던 거 아닌가? 커다란 연을 타는 거지?"

"……그거예요. 오리지널리티를 완전히 포기했네요."

"이봐, 이봐, 연을 타고 날다니, 완전 죽이잖아. 상상해 보라고, 크라이가 창밖을 봤는데 거기에 우리가 연을 타고 있는 거잖아?"

루크가 열띤 목소리로 말하자 루시아는 싫은 기색을 보이며 루크를 보았다. 그러자 시트리가 손뼉을 쳤다.

"그럼 파티 규칙에 따라 다수결로 정하죠. 엘리자 씨는 미아니까 무효표예요. 루시아가 열심히 해서 연을 타고 난다, 열심히 해서 비행선에 숨어든다, 열심히 해서 비행선 바깥에 달라붙는다, 셋 중 하나예요! 일단 루시아로 날고 싶은 사람!"

"잠깐, 왠지 선택지에 악의가 있는 것 같은데요?"

"…………으음."

그 이후로도 평소처럼 행동 방침을 정해나갔다. 《비탄의 망령》은 아무런 생각도 없이 행동하는 것 같지만, 결코 그렇지 않다.

문제를 뛰어넘기 위해서는 사전 준비가 반드시 필요하다. 그리고 많은 문제를 헤쳐나온 만큼, 《비탄의 망령》은 그런 것들에 익숙했다.

"크라이 씨가 선정한 멤버는 넷. 물 계열 마도사로 이름난 《지수》 테름 아포크리스, 최근에 제도로 막 들어온 레벨6, 케챠챠카 뭉크, 주술 계열 마도사인 것 같아요. 그리고 도발 내성이 낮은 데다 쉽게 넘어가는 크루스 양하고 제 특제 키르나이트 버전 알파네요. 안타깝게도 케챠챠카와 다른 사람들의 배후 조사까지는 제때 맞추지 못했어요. 전위가 없어도 키르나이트로 수비는 충분할지도 모르겠지만, 여차할 때를 대비해서 루시아가 괜찮은 느낌으로 크루스 양을 부추겨주면 좋을 것 같아요."

"또~ 그렇게 점수나 벌고! 시트의 꿍꿍이는 뻔히 보인다고. 크라이가 분명히 민폐라고 생각할 거야아!"

"뭐야, 검사는 없는 건가? 나는 뭘 베면 되는 거지?"

"케챠챠카…… 어째서 리더는 그런 선택을……. 그래도 그 《지수》가 있다면 호위는 문제가 없을 것 같네요."

시트리는 방긋방긋 웃으며 말이 통하지 않는 언니와 루크의 말을 태연하게 무시하고는 그나마 말이 통하는 루시아를 보았다.

"루트 위에 서식하고 있는 마물의 정보는 평소처럼 제가 확인하겠습니다. 하지만 이번 가상적은 지금까지 싸워왔던 어중이떠중이들과는 달라요. 표면이든 이면이든——— 정보는 없다고 보는 게 낫겠죠."

그 말을 듣고 루시아의 표정이 진지하게 바뀌었다. 안셈이 자세를 바로잡았다.

분위기가 바뀌었다. 덩달아 루크가 눈살을 찌푸렸다.

"그래. 여우라면 예전에 마주쳤던 '십삼호'지? 그때는 어떻게 해보지도 못했고, 지금도 벨 수 있을지 모르겠어. 그 녀석들은 검사도 아니고."

평소에 마구 돌진만 하는 모습에서는 상상할 수 없을 정도로 냉정한 평가를 내린 루크에게 리즈가 한숨을 쉬었다.

"그래, 그래, 루크가 생각하는 거하고는 다른 녀석이니까. 그 괴물이 인간 나라에 흥미를 지닐 리가 없잖아아? 제국이 예상하고 있는 건―― '범죄 조직' 쪽 '여우'니까."

"으응? 다른 여우가 있어?"

눈을 동그랗게 뜬 루크에게 시트리가 꼼꼼하게 설명해 주었다. 루크가 흥미 없는 것에 대해 믿기지 않을 정도로 무지하다는 건 이미 알고 있다.

"네. 루크 씨가 말한 여우보다는 낫지만, 제국의 가상적은 꽤 거물이에요. 전체적인 규모는 불명이지만 조직의 위험도와 비밀주의는―― 그 '뱀'에 필적해요."

그 말을 듣고 루크는 눈을 크게 뜨며 단숨에 몸을 앞으로 내밀었다. 그리고 눈을 반짝이며 말했다.

"뭐라고?! 그 '뱀'?! 진짜 그렇다면…… 엄청나게 기대되네."

그의 손이 싸움의 예감으로 떨렸고, 표정은 딱 좋은 긴장이 담긴 미소로 바뀌었다. 시트리가 말했다.

"'아홉꼬리 그림자여우(나인테일 섀도폭스)'라 불리고 있죠. 약칭은

'여우'. 목적은 사회의 완전한 파괴. 철저한 비밀주의로 인해 정체가 전혀 밝혀지지 않은 비밀 조직이에요."

자세한 조직 체제나 구성원, 보스 등은 일절 불명이지만, 원래는 사라진 나라의 첩보기관이었다고 한다.

자세한 것들은 모른다. 각 나라가 그 존재와 목적을 눈치챈 것도 최근이었고, 아마 그것조차 그 조직이 의도적으로 알렸을 것이다. 그리고 지금, 그 조직은 세계에서 손꼽히는 대국에 손을 대려 하고 있다.

그 침입자의 가면은 과시다. 선전포고다.

"그렇구나…… 꼬리 숫자가 적은 거야?"

진지한 표정으로 말하는 루크에게 시트리가 쿡쿡대며 웃었다.

"소문에 따르면 이름은 루크 씨가 말한 여우에서 유래했다고 하네요. 그 괴물 여우는 힘과 지혜로 인해 일부에서 신앙을 모으고 있었던 모양이니까요."

전투 능력이 뛰어나기는 하지만 대규모 집단 전투에는 적합하지 않은 헌터들에게 있어서 '여우'는 무시무시한 상대다. 수많은 나라에게 쫓기면서 한 번도 붙잡히지 않은 비밀주의도 그렇지만, 자금이나 구성원 숫자도 차원이 다를 것이다. 레벨이 높은 헌터가 여러 명 소속되어 있다는 소문도 있고, 상대방은 수단을 가리지 않는다.

"제국이 경계할 만도 하죠. 이번 회담은 습격할 타이밍으로 안성맞춤일 거예요. 황제가 죽더라도 우리와는 딱히 상관이 없지만, 크라이 씨를 함정에 빠뜨리려 한 이상 싸워야만 해요."

그때, 이야기를 듣고 있던 리즈가 탁자에서 다리를 내리고 일어섰다.

"그러니까, 평소대로 하면 된다는 거지? 적이 강대한 것도, 무슨 일이 일어날지 모른다는 것도, 크라이가 움직이는 것도, 평소대로. 우리는 평소대로 크라이가 가리키는 방향으로 가기만 하면 돼."

원래 헌터가 범죄조직과 싸우는 경우는 거의 없다. 현상범을 중점적으로 노리는 헌터가 아니라면 기본적으로 적대시할 이유가 없기 때문이다. 하지만, 《비탄의 망령》은 사정이 다르다.

습격당했다. 반격했다. 보복당했다. 온갖 수단을 쓰면서 기어 올라온 것이다.

이제 와서 위축될 리가 없다. 아무렇지도 않아 하는 동료들을 보고 시트리는 미소를 지으며 말했다.

"그렇죠. 경계할 필요는 있지만, 평소처럼 크라이 씨의 지시에 따를 거예요. 크라이 씨가──── 우리 나침반이에요. 실력을 보여줄 때죠."

"그렇군, 《천변만화》는 무사히 의뢰를 받아들였나."

"네. 하지만 그 녀석의 행동은 너무나도 이해가 되지 않습니다. 《천변만화》라고 해도 도가 지나친 것 같습니다만."

황금기를 누리고 있는 제블디아 제국의 중심, 제블디아 황성.

그 최심부, 옥좌의 방에서 당대 황제 라드릭 아트룸 제블디아는 근위 기사단장 프란츠와 마주 보고 있었다.

회의 주제는 현재 행동이 거칠어진 '여우'와 《천변만화》에 대해서.

상황은 지극히 혼란스러웠다. 프란츠의 표정이 어두운 것은 여우의 공격 때문만이 아니었다.

황녀에 대한 무례한 행동. 습격을 당했을 때 보인 종잡을 수 없는 태도. 원래 평범한 헌터에게 맡겨질 리가 없는 황제 폐하의 호위를 맡게 되고도 경의를 표하지 않는 것 등, 모든 것이 마음에 들지 않았다.

"아무리 책략이라고는 해도 '백검 모임'에 독을 탄 것은 도가 지나쳤습니다."

대면했을 때 크라이 안드리히가 했던 말. 잘못 들은 것이 아니었다. 그 이상 추궁하지 않았던 것은 트루 티어즈의 심판을 받았기 때문이다. 그것의 효과는 절대적이다.

"하나, '여우'는 그 녀석과 분명히 적대시하고 있다. 프란츠, 네놈이 한 행위는 틀림없이 어리석은 행동이다만, 충의에는 감사하마. 이것으로 가상적이 한 명 줄었다."

라드릭은 현실주의자다. 쓸 수 있는 것은 무엇이든 쓰며 목적을 향해 일직선으로 돌진하는 모습은 황제로서는 실격이라 할 수도 있겠지만, 전부 카리스마로 밀어붙여 왔다. 성이 반쯤 무너지든, 독을 타든, 이익이 더 크다면 상관없다. 그리고 《천변만화》는 그 이익을 보여줬다.

"'여우'의 협박에 굴해 회담을 연기할 수는 없다."

정체불명의 비밀결사. 습격을 당하고도 여전히 꼬리조차 붙잡지 못했다. 하지만 제국이 그 협박에 굴했다간 다른 나라에게 얕보이게 될 것이다. 주군의 말을 듣고 프란츠가 살짝 끙끙대는 듯이 입을 열었다.

"……제일 수상한 것은 그 《천변만화》입니다만…….."

"크크큭…… 제일 수상한 자의 무죄가 증명되었다니, 아이러니하군. 아니, 그러기 위해 트루 티어즈를 쓰게 한 건가?"

"윽…………."

트루 티어즈는 제블디아의 기둥 중 하나다. 지금까지 진위 판정이 잘못된 적은 없었고, 그 신빙성에 의심을 품는 것은 지금까지 그 보구를 사용해 잡아들인 자들 모두의 잘잘못을 다시 묻게 되는 것과 이어진다. 도저히 용납할 수 있는 문제가 아니다.

프란츠는 항상 냉정하고 머리도 좋은 남자다. 그리고 그와 동시에 보구로 충의를 나타낸 남자이기도 했다.

하지만 그는 그와 동시에 너무 올곧은 남자이기도 하다. 《천변만화》의 신산귀모가 진실이라면 프란츠의 행동을 컨트롤하는 것도 어렵지 않을 것이다. 하지만 그걸 고려하더라도──── 책략가에게 천적이라 할 수 있는 『트루 티어즈』를 쉽사리 받아들이다니, 무시무시한 담력이다.

프란츠가 한 행동은 원래는 중죄다. 이번 일을 고발당하면 적어도 강등은 면할 수 없다. 그것은 건국 이후로 분골쇄신하며 제국을 위해 일해온 아그만 가문에게 죽음보다 무거운 벌일 것이다.

하지만 《천변만화》는 그러지 않았다. 스스로 보구의 사용을 제안하는 형태를 취함으로써 프란츠를 구해낸 것과 동시에 《심연화멸》을 부추겼다. 아무래도 소문대로——— 아니, 소문 이상으로 머리가 좋은 남자인 모양이다.

"믿어라, 그렇게 말하는 건가. ……어디까지 파악하고 있지?"

아직 완전히 믿을 수는 없다. 하지만 《천변만화》는 분명히 '여우'의 움직임을 파악하고 있다.

제블디아는 대국이다. 그리고 계속 열강으로 존재하기 위해서는 그에 맞는 태도를 보여주어야만 한다.

나라들끼리 정면으로 전쟁을 벌이는 시대는 끝났다. 지금 같은 시대엔 모든 것이 보물전에서 얻을 수 있는 리소스를 어떻게 효과적으로 활용할지에 달려 있다.

그 남자는 써먹을 수 있을까 없을까. 그리고, 써먹어도 되는 걸까?

그라디스 백작은 그가 뛰어난 자라고 판단했다.

하지만 황제의 입장에서는 자신의 눈으로 그 수완을 확인해야만 한다.

제3장　　황제의 호위

그리고 그날이 되었다. 왠지 모르겠지만 신이 난 시트리에게 여행 도구를 받고, 컨트롤러를 챙기고는 키르나이트 버전 알파와 융단을 데리고 무거운 발걸음으로 클랜 하우스를 나섰다.

향한 곳은 탐색자 협회다. 선정한 멤버들과 합류해야만 한다. 이제 막 동이 튼 때라 어둑어둑하고 쌀쌀한 제도를 걷다 보니 왠지 지옥으로 이어지는 계단을 내려가고 있는 것 같았다.

그리고 나는 탐색자 협회에서 처음으로 케챠챠카 뭉크와 만났다.

케챠챠카 뭉크는 몸집이 매우 작은 남자였다. 새우등인 건지 몸을 웅크리고 있는 데다 얼굴을 제외한 몸 전체를 까만 로브로 두르고 있었다. 또한 그가 쓰는 무기인지, 끄트머리에 두개골이 달린 지팡이를 들고 있었다.

나는 그곳에서 굳어버릴 수밖에 없었다. 사고가 상황을 따라잡지 못했다. 헌터들 중에는 꽤 자유분방한 사람이 많지만, 눈앞에 있는 남자는 척 보기에도 너무 수상쩍었다. 그가 번뜩이는 눈으로 나를 보았다.

"케케케케케⋯⋯《천변만화》⋯⋯. 어디서 나를 알았는지는 모르겠지만, 히히히히히⋯⋯⋯⋯."

케챠챠카가 기분 나쁜 웃음소리를 흘렸다.

아니, 아니, 아니, 아무리 그래도 이건 아니지. 황제의 호위잖아?

알기나 해?

선정을 자유롭게 하라고 했지만, 아무리 그래도 이건 아니다. 이건 아니라고. 뭐라고 변명을 해야 하는데.

어째서 이런 게 리스트에 있는 거냐…… 나는 뭐라 해야 할지 몰라서 지팡이를 손가락으로 가리키며 말했다.

"그 지팡이, 어디서 팔아?"

"케케케케케케케케……."

"……멋진 패션이네, 호위에 딱 맞아."

"히히히히히히히히…… 히히히…… 히히힛……."

커뮤니케이션이 안 되는데…… 이게 뭐야, 무서워. 이 사람하고 사이좋게 지낼 자신이 없어…… 용케도 이런 차림으로 호위에 참가할 생각을 했네. 배짱이 대단해. 사전에 만나볼 걸 그랬어…….

음…… 호화로운 어둠 전골의 '어둠' 부분이구나. 그래도 너무 수상쩍으니 오히려 수상하지 않을지도 모르겠다.

아무튼, 각오를 다질 수밖에 없다. 한숨을 쉬고 있자니 문이 세차게 열렸다.

"정말, 호위로 발탁해놓고 나를 불러내다니, 경의가 부족하다, 입니다! 부탁을 할 거면 데리러 오는 게 예의———."

그렇게 분위기를 박살 내준 방울 같은 목소리가 지금은 그저 고맙기만 하다.

크류스의 옷차림은 같은 마도사인데도 케챠챠카와는 천지 차이였다.

정령인 마도사는 인간과 옷차림이 다르다. 비틀린 나무 지팡이.

짧은 바지는 원래 숲에서 활발하게 살아가는 정령인이 선호하는 장비이며, 바닥에 닿을 정도로 길고 아름다운 은빛 머리카락까지 보면 자기도 모르게 깜짝 놀라버린다.

크류스는 케챠챠카에게 눈길도 주지 않고 내 옷차림을 보고는 움찔거리며 정색했다.

"약한 인간, 그 옷차림, 무슨 생각이냐?! ……입니다! 무늬가 들어간 셔츠라니, 놀러 가는 게 아니라고, 입니다! 나를 불렀으니 그에 맞는 옷을 입어야지, 입니다! 같이 있는 내 격이 떨어지잖아, 입니다! 나는 창피해, 입니다아!"

"……어? 아니, 이래 봬도 강력한 보구인데———."

크류스가 흥분한 나머지 얼굴을 새빨갛게 물들이며 소리 질렀다. 나는 입고 온 화려한 무늬의 셔츠형 보구를 내려다보고는 옆에 있던 케챠챠카와 번갈아 보며 비교했다. ……혹시 내 패션은 케챠챠카 이하인가?

하지만 호위 의뢰에 드레스 코드 같은 건 없다. 분명 어떻게든 될 것이다.

헌터 팀을 데리고 만나기로 한 장소로 향했다.

도시 문 근처에 서 있던 것은 제국의 문장이 새겨진 대형 마차였다.

황제는 아직 오지 않은 것 같다. 이번 호위의 책임자인 것 같은 프란츠 씨가 엄한 말투로 말했다.

"미스릴과 아다만타이트제다. 총알도, 검도, 마법도 통하지 않는다."

무기나 방어구에 사용하는 고급 소재다. 미스릴은 마법에 강하고, 아다만타이트는 물리적인 충격을 막아낸다. 아다만타이트는 강력한 반면, 매우 무겁기에 근접 직업인 헌터가 아니라면 제대로 다루지 못하는데 설마 그것으로 마차를 만든 사람이 있을 줄은 몰랐다. 평범한 말은 도저히 끌고 갈 수 없을 만큼 무거울 텐데, 마차 앞에 묶여 있는 말은 예전에 바캉스 때 에바가 마련해주려 했던 플래티넘 호스 네 마리였다. 튼튼하고 흉폭한 플래티넘 호스가 마차를 끌면 마물들도 습격하진 않을 것이다.

그야말로 황제 사양의 철벽 태세다. 나는 한동안 눈을 깜빡이다가 말했다.

"그래도 달리다가 바로 밑에서 화산이 분화하면 죽겠지?"

"……."

"번개가 떨어지면 죽겠지?"

"불길한 소리 하지 마라! 그리고 폐하께서는 만에 하나를 대비해 세이프 링을 장비하고 계신다!"

역시 대국의 황제다, 호위 준비는 완벽한 모양이다. 나는 그럴 싸하게 고개를 끄덕이고는 하드보일드하게 말했다.

"그럼 안심이네. 그런데 몇 개 장비하고 있어?"

"…………."

"그래도 공기가 없어지면 죽겠지?"

"……윽……."

"물에 빠지면 죽겠지?"

"닥쳐라! 네놈이 가는 보물전처럼 생각하지 마라! 이번 호위 경로가 안전하다는 건 이미 확인했다! 도적들을 솎아내는 작업도 마쳤다!"

아니, 나는 그렇게 위험한 보물전에는 안 가는데, 그래도 상대가 괴물의 권속이니까…….

나는 그 마수에서 한 번 벗어난 적이 있지만, 다음에도 그럴 수 있을지 자신이 별로 없다.

융단이 내 몸을 찰싹찰싹 때리고 있었다. 그쪽을 보니 융단이 보란 듯이 어깨를 으쓱였다. 보아하니 내 융단도 어이가 없는 모양이었다. …………너무 심하게 움직이면 마력이 바닥난다고.

프란츠 씨가 화가 났는지 얼굴을 새빨갛게 물들이며 나를 비난하듯이 삿대질을 했다.

"대체 그 옷차림은 뭐냐! 놀러 가는 게 아니란 말이다!"

"아니, 이게 내 전투 스타일이라……."

"거짓말하지 마라! 그런 전투 스타일이 어디 있다고!"

셔츠형 보구, 『퍼펙트 베케이션(쾌적한 휴가)』은 이름대로 퍼펙트한 휴가를 연출해주는 보구다.

방어구형 보구는 잔뜩 있지만, 이 보구만큼 유용한 존재는 본 적이 없다.

지니고 있는 능력은 온갖 환경에 대한 적응이다. 방어력은 거의 없는 거나 마찬가지지만, 이 셔츠를 입은 자는 하늘이든, 바다든, 산이든, 해저든, 온갖 상황에서 쾌적하게 지낼 수 있게 된다.

무늬가 화려하다는 것과 위에 뭔가 걸치면 효과가 사라진다는 점을 제외하면 그야말로 쾌적하다. 그리고 세이프 링과 합치면

말 그대로 퍼펙트해진다.

이 셔츠의 기원이 존재하던 시대는 얼마나 가혹한 시대였는지 매우 신경 쓰인다.

소문에 따르면 시리즈로 비치 샌들과 선글라스가 있는 것 같은데, 안타깝게도 나는 가지고 있지 않다. 원래는 바캉스 때 입고 가려 했지만 아쉽게도 그때는 마력이 바닥난 상태였다.

"윽…… 뭐, 됐다. 헌터에게 품위 같은 건 원하지 않는다. 네놈이 할 일은 여차할 때를 대비한 보험이다. 폐하의 몸에 무슨 일이 생기면 그 영향은 제블디아로만 끝나지 않는다. 알고 있겠지?"

"물론 알고 있지. 알고 있긴 한데, 내가 황제였다면 나를 호위로 삼으려 하지는 않았을 거야. 왜냐하면 내게는 적이 너무 많거든."

나는 운이 안 좋고, 한때 범죄자들 뺨칠 정도로 맹위를 떨쳤던 《비탄의 망령》의 리더이기에 혹시나 황제 폐하보다 적이 많을지도 모른다. 그리고 나는 경호를 받지 않고 있기에 습격하기에는 딱 좋다.

하지만 황제의 호위라는 것도 생각해보니 결코 나쁘지만은 않았다.

지금 내게는 융단이 있다. 나는 지금, 받은 융단을 타고 하늘을 날고 싶은 마음으로 가득하다.

황제의 호위에 참가한다는 것은 지금 나를 공격하는 것이 바로 황제에 대한 반역이라는 뜻이다. 강건한 제블디아의 기사단과 《마장》의 넘버 2가 막아설 것이다. 팬텀은 그렇다 치더라도 다른 범죄 조직은 나서지 않겠지. 역전의 발상이다.

"미리 말해두지만, 나는 프란츠 씨를 굳게 믿고 있어. 우리가 전투에 참가하면 그쪽 부대도 혼란스럽겠지. 우리는 별로 나서지 않을 생각이야."

상대방의 위신까지 고려한 고도의 변명을 듣고 프란츠 씨는 인상을 찌푸리며 뽐내는 듯이 말했다.

"그러면 된다. 황제 폐하 주위는 우리가 지킨다. 이쪽에는 기사, 마도사, 치유술사(라이터)도 있다. 너희는 폐하의 시야 안으로 들어오지 마라. 수상쩍은 동료들에게도 전해줘라."

말이 심하네. 그래도 케챠챠카는 척 보기에 위험한 것 같으니 아무런 말도 할 수가 없다.

"오케이, 알겠어."

"……말은 준비해 두었다. 네놈들은 멀찍이 떨어져서 마차를 지켜라. 잊지 마라, 시야 안으로 들어오지 말라고는 했지만—— 게으름을 피우라는 뜻은 아니다. 유감이지만, 폐하께서는 네놈들의 활약을 기대하고 계신다."

프란츠 씨가 가리킨 곳에는 튼튼하고 성질이 사나워 보이는 까만 말이 다섯 마리 묶여 있었다.

아이언 호스——— 군마로 매우 우수한 말이다. 호위 헌터에게까지 이런 말을 주다니, 정말 통이 크다. 하지만 아이언 호스는 타는 데 훈련이 필요한 말이다. 게다가 약자는 태우지 않는다는 지독한 성질도 있어서 까다롭다. ……뭐, 나는 애초에 말을 혼자서 못 타지만.

융단이 자신에게 맡기라는 듯이 흐느적흐느적 걸어가고 있다.

믿음직한 녀석이다.

"내 말은 필요 없어. 융단이 있으니까."

"……마음대로 해라. 부디 우리 쪽에 폐를 끼치지 마라."

프란츠 씨는 포기했다는 듯이 말하고는 이야기를 마무리 지었다.

"히히히히히히………… 히히힛………."

"약한 인간! 이런 녀석들 한가운데에 나를 두고 가지 마라, 입니다!"

"키루키루……."

괜찮을까? 돌아오자마자 불안한 생각으로 머리가 가득 찬 내게 유일하게 정상적인 남자가 의미심장한 미소를 보였다.

"흐음…… 설마 황제의 호위에 이런 멤버를 내세우다니, 아무래도 그 별명은 허세가 아니었던 모양이군. 최연소로 레벨8이 된 그 수완, 곁에서 지켜보도록 하지."

키가 크고 늙은 남자다. 회색 머리카락은 올백으로 넘겼고, 태도는 온화하지만 눈동자 안쪽에는 날카로운 빛이 엿보인다. 지팡이는 가지고 있지 않았지만, 양쪽 손목에는 진한 푸른색 보석이 박힌 팔찌를 끼고 있었다.

마력이란 육체와는 달리 나이에 따라 감퇴하지 않는다. 그렇기 때문에 마도사는 나이에 비례하여 강력해지는 경향이 있다. 《지수》, 테름 아포크리스는 레벨7이라는 이름이 부끄럽지 않은 남자였다.

예전부터 존재해왔으며 제도에서도 손꼽히는 마도사 클랜 《마

장》. 그 클랜에서 가장 유명한 건 《심연화멸》이지만, 테름도 두 번째로 이름난 마도사다. 소문에 따르면 그는 《심연화멸》의 라이벌이었다고 한다. 예전에는 클랜 마스터 자리를 두고 싸움을 벌인 적도 있는 모양이다.

하지만 그의 태도는 그런 이야기와는 전혀 어울리지 않을 정도로 차분했다. 내가 《마장》의 클랜 마스터를 선택하는 입장이었다면 그 할멈보다는 이쪽을 골랐을 것이다. 뭐, 전쟁에 데리고 갈 거면 할멈이지만.

"갑자기 불러서 미안하군. 당신의 힘이 꼭 필요해서…….."

내가 새삼 아양을 떨려고 하자 테름이 손바닥을 내밀고 말렸다.

"상관없다, 로제의 명령이니. 그리고 이번에 리더는 자네야. 그리 간단히 고개를 숙여선 안 되지."

"케케케케케……."

"키루? 킬? KILL?"

뭐, 이 파티라면 누가 리더를 맡더라도 마찬가지겠구나…….

잘 이끌 수 있으면 이끌어보라는 느낌이다.

"약한 인간, 정신 바짝 차려! 입니다! 따라주고 있는 내가 바보 같잖아, 입니다! 약한 인간 대신 내가 리더를 해줄까, 입니다!"

"어? 정말 그래도 돼?"

"?!"

얼굴을 새빨갛게 물들인 채 소리 지르기 시작한 크류스를 무시하고는 곧바로 호위에 대해 이야기를 나누었다. 아이언 호스를 타고 이동한다는 이야기를 했는데도 사람들의 안색은 변함이 없었다. 승마에 자신이 없는 건 나뿐인 모양이다.

그래도 상관없어. 왜냐하면 내게는 말 따위보다 쾌적한 융단이 있으니까. 난폭하긴 하지만, 호감 가는 녀석이다.

사람이 늘어났다. 인원수는 최소한으로 줄였다고 들었지만 그래도 황제가 이동하게 되니 마차 한두 대로는 모자란 모양이었고, 잡일을 해주는 사람부터 회담에 출석할 귀족까지 모두 합치니 꽤 많았다.

드디어 황제 폐하가 호위들에게 둘러싸인 채 나타났다. 폐하는 이쪽을 힐끔 보고는 아무런 말도 하지 않고 튼튼한 마차에 올라탔다.

주위에는 호위를 맡은 기사만 해도 스무 명은 있다. ……뭐, 어차피 화산이 분화하면 모두 죽겠지만 말이지.

크류스는 제국에서 마련해준 아이언 호스의 흉악한 얼굴을 보고도 아무렇지도 않게 목덜미를 쓰다듬고는 경쾌한 동작으로 시원스럽게 올라탔다. 그리고 약간 신이 난 듯이 말했다.

"인간이 타는 것 치고는 꽤 괜찮은 말이구나, 입니다! 이 정도면 우리 아이로 삼아줄 수도 있다, 입니다!"

"크류스는 말도 탈 수 있구나."

"뭐어?! 바보 취급하지 마라, 입니다! 말을 못 타는 정령인 같은 건 없다, 입니다! 고향 숲에서는 아름다운 유니콘을 타고——."

케챠챠카가 수상쩍은 웃음소리를 내며 말에 탔다. 키르나이트도 지금은 컨트롤러와는 상관없이 자연스러운 동작으로 말에 탔다. 갑옷과 투구를 장착한 덩치 큰 (아마도) 남자를 태우고도 아이언 호스는 전혀 흔들리지 않았다. 테름은 레벨7이니 내가 걱정해주는 건 오히려 모욕에 가까울 것이다.

마차가 움직이기 시작했다. 나는 심호흡을 하고는 옆에 있던 융단에게 말했다.

"자, 우리도 슬슬 가볼까."

융단이 가로로 누웠다. 의기양양하게 올라타자, 융단이 급발진했다.

엄청난 부유감, 나이트 하이커 못지않은 속도로 풍경이 뒤쪽을 향해 흘러갔다. 보구 셔츠를 입고 있지 않았다면 숨이 막혔을 것이다.

속도를 내기 시작한 융단이 크게 한 바퀴 회전했다. 신기하게도 떨어지지는 않았다. 보아하니 이 융단은 어지간해선 탑승자가 떨어지지 않게끔 설계되어 있는 모양이었다. 추가해야 할 안전장치가 더 있을 것 같은데. 비행 계열 보구는 안전해선 안 된다는 규칙이라도 있는 건가?

"아, 약한 인간———."

눈 깜짝할 새에 앞서가던 크류스와 다른 사람들을 추월하고, 마차를 추월하고, 비명과 성난 목소리를 제쳤다.

이 속도, 기분이 최고다. …………컨트롤만 할 수 있다면 분명히 더 최고였을 것이다.

그리고 나는 엄청난 속도로 도시의 문에 머리를 들이받고는 여행이 시작되기도 전에 한 번 죽었다.

"까불지 말라고! 입니다! 어째서 내가 태워줘야만 하는 건데! 입니다! 자업자득이잖아! 입니다!"

나는 혼자 앞서가다가 문을 들이받고 엄청나게 혼났다.

안전을 확인하기 위해 출발 시각이 두 시간 정도 늦어져 버렸으니 혼나는 게 당연하다. 오히려 그것만으로 끝난 게 기적일지도 모르겠다. 보아하니 황제 폐하는 나를 어떻게 해서든 호위에서 제외하고 싶지 않은 것 같았다.

"이봐! 약한 인간, 이상한 곳 잡지 마, 입니다! 머리카락 밟지 마, 입니다! 약한 인간에게는 나에 대한 경의가 부족해, 입니다! 평범한 인간이 정령인을 건드리는 건 도저히 용납될 수 있는 일이 아니야, 입니다! 건드리는 건 허락하지 않았어, 최대한 멀리 떨어져서 타라, 입니다! 앗――."

그리고 나는 융단을 타고 이동하는 것을 금지당했다. 모처럼 하늘을 날아다닐 수 있을 줄 알았는데, 실망이다. 사람을 태우고 싶지 않아 하는『플라잉 카펫』에 무슨 의미가 있을까. 정말 장난꾸러기 같은 녀석이다.

"조, 좀 버티라고, 입니다! 말에서 떨어지다니, 진짜로 레벨8 맞냐, 입니다! 약한 인간의 다리는 어디 쓰라고 달려 있는 거야, 입니다! 최악이야, 믿기질 않아, 입니다! 일부러 그러는 건 아니겠지, 입니다! 더 이상 뒤처질 수는 없어, 입니다! 지금만큼은 건드릴 수 있는 권리를 주마, 입니다! 자, 됐으니까 꽉 잡아, 입니다! 앗――."

말에서 두 번 떨어져서 세이프 링을 두 개 소비하면서도 크류스가 타고 있는 말 뒤에 다시 탔다.

이미 이동이 매우 흐트러졌다. 더 이상 폐를 끼칠 수는 없다.

아이언 호스는 튼튼하다. 날씬한 크류스와 나 정도는 두 명이 타도 전혀 문제가 없다. 여자애 뒤에 태워달라고 하는 건 한심하지만, 그래도 잘 알지도 못하는 케챠챠카나 테름에게 태워달라고 할 용기는 없었다. 자립사고 모드인 키르나이트는 애초에 말도 안 되고.

뒤에서는 나를 내려주고 기분이 좋아진 융단이 둥실둥실 따라오고 있었다.

정령인은 내가 아는 한, 거의 모두가 머리카락을 기른다. 마법의 매체로 쓰기 위해서인 것 같은데, 크류스의 은발은 잘 손질되어 있고 조금 시원했다. 정령인의 체온은 인간보다 약간 낮기 때문이다. 뒤에서 팔로 꽉 잡은 그녀의 몸도 로브 너머지만 시원했다.

'퍼펙트 베케이션'의 힘 덕분에 말 위에서도 쾌적하다. 엄청 졸리다.

"이 임무가 끝나면, 크류스에게 신세를 많이 졌다고 루시아 씨에게 확실하게 전해라, 입니다! 내가 착해서 다행이구나, 입니다! 내가 일반적인 정령인이었다면 약한 인간은 이미 살해당했을 거라고, 입니다!"

"나도 알아. 덕분에 살았어. 역시 크류스는 대단하네, 융단보다 훨씬 대단해."

"?! 나를 바보 취급하는 거지, 입니다!"

칭찬이었는데…… 나중에 소비한 세이프 링 충전도 부탁해야 하니까…….

나는 크류스의 몸을 꽉 잡고는 크게 하품을 하다가 크류스에게 혼났다.

제도 제블디아 서쪽. 주요 가도 근처에 있는 초원에 100명이 넘는 남자들이 모여 있었다.

높게 자란 풀과 나무 사이에 숨었고, 장비도 미채색이기 때문에 바깥에서 슬쩍 본 정도로는 그렇게 많은 사람들이 숨어있다는 사실을 알 수가 없다. 남자들은 용병단이었다. 그것도 범죄 조직에 고용되어 더러운 일을 처리하는 도적단에 가까운 전투 집단———그쪽 업계에서는 악명을 떨친 존재다.

이번에 들어온 일도 제블디아의 문장이 새겨진 마차를 습격하라는, 정상적인 의뢰와는 거리가 먼 것이었다.

큼직한 일이다. 의뢰인은 불명이지만, 보수를 선불로 줄 정도로 배포가 큰 고객이다. 이동 루트나 시간 등도 이미 알고 있기에 이제 습격하기만 하면 되는 단순한 일이다. 상대방은 요인이고 호위도 있는 모양이지만, 그것도 미리 알고 있으면 얼마든지 대처할 수 있다. 탁 트인 초원이라면 놓칠 걱정도 없다.

하지만 그 집단의 두목은 표정이 밝지 않았다. 냄새를 없애는 약초를 바른 얼굴을 찡그리며 옆에 있던 남자에게 말했다.

"이미 예정 시각이 지났다. 무슨 일이 생긴 건지도 모르겠군."

남자들은 이런 임무에 익숙하다. 땡볕 아래에서 몇 시간 동안이나 풀 속에 잠복할 수 있지만, 계속 집중력을 유지할 수 있는 건 아니다. 보낸 척후는 아직 돌아오지 않았다. 보수는 이미 받았다. 뭔가 이유가 생겨서 일정이 바뀐 거라면 사인을 보낼 텐데, 그러지도 않았다.

갑자기 바람이 불었다. 풀이 크게 흔들렸다.

"……반각(한 시간)만 기다린다. 표적이 나타나지 않으면 도망칠 거다. 그 이상은 기다릴 수 없다."

기다리다 지쳤는지, 근처에 엎드려 있던 동료 중 한 명이 크게 하품했다. 임무 중이라고는 상상할 수 없을 정도로 맥이 빠진 모습이다. 두목의 시선을 눈치챘는지 동료 남자가 껄끄러운 표정을 지으며 말했다.

"죄송합니다, 갑자기 졸려서."

"반각 남았다, 마음 단단히 먹어라."

"넵."

지금까지의 경험상, 이럴 때 표적이 오는 경우는 별로 없다.

이번 의뢰인은 솜씨가 좋았지만, 무슨 일이 생겼을 것이다. 대상의 마음이 바뀌었을 가능성도 있다. 루트를 전달받은 건 불과 몇 시간 전이지만, 계획이 변경될만한 이유는 얼마든지 있다.

그때, 문득 이쪽으로 다가오는 그림자가 보였다.

한 명이다. 표적은 아니지만, 이곳은 가도에서 벗어난 곳이다.

보낸 척후는 아닌 것 같은데, 숨어 있는 이곳을 향해 똑바로 다가오는 걸 보니 의뢰인이 보낸 사자일 가능성도 있다.

그 사람은 여자였다. 햇빛에 그을린 피부에 투박한 부츠. 속살을 드러내는 옷을 입고 있었고, 차림새로 보아 도적인 것 같았다. 두목은 동료들에게 손바닥을 내밀며 제자리에서 대기시키고는 무기를 뽑아 들고 일어섰다.

여자가 10미터 이상 거리를 둔 채 멈췄다. 그녀는 눈을 크게 뜬 채 남자의 얼굴을 빤히 보았다.

"네놈, 사자냐? 암호를 말해라."

이쪽은 100명 이상 숨어 있다. 만약에 적이라면 혼자서 올 리가 없다.

그런데 연한 분홍색 눈동자에 핑크 블론드 머리카락을 가진 여자는 두목의 말을 듣고 뒤쪽을 향해 큰 소리로 외쳤다.

"시트ㅇㅇㅇㅇㅇㅇㅇㅇㅇㅇㅇ! 수면약, 부족한 것 같은데! 쓸데없이 절약하기는——— 네가 재빨리 해치우라고 했잖아아? 얼른 끝내지 않으면 크라이가 와버린다고!"

"?! 이봐!"

두목이 신호를 보내자 동료들이 일제히 일어섰다. 거의 평면이었던 초원에서 갑자기 사람들이 일어서는 모습은 마치 갑작스럽게 수많은 나무가 자라난 것 같은 광경이었다.

하지만 그렇게 많은 사람들을 보고도 정체를 알 수 없는 여자의 표정은 바뀌지 않았다. 곧바로 손을 슬쩍 움직여 어디선가 가면을 꺼내고는 얼굴에 썼다. 그 모습을 확인한 두목은 한 발짝 물러났다.

기분 나쁘게 웃는 해골 가면을 심볼로 삼고 있는 무시무시한 헌터에 대해서는 알고 있다.

한때, 온갖 범죄 조직을 적대시하며 두려움을 사던 자들이다. 겨우 여섯 명 파티로 수십 개의 조직을 상대했던 맛이 간 녀석들이다. 가짜도 아니다. 그렇게 적이 많은 파티 행세를 할 사람은 없다.

"말도 안 돼………… 《비탄의 망령》?! 최근에는 얌전하게 지냈을 텐데."

떨리는 목소리로 그 이름을 부른 두목에게 해골 여자가 아무렇지도 않은 목소리로 말했다.

"미안한데, 앞으로 몇 무리가 더 나올지도 모르고, 이름도 흥미가 없고, 지금은 타임 어택 중이라서."

갑자기 뒤에서 굉음이 울렸다. 어지간한 일로는 동요하지 않는 동료들이 짤막한 비명을 질렀다.

거기 있던 것은 진한 회색 갑옷을 온몸에 두르고 올려다봐야 할 정도로 거대한 기사였다. 몸집이 큰 두목과 비교해도 두 배 이상 키가 컸다. 그 기사의 오른쪽 어깨를 기어 올라온 다른 핑크 블론드 머리카락의 여자가 고개를 내밀었다.

"언니! 시체를 처리하기 골치 아프니까 죽이면 안 돼! 흔적은 완전히 없앨 테니까!"

맛이 갔다. 얕보이고 있다. 소문이 사실이라면 《비탄의 망령》은 원래 멤버에 신규 멤버 한 명을 더해서 일곱 명이었을 것이다.

겨우 일곱 명이서 용병단을 상대하려 하다니, 상식에서 벗어났다.

하지만 두목이 느낀 것은 강한 공포였다. 상대방은 남자들을 전혀 적으로 간주하지 않고 있다.

"야, 리즈! 제일 강한 녀석은 내 거니까 다른 녀석들은 줄게."

기사의 왼쪽 어깨로 붉은 머리카락을 가진 남자가 올라와 남자치고는 날카로운 목소리로 소리쳤다. 리즈라 불린 여자는 그 말에 대답하지 않고 머리카락 색이 똑같은 여자에게 소리쳤다. 이미 임전 태세를 취하고 있는 남자들을 신경 쓰는 기색조차 없었다.

"잠든 녀석이 없잖아! 네가 수면약 쓴다고 했지?! 이거 어떻게 할 거야! 시간 끌리면 안 된다니까?! 루시아, 개구리!"

"루시아, 개구리 부탁드릴게요! 전부 붙잡아서 미궁에 풀어놓고 기를게요!"

"??? 루시아, 개구리야!"

"으음."

긴장감이 전혀 없는 목소리가 들린 다음, 바로 위쪽에서 비명과도 같은 목소리가 쏟아져 내렸다.

"적당히 좀, 하라고! 그건 엄청 피곤해진다고 했잖아?!"

무심코 위쪽을 보았다. 하늘에는 말도 안 될 정도로 커다란 연이 떠 있었다.

그리고 한나절 이상 나아간 뒤, 우리는 매우 평온하게 첫 번째 체류 포인트에 도착했다.

이번 여행은 모험이 아니다. 야영은 최대한 피하며 안전을 제일 먼저 고려하고 있다. 호위 중에서는 편한 축에 들어간다.

보구 덕분에 익숙하지 않은 말 위에서도 쾌적하게 지낼 수 있었다. 하지만 무엇보다 나를 안심하게 해준 것은———.

"좋아, 아무 일도 일어나지 않았네."

"뭐어?! 약한 인간 때문에 출발할 때 문제가 생겼잖아, 입니다! 이곳에서 반드시 새 말을 사야 한다, 입니다!"

"돈이 없어."

"뭐…… 뭐어어어어어어어?!"

주먹을 꽉 쥔 내게 말 위——— 앞쪽에 앉은 크류스가 흥분했는지 귀까지 새빨개진 채 소리쳤다. 하지만 나는 '퍼펙트 베케이션' 덕분에 쾌적한 기분이었다. 나중에 이 보구의 충전도 부탁해야지…….

지시받은 대로 크류스의 몸을 꽉 잡은 채 말했다.

"그리고 내 얘기는——— 도적도, 마수도, 보물전도, 팬텀도 나오지 않았다는 뜻이야. 재해도 일어나지 않았어. 이건 정말 획기적인 일이라고."

"뭐어? 그냥 호위일 뿐인데 그런 것들이 나올 리가 없잖아, 입니다."

"……뭐, 그렇게 생각할 수도 있겠지만."

아무것도 안 나오는 게 좋다는 건 맞긴 한데…… 행복한 인생을 살아왔구나…….

따스한 눈초리로 바라보는 나를 크류스가 째려보았다.

"쓸데없이 의미심장한 말을 하지 마, 입니다! 약한 인간은 자기 입장을 좀 더 이해해야 해, 입니다!"

역시 황제 일행이라 그런지 준비된 여관은 호화로운 귀족 전용 여관이었다.

황제 폐하와 근위대가 여관 한 층을 쓰고, 우리는 아래층에 자리를 잡았다.

이런저런 준비를 마친 다음, 프란츠 씨가 눈살을 찌푸리며 말했다.

"일단 첫날은 아무 일도 없었군. '여우'도 겁이 난 건가."

"아니, 아니. 아직 방심할 순 없어. 무슨 일이 일어날지 모른다고."

"이번에 골치 아픈 일을 일으킨 건 네놈뿐이다! 껄렁한 옷차림으로 진지하게 말하지 마라! 어깨를 두드리지 마라, 베어버린다!"

아직 기운이 넘치는 용단이 어깨를 툭툭 두드리자 프란츠 씨가 화가 나서 얼굴을 새빨갛게 물들이며 소리 질렀다. 그 정도로 화를 내면 용단하고 좋은 관계를 맺긴 힘들지.

크류스가 등을 쭉 편 채 우아한 동작으로 차를 마시고는 말했다.

"그렇게 화내지 마라, 입니다. 그렇게 얼굴을 새빨갛게 물들이지 않아도 내가 있는 한 이번 호위는 성공한 거나 마찬가지다, 입니다. 만약에 너희가 버거워하는 상대가 나오더라도 맡겨둬라, 입니다!"

"케챠챠카도 있으니까. 그리고 《지수》도 있고."

키르나이트도 있다. 케챠챠카는 여전히 수상쩍은 차림새로 수상쩍은 웃음소리를 냈다. 이 멤버들 사이에서 태연하게 지내는 테름의 담력이 엄청나게 부럽다.

"제일 먼저 자기 이름을 말해야지, 입니다! 이 약한 인간!"

"흥…… 뭐, 됐다. 《천변만화》, 모든 것을 내다본다는 네놈의 의견을 들어볼까."

…………어?

나도 모르게 눈을 크게 떴다. 크류스, 케챠챠카, 테름, 모두의 시선이 쏠리고 있었다.

혹시 내가…… 뭔가 해야 하나……? 의견이라고 해도 곤란한데. 내가 한 말이 지금까지 맞은 적이 없다. 어떤 의미로는 맞긴 하지만, 매번 약간 빗나가곤 한다.

하지만 일이니까 노라고 할 수도 없다. 의견 정도는 말해도 되겠지.

나는 다리를 꼬면서 하드보일드한 척했다. 곧바로 변명부터 시작했다.

"이거 참, 나도 미래를 내다보는 건 아니거든. 그러니까 백발백중까지는 아니지만, 지금까지 쌓인 경험을 통해 아는 것도 있긴 하지."

테름을 힐끔 보았다. 여차할 때는 나 다음으로 레벨이 높은 그가 어떻게든 해줄 거라는 생각이다.

테름이 눈살을 찌푸렸지만, 나는 아랑곳하지 않고 말했다.

"방심했을 때가 제일 위험하지. 이곳은 도시 안이니까 비교적 안전하지만, 충분히 주의하는 게 좋을 거야."

"뭐라고? 그런 말을 하지 않아도 방심하지는 않을 거다만── 뭐가 온다는 거냐?"

"음………… 드래곤?"

"뭐라고?!"

이런, 별생각 없이 말해버렸다.

전에도 말했지만, 드래곤이 도시를 습격하는 경우는 거의 없다. 하지만 이번에는 황제의 호위 보정도 있다.

"그리고…… 그래, 예를 들어 정령이라든가."

"말도 안 돼. 헛소리다! 이곳은 미개척 지역 같은 곳이 아니다. 아직 제국 내부란 말이다?!"

프란츠 씨가 눈을 충혈시킨 채 소리쳤다. 그렇게 화를 낼 필요는 없을 텐데……. 어디까지나 그냥 의견이라고. 나도 그런 게 나올 거라는 생각은 안 해. 진정시키기 위해 웃으며 말했다.

"아니, 그래도 뭐, 황성의 전례도 있고, 정령도 저번에 도시를 습격했으니까……."

"윽………… 젠장──."

"진정하라니까. 괜찮아. 만약에 드래곤이 나타나면 테름 씨가 쓰러뜨릴 테니까."

내가 갑작스럽게 떠넘기자 테름은 눈을 살짝 크게 뜨기만 했다.

보아하니 그 할멈의 오른팔이라 그런지 터무니없는 소리에도 내성이 있는 모양이다.

테름은 제도에서도 손꼽히는 수속성 마법 사용자. 《지수》라는 별명은 혼자서 강을 멈추고 바다를 가르고, 폭포를 완전히 정지시켰기에 생긴 별명인 것 같다. 수속성 마법은 위력이 약한 경우가 많지만, 흐르는 물을 완전히 정지시킬 정도로 자유롭게 다룰 수 있는 테름 같은 경우는 그렇지 않다. 인간의 몸은 60퍼센트가 물로 이루어져 있다. 물은 모든 생물에게 생명줄이다. 그것은 용종 같은 환상종에게도 마찬가지다. 그는 그런 의미에선 지극히 효율적으로 생물을 죽일 수 있는 마도사라 할 수 있을 것이다. 루시아가 그렇게 말했다.

테름이 생각에 잠긴 듯이 턱을 만지다가 의젓하게 고개를 끄덕였다.

"좋다. 만약에 드래곤이 나타난다면———— 내가 상대하지. 그런데 한 가지만 묻고 싶군. 어째서 나를 선택한 건가? 케챠챠카나…… 크류스도 있는데. 거기 있는 키르나이트도 꽤 대단하고."

역시 레벨7, 상대가 드래곤이라는 말을 듣고도 겁을 내지 않네. 아마 안 나오겠지만.

그리고 테름을 선택한 이유는…… 간단하다. 내가 가장 믿고 있는 사람은 별명을 가지고 있는 테름이기 때문이다. 케챠챠카는 실력을 알 수가 없고, 키르나이트도 여러 가지 의미로 불확정 요소가 많다.

그리고 크류스는 내 호위다. 하지만 본인들 앞에서 그런 말을 할 수는 없다.

나는 '케케케케케' 하고 웃음소리를 내는 케챠챠카를 힐끔 확인하고는 테름을 보았다.

"모르겠어?"

"……………흐음."

이해한 건가? 테름은 내 질문을 듣고도 딱히 불쾌해하지도 않으며 진지한 표정으로 말했다.

"뭐, 좋다. 자네에게 힘을 보여준 적은 없었지. 내 마도의 정수를 보여주도록 하마."

"뭐어? 충전? 약한 인간은 나를 뭘로 보는 거냐, 입니다! 네가 해, 입니다!"

크류스 알르겐은 착한 아이다. 말버릇은 안 좋지만 클랜을 만들고 난 이후로만 따져도 3년 이상 알고 지냈기에 다루는 법은 알고 있다. 나는 그저 한결같이 고개를 꾸벅꾸벅 숙였다.

"이, 이봐, 방 안으로 들어오지 마, 입니다! 대체 교육을 어떻게 받은 거야, 입니다! 아, 엎드려 빌지 마, 입니다! 정말, 약한 인간에게는 자존심이 요만큼도 없나, 입니다! 약한 인간이 그런 태도를 보이면 우리가 곤란하다고, 입니다!"

불평하더라도 기분 나빠 하는 표정을 보이면 안 된다. 전부 내 잘못이니까.

저자세로, 저자세로, 내 특기인 비굴한 모습을 보이자 크류스가 혼란스러워하고 있었다. 그리고 보니 예전에 엘리자가 그랬는데, 자존심이 강한 정령인에게 내 행동은 정말 신기하게 보이는 모양이다.

"자, 자, 얼른 보구를 꺼내, 입니다! 확실하게, 반드시, 돌아가면 크류스에게 신세를 졌다고 루시아 씨에게 말해야 한다, 입니다! ……뭐어?! 약한 인간, 어느새 보구를 이렇게 잔뜩 쓴 거냐, 입니다! 이봐! 좀 미안해하라고, 입니다! 이러니까 약한 인간은——."

정령인은 마술 적성이 지극히 높은 종족이다. 특히 마력량은 인간에 비해 열 배 이상 많다고 한다. 보구를 충전하는데 안성맞춤인 종족이다. 나도 정령인이었으면 좋았을 텐데.

크류스가 마구 화를 내면서 내가 내민 세이프 링을 충전해 주었다. 정령인이라도 세이프 링을 여러 개 충전하는 건 힘들 텐데, 그녀들은 자존심이 강하기 때문에 불평하지는 않는다.

시트리가 예전에 부추긴 탓도 있을지 모르겠지만…….

헌터들이 지정받은 방은 황제 폐하가 머무르는 여관의 1층——— 등급이 낮은 방이었다. 호위의 편의성을 고려해서 그렇게 된 건데, 그래도 원래 고급 여관이라 다운그레이드되더라도 충분히 호화로웠다.

소파만 봐도 푹신푹신하다. 나는 소파에 앉아 크게 한숨을 쉬었다.

"이봐! 내 소파에 앉지 마, 입니다! 한숨 쉬지마, 입니다! 약한 인간!"

"그런데 아무 일도 안 일어났네에."

"호위 의뢰는 원래 이런 거잖아, 입니다. 무슨 일이 일어날 예정이었는데, 입니까."

아니, 아직 방심할 수는 없어. 항상 그렇게 방심하게 해놓고 무슨 일이 일어나는 법이니까.

뭐, 그래도 이번에는 테름이 있으니 마음이 편하네. 레벨7이라는 건, 협회의 평가가 아크와 동등하다는 뜻이다. 케챠챠카도 외모만큼 맛이 간 게 아닌 것 같고……

나는 가지고 온, 꼼꼼하게 포장된 상자를 뜯었다. 척 보기에도 충전하느라 안색이 안 좋아진 크류스가 지친 것을 둘러대는 듯이 물었다.

"약한 인간, 그 상자는 뭐냐, 입니다."

"잘 모르겠는데, 내 방 앞에 있었어. 이름이 적혀 있었으니 내게 온 거겠지."

"?!"

상자 안에는 초콜릿이 깔끔하게 들어 있었다. 하트가 그려진 메시지 카드도 있었다.

보낸 사람의 이름은 적혀 있지 않았지만, 하트를 이렇게 그린 걸 보니 시트리구나. 어떻게 머무를 여관이나 방을 알아낸 거지…… 신기하네~.

안에 들어있던 초콜릿은 고급스러웠다. 독이 없다는 걸 보구로 확인하고는 하나 먹어보았다.

크류스가 질렸다는 듯이 나를 내려다보고 있었다.

"야, 약한 인간, 네 사전에 경계심이라는 단어는 없냐, 입니다!"

"완벽하게 경계하고 있는데."

왜냐하면 나를 죽일 땐 독 같은 걸 쓸 필요가 없으니까. 그냥 두들겨 패기만 하면 된다. 세이프 링이 다 떨어질 때까지 말이지.

그리고 경계심이 있으니까 지금도 이렇게 크류스 곁에 있는 거고.

초콜릿은 정말 맛있었다. 역시 시트러다. 내 취향을 잘 알고 있어. 오늘 쌓인 피로가 녹아내리는 것 같다. 벌꿀이 들어있는 것 같네. 벌꿀은 건강에도 좋거든.

무심코 미소를 지으며 초콜릿을 먹는 나를 크류스가 어이없다는 듯이 바라보았다.

그때, 갑자기 방이 크게 흔들렸다.

강한 충격으로 인해 소파에서 넘어졌고, 방 밖에서는 예상치 못한 목소리가 들렸다.

"드래곤이다! 칠 드래곤 무리가 나타났다!"

"폐하를 지켜라!"

?! 말도 안 돼. 여기는 도시다. 제블디아의 도시에 드래곤 같은 게 나타날 리가 없다.

좀 전에 내가 했던 말은 그냥 예를 든 것뿐이다. 아니, 내 예상은 항상 빗나가기만 한다. 있을 수 없는 일이다. 내가 운이 안 좋긴 하지만, 이런 식으로 운이 안 좋은 건 아니다.

아니, 드래곤이 너무 자주 나타나는 거 아니야? 얼마 전에 나타났는데, 분명히 이상하잖아?

너무 놀라서 초콜릿을 하나 더 먹은 내 팔을 크류스가 붙잡았다.

그녀는 이미 오른손으로 길게 비틀린 나무 지팡이를 들고 있었다.

"자, 약한 인간, 가자, 입니다!"

"아니, 아니, 내 힘 같은 건 필요없어."

"정신 차려, 입니다! 그러고도 루시아 씨의 오빠냐, 입니다!"

아차, 성실한 크류스가 아니라 키르나이트 옆에 있을 걸 그랬네.

자랑은 아니지만, 나는 지금까지 제대로 싸운 적이 없다.

걱정할 필요는 없다. 거짓말이 사실이 되어버리긴 했지만, 테름에게 맡기면 된다. 하지만………… 일단은 호위니까 얼굴 정도는 비쳐야 할 것 같네.

크류스에게 팔을 잡힌 채 억지로 끌려갔다. 그녀가 충전해준 세이프 링을 재빨리 챙겼다. 각오를 다졌다. 내가 할 수 있는 일이 있을지 의심스럽긴 하지만, 그렇게 멋진 융단을 받았으니 할 수 있는 일은 해야만 한다.

나는 매우 믿음직스러운 크류스와 함께 비명이 들린 쪽을 향해 뛰어가기 시작했다.

비명이 들린 방향으로 뛰어가며 크류스가 말했다.

"약한 인간, 칠 드래곤, 싸운 적 있냐, 입니다. 나는 없다, 입니다!"

"……그래, 물론 있지."

크류스가 확 나를 돌아보고는 눈을 동그랗게 떴다. 나는 어설프게 미소를 지으며 어깨를 으쓱였다.

나는 운이 안 좋다. 운이 안 좋아서 지금까지 다양한 마물과 마주쳤다. 최근에는 밖에 별로 안 나갔지만, 이미 강력하고 희귀한 환수와는 거의 다 마주친 경험이 있다. 신기하게도 희귀하면 희귀할수록 마주치기 쉬웠다. 이제 전혀 희귀하지도 않다. 물론, 정확하게 말하자면 마주치긴 했지만 '싸운 적'은 없다. 항상 내 역할은 쓸데없이 폼을 잡으면서 세이프 링을 기동시키는 것뿐이었다.

나는 계속 달려가면서 이때다 싶어서 팔에 차고 있던 『미라지 폼』을 기동시켜 예전에 보았던 칠 드래곤을 재현해냈다. 어때, 보구도 도움이 되지?

애초에 드래곤 자체가 희귀한 환수지만, 칠 드래곤은 그중에서도 특히 희귀한 종이다. 굳이 말할 필요도 없이 원래 거리에 나타날 만한 환수는 아니다. 박력이 있었기에 기억하고 있었다.

크류스가 입술을 세게 깨물며 바라보았다. 눈앞에 나타난 것은 진한 푸른색 드래곤의 환영이었다. 크기는 대형견 정도로, 스루스 온천에서 본 온천 드래곤보다 훨씬 작다. 몸에 비해 큼직한 감색 날개와 긴 꼬리를 지니고 있어서 척 봐도 드래곤이라는 걸 알 수 있게끔 생겼다.

"칠 드래곤은 무리를 짓는 초소형 드래곤이야. 나는 게 특기고 냉기를 몸에 두르며 얼음 브레스를 토해내지. 한 마리 한 마리는 평균적인 드래곤처럼 강하진 않지만, 방심할 수 없는 상대야."

칠 드래곤———— 칠 드래곤 무리에게 습격당한 게 언제였더라…….

드래곤치고는 튼튼하지도 않고 힘도 세지 않은 칠 드래곤도 날개로 인한 기동력과 강력한 얼음 브레스, 그리고 무리지어 행동한다는 특성 때문에 매우 위험한 드래곤이라 할 수 있다. 상황에 따라서는 일반적인 드래곤보다 골치 아플지도 모른다. 오랜만에 도움이 된 내게 크류스가 눈을 반짝이며 말했다.

"그래서?"

"? 그래서라니?"

크류스가 멈춰선 다음 얼굴을 새빨갛게 물들이며 나를 다그쳤다.

"다른 정보는 없냐, 입니다! 약한 인간은 나를 바보 취급하는 거냐, 입니다! 그런 기본적인 정보는 알고 있다, 입니다!"

보아하니 이번에도 나는 도움이 안 되는 것 같다. 다른 정보 같은 건 없는데.

"……약점은 불이야. 그…… 그리고………… 커다란 상자에 넣으면 냉장고가 돼."

"어째서 사람이 사는 곳에 나타난 건지, 라든가, 어디에서 왔는지, 라든가, 몇 마리 있고 어떻게 막아야만 하는 건지, 라든가.《천변만화》다운 모습을 보여주라고, 입니다! 지시를 내려라, 입니다! 약한 인간은 명색이 우리 리더잖아, 입니다!"

그런 말을 해도 곤란한데…… 나는 아무것도 몰라. 왜 사람이 사는 곳에 나타났냐고 해도 그런 건 칠 드래곤에게 물어보라는 말밖에——— 그렇게 생각하던 나는 눈을 크게 떴다.

머릿속을 스쳐간 것은 시트리가 보낸 선물이었다. 기분 나쁜 예감이 들었다.

몇 번이나 말했지만, 드래곤이 갑자기 사람들이 사는 곳을 습격하는 경우는 거의 없다. 그들은 기본적으로 마나 머티리얼 농도가 진한 비경에 서식하고, 사람들이 사는 곳을 습격할 때도 징조 정도는 있는 법이다. 드래곤이란 재해 같은 거나 마찬가지다. 아무리 내가 운이 없다 해도 머무르고 있는 여관만 콕 집어 드래곤이 습격을 가하지는 않을 것이다. 온천 드래곤이라는 사례가 있으니 딱 잘라 말하기는 힘들지만, 두 번 연속으로 그러지는 않을 거라 생각한다. 이런 일이 계속 일어나면 나도 죽었을 거라고.

그렇다면 이번 일은 우연이 아니라 인위적인 사건일 가능성이 커진다.

그리고 그럴 경우, 범인일 가능성이 가장 높은 건———.

"그야 물론…… 응, 짐작 가는 건 있지."

"짐작 가는 게 있는 거야?! 입니다!"

크류스가 이번에는 진짜 놀랐다는 듯이 눈을 크게 뜨고는 평소보다 한 옥타브 높게 소리쳤다.

"하지만 아직 자세한 이야기는 할 수가 없어. 추측에 불과하니까, 말해선 안 되겠지."

눈살을 찌푸리며 변명했다. 범인일 가능성이 가장 큰 것은 사실, 시트리다. 리즈나 루시아도 협력했을지도 모르겠지만, 칠 드래곤 같은 환수를 붙잡아서 습격하게 만드는 건 평범한 사람이 할 수 있는 일이 아니다. 최소한 마나 머티리얼을 대량으로 흡수한 초인의 소행일 것이다. 적어도 알 수 없는 습격자가 보냈다고 생각하는 것보다는 자연스러울 것 같다.

그 하트 마크에 담겨진 의미가 '칠 드래곤을 보낼게요'라는 신호일 가능성 때문에 나는 지금 당장에라도 제도로 돌아가고 싶은 기분이 들었다. 상식적으로 생각하면 있을 수 없는 일이지만, 상식으로 생각하면 안 된다. 만약 내가 시트리에게 칠 드래곤을 보내달라고 부탁한다면 시트리는 분명히 그렇게 해줄 것이다.

이번에는 부탁하지도 않았긴 한데——— 다시 말해, 무슨 말을 하고 싶은 거냐면, 이번 범인도 시트리입니다.

내가 드래곤이 나올 거라고 말한 직후에 드래곤이 나타났으니까. 초콜릿을 보더라도 시트리는 근처에 있을 테고, 그렇다면 나와 프란츠 씨가 나눈 이야기를 듣고 있었을 가능성이 있다. '백검모임'에서 한 행동을 봐도 알 수 있겠지만, 그녀의 매우 꼼꼼한 성격은 때로는 '지나친 결과'를 불러오곤 한다.

서둘러야만 한다. 만약에 황제 폐하가 중상이라도 입는다면 시트리가 잡혀가게 된다.

악의가 없다고 해도 감형되지는 않을 것이다. 뭐, 독을 탔던 시점에서 너무 늦었지만.

"자, 크류스. 서둘러 가자. 황제 폐하를 지키는 거야!"

"?! 가, 갑자기 왜 의욕을——— 그런 건 굳이 말하지 않아도 알아, 입니다."

황제 폐하가 머무르고 있던 곳은 여관 꼭대기층——— 3층이다. 크류스가 전혀 숨을 헐떡이지 않으며 뛰어갔고, 나는 허억, 허억, 거칠게 숨을 쉬며 따라갔다. 뛰어가도 지치지 않는 반지가 있었으면 진짜 좋겠다.

계단 앞에는 아무도 없었다. 기사단이 경비를 서고 있었을 텐데, 구하러 간 모양이다.

크류스가 몸을 떨었다. 칠 드래곤의 힘 때문에 공기가 싸늘해진 것 같다. 나는 퍼펙트 베케이션의 힘 때문에 지금도 쾌적하지만, 이것 또한 칠 드래곤의 골치 아픈 특성이다.

"크류스, 네가 전위야. 나는 뒤에서 응원할게."

"?! 약한 인간, 너, 바보지, 입니다!"

"이게 우리 방식이야! 괜찮아, 메인은 테름이야!"

화가 나서 얼굴을 새빨갛게 물들인 크류스의 등을 밀면서 계단을 뛰어올라 갔다.

3층은 전장이었다. 제일 먼저 눈에 들어온 것은 깨진 창문이었다. 큼직한 채광용 창문이 깨져서 두꺼운 유리 파편이 융단 위에 흩어져 있었다. 2층까지는 칠 드래곤이 한 마리도 없었는데, 창문을 통해 침입한 건지도 모르겠다. 아무리 유리가 두껍다 해도 드래곤을 막을 수 있을 리가 없다.

"우오오오오오오오오오오오오옷!"

공중에 뜬 새파란 드래곤 세 마리를 향해 낯익은 근위대 갑옷을 입은 기사가 돌격했다.

크게 소리지르며 검을 휘둘렀지만, 날카로운 기합이 담긴 칼끝은 놀랍게도 드래곤을 스치지도 못했다. 검이 느린 게 아니다. 칠 드래곤의 움직임이 너무나도 민첩한 것이다.

돌격한 기사의 검술 실력은 초보인 내가 봐도 훌륭했지만, 보아하니 작고 잽싼 환수와 싸운 경험이 부족한 것 같았다. 일반적인 마물이나 환수는 인간보다 크니 어쩔 수 없을 것이다.

나는 띄워두고 있었던 칠 드래곤 환영을 없애고는 중얼거렸다.

"생각했던 것보다 작네."

기사가 상대하고 있던 칠 드래곤은 내가 예전에 마주쳤던 것보다 더 작았다.

내 환영은 대형견 정도 크기였지만, 기사가 상대하고 있는 칠 드래곤은 고양이 정도 크기에 불과했다.

검을 완전히 피한 칠 드래곤이 희미하게 빛났다. 브레스를 토해낼 징조다.

"그런 말을 하고 있을 때 아니잖아, 입니다! 불, 불이었지―― '플레어 스왈로우(염격비연)'!"

크류스가 크게 소리치며 들고 있던 긴 지팡이를 바닥에 댔다.

변화는 순식간이었다. 눈앞에 생겨난 불똥이 점점 부풀어오르며 새 형태를 만들어냈다. 공격 마법이다.

눈부시게 빛나는 불꽃 새가 갑작스럽게 날아갔다. 칠 드래곤과 맞먹는 속도였다.

소리없이 빠르게 날아든 불꽃을 보고 칠 드래곤은 브레스 동작을 멈추고는 둥실 떠올라 아무렇지도 않게 피했다. 그리고 드래곤의 머리가 이쪽을 향한 순간, 파란 몸이 불꽃에 휩싸였다.

한 번 피했던 불꽃 새가 선회해서 다시 몸통박치기를 가한 것이다. 추미식 공격 마법―― 나는 마법을 잘 알지 못하지만, 단숨에 이런 수준의 공격 마법을 쓰다니 숙련도가 엄청나다.

"꽤 하네, 역시 대단해!"

"시끄러워, 바보 취급하는 거냐, 입니다! '플레어 스왈로우즈(염격비군)'!"

크류스가 숨돌릴 틈도 없이 새로운 마법을 영창했다.

불꽃 새를 맞은 칠 드래곤은 죽지 않았다. 날개가 그을리긴 했지만, 아직 공중에 떠 있을 만한 힘은 남아있었다. 나머지 칠 드래곤 두 마리도 완전히 전투태세를 갖추고 우리를 적대시하고 있었다.

수없이 많은 불똥이 생겨나 좀 전보다 약간 작은 불꽃 새로 바뀌었다. 불꽃 새와 얼음 용이 맞부딪히자 하얀 증기가 퍼졌다. 크류스가 기대는 것처럼 지팡이를 짚고는 내뱉듯이 말했다.

"윽, 마력이———."

"어?! 벌써 다 떨어졌어?"

정령인은 인간보다 마력이 수십 배는 많잖아?!

나도 모르게 그렇게 말하자 크류스가 나를 노려보았다.

"?! 약한 인간 때문이야, 입니다! 애초에 화속성 마법은 잘 못 쓴다고! 입니다!"

"그래도 루시아라면———."

"두들겨 팬다, 입니다! 나를 확실하게 지켜, 입니다! 에잇, 거기 있는 남자, 어슬렁거리지 마, 걸리적거려! 범위 마법을 못 쓰잖아!"

창백한 표정으로 소리지르는 크류스를 보고 남자 기사가 급하게 벽 쪽으로 움직였다.

불꽃 새와 얼음 용의 충돌은 전자가 우세했다. 하지만 칠 드래곤도 역시 드래곤이라 내구도가 꽤 높다.

불꽃 새를 연달아 맞고도 약간 그을렸을 뿐, 움직임이 느려지지도 않았고 땅바닥에 떨어질 기색도 없었다.

…………이제 와서 생각하는 건데, 혹시…… 칠 드래곤의 약점은 불이 아닌 건가?

"젠장, 너무 튼튼하잖아, 입니다. 약한 인간, 진짜로 약점이 불 맞는 거지, 입니다!"

"히, 힘내, 힘내!"

"시, 시끄러워! 입 다물어, 입니다! '히트 스톰(염열살풍)'! 허억, 허억―――."

붉게 빛나는 바람이 복도에 휘몰아쳤다. 칠 드래곤이 빨갛게 달아오르며 작은 소리로 울었다.

칠 드래곤은 한순간 떨어질 뻔했지만, 곧바로 다시 일어선 듯 크게 날아올랐다.

"말도 안 돼, 내가 약점을 이만큼 공격했는데, 어째서 저렇게 멀쩡한 거냐, 입니다!"

크류스가 이마에 땀을 흘리며 드래곤을 노려보고 있다. 하지만 그녀의 쭉 뻗은 팔다리는 떨리고 있었고, 호흡도 거칠어졌다. 마력 고갈 상태가 되어가고 있는 것이다. 이건 분명히 보구를 충전했기 때문이겠네요.

그때, 남자 기사가 바닥을 크게 박찼다. 마법으로 달구어진 공기 속으로 뛰어들어 비틀거리던 칠 드래곤을 향해 세차게 검을 내리쳤다. 날카로운 기합을 담은 하얀 칼날이 칠 드래곤의 몸통에 명중했다. 두 동강 나지는 않았지만, 칠 드래곤이 힘껏 바닥에 내동댕이쳐져 고통스러워하며 비명을 질렀다.

남자 기사는 그 모습을 확인할 틈도 없이 곧바로 다른 칠 드래곤에게 검을 휘둘렀다. 물이 흐르는 듯한 연속 공격이다.

베어 올린 칼날이 칠 드래곤 한 마리의 몸통을 스쳤고, 다른 한 마리가 크게 움직이며 피했다.

기사는 거센 공격을 가하며 쉰 목소리로 외쳤다.

"허억, 허억…… 가라! 이곳, 은, 이제, 나 혼자서도 충분하다,

폐, 폐하를———!"

"알았어. 크류스, 가자."

남자가 얼굴을 빨갛게 물들인 채 공격을 가했다. 그 동작은 왠지 처음 봤을 때보다 날카로운 것 같았다.

칠 드래곤은 부상을 입었다. 이 정도면 간단히 지진 않을 것이다. 내가 이런 말을 하긴 좀 그렇지만, 그를 위해서라도 황제 폐하를 우선시해야 한다.

"뭐어?! 진심이냐, 입니까?!"

나는 말없이 허리에서 사슬을 빼내 기동시키고는 내던졌다.

『독 체인』이 네 다리로 바닥에 착지한 다음, 곧바로 공중에 있던 칠 드래곤에게 달려들었다.

부디 망가지지 않기를. 나는 기도하는 듯한 마음으로 눈을 감고는 멍하니 있던 크류스에게 말했다.

"이 정도면 괜찮으려나…… 자, 가자."

얼른 가야 한다. 죽은 사람이 한 명이라도 생기면 장난으로 넘길 수 없게 된다. 시트리에게는 나중에 진지하게 타일러야겠다.

여관의 어느 방. 분노의 외침이 오가는 천장을 올려다보며 남자는 입가에 살짝 미소를 드리웠다.

'저주'는 이번에도 무사히 발동되었다. 들고 있던 무시무시한 칠흑의 보옥을 조심스럽게 주포(呪布)로 감싸서 넣었다.

보옥———『리벨리온 스피어(반룡의 증거)』는 저주받은 보구다. 예전에 용의 왕이 가장 사랑했던 보물이 기원이라는 이 보옥은 용의 재보를 훔친 자라는 증거이며 주위에 있는 드래곤을 강력하게 유인하는 힘을 지니고 있다.

빨려든 드래곤은 주위를 완전히 파괴할 때까지 멈추지 않는다.

진짜로 분노한 드래곤 앞에서 호위를 하러 따라온 근위대 기사들은 자신의 무력함을 깨닫게 될 것이다.

지금쯤 《천변만화》는 우왕좌왕하고 있을 것이다. 원하던 드래곤이다.

《천변만화》를 관찰해보니 소문과는 전혀 다른 남자였다. 그 일거수일투족은 무의미한 것처럼 보였다. 게다가 황제의 여정을 연기시키는 문제까지 저질렀다. 아무리 봐도 경계할 필요가 있을 것 같지는 않았다.

하지만 방심하지는 않는다. 그 헌터는 이미 남자의 손에서 몇 번이나 벗어났다.

술에 타둔 약물이 효과를 발휘하지 않았다. 드래곤의 알 건은 완전히 당했다. 그리고 오는 도중에도 많은 돈을 들여 고용한 습격자가 나타나지 않았다. 넣지도 않았던 독이 발견되었을 때는 혼란스러웠고, 예상치 못했던 일도 많았지만——— 어떤 책략을 구사한다 하더라도 요인을 호위하는 건 쉬운 일이 아니다. 게다가 이번 호위 멤버는 숫자가 그리 많지 않다. 지키는 데도 한계가 있다.

답은 간단하다. 빗나간다면 그 이상으로 공격을 가하면 된다.

의문이 드는 점은 있지만────── 남자는 그렇게 생각하다가 눈살을 찌푸리고는 그 생각을 떨쳐냈다.

남자가 할 일은 판단하는 것이 아니다. 그저 해야 할 일을 충실하게 실행하는 것뿐이다.

원래 칠 드래곤은 무리를 짓는 드래곤이다. 단독 개체와 마주칠 일은 없는 종이며 《비탄의 망령》도 대규모 무리와 마주쳐서 사투를 벌인 적이 있다. 하지만 하늘을 뒤덮은 칠 드래곤 무리는 마물에 익숙해진 리즈 스마트조차 세계의 종말을 연상하게 만들었다.

칠 드래곤 무리는 민가나 도망쳐다니는 주민들을 완전히 무시하고는 마치 빨려들어가는 듯이 황제 일행이 머무르고 있는 여관으로 향하고 있었다. 척 보기에도 이상한 광경이었다.

약간 떨어져 있는 여관. 2층 방 창문으로 상황을 확인하고 있던 리즈가 뒤쪽을 향해 소리질렀다.

"야! 시트으! 아무리 그래도 숫자가 너무 많잖아! 황제를 쳐죽일 셈이냐! 너, 대체 얼마나 보낸 거야!"

"내 탓하지 마! 내가 보낸 건 열한 마리뿐이고, 그건 제일 먼저 갔으니까…… 언니도 봤잖아? 애초에 저렇게 많은 칠 드래곤을 보낼 정도로 약이 많은 것도 아닌데……."

리즈 일행은 적당한 산에서 칠 드래곤 둥지를 찾아내고는 안에 있던 드래곤들을 납치해 약을 썼을 뿐이다. 크라이가 드래곤이 나온다고 했으니 친구로서 협력해야만 한다.

리즈는 말도 안 된다는 듯이 변명하는 여동생에게서 눈을 돌리고는 방안에서 휘두르기를 하고 있던 루크를 보았다.

"그럼 루크 때문이야?"

"그래! 몇 마리 베면 되는데?"

"아닌, 가…… 어디서 온 거지…… 혹시 우리가 잡아 올 필요가 없었나?"

리즈는 돌아서서 창가에 턱을 괴고는 소란스러운 거리를 바라보았다.

눈살을 찌푸리며 리즈 옆에서 하늘을 올려다보고 있던 루시아가 불쾌하다는 듯한 목소리로 말했다.

"혹시 무리 일부를 잡아가서 보복하러 온 거 아닌가……."

"우리가 잡아왔던 둥지는 완전히 박살 냈고, 칠 드래곤에게 그런 습성은 없을 텐데…… 모르겠네."

시트리가 당황하면서도 대답했지만, 실제로 대규모 칠 드래곤 무리는 존재했고, 덤으로 크라이가 있는 곳을 향해 일직선으로 가고 있다. 지금까지 이런 상황에서는 마물들의 표적이 리즈 일행이었기에 눈앞을 지나치고 있는 게 꽤 신기한 광경이었다.

"크라이는 괜찮으려나……? 조금 줄일까?"

리즈가 한 말을 듣고 시트리는 탐탁지 않아하는 표정을 지으며 고개를 저었다.

"키르나이트하고 《지수》도 있으니 괜찮을 것 같긴 한데…….
그리고, '오빠'가 갔으니까."

이거 큰일이네. 시트리는 대체 무슨 생각을 하고 있는 거지?
폭이 넓고 여유로운 복도를 뛰어갔다. 호위를 맡은 기사들도
꽤 열심히 싸우고 있는지 바닥에는 칠 드래곤 시체가 여럿 굴러
다니고 있었다. 역시 정예라 불리는 기사단이긴 한데, 숫자 차이
가 너무 심하다.
3층 제일 안쪽, 황제가 머무르는 방 앞에서는 치열한 전투가 펼
쳐지고 있었다.
몰려든 칠 드래곤의 숫자는 열 마리 이상, 문 앞에서는 호위를
맡은 기사들이 여러 명 자리잡고 침입을 막아내고 있었다.
하지만 상대의 숫자가 너무 많다. 민첩한 칠 드래곤의 움직임
때문에 검이나 창도 허공을 갈랐다. 칠 드래곤이 몸에서 뿜어내
는 냉기는 사람의 움직임을 둔하게 만들고, 원거리에서 날리는
얼음 브레스는 방패로 막아도 그 여파만으로 체력을 빼앗아간다.
나는 그 광경을 보고 한순간 멈춰서는 무심코 중얼거렸다.
"보아하니 황제 폐하는 나와 비슷할 정도로 운이 안 좋은 모양
이네."
"그런 말을 하고 있을 때냐, 입니다!"

퍼펙트 베케이션은 방어력이 거의 없는 거나 마찬가지지만, 환경의 변화에는 엄청나게 강하다. 얼음에 부딪히면 죽겠지만, 냉기만이라면 여유롭다. 입고 오길 잘했네.

하지만 드래곤들이 몰려드는 남자가 나 말고도 있을 줄은 몰랐다. 예전에 마주쳤던 칠 드래곤 쪽이 숫자도 더 많고 몸집도 더 컸기에 그나마 낫긴 하지만, 신기하게도 친근감이 들었다.

"늦었잖나! 이 녀석들을 어떻게 좀 해다오! 안에도 있다!"

싸우고 있던 사람들 중 한 명이 우리를 보고는 절박하게 소리쳤다. 그렇게 말해도 말이지······.

크류스는 지쳤고, 내 전투력은 0이다. 어떻게든 싸우고 있는 것 같으니 열심히 해줬으면 좋겠네.

크류스가 거칠게 숨을 쉬며 길고 비틀린 지팡이를 내밀었다. 그때, 옆을 붉은 그림자가 지나쳤다.

"키루키루키루······!"

그 움직임은 그야말로 선풍과도 같았다. 시트리가 맡긴 키르나이트 버전 알파는 컨트롤러로 조작하는 것도 아닌데 엄청난 속도로 칠 드래곤에게 접근한 다음, 갑작스러운 난입자 때문에 동요한 칠 드래곤을 향해 두 손으로 움켜쥔 대검을 내리쳤다.

"지시할 필요도 없잖아."

광전사가 난입하자 기사들이 깜짝 놀랐지만, 나는 동요하지 않았다. 역시 시트리가 맡긴 녀석이구나. 칠 드래곤을 보낸 사람이 시트리라면, 키르나이트가 칠 드래곤을 압도할 수 있다는 것도 납득이 된다.

키르나이트는 중장비를 갖춘 기사 같은 차림새였지만, 싸우는 모습은 오히려 짐승에 가까웠다.

얼음 브레스를 몸통박치기로 뚫고, 빠르게 날아드는 칠 드래곤을 오히려 자신의 몸으로 튕겨냈다. 생명력이 넘치는 중전사라도 몸통박치기로 드래곤을 상대하는 건 쉬운 일이 아니다.

크류스도, 호위를 맡은 기사들도 멍해졌다. 아마 칠 드래곤도 놀랐을 것이다. 집요하게 방으로 들어가려 하던 칠 드래곤들이 표적을 키르나이트로 바꾸었다. 커다란 얼음덩어리가 생겨나 키르나이트의 갑옷을 두들겼고, 발치의 장갑이 하얗게 얼어붙었다. 하지만 키르나이트의 움직임이 멈추지는 않았다. 아무리 갑옷을 입고 있더라도 냉기가 몸을 좀먹고 있을 텐데, 마치 아픔을 느끼지 않는 것처럼 엄청나게 튼튼했다.

"저, 저 녀석, 어디서 데리고 온 거야, 입니까?"

"어? 뭐, 그게…… 연줄 같은 거지."

나중에 생고기를 잔뜩 줘야겠다.

정신을 차린 기사들이 키르나이트에게 가세해 한 마리씩 신중하게 칠 드래곤을 처리해 나갔다.

몰려든 칠 드래곤이 사라지기까지 시간이 얼마 걸리지 않았다. 만신창이가 된 기사가 유일하게 아무것도 하지 않은 내게 다가왔다. 그리고 혼날지도 모르겠다고 생각하며 움찔거리고 있던 내게 필사적인 목소리로 말했다.

"안을 지켜다오. 이곳은 우리가 사수하마. 녀석들은 창문으로 들어온다."

"어…… 우리는 어디까지나 보조라고―――."

"그런 말을 할 때냐, 입니다!"

크류스에게 팔을 잡힌 채 방 안으로 들어갔다. 황제의 방은 우리가 받은 방보다 두 배 이상 넓었다. 고급스러운 가구와 밝은 샹들리에. 귀족의 저택 같은 느낌이지만, 지금은 매우 어지럽혀진 상태였다.

폐하는 침실에 있었다. 그 주위에 프란츠 씨를 포함한 기사들이 열 명 넘게 둘러싸고 있었고, 이곳저곳에 칠 드래곤 시체가 굴러다니고 있었다. 테라스 쪽 창문이 깨져서 지금은 킹사이즈 침대로 바리케이드를 만들어두었지만, 틈새를 완벽하게 막지는 못했다. 프란츠 씨는 내 얼굴을 보고는 큰 목소리로 말했다.

"이제야 왔나…… 무슨 일이 일어난 거냐?!"

"…………미안, 미안. ……밖에도 잔뜩 있어서 말이지. 무슨 일이 일어난 건지는 모르겠지만, 다음에는 결계가 쳐진 여관을 골라야겠어."

폐하는 무사한 것 같지만, 온몸에 녹색 피를 뒤집어 쓴 상태였다. 뒤쪽에 낯익은 여자애를 감싸고 있다. 백검 모임 때 나를 속였던 황제 폐하의 따님이다.

시선을 눈치챈 건지, 폐하는 눈살을 찌푸리며 들고 있던 검을 가리켰다. 칼날이 젖어 있었다.

"세 마리 베었다. 최근에는 검을 휘두르지 않았다만, 나도 아직 쓸만한 것 같군."

?! 베었다고? 황제 폐하가? 드래곤을?

……나보다 강하네. '드래곤 슬레이어'잖아. 역시 난 필요없는 거 아닌가?

바리케이드 틈새로 날아든 칠 드래곤을 향해 근위대 마도사들이 수없이 많은 마법을 집중시켰다.

강력한 번개 마법을 맞고 칠 드래곤이 까맣게 그을려 떨어졌다. 근위대라 그런지 실력이 꽤 좋다.

역시 나는 필요없는 거 아닌가? 혼자 동떨어진 듯한 기분을 맛보고 있던 내게 프란츠 씨가 거친 목소리로 물었다.

"이봐, 이 습격은 언제 끝나지?! 이제야 숫자가 줄어들기 시작했는데, 이제 끝나는 건가?! 이런 도시에 칠 드래곤 무리가 나타나다니, 있을 수 없는 일이야!"

"저기…… 저주받은 거 아닐까?"

"장난치지 마라! 이런 저주가 어디 있어!"

이번 습격은 시트리 때문이지만, 저번에 크림슨 드래곤이 습격했던 건 그렇지 않다. 이렇게 연달아 사건이 일어나다니 저주받았다는 생각밖에 안 든다. 마치 나 같다. 나는 일단 여우에게 누명을 씌웠다.

"이것도 여우의 힘이야. 틀림없어."

"윽…… 어떻게 드래곤을 조종하고 있는 거지?! 마법인가?!《지수》는 어디 있나?!"

"진정해. 숫자가 줄어들었잖아? 슬슬 끝날 거야."

아무리 시트리라 해도 단기간만에 칠 드래곤을 잔뜩 모아오는 건 힘들 테고.

그렇게 자신만만하게 딱 잘라 말한 순간, 바깥을 감시하고 있던 기사들 중 한 명이 비명 같은 목소리를 냈다.

"이런…… 다, 단장님…… 어, 엄청난 숫자가…… 옵니다."

"뭐라고?!"

급하게 창가로 다가갔다. 하늘에 까만 점이 펼쳐져 있었다.

마치 까만 안개인 것 같기도 한 그것은 거리로 쏟아져 내리지 않고 이쪽을 향해 일직선으로 다가오고 있었다.

칠 드래곤 무리다. 1, 200마리 정도가 아니다. 시트리, 아무리 그래도 너무 많이 모았잖아!

한 마리 한 마리는 그렇게 강하지 않더라도 저 정도 숫자라면 이런 여관 따위는 순식간에 잔해가 되어버릴 것이다.

"끄, 끝난 거 아니었나, 《천변만화》."

"또, 또 저질렀구나, 입니다! 거짓말쟁이 인간!"

"…………자, 자, 진정해."

내가 끝났는지 안 끝났는지 어떻게 알아! 잔뜩 올 거라고 할 걸 그랬나?

하지만 프란츠 씨는 나를 더 이상 다그치지 않고 부하 기사들에게 지시를 내렸다.

"폐하를 피난시킬 준비를 한다. 지하실이 있었을 거야!"

"하, 하지만, 바깥에는 아직 칠 드래곤이———."

"무리를 상대하는 것보다는 낫다! 《천변만화》, 이렇게 된 이상 네놈도 나서줘야겠다!"

"……물론이지."

칠 드래곤을 상대하고 싶진 않지만, 혼자 있는 것보다는 모두 함께 있는 게 살아남을 가능성이 클 테니까.

어찌 됐든 나는 아무것도 못한다. 키르나이트도 저렇게 많은 무리를 상대하는 건 힘들다. 크류스도 지쳐서 그런지 말수가 줄어들었다. 자, 어떻게 움직여야 하나———.

칠 드래곤 무리는 마치 먹이에 몰려드는 개미처럼 이쪽으로 내려왔다. 이미 내 눈으로도 확실하게 알아볼 수 있는 거리다. 융단을 타고 도망치더라도 아마 소용이 없을 것이다. 말도 안 들으니까.

오랜만에 머리를 굴리고 있던 내게 프란츠 씨가 말했다.

"《천변만화》, 저것들을 상대할 수 있겠지?"

"어……?"

"우리는 폐하를 모시고 지하에 숨을 거다. 네놈은 최대한 저것들을 끌어들여라! 알겠나?!"

어…… 할 수 있나? 가 아니라 할 수 있겠지? 라니. 그야 내가 레벨만 따지면 믿음직할 테니 당연한 판단일지도 모르겠지만, 너무 제멋대로 구는 모습에 웃어버렸다.

못한다고. 폐하를 지하에 숨기는 것도 못하지만, 저 무리를 상대할 수 있을 리가 없잖아.

"어, 어째서, 웃는 거냐———."

TPO를 고려하지 않고 무심코 미소를 지어버린 내게 프란츠 씨가 험상궂은 표정으로 말했다.

뭐, 그래도 어쩔 수 없지. 어차피 나는 도망칠 방법도 없으니까.

이런 상황에서도 나는 보구의 힘 때문에 쾌적했다. 너무 쾌적해서 긴장감이 없다.

기사들을 밀쳐내고 창문을 통해 바깥, 칠 드래곤 무리를 보았다. 진짜 많네…… 그래도———.

"겨우 이 정도인가……."

"?! 무, 무슨 소릴 하는 거냐, 입니다?!"

지금은 기억이 거의 희미해졌지만, 예전에는 숫자가 좀 더 많았던 것 같다.

하지만 내게는 비장의 수가, 마법을 저장해둔 『리얼라이즈 아우터(타향에 대한 동경)』가 있다. 한 방 날려줘야지.

깨진 창틀에 한쪽 무릎을 걸치고, 손을 내밀었다. 칠 드래곤 무리가 맛있어 보이는 먹이 쪽으로 진로를 바꾸었다.

최대한 한번에 잔뜩 쓰러뜨릴 수 있게끔 끌어들이고, 끌어들이고, 끌어들이다가——— 나는 눈치챘다.

……리얼라이즈 아우터를 가지고 오는 걸 깜빡했다.

칠 드래곤이 맹렬한 속도로 날아들고 있다. 마치 얼음 화살 같다. 새파랗게 질린 크류스가 한 발짝 뒤로 물러서서 지팡이를 겨누었지만, 애초에 이 거리에서는 마법도 제때 쓸 수가 없다. 세이프 링도 숫자가 너무 부족하다.

코앞으로 다가온 칠 드래곤 무리. 죽음을 앞두고도 쾌적한 나. 머릿속이 새하얘진 순간———.

———칠 드래곤 무리가 갑작스럽게 생겨난 빛의 벽에 튕겨져 나갔다.

"윽?! 이, 이건———."

그것은 마치 기적과도 같은 광경이었다. (나까지 포함해서) 모두가 멍하니 서 있었다.

칠 드래곤 무리가 거리를 두고 일제히 날린 얼음 브레스가 사라졌다. 결계 마법이라 해도 드래곤의 공격을 완전히 막아내다니, 터무니없는 강도다.

"이건——— 성직자 계열의 결계 스킬…….."

"야, 약한 인간, 너, 너——— 신관이었냐?! 입니다."

"아니, 아닌데."

생겨난 빛의 벽은 계속 가해진 칠 드래곤의 공격을 완전히 막아내고 있었다. 세이프 링이 한순간만 결계를 쳐주는 것처럼, 이런 결계 마법은 기본적으로 지속 시간과 강도가 반비례하는 법이다. 물론 나는 아무것도 안했고, 신관의 스킬은 마법과는 약간 다르기 때문에 보구로도 저장해둘 수가 없다.

이런 강도의 벽을 이렇게 오랫동안 쳐둘 수 있는 사람은———.

나는 주위를 두리번거리다 겨우 창틀에 서 있던 미니 안셈을 찾아냈다.

항상 입고 다니는 보구인 전신 갑옷을 두르고 있지만, 크기는 5센티미터 정도에 불과했다.

사이즈 조정. 그것이 안셈이 지닌 보구, 『포리너 메일(변환자재의 탑)』의 힘이다.

이 보구는 소유자의 나이, 성별, 체격을 가리지 않고, 어떤 소유자에게도 적합한 사이즈로 변화시킬 수 있다. 마나 머티리얼의 힘까지 받아 일반인을 초월한 몸집 때문에, 어지간한 장비는 쓰지 못해서 계속 불편해하던 안셈에게는 딱 맞는 보구다. 보구를 안셈에게 선물한 제국의 교회도 분명히 비슷한 생각을 했을 것이다. 그리고 나는 안셈이 그 갑옷을 보여주었을 때 이렇게 생각했다.

———이거, 입은 상태로 작게 만들면 어떻게 될까.

그냥 생각하기에는 압축되어서 죽을 것이다. 하지만 보구는 애초에 비상식적인 존재다. 그렇게 여러 번에 걸친 보구 놀이……검증 결과 『포리너 메일』에는 숨겨진 능력이 존재한다는 사실이 밝혀졌다.

『포리너 메일』이 지닌 힘은 분명히 사이즈 조정이다. 이 보구는 누구나 장비할 수 있다. 성별, 나이, 체격을 불문하고——— 그리고 만에 하나 들어가지 않게 되었을 때, 보구는 알맹이의 사이즈를 조정해버리는 것이다.

그가 '백검 모임'에 갑자기 나타난 것도 이 보구의 힘 덕분일 것이다.

뭐가 어찌 됐든, 덕분에 살았다. 위험했다.

미니 안셈이 돌아보지도 않고 팔을 위로 뻗어 엄지손가락을 치켜들었다. 나도 그렇게 했다.

그리고, 갑작스럽게 서 있던 창틀이 부서졌기에 안셈은 곧바로 땅바닥을 향해 떨어졌다.

"…………."

그 보구의 약점은 사이즈를 바꿀 수는 있지만 중량은 바꿀 수가 없다는 것이다. 안셈…….

결계를 쳐준 건 파인 플레이였지만, 아직 위기에서 벗어난 건

아니다. 칠 드래곤 무리는 그대로 남아있다. 하지만 안셈이 있다면 다른 멤버들도 와 있을 것이다.

동료들의 존재로 인해 더욱 쾌적해진 순간——— 소리가 사라졌다.

"무, 무슨 일이 일어난 거지?!"

프란츠 씨가 소리쳤다. 고개를 들었다.

바깥에서 공격할 기회를 엿보고 있던 칠 드래곤 무리가 공중에서 정지해 있었다.

신기한 광경이었다. 벌리고 있던 입도, 커다란 날개도, 빛나는 눈동자도 그대로여서 마치 시간이 멈춘 것 같았다.

모두가 깜짝 놀랐다. 그리고 갑작스럽게 용 무리가 떨어졌다. 낙하한 용 무리는 지면에 떨어지지 않고 갑자기 공중에 펼쳐진 물의 막 위에 걸렸다. 크류스가 몸을 떨었다.

"대규모, 공격 마법……! 입니다!"

이건…… 루시아가 아니네. 공격 마법은 범위가 넓어질수록 난도가 올라가는데, 이런 규모로 드래곤을 해치울 만한 공격 마법을 전개할 수 있는 사람은 이번 어둠 전골 중엔 한 명밖에 없다.

프란츠 씨가 떨면서 창백한 표정으로 그 이름을 중얼거렸다.

"《지수》인가……. 이, 이 마법은 대체 뭐지?"

맞아. 《지수》, 테름 아포크리스. 이번에 우리 일행 중에는 레벨7 마도사가 있다.

어둠 전골에 테름을 넣은 나 자신을 칭찬해주고 싶다. 구사일생했다. 안도의 한숨을 내쉬었다.

"이제야 왔나. 정말, 너무 늦었잖아."

"이미 배치해두고 있었나……. 손을 써둔 거였나……. 이런 상황을 예측하고."

전부 예측대로다, 라고 폼을 잡으면서 대답하고 싶지만, 공교롭게도 예측 같은 건 안 했다.

"아니, 손은 쓰진 않았어. 나는 그저…… 테름을——— 아니, 모두를 믿고 있었을 뿐이지."

위험했다. 이번만큼은 끝장이라 생각했다. 그래도 하드보일드하지?

크류스가 울상을 지으며 소리쳤다.

"약한 인간, 적당히 좀 해! 미리 말하라고, 입니다!"

"아하, 아하하하하……."

칠 드래곤을 받아낸 막이 꿈틀거리며 안에 대량의 칠 드래곤을 가둔 거대한 물의 공으로 변했다.

물의 공은 그대로 멈추지 않고 천천히 줄어들기 시작했다. 안에 있던 칠 드래곤들이 발버둥치며 비명 같은 소리를 질렀지만, 그 움직임은 멈추지 않았다. 공은 알맹이와 함께 압축되고 있었다. 투명했던 물에 녹색 피가 섞이자 살이 짓뭉개지고 뼈가 부서지며 귀를 막고 싶어지는 소리가 울렸다.

《지수》라는 별명으로는 상상도 안 될 정도로 지독한 마법이다.

그때, 흉악한 마법에 넋이 나갔던 기사 중 한 명이 목소리를 냈다.

"저, 저건———."

"윽?!"

그가 손가락으로 가리킨 방향을 보았다. 한참 아래쪽. 칠 드래곤의 출현으로 인해 텅 빈 큰길 한복판에 테름과 케챠챠카가 서 있었다. 그들과 대치하는 듯이 서 있는 것은——— '백검 모임' 때도 보았던 여우 가면을 쓴 사람이었다. 크류스가 창문 밖으로 몸을 내밀고는 외쳤다.

"여우다, 입니다! 가세하자, 입니다!"

"! 진정해, 크류스!"

"먀아! 무, 무슨 짓이냐, 입니다!"

뛰쳐나가려 하는 크류스를 재빨리 뒤에서 붙잡았다.

"냉정해지라고! 나도 싸우고 싶긴 하지만, 우리에게는———지킬 사람이 있잖아!"

"!!"

아~, 안타깝게 됐네. 나도 싸우고 싶긴 한데. 그리고 테름이라면 괜찮을 거야.

여우 가면이 손을 크게 흔들었다. 그 손에 거대한 나기나타가 나타났다.

하지만 테름의 표정에는 초조한 기색이 없었다. 레벨7답게 당당한 자세로 손을 휘둘렀다.

마치 세계를 아군으로 두고 있는 것 같았다. 대량의 칠 드래곤을 짓뭉갠 물이 마치 살아있는 것처럼 꿈틀대며 여우 가면을 쓴 남자를 찍어눌렀다. 여우 가면은 재빠른 움직임으로 피했지만, 물이 추격했다.

대지가 흔들리고, 휘말린 집이 종잇장처럼 찌부러졌다. 틀림없이《심연화멸》클래스다.

———하지만, 나는 그것보다 신경 쓰이는 게 있었다.

저 여우 가면…… 팬텀이 아닌데. 내가 저번에 만났던 팬텀과는 기척이 너무 다르다.

"가……짜…………?"

"??"

내 기척 탐지 능력은 일반인 수준이다. 거의 알아보지 못한다고 할 수도 있다. 하지만, 그럼에도 확실하게 알아볼 수 있을 정도로 그 팬텀은 차원이 달랐다.

이게 어떻게 된 거지? ……뭐, 거리가 멀리 떨어져 있기도 하니 착각한 건가?

소리가 사라지고 정적이 돌아왔다. 여우 가면의 모습은 어디에도 보이지 않았다.

엄청난 파괴를 이루어낸 마도사가 이쪽을 올려다보며 어깨를 으쓱였다.

"드래곤이 습격할 거라는 이야기를 듣긴 했다만…… 레벨8은 다들 사람을 너무 부려먹는군."

"우케케케케……."

테름, 케챠챠카와 합류했다. 그 표정은 방금 한 말과는 달리 전혀 지친 것 같지 않았다. 그렇게 강한 마법을 썼는데, 역시 레벨7이다. 움직임도 힘이 넘치는 걸 보니 나보다 나이가 두 배 이상인 것 같지 않았다.

"윽…… 잘했다, 《지수》. …………'여우'는 쓰러뜨린 건가?"

"신경 쓸 필요 없다. 지명을 받았으니까. 쓰러뜨렸냐고………
손맛이 느껴지긴 했다만 시체가 없었다. 여우라는 이름에 걸맞는
유연함이군."

프란츠 씨의 말을 듣고 《지수》가 어깨를 으쓱였다.

하드보일드하다, 멋지다. 아무리 봐도 이 남자가 리더를 해야
하는데.

하지만 그 마법으로 쓰러뜨리지 못하다니, 정말 무시무시한 상
대다.

역시 예전처럼 나중에는 내가 엎드려 빌 수밖에 없는 건가? 주
먹이 운다.

"죽은 사람은 있나?"

"아니, 중상을 입은 사람은 있지만 죽은 사람은 없다. 《천변만
화》가 좀 더 일찍 결계를 쳐줬다면 부상자도 없었을 텐데 말이지."

프란츠 씨가 나를 노려보았다. 혹시 내가 그 결계를 펼쳤다고
생각하나?

"아니, 그건……………… 아니, 아무것도 아니야."

"뭐지? 말을 하다가 그만두지 마라!"

"……아니, ……설마 근위대가 드래곤에게 질 줄은 몰랐으니
까……."

"윽?! 뭐, 라, 고?!"

미안, 진짜 미안해. 그래도 안셈네가 따라왔다는 이야기는 할
수가 없거든. 그, 왜…… 호위에는 인원 제한이 있었으니 분명히

규칙 위반이잖아.

"그, 그러고 보니 약한 인간! 가짜라는 게 무슨 뜻이냐, 입니다!"

"뭐, 뭐라고?"

"이 녀석, 아까 '여우'를 보고 그렇게 말했단 말이다, 입니다!"

"…………그런 말을 했던가?"

테름이, 케챠카가, 프란츠 씨가, 황제 폐하가, 마치 확인하려는 듯이 이쪽을 보고 있다. 말하긴 했지만, 그냥 착각이라고. 자신있게 말하겠는데, 내 눈은 장식이나 마찬가지야!!

"너, 장~난~치~지~마~, 입니다! 나는 귀가 꽤 밝다고, 입니다!"

크류스가 옷을 잡고 마구 흔들어대는데, 착각은 착각이다.

그때, 《지수》가 돌아서서 멤버들의 얼굴을 보고는 말했다.

"……뭐, 됐다. 지금은 호위다. 칠 드래곤은 제일 먼저 이 여관을 노렸다. 분명히 어떤 조작을 당한 거겠지. 죽은 사람이 없는 건 운이 좋았을 뿐이다. 이런 규모로 공격이 계속 가해진다면 틀림없이 죽는 사람이 생길 거다. 《천변만화》가 아무리 강하다 해도 빈틈을 모조리 없애는 건 힘들겠지."

그 말을 듣고 프란츠 씨가 황제 폐하를 보았다.

"회담에 결석할 수는 없다. ……하나 폐하, 저도 《지수》와 같은 의견입니다. 범인도 놓쳐버렸습니다. 옥체의 안전을 생각하면 이대로 나아갈 수는 없습니다."

"자, 잠깐만 기다려!"

"?!"

폐하가 나를 바라보았다. 프란츠 씨, 테름까지 나를 보고 있다.

테름의 의견이 타당하긴 하다. 프란츠 씨의 생각도 근위대로서 당연한 판단일 것이다.

하지만 나는 그들이 가지고 있지 않은 정보를 하나 가지고 있다.

이번 사건의 범인은 시트리다. 드래곤을 끌어들이는 힘도 짐작 가는 게 있다.

……그래, 바캉스 때 썼던 마물을 끌어들이는 포션이다.

여우 가면은 제쳐두기로 하고, 이대로 회담을 결석하면 시트리가 테러리스트가 되어버린다. 시트리는 착한 애다. 이번에는 약간 의견이 엇갈렸을 뿐, 평소에는 이런 일을 벌일 애가 아니다. 잘 타이르면 두 번 다시 이런 행동을 하지 않을 것이다.

나는 욱신욱신 아픈 배를 누르며 하드보일드하게 말했다.

"나아가야 해. 지금 철수 같은 걸 하면 패배를 인정하는 거나 마찬가지다. 칠 드래곤 무리 따위는 가벼운 잽 같은 거라고. 보면 알겠지만 죽은 사람도 없고, 내 생각으로는 전력도 충분해."

"진심인가? '여우'는 드래곤을 조종할 수 있는데?"

"아니………… 내 추측이 맞다면 이제 드래곤은 나타나지 않을 거야. 절대로 나타나지 않아. 나타나지 않을 거라고."

"뭐라고?!"

어디에서 듣고 있을지 모르는 시트리를 타이르는 나를 프란츠 씨가 깜짝 놀라 바라보았다.

"그리고 '여우'는 내게 비책이 있어. 다음에 나타났을 때가 그 녀석의 최후다."

그로부터 몇 년, 진화한 내 엎드려 빌기로 굴복시켜주지. 게다가 이번에는 테름도 있으니까.

하드보일드하게 미소를 지으며 눈짓을 보내는 내게 테름은 수상쩍어하는 표정을 보였다.

대체 무슨 일이 일어난 거지?

까만 옷차림의 남자는 혼자 방 안에서 어두운 표정으로 습격 결과를 떠올리고 있었다.

저주를 통해 불러낸 드래곤 무리는 《지수》의 힘에 의해 섬멸되었다. 이건 예상대로다.

드래곤이라 해도 각각 힘의 차이가 있다. 보구의 힘으로 드래곤을 불러낼 수는 있지만, 종류를 지정할 수는 없다. 애초에 레벨7과 레벨8이 손을 잡는다면 칠 드래곤이 아니라 해도 어지간한 드래곤과는 괜찮게 승부를 벌일 수 있다.

그러니 여기까지는 좋다. 나타난 게 칠 드래곤 같은 희귀한 종이었던 건 놀라웠고, 예상했던 것보다 대량으로 몰려든 것도 놀라웠다. 기사단 중에 죽은 사람이 한 명도 없었던 건 뜻밖이었지만, 여기까지는 괜찮다. 정체불명이라는 《천변만화》의 힘 일부를 볼 수 있었던 것은 오히려 행운이었을 것이다.

하지만 그 이후의 흐름은 뜻밖이었다. 놀랍게도 《천변만화》가 여행을 속행해야 한다고 했기 때문이다.

너무나도 영문을 알 수가 없었다. 지금 호위하고 있는 사람은 대국의 황제다. 보통 이런 사건이 일어나면 여행을 중지하는 게 당연하다. 프란츠나 《지수》가 내린 판단은 당연하고, 남자도 당연히 여행이 여기까지일 거라 생각했다. 레벨8로 인정받은 남자가 그런 걸 이해하지 못할 리가 없다.

하지만 《천변만화》가 그것을 말렸다. 드래곤이 습격했는데도 불구하고 습격 전과 태도가 바뀌지 않았다. 과연 그 이유는 자신의 힘에 어지간히 자신이 있어서일까, 아니면———.

남자의 머릿속에 조금 전, 습격을 막았을 때 《천변만화》가 한 행동이 되살아났다.

한순간이었다. 아마 동료는 눈치채지 못했을 것이다.

《천변만화》는 습격을 보고, 그것들을 막아내고——— 멀리서 상황을 살펴보고 있던 남자에게 엄지손가락을 치켜든 것이다.

마치 일을 잘했다고 하는 듯이.

칠 드래곤에게 맹공을 당하고 있던 상황에서 잠복을 간파해낸 눈썰미도 대단하지만, 영문을 알 수가 없다.

계획에 변경은 없다. 호위가 속행되는 것은 오히려 남자에게는 마침 잘된 일이라고 할 수도 있다. 제도 안에서 이루어지는 황제의 호위는 완벽하다. 견고한 성 안에 있고, 그 자신도 뛰어난 검술 실력을 지닌 라드릭을 죽이는 건 매우 까다롭다.

호위가 허술한 밖이라면, 용을 끌어들일 수 있는 힘, 상식에서 벗어난 힘을 지닌 남자라면 승산도 있다.

계획은 서두를 필요가 없다. 제블디아의 힘을 조금이라도 깎아낼 수 있다면 충분하다고 생각했다.

하지만 너무나도 불길했다. 상황은 완전히 남자에게 형편 좋은 방향으로 돌아가고 있다.

죽여달라고 하는 거나 마찬가지다.

…………무슨 생각을 하는 거지?《천변만화》.

지금까지 여러모로 곤란한 임무를 처리해 왔다. 임무가 실패한 적도 있었고, 하마터면 죽을 뻔한 적도 있다. 하지만 이렇게까지 동요한 건 오랜만이다.

《천변만화》는 이제 드래곤이 나타나지 않을 거라 했다. 그건 착각이다.

『리벨리온 스피어』는 대량의 마나를 사용하고, 연속으로 사용하면 얼마나 견딜 수 있을지 모르는 보구이긴 했다. 하지만 이 정도로 물러날 이유는 되지 못한다. 남자는 머리를 감싸고는 평상심을 유지하기 위해 작은 목소리로 중얼거렸다.

항상 하던 대로다. 항상 하던 대로 목적만 생각하고, 충실하게 임무를 실행하면 된다.

"약한 인간, 너, 무슨 생각을 하는 거냐, 입니다! 나는 같은 클랜 멤버니까 제대로 이야기를 나눠야지, 입니다!"

"자자, 진정하라니까."

"게, 다, 가……! 왜 또 내 말을 타고 있는 거냐, 입니다! 내려라, 입니다!"

"자자……."

드래곤이 습격한 뒤로 하룻밤이 지난 뒤 도시를 나섰다. 크류스 뒤에 달라붙어 대열의 최후미를 맡았다.

주위를 경계하고 있어서 그런지 마차의 움직임은 어제에 비해 약간 느렸다.

어제 그런 일이 있었다는 게 믿기지 않을 정도로 날씨가 좋다. 말도 기분 좋은 듯이 따그닥따그닥 걸어가고 있다.

정말 쾌적하다. 시트리, 이런 식으로 하면 된다고. ……그러고 보니 예전에 티노도 하얀 까마귀가 어쩌고저쩌고 하던데, 그러니까…… 무슨 뜻이지? 다음에 확실하게 물어봐야겠다.

오늘은 테름을 선두에 배치해 보았다. 실력이 좋다는 건 알고 있었지만, 테름은 예상했던 것보다 강했다. 어제 보여주었던 공격 마법은 어지간한 수준이 아니다. 혹시나 루시아보다 강할지도 모르겠다.

무엇이 나타나든 《지수》가 있으면 호위 의뢰는 안심이다. 다음에 《심연화멸》에게 고맙다고 인사를 하러 가야겠네.

"애초에, 칠 드래곤의 약점은 불이 아니었다고, 입니다! 나를 바보 취급하는 거냐, 입니다!"

"자자……."

"으…… 어째서 약한 인간은 그렇게 의욕이 없는 거냐, 입니다! 그 장벽을 쳤을 때처럼 좀 진지하게 해라, 입니다! 그러면 나도——."

응, 그래, 그렇지. 나는 크류스의 잔소리를 BGM 삼아 크게 하품을 했다.

어제 그런 일이 있었는데도 나는 완전히 마음을 놓고 있었다. 강력한 호위와 함께 하는 호위 의뢰처럼 편한 일은 없다. 이런 식으로 일하는데 그렇게 멋진 융단을 받아버려도 되는 걸까?

오늘도 융단은 말 뒤에 둥실둥실 떠서 날아오고 있다. 사람을 태우지만 않으면 얌전한 녀석이다.

크류스의 배를 끌어안고 별생각 없이 뒤쪽을 보았다. ───그리고, 얼어붙었다.

좀 전까지 뒤에서 날아오던 융단이─── 없다. 둘러봤지만 어디에도 없었다.

급하게 크류스의 배를 꽉 끌어안았다.

"크류…… 크류스, 멈춰! 잠깐만 멈춰!"

"꺄…… 왜, 왜 그러는 거야, 약한 인간!"

크류스가 허둥대며 말을 세웠다. 나는 말에서 겨우 뛰어내린 다음 주위를 살펴보았다.

모처럼 손에 넣은 융단이 없어! 어디에도 없어! 아직 제대로 타지도 못했는데!

융단은 보구다. 아무리 난폭하더라도 도망치지는 않았을 것이다. 보구란 그런 것이다.

그렇다면 추측되는 이유는 단 한 가지다. 분명히…… 마력이 바닥났을 것이다. 세이프 링은 크류스가 충전해줬지만, 정신이 없었기에 융단을 충전해달라는 걸 깜빡 잊고 있었다.

마차는 우리들을 내버려두고 계속 앞으로 나아가고 있다. 최후미인 우리가 멈춘 것을 눈치채지 못한 모양이었다.

잠깐…… 잠깐 정도는 우리가 빠지더라도 호위는 문제가 없겠지. 나는 전력도 안 되고, 제일 강한 테름은 마차와 함께 있다. 나는 곧바로 결단을 내렸다.

"크류스, 돌아가자."

"?! 뭐어?! 무슨 말을 하는 거야, 입니다! 호위는 어쩔 셈인데, 입니다!"

융단을 찾으러 가야 해! 소중한 융단이라고! 떨어진 곳은 그리 멀지 않을 거야. 분명히, 반드시 찾을 수 있을 거야! 괜찮아, 금방 찾아서 돌아올 테니까! 오늘은 마차도 천천히 가고 있으니 나중에 따라잡을 수 있어! 융단을 잃어버리면 이런 호위 의뢰를 받아들인 의미가 없잖아!

"음~. 잘 모르겠지만, 나쁘지 않은 수행이야. 모험은 이래야지."

"루크는 속이 편하네……."

붉은 머리카락의 검사, 루크 사이콜은 씨익 웃고는 허리에서 익숙한 동작으로 검 한자루를 뽑아들었다.

칼날의 길이가 1미터 정도라서 다루기 편한 직검이다. 날의 폭은 넓지만, 그 검의 가장 큰 특징을 말하자면 자루부터 끄트머리까지 나무로 되어 있다는 점일 것이다. 당연히 칼날도 달려 있지 않다.

하지만 루크는 나무라서 매우 가벼운 검을 자신만만하게 들어 올리고는 하늘로 향했다.

구름 한 점 없이 푸른 하늘. 칼끝, 아득히 멀리 위쪽에 작은 그 림자가 있었다.

용이다. 표피가 진한 녹색인 평범한 그린 드래곤. 물론 평범하 다고 해도 성체 드래곤이라 토벌 적합 레벨은 6이 넘는다. 이쪽 에는 흥미를 전혀 보이지 않고 마치 재촉당하는 듯이 날아가는 용을 보고 루시아는 탐탁지 않은 표정으로 한숨을 쉬었다.

"그런데 이렇게 용이 잔뜩 나타나다니…… 역시 무언가의 간섭 을 받고 있네요."

"이 근처에는 그린 드래곤이 서식하지 않을 테니 멀리서 날아 온 것 같은데……."

용종은 일부를 제외하고는 뛰어난 비행능력을 지니고 있다. 그 것 또한 드래곤이 최강이라 불리는 이유 중 하나인데, 때로는 음 속조차 넘어서는 용의 이동 속도를 평범한 인간이 따라잡을 방법 은 없다.

오빠의 어깨 위에서 다리를 흔들거리고 있던 리즈가 어깨를 으쓱 였다. 수라장을 정말 좋아하는 리즈도 어이가 없다는 표정이었다.

"이걸로 몇 마리째야? 너무 많지 않아? 어떻게 모으고 있는 거지?"

"글쎄. 용에게는 마물 유인제도 잘 통하지 않으니 가능성이 있다면 '보구'……정도?"

하늘을 날아가는 용을 발견했는데도 긴장감이 없었다.

어제와 마찬가지로 적들을 미리 해치우며 몇 시간 동안 앞서오던 시트리 일행은 이미 다섯 마리의 용과 마주쳤다.

"'여우'……란 말이지."

"크라이 씨가 용은 이제 필요없다고 하셨으니……."

시트리는 중얼거리는 언니를 무시하고는 루크를 보았다. 그 말을 듣고 루크는 고개를 크게 끄덕였다.

"내 기술을 받아봐라! 우오오오오오오옷! 루크류, 비검 '유섬'!"

루크가 포효했다. 용 뺨치는 속도로 도움닫기를 하고는 곧바로 들고 있던 목검을 내던졌다.

'검사가 검을 던지는 건 이상하지 않아?'라는 리즈의 말을 무시하고 검이 일직선으로 날아갔다.

그 모습은 마치 유성 같았다. 검은 속도가 떨어지지도 않고 고속으로 이동하는 그린 드래곤을 쫓아가듯이 날더니, 그곳에 도달하기 전에 새빨갛게 타버렸다. 루크는 제자리에 쓰러졌다.

"젠자아아아아아아아아아앙! 또 타버렸어. 내게 뭐가 부족한 거야! 루시아, 다음 검!"

"음…… 기합이 부족한 거 아닐까?"

"으음, 으음."

"대충 말하지 말고…… '헤일 스톰'!"

루시아의 손바닥에 작은 선풍이 생겨났다. 반짝거리는 얼음 가루가 담긴 선풍은 술식에 따라 눈 깜짝할 새에 성장하고는 하늘에 닿을 정도로 거대한 회오리로 변했다.

자연을 다루는 마술은 규모가 큰 게 많다. 루시아가 특히 잘 쓰는 마법은 얼음 마법이다.

생겨난 얼음 폭풍은 용의 비행 속도를 뛰어넘는 기세로 퍼져나가 주위 일대를 유린했다. 잠시 후, 굉음이 주위를 뒤흔들었다. 온몸이 폭풍에 난도질당한 그린 드래곤이 지면에 격돌한 것이다.

"…………편한 일이네에."

"너무 강한 용은 불러들이지 못하는 것 같네요."

"소재는 어떻게 할까요?"

"음~, 방치하자. 아깝긴 하지만, 옮길 수도 없으니까."

"나는 즐거우니까 상관없는데, 아무리 드래곤이라도 이렇게 잔뜩 나타나니까 고마움이 덜하네. 검도 없고, 올 거면 한 마리씩 말고 단번에 덤벼들면 좋겠어."

"으음."

드래곤은 온몸이 귀중한 소재지만, 옮길 여유가 없다. 아쉬운 듯한 표정으로 용의 시체를 바라보던 시트리에게 리즈가 오빠의 어깨 위에서 말을 걸었다.

"시트으, 뭔가 저쪽에서 마물 무리가 잔뜩 오고 있는데, 어떻게 할까?"

"마물 무리? 용?"

리즈가 멀리 내다보고는 보고했다. 아인 계열 마물과 마수가 허겁지겁 도망치고 있었다.

"음…… 랜드 드래곤(육룡)인가? 마물 무리는 오크하고 고블린…… 이것저것!"

육룡은 드물게도 날지 못하는 용이다. 날개는 퇴화했지만 그 대신 몸집이 크고 날리는 일격도 묵직하다.

쫓기고 있는 건 토착 마물들일 것이다. 드래곤과 마물은 결코 공생 관계가 아니며, 생태계의 정점에 있는 드래곤은 사람 이외의 존재에게도 천적이다.

"좋았어, 이번에는 검이 닿겠군. 내가…… 벤다!"

루크는 루시아가 새로 만들어준 목검을 들고 팔을 걷어붙였다. 마물 무리는 멈추지 않고 일직선으로 루크 일행이 있는 쪽———정확하게 말하자면 그 뒤에서 오고 있는 황제 일행 쪽으로 향하고 있었다.

그때 생각에 잠긴 표정을 짓고 있던 시트리가 손뼉을 치고는 말했다.

"루크 씨, 드래곤만 베어주세요. 마물은 베지 않는 걸로요."

"응? 어? 왜?"

"크라이 씨는 드래곤'은' 필요없다고 하셨지만, 마물이 필요없다는 말씀은 하지 않으셨어요."

일부러 드래곤은 필요없다고 했다. 드래곤 말고는 필요하다는 뜻일 것이다.

이심전심. 오랫동안 함께 지내온 시트리는 이해하고 있다.

시트리가 방긋 웃으며 그렇게 말하자 루크는 눈을 크게 뜨고는 납득했다는 듯이 고개를 크게 끄덕였다.

"…………그렇구나, 알겠어. 오케이~. 골라가면서 베면 되는

거지? 용만. 벤다. 알겠어. 괜찮아, 용만 베라는 거지. 베는 건 용
만…… 응, 좋은 수행이야. 주먹이 우는구나."

이상하다…… 저주가 분명히 성립되었을 텐데, 용이 오지 않
는다.

남자는 호위 마차와 함께 행군하며 기묘한 상황 때문에 눈살을
찌푸렸다.

호위 여행은 평온 그 자체였다. 하늘에는 구름 한 점 없고, 용
의 모습은 흔적도 찾아볼 수가 없다.

어제 있었던 일도 남자에게는 뜻밖이었지만, 용이 습격하지 않
는다는 것은 처음 경험한 일이었다.

보구는 용을 불러들일 뿐 습격할 때까지는 항상 시간차가 있지
만 이번에는 너무 늦다.

동요한 모습을 드러낼 수는 없다. 황제 일행은 지금, 어제 있었
던 일 때문에 신경질적이다. 내부에 배신자가 있다는 가능성도 고
려하고 있을 것이다. 애초에 저주의 결과를 확인할 방법도 없다.
《천변만화》는 멀리 있다. 스스로 최후미를 맡겠다고 하며 황제
가 탄 마차와 거리를 둔 것이다.

무슨 생각인지 전혀 이해가 되지 않았다. 호위라면 황제 곁에
서 하는 게 당연하다. 주위는 기사단이 지키고 있으니 지근거리

에서 호위할 수는 없겠지만, 일부러 뒤쪽으로 물러날 이유를 전혀 알 수가 없다.

지금 황제는 무방비한 상태다. 주위에 있는 무능한 기사단은 남자가 적이라는 사실을 눈치채지 못하고 있다.

남자는 보구가 없어도 싸울 수 있다. 충동적으로 행동하진 않겠지만, 목숨을 걸면 황제를 암살하는 것도 불가능하진 않을 것이다. 호위들 중에서 남자가 순수한 전투 능력으로 확실하게 당해내지 못하는 건 《지수》와 《천변만화》뿐이다.

수상한 점은 신산귀모로 유명한 《천변만화》의 행동뿐이다. 그의 행동은 단적으로 말해 너무나도 수상쩍다.

그때, 앞서가던 정찰병이 크게 소리쳤다.

"마물이다! 마물 무리가 온다! 엄청난 숫자다, 전원 경계해라! 마차를 지켜라!"

?! 뭐……라고?!

있을 수 없는 일이다. 저주는 용만 끌어들일 텐데. 이건 남자가 저지른 일이 아니다.

재빨리 뒤쪽을 확인했다. 최후미를 맡고 있던 그 남자의 모습은 온데간데 없었다.

"정말, 약한 인간은 어이가 없어서 말도 안 나온다, 입니다! 무슨 생각을 하는 거야, 입니다! 루시아 씨에게 항상 폐만 끼치던데, 그러지 마, 입니다!"

"미안, 미안……."

마력이 바닥나서 평범한 융단이 되어버린 난폭한 카펫을 꽉 끌어안고 사과했다.

이번에는 완전히 내가 잘못했다. 자주형 보구의 충전을 신경 쓰는 건 보구를 다루는 자로서 당연한 마음가짐인데도 깜빡 잊다니, 마치스 씨가 알게 되면 화가 잔뜩 나서 잔소리를 할 것이다.

"필사적으로 호소하길래 같이 가준 건데…… 융단을 떨어뜨렸다니, 그게 무슨 소리야! 내가 바보 같잖아, 입니다!"

"면목이 없네……."

"미소 지으면서 그런 말을 하지 마, 입니다! 이러는 동안에 호위하는 쪽에 무슨 일이 생기면 어쩔 셈이야, 입니다!"

아니, 그래도 융단을 찾았잖아. 미소를 지을만도 하지. 정말 미안하지만, 똑같은 상황이 벌어지면 아마 다시 돌아갈 거야. 내가 있어봤자 어차피 호위에 도움도 안 되니까…….

시트리에게도 용을 보내지 말라고 전해두었고, 애초에 용에게 습격당하는 경우는 거의 없으니…… 만약에 그런 일이 몇 번이나 연달아 일어난다면 황제 폐하는 분명히 저주받았을 거다.

"괜찮아, 아무 일도 없을 거라고……."

그런 말을 하면서 의기양양하게 마차를 쫓아간 지 십몇 분 뒤. 겨우 마차를 따라잡았다.

———우리 시야에 들어온 것은 수많은 마물의 시체로 둘러싸

인 마차였다.

프란츠 씨가 우리를 보고는 악귀 같은 표정으로 노려보았다. 아무래도 무슨 일이 일어난 모양이다.

내가 없어서 세이프라고 해야 하나, 보아하니 아웃이라고 해야 하나.

사과는 내 특기지만, 의뢰인이 보기에 이건 최악이다. 우리는 아무런 말도 없이 호위 대상으로부터 멀리 떨어졌고, 그동안 호위 대상이 습격당했다. 레벨 다운을 감수해야 할 정도로 신용을 잃은 상황이다.

크류스의 표정도 굳어 있었다. 모두 함께 빠진 건 아니지만, 이번 파티 리더는 나니까 변명하기도 힘들다. 솔직하게 융단을 떨어뜨려서 가지러 돌아갔다고 말하면 검으로 내 목을 날려버릴 것 같다.

테름이 눈살을 찌푸리고 있다. 케챠챠카도 왠지 표정이 어두운 것 같았다.

진정해, 진정하라고, 크라이 안드리히. 이럴 때는 초조해지면 안 된다. 냉정하게, 냉정하게 대처해야 한다. 지금까지 많은 수라장을 헤쳐나왔잖아, 이번에도 분명히 잘 풀릴 거다.

긴장해서 굳어있던 크류스의 등을 살짝 두드려주고는 말에서 내렸다. 이런 상황에서도 나는 쾌적하다.

"부상자는 있어?"

"윽…… 무슨 염치로………… 없다."

프란츠 씨는 머리에 피가 쏠려서 얼굴이 새빨갛게 물들었지만,

심호흡을 거칠게 몇 번 하고는 짤막하게 대답했다.

……귀족인데 의외로 냉정하네. 평범한 귀족이었다면 소리를 질렀을 텐데.

그런데 부상자가 없단 말이지. 잘 살펴보니 파괴의 흔적이 압도적이다. 그야 칠 드래곤 무리를 단숨에 섬멸시킬 수 있는 마도사가 있으니 어지간한 마물 무리 따위는 대단한 상대도 되지 못했겠지.

잘된 건 아니지만, 잘됐다. 이런 상황이면 아직 용서받을 가능성도 있……을 것 같다. 안 되려나?

이제 멋대로 호위를 하다가 벗어나진 않을 테니 용서해주세요.

프란츠 씨가 거친 발걸음으로 내 앞까지 다가왔다. 비난하는 눈초리가 쏠리고 있다.

한 마디 한 마디, 마치 협박이라도 하는 듯한 강한 말투로 프란츠 씨가 말했다.

"지금 당장에라도 캐묻고 싶다만! 공교롭게도, 지금은, 길, 한복판이고, 멈춰 서 있을 상황이 아니다! 폐하의 안전이 최우선이다! 하지만, 이야기는, 다음 도시에 도착한 뒤에, 확실하게 듣도록 하겠다!"

자, 어떻게 할까…….

"어쩔 셈이냐, 약한 인간, 입니다. 권력이나 호위에는 흥미가 없지만, 호위하다 중간에 해고당하는 건 자랑스러운 정령인으로서 용납되지 못한다, 입니다."

"음……."

겨우 다시 말에 태워준 크류스가 작은 목소리로 다그쳤다.

솔직히 어떻게 할 방법이 없다. 테름을 선택한 건 나고, 그 덕분에 칠 드래곤 무리를 섬멸시킬 수 있었으니 감옥에 가진 않겠지만 내 명예는 엄청나게 흠집이 날 것이다. 뭐, 명예 같은 건 솔직히 말해 어찌 되든 상관이 없고(《비탄의 망령》에도 딱히 명예욕이 있는 멤버는 없고), 레벨이 떨어지는 건 오히려 바라던 바지만, 문제는————.

……융단, 뺏기게 되려나? 사들일 수는 없을까?

"아아, 루시아 씨가 약한 인간을 잘 부탁한다고 했는데……."

크류스가 힘없는 목소리로 말했다. 예술품처럼 예쁘게 생긴 눈가에는 눈물이 맺혀 있었다.

"괘, 괜찮아. 크류스는 내가 억지로 끌고 갔을 뿐이야. 내가 그렇게 말해줄 테니까."

"……약한 인간은 입다물고 있어, 입니다!"

"…………네."

뒤쪽에는 근위대 중 몇 명이 우리를 감시하는 듯이 따라오고 있었다. 이제 맡은 곳을 벗어날 생각은 없는데, 신뢰가 바닥을 치고 있다. 퍼펙트 베케이션이 유용한 보구로 보이지 않기 때문이기도 하겠지만, 생각해보니 문제밖에 없었던 것 같다. 나는 적당히 하면서 게으름을 피울 생각이 없었지만, 뭐라 변명을 할 수도 없다.

순순히 빠지겠다고 하는 게 나을지도 모르겠다.

조마조마하며 처형당할 때를 기다리는 기분으로 있자니 순조롭게 나아가던 마차가 갑자기 멈췄다.

또 습격이야?! 대체 몇 번이나 습격당하는 건데. 진짜 황제 폐하가 저주 받은 거 아닌가?

이럴 줄 알았다면 의뢰를 거절할 걸 그랬………… 융단은 가지고 싶으니까…….

"어, 얼른, 내려, 입니다! 약한 인간!"

보아하니 습격당한 건 아닌 모양인지 전투를 벌이는 소리가 들리지는 않았다.

황제의 마차 주위를 지키고 있던 프란츠 씨가 이쪽으로 다가왔다.

좀 전까지처럼 화를 내지는 않았지만, 굳은 표정을 짓고 있었다.

"드래곤의 시체다. 분명히 누군가가 떨어뜨린 흔적이 있다."

"……드래곤이 너무 자주 나타나는 거 아니야? 언제부터 제국이 용의 나라가 된 건데? 본거지를 옮겨야 하나."

"…………윽, ……의견을, 말해주었으면 한다는 폐하의 명령이다."

"어……? 나는 전문가가 아닌데."

"됐으니까 얼른 와라!"

레벨8의 신뢰도가 엄청나네. 세상의 레벨8들은 다들 이런 취급을 받고 있는 건가?

질질 끌려가는 듯이 앞으로 갔다. 드래곤의 시체는 길 한복판에 자리잡고 있었다. 녹색 표피가 특징인 그린 드래곤이다. 꽤 오래 전 이야기지만, 《비탄의 망령》이 제일 처음 쓰러뜨린 드래곤이다.

크기는 특제 마차보다 훨씬 크지만, 지금 그 견고한 표피는 너덜너덜해졌고, 큼직한 날개도 난도질당한 상태였다. 테름이 표피를 만져보며 눈살을 찌푸리고 있었다. 프란츠 씨가 말했다.

"헌터가 쓰러뜨린 것으로 보기에는 시체가 그대로 남아있군. 마수의 소행인가?"

"살해당한 뒤로 시간이 그렇게까지 많이 지나지 않았다. 아마 얼음 마술에 당한 것 같군. 게다가 비행 중에 당했다."

"뛰어난 내구도를 자랑하는 드래곤을 일방적으로 죽일 수 있는 얼음 마법이 있을 리가 없지……라고 말하고 싶지만, 대기에 대규모 마술을 사용한 흔적이 있다, 입니다. 인위적으로 이렇게 만든 것 같다, 입니다."

"케케…… 케케케케……."

테름과 크루스의 냉정한 판단. 대단하네…… 이게 헌터인가? 마술을 사용한 흔적이 대기에 남아있다는 게 뭔데? 뭔가 보이는 게 있어? 나는 이게 드래곤의 시체라는 것 정도밖에 모르겠다.

팔짱을 끼고 감탄하며 고개를 끄덕이고 있던 나를 프란츠 씨가 노려보았다.

"그래서, 네놈의 의견은?"

"음…… 그게, 뭐라고 해야 하나…… 이건 신경 쓸 필요 없어."

"뭐라고?!"

보는 눈은 없지만, 나는 이번에도 그들이 가지고 있지 않은 정보를 가지고 있다. 이건 루시아의 마법이다.

내 여동생, 루시아 로제의 특기는 넓은 범위를 대상으로 하는 공격 마법이다.

《비탄의 망령》에도 역할 분담이라는 게 있다. 지금까지 우리는 대량의 마물과 환수에게 자주 포위당해왔다. 그럴 때 요격을 담당하는 게 《만상자재》, 루시아인 것이다. 그 공격 범위는 루시아의 성장에 따라 확장되었기에, 마을 하나를 통째로 개구리로 바꾼 것으로만 봐도 알 수 있겠지만 지금은 엄청난 범위를 자랑하고 있다.

얼음 마법은 루시아가 특히 즐겨 쓰는 마법이니 틀림없을 것이다(루시아가 냉기로 상대방의 움직임을 둔하게 만들고, 루크 같은 공격력이 높은 멤버들이 숨통을 끊는 것이 최근에 사용하는 전법인 모양이다).

시트리 일행이 앞서가고 있었구나…… 흥. 보아하니 이 오빠가 너무 걱정되어서 견딜 수 없는 것 같군.

스스로가 너무나도 한심한 나머지 하드보일드해진(?) 나를 프란츠 씨가 다그쳤다.

"설마 이건 네놈이 한 짓이냐……?!"

그럴 리가 없지. 프란츠 씨는 나를 대체 뭘로 보고 있는 거야?

거의 계속 같이 있었던 내가 어떻게 멀리 떨어져 있던 용을 죽일 수 있었다는 거지?

테름이 나를 수상쩍어하는 눈초리로 보고 있다. 하지만 그때 내게 하늘의 계시가 내려왔다.

이거 혹시…… 우리가 잠깐 떨어져 있었던 것에 대한 변명이 되려나? 거짓말을 하게 되어버리겠지만, 《비탄의 망령》의 리더는 일단 나니까, 그 힘이 내 힘이라 해도 과언은 아닐 것, 같은데?

"⋯⋯⋯⋯뭐, 그렇다고 해야 하나, 아니라고 해야 하나⋯⋯."

"확실히 대답해라!"

"약한 인간은 계속 나와 같이 있었고, 아무것도 안 했다, 입니다."

말투와는 달리 성실한 크류스가 괜한 말을 했다.

뭐, 그렇긴 한데, 그렇긴 하지만 말이야!

크류스는 정직하구나. 나는 한심한 미소를 짓고는 어깨를 으쓱였다.

"아무튼, 이 시체는 별것 아니니까 신경 쓸 필요 없어. 어찌 됐든 이미 죽었으니 얼른 다음 도시까지 서두르는 게 좋을 거야."

———하지만, 드래곤의 시체는 가는 곳곳마다 발견되었다. 거의 드래곤 전시회나 마찬가지다.

너무나도 비정상적인 상황에 나는 쓴웃음을 지을 수밖에 없었다.

검에 베여 죽은 마물들과 두 동강난 랜드 드래곤(아마 루크가 한 짓).

상처 자국이 거의 남아있지도 않은데 죽은 레드 드래곤(아마 시트리가 한 짓).

목을 억지로 꺾어버린 듯한 와이번(아마 안셈과 리즈가 한 짓).

처참한 현장을 보고 프란츠 씨를 비롯한 자존심이 강한 근위기사단 사람들도 새파랗게 질렸다.

테름은 역시 여유로운 것 같지만, 분명히 뭔가 하고 싶은 말이 있는 것 같다. 혹시 내 동료들이 이렇게 만들었다는 사실을 눈치챘을지도 모르겠다. 괜찮아, 걱정할 필요 없어…… 내 소꿉친구들이 그런 거니까.

그런데 이렇게 용이 많이 나타나다니, 진지하게 이 나라와 거리를 두는 게 나을지도 모르겠네.

"헌터들을…… 곁에 두겠다, 는 말씀이십니까?"

프란츠 아그만은 라드릭이 한 말을 듣고 자기도 모르게 표정이 굳었다.

이번 임무는 지금까지 경험했던 것들 중에서도 가장 이상한 호위 임무였다. '여우'의 습격, 드래곤 무리, 마물 무리, 그리고 이해할 수 없는 방식으로 죽은 용. 오늘은 어떻게든 헤쳐나왔지만 기사단도 매우 지쳤다.

라드릭의 표정은 평소와 마찬가지로 단정해서 피로 같은 건 전혀 드러나지 않았다. 하지만 그것은 겉으로 드러내지 않을 뿐이고, 대국을 짊어진 자로서 떠안고 있는 마음고생은 프란츠와는 비교도 되지 않을 것이다.

굴욕이었다. 황제의 호위는 오랫동안 제0기사단의 임무였다. 그 역할을 다른 누군가에게 양보한 적은 없다.

하지만 황제 폐하가 그렇게 명령한 이유도 이해가 된다. 근위대는 정예들로만 구성되어 있지만, 《지수》의 힘은 그들과는 엄청난 차이가 있었다. 아마 레벨6인 케챠챠카나 크류스도 근위대의 마도사보다 실력이 좋을 가능성이 크다. 칠 드래곤 무리는 틀림없이 그 힘 없이는 넘어설 수 없었을 재해였다.

"폐하께서 그렇게 말씀하신 것도 이해가 됩니다. 《지수》는 강합니다. 실적도 있습니다. ……하나 《천변만화》, 그 남자의 행동은 분명히 부자연스럽습니다. 그자들을 곁에 두는 것은 너무 성급하신 게 아닌지요."

문제는 《천변만화》다. 레벨8이다. 그 능력이 다른 차원이라는 것은 금방 상상이 되지만, 움직임을 너무나도 이해하기 힘들다. 지금까지 프란츠는 제멋대로 구는 헌터들을 잔뜩 봐왔지만, 그런 헌터들과도 무언가가 다르다. 진심을 말하자면, 평상시였다면 절대로 동행시키지 않았을 멤버다.

게다가 그 남자는 클랜 멤버들에게 시련을 내리며 기뻐한다는 소문도 있다.

"그렇긴 하지. 하나 그 남자의 무죄는 트루 티어즈가 보장해주고 있다."

이번 습격이 전부 '여우'의 소행이라고 가정하면, 상대방이 여정을 전부 파악하고 있다는 뜻이다. 내부에 배신자가 있을 가능성이 크다. 그리고 그런 상황에서 이곳에 있는 멤버 중에 무죄가 증명된 것은 프란츠와 《천변만화》뿐이다. 아이러니하게도 그 남자는 프란츠가 가장 신뢰할 수 있는 인간이기도 한 것이다.

드래곤의 시체를 발견했을 때, 《천변만화》는 차분한 태도를 보였다. 《지수》조차 인상을 찌푸린 그 상황에서 신기하게도 납득하고 있었다. 수법은 알 수가 없고 본인도 확실하게 밝히지 않았지만, 《천변만화》가 어떤 힘을 사용해 드래곤을 쓰러뜨렸다면 분노를 이기지 못하고 그 종잡을 수 없는 남자를 호위에서 제외하는 것은 너무 위험하다.

자존심을 우선시하다가 황제를 위험하게 만드는 건 황제를 수호하는 제0기사단의 단장으로서 있을 수 없는 판단이다. 근처에 둠으로써 직접 동향을 감시할 수도 있다. 겉으로는 그런 형태로 해두면 부하들도 납득할 것이다.

라드릭 아트룸 제블디아의 눈동자는 투명했고, 마치 마음을 들여다보고 있는 것 같았다.

가장 우선시해야 할 것은 황제의 안전이다. 표정이 굳어지는 것을 미처 억누르지는 못했지만, 프란츠는 감정을 억누르고 대답했다.

"윽………… 분부 받들겠습니다."

여관의 어느 방. 지금까지의 상황을 다시 살펴보고 정리한 테름 아포크리스는 괴로운 듯한 표정으로 결론을 내렸다. 지금까지는 반신반의했지만, 상황이 그 사실을 나타내주고 있다.

《천변만화》는 십중팔구, '아홉꼬리 그림자여우'의 일원이다. 그것도 아마 꽤 상위 멤버일 것이다.

어떻게 트루 티어즈를 속였는지는 모르겠지만·········· 확인해
야만 한다.

제4장   심연 전골과 요괴 부대

   무거운 몸을 질질 끌고 프란츠 씨에게 불려 갔다 왔더니 갑자기 융단이 달려들었다.

   충전을 마치고 기운이 넘치는 모습으로 나를 찰싹찰싹 때리는 융단을 마치 상점 입구의 포렴처럼 제치고 안으로 들어갔다.

   방에서는 크류스가 다른 보구를 충전하며 기다리고 있었다. 싫어하면서도 충전해주는 이유는 루시아가 부탁했기 때문인 모양이다. 이유가 어찌 됐든, 정말 고맙다.

   호출당한 결과를 들은 크류스는 눈을 동그랗게 뜨고 의아하다는 듯이 말했다.

   "……뭐어? 대체 어째서 이런 상황에 그렇게 된 거야, 입니까?"

   "그건 오히려 내가 물어보고 싶다고."

   "무슨 짓을 한 거냐, 약한 인간, 입니다."

   "……굳이 말하자면 아무것도 하지 않는 걸 하고 있지."

   "약한 인간, 너, 진짜 적당히 좀 해라, 입니다!"

   호위를 중간에 내팽개치고 융단을 챙기러 다녀온 결과, 우리는 내일부터 황제 폐하 곁에서 호위를 하게 되었다. ……내 입으로 말해놓고 나서 드는 생각인데, 영문을 알 수가 없다. 프란츠 씨에게 이야기를 들었을 때 나도 모르게 '뭐? 무슨 소릴 하는 거야?'라고 말해버렸을 정도다. 그는 엄청나게 화를 냈다.

하지만 내 행동은 신뢰를 잃고 곧바로 해고당해도 이상할 게 없는 짓이었다. 내가 상대방이 제정신인지 의심하는 것도 어쩔 수 없을 것이다. 혹시 신뢰할 수 없는 나를 곁에 두면서 황제 폐하가 잘 볼 수 있게 해놓고 다음에 뭔가 실수를 하면 목을 벨 생각인가? 하지만 그건 황제 폐하의 입장을 이용하는 것이다. 그런 건 바람직하지 않아…… 그런 건 바람직하지 않다고. 불경죄야. 그러지 마.

이제 그냥 집에 가고 싶다……. 아직 이틀밖에 안 지났다니, 거짓말이지? 나는 메인 호위를 기사단이 한다는 전제조건으로 움직이고 있었는데. 황제 곁에서 호위를 하라니, 이야기가 다르잖아.

하지만 거절할 수는 없었다. 끝장이다.

저주받은 황제 폐하와 운이 안 좋은 나를 합치면 어떻게 되어버리는 걸까요.

"자, 보구 충전 끝났다, 입니다. 이제 남은 건 없지? 입니다."

"아, 이것도 부탁할 수 있을까?"

마력이 바닥난 세이프 링을 세 개 꺼냈다. 크류스는 그것을 보고는 대놓고 인상을 찌푸렸다.

"으엑…… 또, 또 그 마력을 엄청 먹는 보구…… 약한 인간, 그 보구는 언제 쓴 거냐, 입니다!"

"아하하하하……."

헛웃음밖에 안 나온다. 프란츠 씨에게 불려갔다가 바깥으로 나온 다음, 충동적으로 벽에 머리를 박아버렸지. 세 번 박았으니까 세 개 소비했다! 입니다…….

"자, 지금부터가 진짜 시작이야……. 완벽하게 태세를 갖추고 가야지…… 크루스도 일 좀 해줘야겠어."

"흐, 흥…… 굳이 말할 필요도 없지, 입니다! 하지만 결코 약한 인간을 위해 일하는 게 아니라는 점을 기억해 둬라, 입니다! 라피스의 명령이라 어쩔 수 없이 일해주는 거다, 입니다!"

"응, 그래, 그렇지……."

잘 생각해보니 테름은《심연화멸》의 명령을 받고 왔고, 키르나이트는 시트리가 맡겼다. 순수하게 자기 의지로 내 편을 들어주는 사람은 케챠챠카뿐인가…… 이름이 특이하다고 뽑으려 해서 미안해. 은근히 강한 것 같으니 기대하도록 할게요.

그렇지, 테름하고 다른 멤버들에게도 황제 폐하 근처에서 호위하는 걸 떠맡게 되었다고 연락해야 하는데…….

나와 저주받은 황제 폐하의 시너지 효과 때문에 분명히 내일부터는 더 지독한 꼴을 당하게 될 것이다.

하지만 나는 어떻게 해볼 수가 없다. 나는 자포자기한 심정으로 졸리지도 않은데 크게 하품을 했다.

지금까지 경험해보지도 못했을 정도로 지옥 같은 호위 의뢰가 (분명히) 시작될 것이다.

지금까지 다양한 임무를 받아왔지만, 이번 임무는 처음 겪는 패턴이었다.

이제 뭐가 어떻게 된 건지조차 전혀 이해할 수가 없다.

대규모 마물 무리에게 습격당한 것. 아마 남자의 저주에 이끌린 것 같은 용의 시체가 잔뜩 발견된 것. 원래는 그런 것들 중 하나만 따져도 임무를 중단하기로 결심했을 정도로 예상에서 벗어난 상황이다.

하지만, 상황은 남자에게 지극히 형편 좋게 굴러가고 있었다.

남자가 예상하고 있던 가장 잘 풀리는 패턴보다 더 형편이 좋을 정도로.

지금까지는 표적 근처를 근위대가 항상 지키고 있었다. 언제 어디서나 그 중요한 임무를 다른 사람에게 맡긴 적은 없었다. 하지만 어떻게 된 일인지…… 내일부터는 근위대와 함께 바로 곁에서 호위하게 되었다는 연락이 왔다. 이렇게 영문을 알 수 없는 상황이니 남자도 냉정해질 수가 없었다.

처음에 연락이 왔을 때는 귀를 의심했다.《천변만화》의 행동은 너무나도 의아했다. 호위를 내팽개치고 어디론가 다녀오지를 않나, 변명조차 하지 않는 등, 헌터가 할 만한 행동이 아니었다.

제외당할 것이라고 생각했다. 애초에 외부인인 헌터가 신뢰를 잃을 만한 행동을 했으니. 그리고 그런 상황이 되자 남자는 어울리지도 않게 약간 안심했다. 이제 이 임무에서 손을 뗄 수 있겠다면서.

하지만 실제로 찾아온 결과는 예상한 것과 정반대였다.

《천변만화》는 바보인가……? 뒤집어쓴 후드 속에서 눈살을 찌푸렸다.

지금까지 행동을 봐왔지만, 신산귀모라는 소문이 없었다면 가상적에서 제외했을 것이다.

근처에서 호위를 할 수 있다면 황제를 암살하는데 보구를 쓸 필요조차 없다. 아무리 주위를 지키더라도 그 안쪽에서 가하는 공격에 전혀 빈틈이 없을 수는 없다. 상황을 지켜보다 암살하고 도망치기만 하면 된다. 그리고 남자는 그럴 만한 힘을 지니고 있다. 남자의 특기인 주술은 암살에 특화되어 있다.

《천변만화》는 아직 남자의 정체를 눈치채지 못하고 있다. 잘만 하면 호위의 빈틈을 뚫고 암살한 다음, 들키기 전에 도망치는 것도 불가능하진 않을 것이다. 유일하게 문제가 되는 것은———키르나이트였다.

호위 헌터 중에서 유일하게 순수한 근접 전투 직업이자 《천변만화》가 데리고 온 정체불명의 존재.

남자는 유명한 헌터의 이름을 거의 모두 기억하고 있지만, 키르나이트 버전 알파라는 이름은 들어본 적이 없다. 아니, 이름만 봐도 가명일 가능성이 꽤 크지만, 문제는 키르나이트가 전사로서 칠 드래곤을 쉽사리 베어버릴 정도로 뛰어난 실력을 지니고 있다는 점이다. 마도사의 공격 마법은 한순간이나마 지연 시간이 존재하는데, 뛰어난 근접 전투 직업은 그사이에 여러 번 공격을 가할 수 있다.

황제 라드릭은 세이프 링을 가지고 있다. 죽이려면 공격을 두 번 가할 필요가 있다. 일격이라면 모를까, 키르나이트 근처에서 공격을 두 번 가하는 건 한없이 불가능에 가깝다고 할 수밖에 없다.

혼자서 계획을 짜고 있자니 갑자기 문 건너편에서 살짝 노크하는 소리가 들렸다. 대답을 하기 전에 문이 열렸다.

나타난 사람은 등을 쭉 편 노령의 마도사였다.

올백으로 넘긴 회색 머리카락과 양쪽 팔에 찬 지팡이 대용 마법 팔찌. 《지수》, 테름 아포크리스. 사람들이 수수하다고 여기는 수속성 마법의 극치에 도달했으며 제도에서도 손꼽히는 달인이다. 그 실력은 유명한 《심연화멸》과 거의 차이가 없다고도 한다.

하지만 평소와는 달리 그는 굳은 표정을 짓고 있었다. 그리고 눈살을 찌푸리며 주위를 한 번 확인하고는 남자에게 작은 목소리로 말했다.

"케챠…… 갑작스러운 이야기다만―――《천변만화》는 '여우'의 구성원일 가능성이 있다."

그 말은 남자―――케챠챠카 뭉크가 전혀 예상하지 못했던 말이었다.

마치 번개를 맞은 것처럼 충격적이었다. 자기도 모르게 눈을 크게 뜨고는 작은 목소리로 의문을 드러냈다.

"케케……?"

"놀랐나…… 그래, 나도 바보 같은 소리를 하고 있다는 건 알고 있다. 하나 지금까지 보인 부자연스러운 행동, 상황을 고려하면 그렇다고밖에 할 수가 없다. 아마 《천변만화》가 데리고 온 키르나이트라는 남자도 수하일 거다. 좀 더 일찍 눈치챘어야 했다. 너무 대놓고 수상했기에 오히려 눈치채지 못했다. '키르키르'라고 울면서 마물 무리에게 돌진해 썰어버리는 녀석이 제정신일 리가 없지!"

지극히 진지한 테름 아포크리스의 눈빛 때문에 케챠챠카는 아무런 말도 하지 못했다.

"애초에《비탄의 망령》은 '뱀'을 박살 냈다. 그, '여우'의 원수와도 같은 적이었던 '뱀'을 말이다. 무슨 뜻인지 알겠지?"

이거………… 계획을 변경할 필요가 있을 것 같다.

이 세계에는 도시전설 같은 위협이 몇 가지 존재한다. 어디에나 있고, 어디에나 없는 식으로 존재가 불확실한 고양이 팬텀, 어떤 날개로도 도달할 수 없는 하늘 저편에서 습격하는 '별의 마왕', 산책하다 보니 갑작스럽게 덤벼드는 비밀 조직, 살아있는 것만으로도 주위 사람들에게 불행을 흩뿌리는 남자까지. 내가 예전에 마주쳤던 방랑하는 보물전——— 항상 움직이고 있기 때문에, 좀처럼 마주칠 수 없기 때문에, 그리고 마주친 뒤 살아 돌아온 사람이 거의 없기 때문에 레벨조차 매기지 못한【길 잃은 여관】도 그렇게 원래는 있을 수 없는 존재 중 하나였다.

신에 가까운 힘을 지니고 있기도 했지만, 무엇보다 그 보물전은 기괴했다.

내 위기감이 마비되었다면, 그건 아마 그 보물전과 마주쳐버렸기 때문일 것이다.

우리는 그 보물전을 공략하지 못했다. 그 보물전의 주인은 너무나도 강대했고, 우리는 미숙했다. 아니, 만약에 그때 우리가 지금과 동등한 힘을 지니고 있었다 하더라도 공략은 절망적이었을 것이다.

보물전의 핵——— 차원이 다르게 쌓인 마나 머티리얼 때문에 움직이는 곳이 보물전으로 변해버린다는 역전 현상을 일으키던 그 팬텀은 '여우' 형태였다.

해가 저물어갈 무렵, 오늘의 목적지인 도시에 도착했다.

황제 폐하 곁에서 호위하게 되고 하루 동안, 여행길은 처음으로 순조로웠다. 마물이 나타나지도 않았고, 도적이나 용이 나타나지도 않았다. 프란츠 씨도 왠지 안심한 듯한 표정을 짓고 있었다.

"……휴우. 오늘은 아무 일도 없었구나, 입니다."

"마이너스하고 마이너스를 곱해서 플러스가 된 건가?"

지극히 냉정하게 상황을 분석한 나를 보고 크류스가 떨리는 목소리로 말했다.

"애, 애초에, 지금까지가 이상했던 거라고, 입니다! 호위 의뢰 10번 분량의 마물이 나왔다고, 입니다!"

"…………《별의 성뢰》가 호위 의뢰도 맡을 수 있어?"

"두들겨 팬다, 입니다."

인간을 얕잡아보는데…… 뭐, 다들 미인이니까. 호위로 삼고 싶어 하는 사람이 있을지도 모르겠다.

프란츠 씨가 잡일을 수행원에게 맡기고 이쪽을 째려보았다.

"휴우…… 오늘은 아무 일도 없었고, 아무 일도 일으키지 않았군."

"아직 여정은 절반도 소화하지 않았어. 방심은 금물이라고. 이렇게 안심했을 때가 제일 위험한 법이야."

"네놈이 그런 말을 하지 않아도 이미 알고 있다."

하드보일드한 표정을 지은 내게 프란츠 씨가 발끈한 듯이 말했다.

한숨을 쉬며 거리를 둘러보았다. 작지만 발전한 도시다. 제블디아도 모든 도시가 번창한 건 아니다. 아마 일부러 그런 루트를 선택했을 것이다. 그렇게 생각하니 내부에 배신자가 있는 게 아니더라도 황제 폐하가 지나갈 길을 미리 파악해 두는 게 불가능하지는 않을 것 같았다.

어울리지도 않게 추리를 진지하게 하고 있던 나는 중대한 사실을 눈치챘다. 도시의 이름이 적힌 간판을 보았다.

어디선가 본 적이 있는 이름이다 싶었는데, 이 도시…… 아는 사람만 아는 어뮤즈 땅콩의 원산지 아닌가?

어뮤즈 땅콩은 독특한 단맛이 나는 땅콩이다. 어떤 특성 때문에 헌터들에게는 인기가 없지만, 어뮤즈 땅콩이 들어있는 어뮤즈 땅콩 케이크는 내가 정말 좋아하는 음식 중 하나다. 제도에서는 파는 곳이 별로 없어서 요즘에는 못 먹었는데, 모처럼 여기까지 왔으니 오랜만에 먹고 싶다.

이제 도시에 도착했고, 호위는 《지수》와 키르나이트가 있다. 케챠챠카도 있다. 크루스는…… 내 호위 담당으로 데리고 갈까?

나는 신이 나서 프란츠 씨에게 물어보았다.

"프란츠 씨, 잠깐 자리를 비워도 괜찮을까?"

"응……? 이유가 있나?"

"볼일이 좀 있어서. 금방 돌아올 거야. 그 왜, 믿을 수 있는 테름이나 케챠챠카도 있으니까."

자금은 여유롭다. 에바와 시트리가 챙겨주었다.

프란츠 씨는 내 얼굴을 보고 잠시 눈살을 찌푸리고 있다가 크게 한숨을 쉬었다.

"뭐, 괜찮겠지. 하지만 곧바로 돌아와야 한다."

"알았어. 고마워."

"그리고 그 껄렁대는 옷차림은 어떻게 좀 안 되나!"

어떻게 안 되는데…… 미안. 나는 쾌적한 기분으로 크류스를 데리고 의기양양하게 거리로 나섰다.

척 보기에도 불쾌해하는 정령인…… 크류스를 데리고 《천변만화》가 껄렁대는 옷차림으로 어디론가 향했다. 케챠챠카는 그 모습을 지긋이 관찰하고 있었다.

뭘 하려는 건지 확인하고 싶었지만, 미행할 수는 없다. 마도사인 케챠챠카에게는 레벨8로 인정받은 헌터를 미행할 수 있는 스킬이 없다.

오늘, 케챠챠카는 공격을 가하지 않았다. 상황을 지켜볼 필요성을 느꼈다.

《천변만화》의 '여우' 의혹. 그 예상은 척 보기에 바보 같지만 그냥 웃어넘길 수 있는 이야기가 아니었다. 오히려 그가 '여우'의 일원이라면 지금 같은 의아한 상황도, 《천변만화》의 너무나도 꼴사나운 행동도 전부 설명할 수가 있다.

"케케에……."

케챠챠카는 작은 목소리를 흘리며 눈을 가늘게 떴다.

'아홉꼬리 그림자여우'――― 통칭 '여우'의 바닥에 깔려 있는 것은 철저한 비밀주의다. 구성원 중 한 명이자 헌터로 활동하며 수많은 적을 해치워온 케챠챠카도 조직의 정보는 거의 아는 게 없다.

본거지도, 규모도, 다른 구성원이 어떤 사건에 관여했는지도, 그리고――― 상사의 얼굴도.

여우 구성원들의 계급은 꼬리의 숫자로 정해져 있다. 케챠챠카의 계급은 '다섯 개'다.

여우에는 규칙이 있다. 상위 멤버는 하위 멤버의 정체를 알고 있지만, 하위 멤버는 상위 멤버의 정체를 알지 못한다. 다시 말해 케챠챠카는 '한 개'부터 '다섯 개'까지의 멤버를 알고 있지만, '여섯 개'부터 '아홉 개'까지의 멤버에 대해서는 전혀 아는 것이 없다.

이번 임무 때는 상위 멤버가 접촉해왔다. 당연한 의무로서 보고도 하고 있고, 그 멤버는 더 위에 있는 멤버에게 보고한다.

《천변만화》는 케챠챠카의 함정을 모조리 회피했다. 큰돈을 지불하고 의뢰한 도적들은 습격하지 않았다.

그것도 《천변만화》가 모든 것을 파악하고 있는 거라면 쉽사리 막았을 것이다. 제도를 나서기 전에 보여주었던 그 연극도 용병단에게 의뢰한 것을 취소할 시간을 벌기 위해서였는지도 모른다. 그리고, 그렇다면 모든 것이 뜻밖이면서도 상황이 케챠챠카에게 유리하게 돌아가고 있는 이유도 이해가 된다.

전부 《천변만화》가 컨트롤하고 있었던 것이다. 마물의 습격도, 케챠챠카가 불러낸 용이 (아마도 《천변만화》에게) 살해당한 것으로 인해 신뢰 관계가 구축되고 황제 곁에서 호위하게 된 것도, 전부 신산귀모에 의한 것이라면 이해가 된다. 전혀 면식도 없었던 케챠챠카가 우연히 호위로 선발되었다고 생각하는 것보다는 훨씬 자연스럽다. 그리고 그게 만약에 진실이라면 무시무시할 정도의 지모다. 케챠챠카는 테름에게 이야기를 들을 때까지 그 가능성을 전혀 상상조차 하지 못했던 것이다!

무엇보다 《천변만화》의 행동은 너무나도 바보 같았다. 도저히 황제를 호위하러 가는 것으로 보이지 않을 정도로 껄렁대고 까불어대는 옷차림으로 오거나, 융단을 타고 문을 들이받아 여정에 차질을 빚거나, 호위 중에 갑작스럽게 사라지거나——— 신중파인 나는 도저히 할 수 없는 행동이다. 자신을 완전히 죽이고 있다.

이게…… 상위 멤버의 실력……인가?

하지만 그런 결론에 도달했는데도 케챠챠카는 망설이고 있었다. 그렇게 망설일 정도로 《천변만화》의 움직임은 자연스러웠고, 까불거리고 있었다. 가능성이 크긴 하다. 그리고 만약에 그게 진실이라면 황제 암살은 이미 성공한 거나 마찬가지다. 지금 당장에라도 임무를 달성할 수 있을 것이다.

하지만, 만약——— 그게 착각이라면?

대체 누구부터 누구까지가 동료고, 누구부터 누구까지가 적일까. 테름은 키르나이트도 수상하다고 했는데, 크류스는?《천변만화》는 이름난 헌터다. 만약에 여우의 일원이라면 신뢰를 평소 때 활동에도 써먹고 있을 것이다. 그런 신용을 황제 암살로 인해 잃게 되어도 상관없는 건가?

호위를 맡은 기사들이 멍하게 서 있던 케챠챠카를 보고 있었다.

어찌 됐든, 테름은 확인하겠다고 했다. 그 확인이 끝난 뒤에 행동에 나서더라도 늦지는 않을 것이다.

"히히힛……."

케챠챠카는 작은 목소리를 흘리고는 여관 안으로 들어갔다.

"뭘가 했더니, 쇼핑?! 약한 인간의 근성은 정말 어이가 없어서 말도 안 나온다, 입니다!"

크류스가 팔짱을 끼고는 쏘아붙이듯이 말했다. 한편, 원하던 걸 손에 넣은 나는 기분이 좋았다.

"자자, 너무 그렇게 따지다 보면 피곤해진다고."

"내 긴장감을 돌려줘! 입니다! 진지하게 좀 해, 입니다!"

방으로 돌아온 뒤에도 크류스의 분노는 가라앉지 않았다. 이유는 모르겠지만 보고 있으면 훈훈해진다.

나보다 연상일 텐데, 루시아처럼 혼내는 걸 보면 연하처럼 대하게 된다.

"너무 긴장하는 게 바람직하지 않다는 건 진짜야. 여차할 때를 대비해서 숨을 돌릴 수 있을 때 돌리는 게 일류지."

"약한 인간, 너는 항상 느긋하잖아, 입니다!"

단걸 안 먹으니까 툭하면 화를 내는 거라고.

나는 방금 큰 봉투로 사온 어뮤즈 땅콩을 뜯고는 하나 집어서 입에 넣었다.

은은하게 느껴지는 독특한 단맛과 볶지도 않았는데 느껴지는 고소함이 중독될 것 같다. 식감도 좋다. 나는 방긋방긋 웃으면서 크류스에게 땅콩을 권하려다가 그만두었다.

어뮤즈 땅콩에는 부작용이 있다. 마력의 조작을 크게 저해하는 것이다. 먹으면 한동안 마술을 행사하는 건 물론이고 보구에 마력을 공급할 수도 없게 된다. 정확하게 말하자면 불가능한 건 아니지만, 기분 나쁜 통증이 생기는 모양이었다. 헌터들이 이 땅콩을 먹지 않는 이유가 그것이다.

뭐, 나하고는 상관이 없지만 말이지. 오독오독 먹고 있자니 크류스가 발끈하며 봉투 쪽으로 손을 뻗었다.

"혼자 먹지 말고 나한테도 좀 줘라, 입니다! 음………… 인간들이 먹는 나무 열매도 나쁘지 않군, 입니다."

크류스는 말릴 틈도 없이 오독오독 먹고 나서는 마음에 들었는지 눈을 동그랗게 떴다.

……뭐, 오늘은 충전해야 하는 보구도 없으니 괜찮으려나…….

땅콩을 달라는대로 줬다. 그렇게 잔뜩 먹으면 저녁밥을 못 먹
게 될 텐데…….

"나쁘지 않군, 입니다…………. 그런데 이 맛, 어디서 먹어본
적이………… 웃?!"

순조롭게 오독오독 먹던 크류스가 갑자기 가슴을 누르며 몸을
웅크렸다.

그녀는 이마에 땀을 흘리고 울상을 지으며 나를 노려보았다.

"크윽…… 뭐, 뭘 먹였냐……입니다. 마나의 순환이———."

"어, 어뮤즈 땅콩인데……."

"뭐?!…… 크윽…………."

크류스가 눈을 꽉 감고는 부들부들 떨고 있다. 불평할 기운도
없는 것 같은데. 그녀가 뻗은 왼손이 힘없이 내 무릎을 때리고 있
었다. ……보아하니 정령인에게는 먹이면 안 되는 것 같네.

뭐, 죽지는 않을 거다. 독 같은 거였다면 더 시끌벅적하게 떠들
어댔겠지. 그러고 보니 예전에 루시아가 먹었을 때도 비슷한 반
응을 보였는데.

그리고 내가 먹인 게 아니라 네가 멋대로 먹은 거야.

"《천변만화》, 할 이야기가 있다."

그때, 노크 소리가 들렸다. 테름 목소리다.

타이밍이 안 좋기는 하지만, 혹시 마법으로 음료수를 만들어줄
지도 모르겠다.

문을 열자 테름과 수상쩍은 내 아군, 케챠챠카가 왠지 진지한 표정을 지으며 들어왔다.

테름과 케챠챠카. 꽤 기묘한 조합이다. 이렇게 나란히 보니 같은 마도사인데도 정통파인 테름과 척 보기에도 수상쩍은 케챠챠카는 인상이 정반대인 것 같다.

적당히 모은 멤버였는데, 지금은 더할 나위 없이 든든한 아군이다. 아부를 해줘야지.

또 드래곤이 나타나면 싸워줘야 하니까…….

테름이 바닥에서 가슴을 누르고 있는 크류스를 보고 눈을 크게 떴다.

"……무슨 일이지?"

"응? 아, 뭐…… 그런 게 좀 있어. 신경 쓸 필요는 없고."

아무리 그래도 땅콩을 먹다가 배탈이 나다니, 자존심이 강한 정령인에게는 용납할 수 없는 일이다.

크류스는 울상을 지으며 신경 써준 나를 노려보고는 작은 목소리로 끙끙대는 듯이 말했다.

"거기 있는, 약한 인간, 말이 맞다, 입니다. 신경 쓰지 마라, 입니다아."

허세를 부릴 만한 기운이 있다면 괜찮을 것 같다. 그런데 어뮤즈 땅콩을 먹으면 배탈이 난다니, 마도사는 불쌍하구나. 하드보일드한 미소를 지으며 테름이 물어보기 전에 말했다.

"호위 배치 말이야? 지금까지 했던 대로 케챠챠카하고 테름을 한 조로 묶을 생각인데………… 근위대 사람들도 실력이 꽤 좋긴 하지만, 그래도 근위대에게만 맡기는 건 불안하니까."

케챠챠카와 테름을 한 조로 묶는 건 지극히 냉정한 판단으로 내린 결론이다.

우선, 나는 호위 중에 케챠챠카와 커뮤니케이션을 할 자신이 없다. 무슨 짓을 할지 모르는 키르나이트와 한 조로 편성하는 것도 불안하다. 크류스는 나보다 더 커뮤니케이션 약자니까 소거법으로 케챠챠카를 테름에게 떠넘길 수밖에 없다. 어둠 전골의 폐해다.

"맞다, 먹을래?"

내가 내민 땅콩 봉투에 인쇄된 글자를 보고 테름이 눈살을 찌푸리고는 떨떠름한 목소리로 말했다.

"…………어뮤즈 땅콩은 마력 조작을 저해한다. 호위 중에 마도사가 먹을 만한 게 아닐 텐데."

"응, 그래, 그렇지……."

크류스가 얼굴을 새빨갛게 물들이고 가슴을 누르며 원망스럽다는 듯이 나를 올려다보고 있다. 나는 마도사가 아니라서 땅콩을 오독오독 씹어먹었다. 보구를 기동시키는 것만이라면 마력은 필요가 없기 때문이다.

"그래도 굳이 말하자면, 어뮤즈 땅콩의 마력 저해는 노력하면 참을 수 있어. 훈련에 써먹을 수가 있거든."

시트리가 그렇게 말했었다. 루시아도 그 말에 따랐다. 내가 어뮤즈 땅콩을 정말 좋아하는 것은 당시에 상자째 손에 넣은 땅콩을 잔뜩 먹었기 때문이다.

"배치 이야기를 하러 온 게 아니면 뭐야?"

혹시 이제 너 같은 리더를 따라갈 수 없다, 뭐 그런 이야기인가? 좋다, 그럼 네가 리더다.

쓸데없는 생각을 하고 있자니 테름이 굳은 표정을 짓고는 마치 비밀이라도 속삭이는 듯이 말했다.

"《천변만화》······ 자네는 '꼬리를 가지고 있지?'."

"······어?"

너무 혼란스러운 나머지 눈을 크게 떴다. 맥빠지는 목소리가 나왔다. 하지만 테름의 표정은 매우 진지했다.

말도 안 돼······ 있을 수 없는 일이야. 아무도 모를 텐데. 어디서 정보가 새어나간 거지······?

내가 꼬리를 가지고 있다는 사실을 알고 있는 건 같은 파티인 《비탄의 망령》 멤버 뿐이고, 그들이 누설할 리는 없다. 하지만 테름의 눈빛에는 강한 확신이 있었다. 잘못 말한 것도 아닐 것이다.

원래 인간인 내가 꼬리 같은 걸 가지고 있을 리가 없으니 둘러댈 수도 없다.

사람의 입은 막을 수 없다는 건가? 혹시 내가 취해서 말해버렸을 가능성도 있지만─── 곤란하네. 비밀로 하려고 했는데.

"크루스, 미안한데 자리를 좀 피해줄래? 중요한 이야기를 해야 해서."

몸을 웅크린 채 뭐가 뭔지 모르겠다는 표정을 짓고 있던 크루스에게 말했다.

배가 아픈 와중에 미안하지만, 이건 크루스가 알아선 안 되는 정보다.

사실은 케챠챠카나 테름도 알아선 안 되는 정보지만…….

"뭐……어? 무슨 소릴…… 크윽…….."

"이건…… 정말 민감한 이야기야. 미안해. 이번에 리더는 나잖아? 금방 끝낼 테니까."

"으윽…… 루시아 씨에게, 일러줄 거야, 입니다아…….."

애벌레처럼 움직여 밖으로 나가는 크류스를 바라보았다. 다음에는 땅콩이 아니라 단걸 사줘야겠다.

나는 크게 심호흡을 하고는 테름과 케챠챠카를 보았다.

'꼬리'. 그것은 정확히 말하자면 꼬리가 아니라 살아있는 마나 머티리얼 덩어리다.

우리는 예전에 【길 잃은 여관】과 마주쳐서 저항도 해보지 못하고 항복했지만, 결코 아무것도 가지고 돌아오지 못한 건 아니다. 단 하나, 가지고 왔다……고 해야 하나, 떠맡게 된 물건이 있었다.

꼬리다. 【길 잃은 여관】에서 귀환한 자의 증거로서 요괴 여우에게 돋아나 있던 꼬리 열세 개 중 마지막 꼬리를 받은 것이다. 그리고 우리는 그렇게 떠맡아서 가지고 온 보스의 일부, 분리된 지 몇 년이 지난 지금도 사라질 기색이 없는 그 위험한 마력 덩어리를 '여우신의 끝꼬리'라 부르고 있다.

틀림없다, 여우의 구성원이다. 케챠챠카는 《천변만화》의 반응을 보고 그렇게 확신했다.

'꼬리'의 유무를 묻는다. 그것은 여우 멤버들이 알고 있는 암호다. 자주 쓰는 건 아니지만, 하위 멤버가 상위 멤버의 정체를 확신했을 때, 확인하기 위해 사용한다.

상위 멤버가 하위 멤버를 알고 있기에 성립되는 구조다.

크류스를 쫓아낸 《천변만화》는 항복이라는 듯이 두 손을 들고는 나불나불 말했다.

"어디서 알았는지는 모르겠지만, 함부로 말하고 다니지 않는 게 좋을 거야. 내가 곤란해져."

"…………눈치채지 못할 거라 생각했나? 네놈의 행동은 너무 수상쩍다."

테름 아포크리스는 무시무시한 남자다. 레벨7에 어울리는 힘을 지니고 있으며, 레벨7에 어울리는 신중함을 갖추고 있다. 그가 다루는 마술도 지금까지 케챠챠카가 봐온 마도사 중에서 다섯 손가락 안에 들 것이다. 주술사(샤먼)로서 일류인 케챠챠카도 발치에 못 미치는 수준이다.

테름이 몸속을 순환하는 마력을 집중시키며 공격태세를 취했다. 척 보기에는 자연스러운 자세 같지만, 마도사인 케챠챠카는 방대한 마력과 날카로운 살의를 느낄 수 있었다.

───하지만 《천변만화》는 테름보다 더 자세가 자연스러웠다. 테름의 살의를 받아내면서도 안색이 전혀 바뀌지 않았다.

마치 아무것도 모르는 것 같기까지 했다.

"저기…… 큰일이네. 내가 수상쩍은 행동을 했던가?"

"네가 '여우'라는 걸 인정하는 거지?"

"???? '여우'? 아니………… 보면 알겠지만, '인간'인데."

《천변만화》가 암호대로 대답했다. 무시무시한 연기력이다.

이만큼 상황 증거가 갖춰졌는데도, 케챠챠카는 눈앞에 있는 남자가 평범한 사람으로만 보였다.

저 얼굴에 드리운 곤란한 듯하면서도 어설픈 미소. 테름이 조용히 계속 질문했다.

"네놈의 꼬리는 몇 개째지……?"

"어…………? ……열세 개째인데."

?! 그 말을 듣고 무심코 눈을 크게 떴다.

'여우'의 계급은 아홉 개가 제일 높다. 열셋이라는 건 있을 수 없다. 테름의 표정이 처음으로 일그러졌다.

혼란스러워하는 케챠챠카와는 달리 테름은 억누르는 듯한 목소리로 말했다.

"말도 안 돼…… 꼬리는 아홉 개밖에 없다."

"어? ……아, 새로 돋아났어. 힘이 쌓일 때마다 돋아나거든. 그렇구나, 몰랐구나아."

그 말이 진실이라면 눈앞에 있는 스무 살 청년은 믿기지 않을 정도로 높은 사람인 것이다.

거짓말을 하는 것 같은 기색은 없었다. 암호가 새어나갔다는 이야기는 들은 적이 없다.

예상하고 있긴 했다. 하지만, 그럼에도 불구하고 케챠챠카는 그 말을 듣고 전율할 수밖에 없었다.

　재능과 실적이 얼마나 있어야 겨우 스무 살 나이에 '아홉꼬리 그림자여우'의 최고 간부가 될 수 있는 걸까.

　철저한 비밀주의로 돌아가는 조직에서 그 위치에 도달하는 것은 레벨8로 인정받는 것보다 훨씬 어려울 게 틀림없다.

　"크류스는 동료인가?"

　"아니, 그 애는 상관이 없어."

　"흐음…… 그럼 '꼬리'를 보여주실까……."

　'아홉꼬리 그림자여우'의 상위 멤버.

　'일곱 개'―――《지수》 테름이 동요한 마음을 겉으로 드러내지 않고 물었다.

　《천변만화》는 눈을 반짝이고는 맥빠지는 목소리로 올바른 대답을 말했다.

　"아니, '지금은 보여줄 수 없어'. 여동생에게 맡겼거든."

　여동생……?

　대체 방금 주고받은 이야기는 뭐였던 거지? 상황을 잘 이해하지 못하고 있던 내게 테름이 짤막하게 말했다.

　"계획을 들어보지."

　보아하니 꼬리 이야기는 이제 끝난 모양이다. 혹시 테름이 물리친 '여우'와 뭔가 관계가 있는 게 아닐까 하는 생각에 긴장하고 있었는데———.

그도 꼬리를 가지고 있는 것 같지만(일곱 개째 꼬리인 모양이다)…… 뭐, 상관없으려나. 우리가 꼬리를 받았으니 테름이 꼬리를 받았다 해도 이상할 건 없을 것이다. 마력 덩어리인 꼬리는 마술사에게 유용한 물건인 것 같고, 꼬리가 아홉 개밖에 없다고 하는 걸 보니 우리보다 훨씬 예전에 받은 건지도 모르겠다.

…………테름은 대체 몇 살이지? 그 여우는 열세 개째 꼬리가 돋아난 게 백 년 전이라고 했는데.

"좀 전에도 말했지만, 배치는 예전 그대로. 기본적으로는 프란츠 씨의 지시에 따를 거야."

"키르나이트는 신뢰할 수 있나?"

"응? 아, 좀 수상쩍지? 문제없어. 내가 조종할 수 있으니까."

진지한 표정을 짓고 있는 테름에게 대답했다. 보아하니 표정에 드러나지 않았을 뿐, 신경 쓰고 있었던 것 같다.

컨트롤러가 어디 있더라…….

뭐, 자립사고 모드로도 문제는 없겠지만…… 시트리가 내게 맡긴 거니까.

"걱정할 필요는 없어. 한동안은 아무 일도 일어나지 않을 거야."

"케케……."

"오히려 문제는 하늘로 날아오른 이후지. 무슨 일이 생기더라도 도망칠 곳이 없으니까."

"흐음…… 알겠다."

테름이 고개를 끄덕였다. 둘 다 꼬리를 떠맡게 된 멤버라는 걸 알게 되어서 그런지 거리가 약간 가까워진 것 같다. 테름하고 사이좋게 지내다 보면 그 할멈하고도 무난하게 지낼 수 있게 되지 않을까……? 안 되려나?

"전투는 테름에게 맡길게. 멋진 마술이었어. 아마 《심연화멸》을 뛰어넘지 않았을까?"

"로제는 너무 화려하지. 적재적소다."

"케챠챠카도 실력이 꽤 좋잖아. 기대할게. 마음껏 주술? 실력을 뽐내보게나."

내가 하드보일드한 척하며 지시를 내리자 케챠챠카가 고개를 끄덕였다. 보아하니 보기보다 훨씬 좋은 녀석인 것 같다. 리즈 같은 우리 파티원들이 그들의 협조성을 좀 본받았으면 좋겠다.

"괜찮아. 우리는 최고의 팀이야. 이 정도 의뢰는 간단히 해낼 수 있을 거야. 열심히 하자."

나는 고개를 크게 끄덕이고는 신이 나서 응원 구호를 외치듯이 팔을 들어 올렸다.

트레저 헌터라는 지극히 위험한 직업을 가진 지도 벌써 5년. 여러 가지 고난을 뛰어넘고 내가 알게 된 트레저 헌터에게 가장 필요한 것——— 그것은 신뢰할 수 있고 믿음직한 동료다.

테름, 케챠챠카와 우정을 다지고 며칠 뒤. 임무는 처음 이틀이 뭔가 잘못된 것 아니었을까 하는 생각이 들 정도로 순조로웠다. 진짜로 황제 폐하와 내가 마이너스 곱하기 마이너스라서 플러스가 된 건지도 모르겠다.

이야기를 나누고 서로 이해하게 된 팀 《심연 전골》(내가 이름을 붙였다)은 빈틈이 없었다. 다가오는 마물을 마구 쓰러뜨리는 모습은 전혀 위태롭지 않았고, 내가 봐도 흠잡을 구석이 없다. 나는 항상 그랬듯이 마차 옆에서 최후의 벽인 척하면서 응원하고 있었지만, 그래도 될 정도로 《심연 전골》의 힘은 대단했다.

특히 눈에 띄는 것은 케챠챠카…………가 아니라 《지수》, 테름의 공격 마법이었다.

역시 별명을 가진 자라 그런지 모르겠지만, 새삼 지근거리에서 본 테름의 공격 마법은 루시아의 다양한 마법을 봐온 내가 보기에도 이질적이었다.

위력이 높아서 그런 게 아니다. 테름의 마법은──── 루시아와 비교해서 너무나도 '조용한' 것이다.

두 팔에 차고 있는 팔찌로 발동을 보조하고 있는 것 같은데, 예비 동작도 거의 없다.

실용적이라면 실용적이고 연찬(研鑽)의 결과일 테니 당연히 칭찬해야겠지만, 그 마법은 보면 볼수록 무시무시하다. 있을 수 없는 이야기지만, 만약에 그가 암살자라면 황제의 목도 간단히 따낼 것이다. 바보처럼 위력이 강하지만, 바보처럼 화려한 태우는 할멈과는 그야말로 정반대다.

《마장》에 정상적인 멤버는 없는 건가!

딱히 아무것도 안 했는데 오늘도 정말 피곤하다. 내가 받은 방으로 향했다.

스케줄은 지극히 순조로웠다. 내일쯤이면 비행선 발착장이 있는 도시에 도착할 것이다.

여관도 괜찮은 곳이고, 밥도 맛있다. 이미 절반 정도는 바캉스나 마찬가지다.

그렇게 자신을 타이르면서도 마음고생이 쌓이는 것만은 피할 수가 없었다. 쾌적한 것에도 한도가 있다.

특히 골치 아픈 건 항상 의존하던 시트리가 없기 때문에 호출이 걸리면 내가 가야만 한다는 점이다. 이제 리더를 테름에게 일임하고 싶지만, 그를 혹사시키면 《심연화멸》이 무슨 소리를 할지 모른다. 한숨을 쉰 다음, 잠금을 풀고 방 안에 들어갔다.

나는 이렇게 여행지의 여관에 머무르게 되면 우선 방 안에 있는 설비를 구석구석 확인하는 타입이다. 딱히 보안을 신경 쓰는 건 아니지만, 그런 성격이다.

항상 그랬듯이 근처에 있던 옷장을 열자 안에서 리즈가 방긋방긋 웃으며 손을 흔들고 있었다.

반사적으로 옷장을 닫고는 심호흡을 했다.

…………요즘 여관은 밉살스러운 연출을 해주네. 그런 생각을 한 순간, 옷장 문이 안쪽에서 세차게 열리고는 핑크 블론드 머리카락에 피부가 그을린 소녀가 튀어나왔다.

리즈가 꺅꺅거리며 상황을 이해하지 못한 나를 큼직한 침대 쪽으로 밀쳤다.

가라앉는 듯하면서도 부드러운 감촉이 내 몸을 받아냈다. 내 위에 올라탄 리즈에게 겨우 말했다.

"왜, 왜 있는 거야?"

"와버렸어! 크라이가아, 쓸쓸할까 싶어서!"

눈을 반짝이며 내 가슴팍에 머리를 비벼대는 리즈. 이유는 없다는 거구나…….

별생각 없이 리즈의 머리카락을 슥슥 풀어헤쳤다. 뭐, 나도 만나고 싶지 않았던 건 아니지만…….

"……기쁘긴 한데, 위험하잖아."

나는 아직 지금까지 저지른 실수를 만회하지 못했다. 프란츠씨의 시선에서 험악한 느낌은 사라지지 않았다.

이런 상황에서 원래는 데리고 오면 안 되는 리즈가 들켜버리면 무슨 눈초리로 보게 될지 모른다. 아니, 기쁘거든? 기쁘긴 한데 말이지. 적어도 다들 잠들어서 아무도 없는 밤이었다면 잠깐이나마 상대해줄 수도 있겠지만, 아직 일정이 좀 남았다. 지금 리즈가 있으면 위험하다.

하지만 리즈는 내 말을 전혀 듣지 않았다. 오랜만에 주인에게 장난치는 늑대처럼 몸을 비벼댔다. 우리보다 먼저 도착해서 샤워라도 한 건지, 머리카락에서 좋은 향기가 풍겼다.

그때, 타이밍이 안 좋게도 누군가가 문을 거칠게 두드렸다.

"약한 인간! 재빨리 먼저 가버리지 마라, 입니다! 얼른 오늘 분량 충전을 끝내자, 입니다! 그런 다음에 또 그 땅콩을———."

융단이 문 근처에서 어이가 없다는 듯이 세로 방향으로 회전하고 있다. 그에게 입이 없다는 게 지금은 정말 다행이다.

하지만 들키면 큰일이다. 크류스는 말없이 그냥 넘어갈 성격도 아니고, 그럴 생각도 없을 것이다.

나는 리즈를 밀쳐내고 일어선 다음, 재빨리 침대 시트를 벗겨내 리즈 위에 덮었다.

거의 동시에 문이 열렸다. 목소리를 낼 틈도 없었다. 크류스는 불쾌한 듯한 표정으로 방 안에 한 발짝 내디딘 다음 내 옆에서 꼼지락꼼지락 움직이는 시트 덩어리를 보고 눈을 동그랗게 떴다.

"?????"

"조, 좋아, 뒷일은 부탁할게. 자, 있어야 할 곳으로 돌아가렴."

다행히도 방금 한 스킨십으로 어느 정도 만족한 모양이었다.

시트 리즈는 순순히 고개를 끄덕이고는 꼼지락거리며 창문으로 다가가 시트를 뒤집어쓴 채 재주도 좋게 창문을 열었다. 그리고 곧바로 말문을 잃은 크류스에게 아무런 말도 하지 않고 창문밖으로 훌쩍, 뛰어내렸다.

여기가 3층이긴 하지만, 시트를 뒤집어쓰고 뛰어내린 것 정도로는 다치지 않을 것이다.

창문을 닫고 확실하게 잠근 다음, 크게 심호흡을 했다.

멍하니 서 있던 크류스를 돌아보고는 아무 일도 없었다는 듯이 미소를 지으며 말했다.

"미안, 미안, 충전을 하자고 했던가?"

"바, 방금 그건, 뭐냐? …………입니다."

"오늘은 별로 안 썼으니까 융단하고 셔츠 정도밖에 없을 것 같은데. 그리고 땅콩, 땅콩 말이지. 그런데 정말 괜찮겠어? 몸이 꽤 안 좋아 보이던데."

훈련에 써먹을 수 있다고 한 게 실수였던 모양이다. 헌터는 정말 지는 걸 싫어하는 녀석들밖에 없다.

봉투를 꺼내서 나도 하나 오독오독 씹어 먹었다. 초조해서 그런지 무슨 맛인지 모르겠다.

크류스는 성큼성큼 내 앞으로 다가온 다음 눈살을 찌푸리고 멱살을 잡은 뒤 마구 흔들어댔다.

"뭐어?! 바보 취급하는 거냐, 입니다?! 둘러댈 수 있을 것 같냐, 입니다?! 방금 그게 뭐냐고, 내가, 묻고 있잖아, 입니다! 확실하게 대답해라, 입니다!"

"아하, 아하하하하‥‥‥‥‥‥ 그, 그 왜, 그거야, 그거‥‥‥‥. 몰라? ‥‥‥‥‥시트 요괴, 야."

"으‥‥‥‥ 이, 이, 약한 인간. 너, 진짜 황제에게도 그렇게 말할 수 있는 거냐?! 입니다!!"

너무나도 맞는 말이라 뭐라 할 수가 없다. 아니, 둘러댈 수 있을 거라 생각하진 않았거든? 진짜거든?

그래서 아무런 말도 할 수가 없는 것이다. 저항하지 않은 채 흔들리고 있자니 테름과 케챠챠카가 방으로 뛰어들어왔다.

"무슨 일이냐?!"

테름은 나를 다그치고 있던 크류스를 보고 한순간 표정이 굳어지고는 팔을 들어올렸다.

하지만 그때는 이미 크류스가 날카로운 목소리로 외치고 있었다.

"테름, 약한 인간이 이상한 녀석하고 이야기를 하고 있었다, 입니다! 이 녀석, 분명히 우리에게 아무런 말도 없이 뭔가 하고 있다, 입니다!"

"…………."

"이번에는 우리가 파티 멤버니까, 약한 인간은 설명할 책임이 있을 거다, 입니다! 적어도 호위 임무 중에 제멋대로 행동하는 건 말도 안 되잖아, 입니다!"

귀가 따갑다. 정말 맞는 말이다. 그런데 크류스 한 명이라면 구워삶을 수 있을지도 모르겠지만, 테름이나 케챠챠카는 그럴 수가 없을 텐데. 어떻게 해야 하나…….

나를 놓아준 크류스가 화가 나서 얼굴을 새빨갛게 물들이며 상황을 설명했다. 그동안 테름은 계속 이쪽을 살펴보고 있는 것 같았다. 왠지 케챠챠카도 어이없어하는 것 같은 기색이 느껴졌다.

변명할 여지가 없다…… 아니, 같은 클랜이니까 크류스가 나를 옹호해줘야 하는 거 아니야?

"흐음…… 무슨 상황인지는 알겠다."

테름은 이야기를 다 듣고는 그럴싸한 표정을 지으며 말했다.

"그건…… 저기…… 으, 으음. 틀림없이 시트 요괴로군."

설마 했던 원호 사격이었다. 테름은 처음 보는 표정을 짓고 있었다. 뭐라고 해야 하나, 엄청나게 껄끄러워하는 것 같았다. 크류스는 한순간 눈을 동그랗게 뜨고 있다가 눈을 치켜뜨며 테름을 다그쳤다.

"뭐어어어어어어?! 너, 머리가 맛이 간 거냐, 입니다! 방금 그 이야기를 들어놓고 그런 감상이 나오는 건 이상하잖아, 입니다!"

"지, 진정하게나, 크류스. 도시에는, 정말, 정말로 지극히 드물게도…… 그런 요마가 나타나는 경우도, 있다네. 가능성을 부정할 수는 없지. 그래, 케챠도 똑같은 생각일 거야. 그렇지? 케챠."

"케…… 케케…… 히히…………."

테름이 갑작스럽게 떠넘기자 케챠챠카가 천천히 고개를 끄덕였다. 역시 내 마음속에서 협조성이 있는 수상쩍은 사람 랭킹 넘버원이다.

크류스는 발을 동동 구르며 소리쳤다. 예쁘게 생긴 눈가에는 눈물이 맺혀 있었다.

"너희들 대체 뭐냐?! 나를 바보 취급하는 거냐, 입니다! 너희들, 진심으로 고급 여관의 객실에 낮은 확률로 시트 요괴가 나타난다고 생각하는 거냐, 입니다?! 정말로 그렇게 생각하는 거면, 프란츠에게 그렇게 말해봐라, 입니다!"

"지, 진짜이고말고, 안 그런가?《천변만화》."

"어? 아니……."

"?!"

테름과 케챠챠카에게는 미안하지만, 아무리 그래도 그건 아니지. 프란츠 씨에게 말하면 두들겨 맞을 거라고. 나는 팔짱을 낀 채 그럴싸하게 고개를 끄덕이고는 새로운 변명거리를 생각했다.

"사실대로 말하자면…… 그건 내가 사역하고 있는 정령이야. 만에 하나를 대비해서 거리 순찰을 부탁했거든."

"정령?! 약한 인간, 너, 그렇게 마력이 없으면서 마도사였냐, 입니까?"

일단 지금만 넘어가면 된다. 반신반의하며 바라보는 크류스에게 대충 거짓말을 둘러댔다.

"오해받을만한 짓을 해서 미안하긴 한데, 다른 사람들에게는 비밀이거든. 마도사까지는 아니지만 특이한 마법을 몇 가지 쓸 수 있어."

시트 요괴보다는 설득력이 있는 모양인지 (시트리가 말하기로는 쉽게 넘어가는) 크류스가 눈살을 찌푸리고는 좀 전보다는 약간 화가 가라앉은 목소리로 물었다.

"그게 정령이라면 무슨 정령이냐, 입니까?"

"…………시트의 정령?"

"윽——— 무슨, 말도 안 되는———."

역시 안 되려나. 아니, 안 되겠지. 그런 정령은 없잖아. 이제 항복이다.

이 정령인에게는 높은 레벨에서 나오는 위세가 통하지 않는다.

크류스가 다시 앙칼진 목소리를 내려 했다. 그때, 갑자기 방 밖에서 부르는 목소리가 들렸다.

프란츠 씨의 목소리다. 의뢰주 앞에서 말다툼을 하는 건 위험하다고 생각할 정도의 이성은 남아있었는지, 크류스가 입을 다물었다. 마치 하늘에서 구원의 손길이 내려온 것 같은 기분이다.

안도의 한숨을 쉬고 있자니 프란츠 씨가 들어왔다. 프란츠 씨는 매우 기분이 안 좋아 보였다. 시트 요괴나 시트 정령이라는 말을 꺼내면 칼로 베어버릴 것 같다. 프란츠 씨가 무뚝뚝하게 말했다.

"폐하께서 부르신다. 네놈과 이야기를 하고 싶으시다는군. 문제없겠지?"

라드릭 아트룸 제블디아.

굳이 말하지 않아도 유명한 제블디아 제국의 정점이자 제국에 번영을 가져다준 위인이다. 절대군주제인 이 나라에서는 권력이 황제에게 집중되어 있으며, 그 위광 앞에서 일개 헌터 따위는 슬쩍 건드려도 날아가 버릴 존재나 마찬가지다.

트레저 헌터라 해도 레벨이 높아지면 귀족들과 관계를 맺게 된다. 로뎅처럼 예전부터 나라에 공헌해온 가문이면 황제 폐하를 알현할 수도 있다는 이야기를 들은 적도 있긴 하지만, 나는 소심하기 때문에 최대한 귀족과 엮이지 않게끔 살아왔다.

배가 기분 나쁜 느낌으로 아팠다. '백검 모임'과 호위 의뢰로 인해 몇 번 마주치긴 했지만 익숙해진 건 아니다. 겸손을 떨면서 완곡하게 알현을 거부하는 나를 보고 프란츠 씨는 부모님의 원수라도 보는 듯한 무시무시한 눈빛으로 말했다.

"됐으니까 따라와라."

내가 대체 무슨 짓을 했다는 거야. ……그렇구나, 아무것도 안 한 게 잘못인가? 땅콩 맛있네.

"……알았어. 하지만 테름과 다른 사람들도 데리고 간다. 알겠지?"

"안 된다. 부르신 건 네놈뿐이다."

혼자서 황제와 마주하라고? 나한테 죽으라는 거야? 그럴 생각은 없지만, 만약에 무례한 짓을 저질러버렸을 경우에 누가 나를 도와준다는 건데. 나는 당당하게 선언했다.

"안 돼. 동료들이 함께 가지 못한다면 나도 안 갈 거다."

"약한 인간, 쓸데없이 우리를 배려하지 말고 혼자 다녀와라, 입니다."

아니야. 착각하고 있는 것 같은데, 나는 배려하고 있는 게 아니야. 너희들을 길동무로 삼고 싶은 거지. 그리고 의뢰 관련 내용이라면 나보다 테름이 더 고도의 판단을 내릴 수 있고.

"……괜찮아, 테름하고 다른 동료들은 믿을 수 있어. 폐하께 확인해줘."

"윽…… 젠장, 헌터 주제에."

케챠챠카와 크류스가 있으면 분명히 내가 실례되는 행동을 하더라도 눈에 띄지 않을 거다. 왜냐하면 케챠챠카는 척 보기에도 이질적이고, 크류스도 상대가 황제라 해서 신경 쓰진 않으니까.

프란츠 씨가 쿵쿵, 큰 발소리를 내며 떠나갔다. 크류스가 어이없다는 듯이 말했다.

"약한 인간, 너, 진짜로 협조성이 없구나, 입니다. 담력만큼은 레벨8이구나, 입니다."

크류스에게만은 그런 말을 듣고 싶지 않고, 내 담력은 일반인 수준이야.

말만 하는 거면 뭐든지 할 수 있다. 나는 고개를 크게 끄덕이고 어깨를 으쓱였다.

"상대가 누구든 간에 나는 해야 할 말을 했을 뿐이야. 이래 봬도 클랜 마스터니까."

척 보기에도 짜증이 난 프란츠 씨를 따라갔다. 물론 크류스와 다른 동료들도 함께.

"그렇구나, 인간 나라도 제블디아만큼 규모가 크면 우두머리의 도량도 엄청나게 넓은 거로군, 입니다."

"일단 말해두겠다만, 폐하께 실례가 되는 짓을 저지르면 그냥 넘어가지 않을 거다."

"흥. 그런 말은 약한 인간에게 하는 게 낫지 않을까? 입니다."

"나는 둘 다 들으라고 말한 거다!"

"히히히……."

이제 와서 생각한 건데, 인선을 실수한 거 아닌가? 나 말고 아무도 긴장하지 않은 것 같다. 동료는 키르나이트를 제외하고 모두 모여있는데 고독감이 엄청나다. 어째서 실력이 좋은 녀석들은 다들 제멋대로인 걸까.

방 앞을 엄중하게 경비하고 있던 기사들에게 목례를 한 다음, 허가가 날 때까지 기다렸다가 안으로 들어갔다.

황제 폐하는 위풍당당하게 앉아 있었다. 주위에는 무표정한 기사들이 여러 명 배치되어 있었다.

뭐든지 꿰뚫어 보고 있는 듯한 눈. 엄해 보이는 외모와 분위기에서 패왕의 위압이 뿜어져 나오고 있었다.

엎드려 빌기 스킬에 자신이 있는 내가 폐하 앞에서 엎드려 빌면 꽤 괜찮은 그림이 나올 것 같다. 황제 폐하 근처에는 폐하와는 달리 매우 긴장한 듯한 표정을 짓고 있는 황녀 전하가 앉아 있다.

라드릭 폐하는 가만히 서 있던 프란츠 씨를 힐끔 보고는 나를 보았다.

그리고 고개를 한 번 끄덕이고는 잘 들리는 목소리로 말했다.

"수고했다, 프란츠. 그리고 의뢰를 받아주어 고맙다, 《천변만화》와 용감한 헌터 제군."

생각보다 태도가 부드럽네. 보아하니 혼낼 생각으로 불러낸 건 아닌 모양이다.

선제공격처럼 엎드려 빌려고 준비하던 자세를 원래대로 되돌렸다.

"이야기를 한번 나누고 싶다는 생각을 하고 있었다. 원래는 첫날에 부를 예정이었다만, 상황이 상황이니 말이지."

"……배려해주셔서 감사합니다, 폐하."

나는 딱히 불려 오고 싶지 않았는데.

최대한 말수를 줄인 내게 프란츠 씨가 살짝 헛기침을 하고는 말했다.

"이제야 어느 정도 차분해졌다만, 원래 가도에서 이렇게까지 마물에게 습격당하는 건 있을 수 없는 일이다. 오늘도 대규모 마물 무리에게 다섯 번이나 습격당했다. '여우'는 그 이후로 모습을 드러내지 않았다만─── 폐하께서는 어떤 전조 같은 게 아닌가 우려하고 계신다."

……프란츠 씨가 지금 무슨 말을 하고 있는 거지?

용이라면 모를까, 호위 의뢰 때 다섯 번 습격당한 정도는 적은 편이다. 게다가 백 마리 미만이었으니 그건 대규모 무리가 아니라 소규모에서 중간 규모라고 해야 한다. 이상하게 강한 개체도 없었고, 고전하지도 않았으니 아무것도 안 나타난 거나 마찬가지일 텐데. 나 혼자 있었다면 어떻게 해보지도 못하고 죽었겠지만.

프란츠 씨는 귀족이니까 바깥 세상에 대해 아무것도 모르는 것 같다.

하지만 나는 어른이라 원만하게 대답했다.

"걱정할 필요 없을 겁니다. 이 정도는 전조라고 할 것도 못 됩니다. 전부 운이 없었다는 말로 설명이 가능하고, 저는 만약에 열 배 정도가 더 나오더라도 문제가 없는 전력을 갖추고 왔다고 생각합니다."

열 배라는 단어를 듣고 폐하 주위를 경호하고 있던 기사들이 정색했다.

숫자만 들으면 대단한 말을 하고 있는 것 같을지도 모르겠지만, 나는 이상한 말을 하지 않았다. 테름 같은 일류 마도사가 있으면 한 마리나 백 마리나 마찬가지일 뿐이다. 나는 죽겠지만.

"……보아하니 소문대로 자신감이 넘치는 모양이로군."

"정말 실력이 좋은 파티니까요."

테름을 힐끔 보았는데, 태연한 모습이었다. 케챠는 평소와 마찬가지였고, 크류스는 잠자코 있지만 약간 어이없어하는 것 같다. 그리고 물론, 실력이 좋은 게 파티원들뿐이라는 건 굳이 말할 필요도 없다.

라드릭 폐하는 입가를 슬쩍 치켜올리며 웃었다.

"그뿐만은 아닐 텐데, 《천변만화》. 내 귀에 들어오는 정보는 극히 일부지만――― 소문은 들었다. 저번에 여관에서 지켜낸 것도 그렇고, 우리나라에 꽤 많은 공헌을 해주었다더군."

"…………그냥 소문에 불과하겠지요. 저는 아무것도 한 게 없습니다."

곧바로 부정했지만, 폐하의 눈은 은은하게 빛나고 있었다. 아무래도 믿지 않는 것 같다.

뭐, 동료들이 한 일 중 일부가 서류상 내 공적이 되었다는 건 부정할 수가 없지만…….

"최근에는 그 배럴 대도적단을 개구리로 바꾸어버렸다던데. 믿기 힘든 이야기다만, 그게 진실인가?"

"…………네, 뭐…… 거짓말은 아닙니다만……."

애초에 나는 배럴 대도적단이 습격했다는 사실을 전부 끝난 뒤에 알았다고. 완전히 무능하다.

"마음에 걸리는 말투로군. 뭔가 문제가 있나?"

뭐라고 대답해야 하나……. 망설인 결과, 껄끄럽게 말을 꺼냈다.

"아뇨…… 무심코 실수로 헌터들까지 함께 개구리로 바꾸어버렸기에…… 문제가 좀 있었다 싶었습니다."

"이럴 수가…… 헌터까지?"

어느새 주위 사람들이 나를 정신없이 바라보고 있었다. 폐하의 따님도 눈을 동그랗게 뜬 채 이야기에 빠져들었다.

"아, 네…… 물론 나중에 확실하게 원래대로 되돌렸습니다. 그건 어디까지나 비살상 마법이라서요."

루다와 다른 사람들도 티노가 되돌린 것 같고, 빼먹은 사람은 없을 것이다. 만약에 있다 해도 그런 부분에 대해 그라디스 경에게 편지를 보내두었다. 항의가 들어오지 않은 걸 보니 문제는 없을 것이다.

내가 몸을 움츠리자 마치 재미있는 이야기를 들었다는 듯이 폐하가 호쾌하게 웃었다.

"재미있군. 재미있구나, 《천변만화》, 소문이 사실이었던 모양이야."

어떤 소문이 퍼지고 있는 걸까. 정말 골치 아프네. 꼬리에 꼬리를 물고 퍼진 정보는 간단히 없앨 수가 없다.

질색하던 내게 폐하가 고개를 크게 끄덕이고는 터무니없는 말을 꺼냈다.

"실은 소문이 자자한 그 힘을 한번 직접 보고 싶었던 참이다. 실제로 이곳에서 그 개구리로 바꾼다는 마술을 써보거라."

……어? 아니, 아니, 그건 루시아가 한 건데…… 어? 설마 내가 한 걸로 되었나?

눈을 깜빡이던 내게 크류스가 입술을 핥으며 재미있다는 듯이 말했다.

"흥…… 바보 같은 이야기고 들어본 적도 없는 마법이지만…… 시트의 정령을 다룰 수 있다면 인간을 개구리로 만드는 것 정도는 손쉬울지도 모르겠군, 입니다."

"흐음, 흥미롭군…… 레벨8의 힘을 꼭 좀 보여주었으면 좋겠어."

"케케…… 히히…….."

내 편이…… 아무도 없어. 난폭한 카펫이 탁탁 박수를 치고 있다. 완전히 나를 부추기고 있다.

어째서…… 내 몸에 깃든 마나 머티리얼의 양을 알아보지 못할 리도 없을 텐데. 텅 비었다고. 최근에는 포크보다 무거운 걸 든 기억도 없고. 괴롭힘의 일종인가?

이제 와서 못한다고 할 수가 없는 분위기다. 뭐, 그래도 말은 해봐야지…… 변명 마스터를 얕보지 마라!

"인간을 개구리로 만드는 건 비인도적입니다. 그때는 어쩔 수 없는 사정이 있어서 그랬던 거고———."

"상관없다. 내가 허락하마. 원래대로 되돌릴 수는 있는 게지?"

"…………아직 제어가 약간 어설픕니다. 헌터를 개구리로 만들 어버린 게 그 증거이고———."

"상관없다. 해라."

라드릭 폐하의 표정은 진지했다. 설마 진짜로 개구리로 만들 수 있다는 말을 믿는 건가? 웃기네.

수많은 시선이 이쪽을 보고 있다. 나는 각오를 다졌다. 일단 이 곳만 넘기자.

"어, 어쩔 수 없네에…… 그건 몸 상태가 정말 좋을 때만 성공 하고, 그런 상태에서도 성공할 확률은 10퍼센트 정도고, 오늘은 배가 좀 아파서 잘 될지 모르겠는데……. 아니, 실패할 확률이 99 퍼센트 정도일 것———."

"약한 인간, 배가 아프다니, 너 아까 땅콩을 잔뜩 먹었잖아, 입 니다. 됐으니까 해, 입니다."

어쩔 수 없지. 이만큼 미리 변명을 해두었으니 거짓말을 했다 고 잡혀가지는 않을 거야. 마음 편히 가자.

나는 어설프게 미소를 짓고는 루시아 흉내를 내면서 손가락을 따악, 튕겼다.

"에잇, 크류스, 개구리가 되어라!"

———변할 리가 없었다.

나는 마술을 쓰지 못한다. 나는 온갖 재능이 없었지만, 재능이 제일 없는 걸 한 가지만 들자면 마도사의 재능일 것이다. 재능이 없다는 건 고향의 스승님에게 보장을 받았고, 애초에 마력이 거의 없다.

프란츠 씨는 아무 말도 하지 않았다. 폐하도 아무 말도 하지 않았다. 크류스도 아무 말도 하지 않았다.

테름이 멍하니 눈을 크게 뜨고는 중얼거렸다.

"말도 안 돼…… 《천변만화》, 무슨 짓을 한 거냐?"

무슨 짓을 한 거냐고? 그걸 제일 물어보고 싶은 건 나야. 마치 악몽이라도 꾸고 있는 듯한 기분이었다.

좀 전까지 황제 폐하가 앉아 있던 의자 위에는 개구리 한 마리가 있었다. 프란츠 씨가 있던 곳에도 개구리가 있었다. 근위대가 여러 명 서 있던 곳에는 개구리 여러 마리가 개굴개굴 울고 있다. 근위대 중에서도 마도사들의 리더인 여자만큼은 변하지 않았는지 새파랗게 질린 얼굴로 비명을 질렀다.

뒤쪽을 보니 크류스가 있던 곳에는 은색 개구리가 있었다. 개구리는 몸을 부들부들 떨고 있다가 눈이 마주치자 내 발치에 찰싹 달라붙었다. 저번에 루시아가 바꾸었던 청개구리가 아니었다.

이건…… 두꺼비다. 나는 너무 혼란스러운 나머지 오히려 냉정

해졌다.

"…………케챠챠카와 테름은 무사한 모양이네."

"케케케?! 케케케케?!"

"자네는…… 어뮤즈 땅콩을 먹었을 텐데! 있을 수 없는 일이야! 애초에 자네에게는 마력이———."

목이 바싹 말랐다. 크게 심호흡을 하자 조금씩 상황을 이해할 수 있었다.

어라? 이거 혹시…… 내게 잠들어있던 마도사의 재능이 각성해버린 건가? ……크류스가 자주 루시아 씨에게 재능이 있으니 약한 인간도 노력하면 조금이라도 나아질 거라고 하긴 했는데(참고로 나와 루시아는 피가 거의 이어지지 않았다), 지금까지 무능했던 반동이 나타난 건가?

황제의 따님 개구리가 작은 소리로 개굴개굴 울고 있다. 재능이 각성한 건 기쁘지만, 기뻐하기 전에 대참사다.

프란츠 개구리와 근위대 개구리가 항의하며 대합창을 시작했다. 그 와중에 황제 개구리만큼은 개구리가 되어도 위풍당당했다. 황제였던 무렵의 흔적은 머리카락의 색을 그대로 옮겨놓은 듯한 금빛 표피뿐이다.

이것이 각성한 내 힘인가…… 나는 현실 도피를 하기 위해 비꼬는 듯한 미소를 지으며 말했다.

"……보아하니 루시아보다 내 실력이 더 뛰어난 모양이군. 진정한 마도사에게는 마력 같은 게 필요 없다고(적당히)."

"그그그, 그런 말을 하고 있을 때냐!"

유일하게 변화하지 않은 근위대가 다그쳤다. 필사적인 눈빛이다. 그야 동료가 모두 개구리로 변해버렸으니…….

하지만 폐하는 세이프 링을 끼고 있었을 텐데. 설마 관통할 줄이야. 거짓말이 사실이 되어버렸다는 게 바로 이런 거겠지.

"그, 그러니까 내가 말했잖아. 제어가 어설프다고…….."

"되돌려라! 지금 당장 되돌리라고!"

되돌리라는 건 좋은 아이디어다. 문제는…… 어떻게 해야 하는지 모른다는 거지.

"음…… 되돌아와라!"

『?! 못해요, 오빠!』

소리쳐봤지만 아무런 일도 일어나지 않았다. 이런. 초조해서 그런지 루시아의 목소리 같은 환청까지 들린다.

큰일이다. 이대로 가다간 실수로 황제 일행을 개구리로 만들어서 전멸시킨 전대미문의 흉악범이 되어버릴 텐데.

루시아가 변화시켰을 때는 어떻게 되돌렸더라…… 나는 필사적으로 기억을 더듬다가 손을 탁 쳤다.

"아, 그랬지. 되돌리는 방법이 생각났어. 뭉개면 되잖아."

아비규환의 개구리 소동이 끝났다. 다행히 내가 발동시켜버린 마술은 루시아와 사용했던 것과 똑같은 것이었던 모양이다. 혹시 내 본능이 루시아의 마술을 한 번 보고는 이해하고 습득해버렸는지도 모르겠다.

무능의 반동, 너무 심하다. 한참 개구리를 뭉개던 프란츠 씨가 매우 화가 나서 내게 삿대질을 했다.

"폐하…… 이제 이 남자의 소행을 견딜 수가 없습니다! 지금 당장 쫓아내야 합니다! 이 녀석이 없더라도 저희와 《지수》가 있다면 호위는 충분할 것입니다!"

"오, 그거 좋은데."

"다, 닥쳐라!! 대대, 대체 무슨 속셈이냐!"

"……무슨 심정인지는 이해한다만, 좀 진정하거라, 프란츠."

화가 나서 얼굴을 새빨갛게 물들인 채 호소하는 프란츠에게 황제 폐하가 나무라는 듯이 말했다.

아니, 괜찮아. 쫓아내도 괜찮아. 이제 그냥 나가고 싶어. 뮤리나 황녀 전하도 완전히 겁을 먹었다.

"이 남자는 하필이면 폐하와 황녀 전하를 개구리로 만든 것뿐만이 아니라! 원래대로 되돌리기 위해 제가 밟게 했습니다?! 자기가 밟으면 불경죄가 되니까는 무슨! 내가 밟아도 당연히 불경죄다!"

"밟지 않으면 인간으로 되돌릴 수 없다니 어쩔 수 없지. 하라고 한 건 나다."

"그 말도 분명히 거짓말일 것입니다! 이 남자는 제국을 얕보고 있습니다! 지금까지도 그랬고요!"

"그, 그렇지 않아."

"닥쳐―――!! 애초에 그렇게 껄렁대는 옷을 입고 호위하러 오지 마라!"

너무 화가 난 나머지 프란츠 씨의 캐릭터가 붕괴했다. 그리고

옷 이야기를 굳이 다시 꺼낼 필요는———.

프란츠 씨가 내 앞에 서서 나를 내려다보며 협박하듯이 말했다. 이마에 핏줄이 드러나 있었다.

"호위를 마치고 제도로 돌아가게 되면 반드시 대가를 치르게 해주마!"

"미, 미안하긴 해. 그리고 제어가 어설프다고 했잖아……."

"시끄럽다! 마력 조작을 저해하는 땅콩을 먹고 아무렇지도 않게 마법을 쓰지 마라!"

그런 것까지 알면서 내게 마법을 쓰게 하다니, 너무 어이가 없는 나머지 어깨를 으쓱여버렸다. 융단이 내 흉내를 내며 프란츠 씨와 다른 사람들을 도발하고 있었다. …………귀여운 녀석.

"뮤리나 전하께서도 이렇게 겁을 먹고 계신다!"

"아, 아니, 전하는 처음부터 겁을 먹…… 아무것도 아닙니다."

참고로 크류스도 완전히 토라졌다. 하얀 얼굴로 화를 억누르는 듯이 부들부들 떨고 있었다.

미안하다니까. 악의는 없었어. 나는 마술이 발동될 거라는 생각을 전혀 못 했으니까———.

"아무튼, 지금은 다투고 있을 때가 아니다. 《천변만화》의 무죄는 '티어즈'로 증명되었다. 뮤리나의 호위로서 든든하지 않은가."

"우와. 그릇이 크네…… 앗! 시, 실례했습니다. 저도 모르게 진심이———."

"———윽! ———윽!!"

프란츠 씨가 알아들을 수 없는 목소리를 냈다. 뮤리나 전하가 우울한 표정으로 고개를 끄덕이고 있다.

보아하니 아직 해고당한 건 아닌 모양이다. 대체 얼마나 관대한 거지?

방으로 돌아오자마자, 크류스가 나를 다그쳤다. 아무래도 그릇의 크기는 황제가 더 큰 것 같다.

"정말, 약한 인간 같은 건 이제 모른다, 입니다! 나한테 무슨 원한이라도 있는 거냐, 입니다!"

"지, 진정해. 다행히 되돌아왔잖아."

"?! 되돌아오지 못했을 가능성도 있었던 거냐?! ……입니다."

"절반보다 약간 못 미치는 정도려나……."

"???!"

내가 적당히 한 말을 듣고 크류스는 충격을 받았다.

하지만 냉정하게 생각해보니 마법의 재능이 각성한 거라면 혹시 나도 다시 《비탄의 망령》의 모험에 따라갈 수 있게 되는 거 아닐까? 그건 정말 기쁘다.

문득 탁자 위에 있던 물병이 눈에 들어왔다. 아직 차분해지지 못한 크류스에게 말했다.

"자자, 진정하고 물이라도 마셔. 그렇지, 물을 와인으로 만들어줄까? 인간을 개구리로 만들 수도 있으니 분명히 간단할 거야."

『?! 못해요, 오빠!』

의기양양하게 제안했는데, 곧바로 머릿속에서 루시아가 필사적으로 말렸다.

살짝 헛기침을 하고는 그 충고를 따르기로 했다. 예전부터 루시아에게는 쩔쩔매기만 했으니까.

"막 이래. 물을 와인으로 바꿀 수 있을 리가 없지. 하지만 오렌지 주스라면―――."

『못해요!! 오빠!!!』

"이것도 농담이야. ……마법도 딱히 대단하지 않네."

"윽………… 몇 번이나 도와준 나를 바보 취급하고…… 이제 됐어! 잘 거야! 멋대로 해라, 입니다!"

『저도 잘 거예요!! 물을 와인으로 바꾸는 건 절대로 못 하니까…… 이제 마음대로 하시지 그러세요? 안녕히 주무세욧!』

크루스는 울상을 지으며 소리치고는 거친 발걸음으로 방에서 나갔다. 악의는 없었는데…….

큰일이네…… 내일 제대로 사과해야지. 그런데 이 루시아 목소리 같은 환청은 대체 뭐지?!

그때, 크루스와 교대하는 것처럼 테름과 케챠챠카가 들어왔다. 오늘은 정말 손님이 많이 오네.

나는 너무 많은 일을 겪어서 당장에라도 자고 싶은 기분이었다. 황제 폐하를 실수로 개구리로 만들어 버렸을 때도 전혀 초조하지 않았던 건 아니다. 지금까지 이런저런 경험을 해왔기 때문에 겉으로 드러내지 않았을 뿐이고―――.

"아까 그건 뭐지?!"

테름이 입을 열자마자 말했다. 그 표정은 지금까지 본 적이 없을 정도로 험상궂었다.

레벨7이 보기에 황제 폐하를 개구리로 만든 건 용납할 수 없는 짓이었나…… 레벨8이 보기에도 그래. 미안해.

"아니~, 나도 모르게 말이지. 개구리로 만들 생각은 없었는데……."

"윽…… 당신은 대체 무슨 생각을 하고 있는 거지? 계획을 말해주었으면 하는데."

"계획……? 계획은 황제 폐하의 의향에 따라 달라지겠지. 우리는 그저 고용된 호위야."

왠지 위화감이 드는데. 이번에 우리가 맡은 임무는 적을 물리치는 것이다. 호위 계획까지 참견할 생각은 없다.

내 대답에 테름이 약간 차분해졌는지 작은 목소리로 말했다.

"…………하지만 천재일우의 기회였다. 당신은 황제 일행을 모조리 개구리로 만들었잖아?"

무슨 말을 하고 싶은 건지 전혀 이해가 안 된다. 하지만 천재일우의 기회라고 하는 걸 보니 혹시 테름은──── 황제 폐하를 개구리로 만든 채 옮기는 게 더 편할 거라는 말을 하고 싶은 건가?

역시 그 《심연화멸》의 오른팔, 정상적인 것처럼 보이면서도 맛이 갔네.

나는 테름의 뇌내 위험도를 D에서 A로 바꾸었다.

"일리가 있는 말일지도 모르겠지만, 아무리 그래도 개구리 상태로 그러는 건 아니지. 몇 번이나 말했지만 그건 단순한 사고야. 그리고 정확히 말하자면 개구리가 되지 않은 사람이 한 명 있었잖아?"

"······그래, 하지만———."

테름이 물고 늘어졌지만, 이것만큼은 양보할 수가 없다. 사람의 마음을 잊어선 안 된다. 황제 폐하를 개구리로 만든 채 호위했다는 소문이 퍼진다면, 호위 의뢰를 성공시키더라도 제국에서 살아갈 수가 없게 된다.

"호위를 마친 뒤까지 생각해야지. 우선 프란츠 씨의 계획대로 움직일 거야. 평지에서는 이제 아무 일도 없겠지만, 문제는 하늘 쪽 여행이지. 방심하지 말고 준비를 진행해줘."

당당한 목소리를 듣고 제정신이 돌아온 건지, 테름이 고개를 크게 끄덕였다.

"······그렇군. 여기서 끝내는 게 부자연스럽긴 한 건가······. 준비는 어떤 걸 하지?"

"? 맡길게. 나는 테름하고 다른 사람들을 믿어. 나는 내 준비를 할 거야."

"··········알겠다."

"케케케."

마음이 서로 통하고 있다. 방금 그 케케케는 분명히 알았다는 케케케겠지.

테름과 케챠챠카가 방에서 나가자 정적이 돌아왔다. 자, 지금까지는 비교적 평온했지만, 문제는 지금부터다.

하늘을 여행하는 건 위험하다. 어찌 됐든 도망칠 곳이 없고, 추락한 뒤 무사하다 해도 조난당할 가능성이 있다.

하지만 지금 내게는 비장의 수가 있다. 무의미하게 마력을 소

284 비탄의 망령은 은퇴하고 싶다 6

모하며 둥실둥실 떠 있는 융단을 올려다보았다.

【흰 늑대 소굴】에 갔을 때 썼던 나이트 하이커에는 결함이 있었다. 그것은 밤에만 쓸 수 있다.

하지만 이 아이는 다르다. 나는 아랑곳하지 않고 기분 좋다는 듯이 날고 있는 융단에게 미소를 지으며 말을 걸었다.

"사이좋게 지내자. 함께 하늘을 날자고!!"

그리고 나는 갑작스럽게 덤벼든 융단에게 튕겨져 나가서 바닥을 데굴데굴 굴러간 다음 벽에 머리를 부딪혔다.

또 세이프 링이 줄어들어 버렸다…… 아놀드보다 내게 대미지를 더 많이 입힌 것 같은데, 이 융단은 내게 원한이라도 있나? 이거…… 연습할 시간이 필요하겠어. 사흘 정도는 있어야 할 것 같다.

나는 푹신푹신하고 난폭하지 않은 융단 위에서 천장 쪽으로 돌아누우며 눈살을 찌푸렸다.

스케줄에는 여유가 있었을 텐데. 프란츠 씨에게 시간을 달라고 의논해 봐야겠다.

그리고 우리는 무사히 제국에서 다섯 손가락 안에 꼽히는 대도시, '벳탄트'에 도착했다.

제도와 맞먹는 도시다. 외벽은 두껍고 도시 내부는 위생적이며 왠지 오가는 사람들의 옷차림도 세련된 것 같다. 그리고 이곳에는 제블디아에서 유일한 비행선 발착장이 있는 모양이다.

비행선. 말 그대로 하늘을 나는 배다. 보구도 아닌데 어떤 원리로 하늘을 나는지는 모르겠지만, 과학기술과 마법을 복합적으로

도입했다고 한다. 개인적으로도 매우 흥미가 있다.

하지만 그 전에 완벽하게 준비를 갖춰야만 한다. 습격도 당하지 않고 일정대로 진행되어 안심하고 있던 프란츠 씨에게 고개를 꾸벅꾸벅 숙이며 시간을 달라고 부탁했다.

만약에 비행선이 떨어지면 나는 황제 폐하만이라도 어떻게든 태워서 날 생각이다. 크류스나 다른 사람들은 어차피 알아서 멋대로 날 것이다. 마도사니까. 프란츠 씨도 어떻게든 노력할 것이다. 근위대니까.

딱히 이유도 말하지 않고 준비하는 데 시간이 필요하다고 우기는 나를 보고 프란츠 씨는 전혀 물러설 기색이 없었다. 그 사이에 끼어든 사람이 황제 폐하였다.

"프란츠, 상관없잖나. 여유는 있다. 뮤리나도 오랫동안 여행하느라 좀 지친 모양이다."

"하나 폐하. 한곳에 머무르는 건 위험합니다. '여우'가 언제 습격해올지———."

나도 모르게 참견했다.

"……하늘에서 습격당하는 것보다는 낫죠."

"어디 사는 누가! 하늘에 뜬 비행선을 습격한다는 거냐! 애초에 어째서 미리 준비해오지 않았지?!"

아니, 꽤 자주 습격당하거든? 애초에 있을 수 없는 일일 것 같긴 하지만, 만약에 적이 진짜로 드래곤을 자유자재로 조종할 수 있다면 하늘을 나는 배 따위는 움직이는 관짝이나 마찬가지다. 그 여우 팬텀이 날 수 있을지는 의심스럽지만, 격이 격이니만큼

날더라도 이상할 게 없다. 땅바닥에 발이 닿는 만큼, 도시가 그나마 낫다.

황제 폐하는 살짝 끙끙대더니 프란츠 씨를 나무라는 듯이 말했다.

"이미 한 번 물리치지 않았느냐. 각오하고 있으면 대처할 수도 있겠지. 준비가 부족한 상태로 떠나는 게 더 문제다."

보아하니 이유는 모르겠지만 황제 폐하는 내 편인 것 같다. 인정 레벨 만만세다.

프란츠 씨는 마치 부모님의 원수를 보는 듯한 눈빛으로 나를 노려보았다. 귀족도 꽤 힘들겠다.

"으………… 폐하의 온정에 감사해라. 사흘이다. 네놈에게 줄 시간은 사흘이다. 그 이상은 하루도 못 준다! 완벽하게 준비해라! 가라!"

트레저 헌터용 고급 여관. 모두를 모은 다음, 시트리가 진지한 표정으로 말했다.

"크라이 씨가 오랜만에 날짜 '조정'을 시작했습니다. 슬슬 끝낼 생각이겠죠. 각자 준비를 완벽하게 해두세요."

"오오오오오오오오오오오오오오오오오오!"

나는 크류스에게 고개를 꾸벅꾸벅 숙여가며 충전 담당을 확보했다.

그렇게 너무 고개를 숙이지 말라고 혼난 건 여담이다. 아무래도 그녀는 나를 약한 인간이라고 단정 지으면서도 너무 약한 게 마음에 안 드는 모양이다.

폐하의 호위를 테름에게 맡기고 여러 개 있는 헌터용 훈련장 중에서 제일 넓은 곳을 대절했다.

대절한 이유는 융단을 타고 나는 게 매우 위험하기 때문이다. 나는 약하지만, 나름대로 무게가 나간다. 컨트롤하지 못하는 난폭한 카펫에 휘둘리다 누군가와 부딪힌다면, 나는 세이프 링 때문에 무사하더라도 부딪힌 쪽은 멀쩡하지 못할 것이다. 실제로 비슷한 속도를 내는 나이트 하이커는 헌터를 죽인 전과가 있다.

텅 빈 훈련장에서는 왠지 살벌한 분위기가 느껴졌다. 흙이 드러나 있는 지면에 곤두박질쳐서 머리를 부딪히면 틀림없이 죽을 것이다. 벽은 금속제라 튼튼할 것 같지만, 부딪히면 내 몸이 무사하지 못할 것이다.

결투에 임하는 헌터 같은 마음으로 느긋하게 걸어가고 있는 융단을 노려보았다. 그때 크류스가 참견했다.

"약한 인간, 나는 나가 있는 게 낫냐? 입니까?"

"어? 왜?"

"왜냐니…… 약한 인간에게도 보여주고 싶지 않은 능력 정도는 있을 텐데, 입니다. 연습하는 모습도 정보 덩어리니까, 입니다."

크류스는 착한 아이구나…… 하지만 괜찮아. 나한테 보여준다고 곤란할 것은 없으니까!

애초에 크류스가 없으면 누가 융단하고 셔츠, 세이프 링에 마력을 담아준다는 거야?

크류스는 목만 슬쩍 움직여 뒤쪽을 가리켰다. 그곳에는 '케케케케', 수상쩍게 웃고 있는 새까만 남자가 있었다.

"왜 따라온 건지는 모르겠지만, 케챠도 나가달라고 하는 게 낫냐, 입니다."

"아니, 둘 다 있어도 상관없어. 뭐, 봐도 재미는 없겠지만…… 위험하니까 좀 떨어져 있는 게 나을 거야. 오늘 나는── 약간, 진심이니까!"

"?!"

나도 할 때는 한다. 호흡을 가다듬고 팔다리를 뻗으며 스트레칭을 했다.

(얼굴 같은 건 없지만) 난폭한 카펫은 여유로운 표정이었다. 그렇게 여유를 부릴 수 있는 것도 지금뿐이다. 나는 헌터를 죽인 나이트 하이커조차 길들였다고! 세이프 링이 없으면 죽지만.

'난폭한 카펫'이 오른손을 슬쩍슬쩍 움직이며 덤비라는 듯이 도발했다.

나는 주먹을 꽉 쥐었다. 혹시 저 융단…… 날뛰는 걸 보면 일반적인 플라잉 카펫보다 더 귀한 물건 아닐까?

"하아아아아아아아아아아아아아아아아아아아앗!"

내가 생각해도 허약한 것 같은 포효를 내지르며 융단을 향해 덤벼들었다. 오른손으로 융단 오른쪽 귀퉁이를 잡은 순간, 융단이 세차게 하늘로 날아올랐고 나는 천장에 세차게 머리를 부딪혀서 죽었다.

"약한 인간, 그런 짓을 해서 무슨 의미가 있는 거냐, 입니다. 그 융단은 결함품이다, 입니다."

"아무리 연습해도 시간 낭비다, 입니다. 그 융단이 무슨 도움이 되는 거냐, 입니다."

"보구를 충전하는 건 나라고, 입니다! 적당히 좀 해라, 입니다! 아니, 충전 정도는 알아서 해, 입니다!"

"저, 적당히, 해라, 입니다! 왜 즐거워하는 거야, 입니다!"

"허억, 허억…… 쓸데없는 짓 때문에, 마력을 낭비하는, 내 입장이 되어봐라, 입니다. 이제 됐잖아, 입니다! 윽…… 꽝꽝꽝꽝 시끄러워서 이웃에게 폐를 끼치잖아, 입니다!"

"이, 이제 슬슬, 그만, 허억, 허억…… 내일 해라, 입니다. 나는 이제, 쉴 거다, 입니다."

"……허억, 허억…… 으으……."

"…………."

융단은 버거운 상대였다. 얼마나 버겁냐 하면, 처음에는 서서 구경하던 크류스가 땅바닥에 축 늘어져서 엎드려버릴 정도로 버겁다. 붙잡는 것까지는 성공했지만, 몇 번을 시도해도 떨어져버렸다. 떨어지지 않는 경우도 있었지만 바닥과 벽에 박혔다. 그리고 죽었다.

크류스는 충전을 너무 많이 해서 이제 한계에 가까웠다. 땅바닥에 누워있는 모습은 당장에라도 죽을 것만 같았다.

그래도 괜찮아, 마력을 너무 많이 소모해서 죽는 경우는 없어. 정령인이라면 마력 생성 속도도 빠를 테고.

나는 크류스를 구석 쪽으로 치운 다음, 아무렇지도 않은 척하는 융단을 보았다.

"젠장…… 이 정도로 포기할 거라 생각하지 마라?"

융단이 마치 포옹을 원하는 것처럼 두 손(?)을 펼쳤다.

나는 그곳으로 뛰어들었다가 땅바닥에 내동댕이쳐졌다. 천이라 일격의 힘은 약하지만, 이 융단…… 나보다 분명히 강하다. 천장을 보고 땅바닥에 누워 무늬가 고급스러워 보이는 융단을 올려다보았다.

"알아. 나는 안다고. 너는 사람을 태우고 싶잖아!"

융단은 내 말에 대답하지 않고 오랜만에 내 이마에 발을 얹었다.

이런 꼴을 당한 레벨8이 있었을까요…….

하지만 내 예상이 그렇게까지 크게 빗나가지는 않았을 것이다. 왜냐하면 그는 『플라잉 카펫』이니까.

그가 진심으로 태우고 싶지 않은 거라면 붙잡으려고 덤벼들어도 아예 손이 닿지 않았을 것이다.

하지만 실제로는 닿고 있다. 붙잡는 건 성공했다. 그건 탑승자를 원한다는 융단의 마음을 나타내고 있다.

그건 그렇고…… 큰일이네. 크류스가 쓰러지면 보구 훈련을 할 수가 없다.

각성한 줄 알았던 마법의 힘도 그 이후로는 한 번도 발동하지 않았다. 그렇다면 이제 남은 것은———.

훈련장 구석에서 가만히 있던 케챠챠카를 보았다. 케챠챠카는 아무런 말도 하지 않았고, 크류스처럼 야유를 퍼붓지도 않고 나를 지긋이 관찰하고 있었다. 수상쩍은 인상은 처음 만났을 때부터 전혀 변함이 없지만, 지금은 그럭저럭 괜찮은 녀석이라는 것도 알고 있다. 나는 미소를 지으며 그에게 다가갔다.

"저기 말이지…… 부탁할 게 있는데."

"히히……히?"

"미안한데, 혹시 괜찮다면 말이지만…… 보구를 충전해주면 안 될까?"

"케케…… 케케케케……."

의사소통을…… 할 수가 없다. 이 사람도 처음 만났을 땐 조금이나마 말을 해주지 않았던가?

계속 수상쩍게 웃고 있을 뿐인데 황제를 호위하고 있으니 참 신기하다.

혹시 특별한 언어인가? 다른 나라 사람? 이럴 줄 알았다면 '통역 지팡이'를 가지고 올 걸 그랬네…….

'통역 지팡이'란 이름 그대로 언어를 통역해주는 지팡이다. 정식 보구 명칭은 『라운드 월드(둥근 세계)』라고 한다. 그 보구만 있으면 상대방이 지저인이라 해도 괜찮다.

매우 편리한 보구지만 너무 커서 가지고 다니기 힘들고, 이번 목적지는 사용하는 언어가 같은 곳이기에 가지고 오지 않았다. 반지였다면 계속 장비하고 다녔을 텐데, 세상은 마음대로 안 되는 법이다.

"우케케케케……?"

"우케, 우히히……."

"케?!"

적당히 말을 걸어봤는데, 왠지 모르겠지만 그가 깜짝 놀랐다. 보아하니 지저인과 대화를 나누었던 내게도 짐이 너무 무거운 것 같다.

크류스조차 왠지 사이좋게 지내는 것 같은데…… 혹시 크류스는 의외로 적응 능력이 좋은가?

자, 어떻게 할까…… 이제 시간도 얼마 안 남았는데———. 그렇게 생각하던 와중에 훈련장의 문이 소리를 내며 열렸다. 대절했다고 간판을 세워두었을 텐데…… 그쪽을 보고는 나도 모르게 눈을 크게 떴다.

들어온 것은 하얀 시트를 뒤집어쓴 기묘한 집단이었다. 게다가 한 명이 아니다.

항상 웃고 있는 케챠챠카가 정색하고 있다. 융단은 이럴 때만 재빨리 내 뒤에 숨었다.

숫자는 모두 합쳐 다섯 명. 시트 요괴 집단은 우글우글 들어와서는 내 앞에 정렬했다.

땅바닥에 축 늘어져 있던 크류스가 그 집단을 보고는 악몽이라도 꾼 것처럼 지독한 표정을 지었다.

하지만 나는 알고 있다. 정체를 밝힐 수는 없지만, 그들은 내가 세계에서 제일 믿음직스럽게 생각하는 동료들이다.

"다들………… 나를 도와주러 와줬구나!"

이제 할 수 있을 것 같다는 예감에 주먹을 쉬었다. 도적 요괴가 나를 향해 달려들려다가 커다란 배낭을 짊어진 연금 요괴에게 피부(시트)를 붙잡혔다. 나는 몸을 움츠리며 힘들게 들어온 요괴, 다른 요괴를 전부 합쳐도 모자랄 정도로 거대한 요괴에게 말했다.

"안세——— 덩치 요괴, 용케 그렇게 큼직한 시트를 구했네."

"………………으음."

눈앞에 펼쳐진 광경을 보고 케챠챠카는 몇 번째일지 모르는 혼란스러움에 휩싸였다. '여우'는 거대한 조직이다. 간부쯤 되면 써먹을 수 있는 사람의 숫자가 일개 공작원과는 비교도 안 될 것이다.

그러니 아무런 전조도 없이 갑작스럽게 나타난 집단에게《천변만화》가 지시를 내리고 있는 것까지는 상관없다.

하지만 그 집단이 하얀 천을 뒤집어쓰고 있으니 만약에 여기 있던 사람이《지수》였다고 해도 동요했을 것이다. 케챠챠카가 할 말은 아니지만, 그 집단은 너무 대놓고 수상쩍었다.

그냥 걸어다니기만 해도 잡혀갈 것 같은 차림새다. 그중에서도 특히 눈길을 끄는 것은 올려다봐야 할 정도로 거대한 덩어리다. 키르나이트도 덩치가 컸지만, 《천변만화》가 '덩치 요괴'라 부른 그것은 비교도 안 될 정도로 컸다. 알맹이의 정체는 알 수 없지만, 웅얼거리는 목소리를 내는 걸 보니 지성을 지닌 무언가가 들어있다는 건 틀림없다. 훈련하는 모습도 영문을 알 수가 없었지만, 그런 생각이 날아가 버릴 정도로 충격적이었다.

'열세 개째'의 훈련이 어떤 건지 흥미가 생겨서 따라왔는데, 이럴 줄 알았다면 따라오지 말 걸 그랬다. 테름과 함께 호위 임무를 맡거나 하늘 위를 대비해 준비라도 할 걸 그랬다.

시트의 정령 중 하나가 케챠챠카 쪽을 빤히 보고 있었다. 기척만으로도 상당한 강자라는 사실은 알 수 있지만 그 이상은 알 수가 없다. 어째서 나무로 만든 검을 짊어지고 있는지도 모르겠다.

하지만 그것 이상으로 매우 기뻐하며 그것들에게 지시를 내리는 《천변만화》를 이해할 수가 없다. 진지하게 하는 건지 장난을 치는 건지 알 수가 없다. 이곳에 프란츠가 있었다면 무슨 표정을 지었을까?

시트 위로 어린애가 들어갈 정도로 큼직한 배낭을 메고 있던 자가 짐을 내려놓고는 지쳐서 바닥에 쓰러져 있던 크류스를 덮쳤다. 위에서 깔아뭉갠 다음, 곧바로 크류스의 몸을 시트 안으로 끌어들였다.

마력을 지나치게 소모해서 목소리를 낼 기운조차 없는 줄 알았던 크류스의 웅얼거리는 비명이 들렸고, 곧바로 침묵이 이어졌다.

시트 덩어리가 꼼지락꼼지락 움직이고 있다.

"이제 됐네."

《천변만화》는 만족스럽게 고개를 끄덕였다. 케챠챠카의 시선을 눈치챈 건지 어설픈 미소를 지으며 말했다.

"연금 요괴는 치료가 특기거든."

"케케……."

치료? 저게…… 치료? 아무리 잘 봐줘도 덮치는 것으로만 보이는데.

극도로 혼란스러워진 케챠챠카를 무시하고 비밀조직의 '열세 개째'가 자랑스럽다는 듯이 말했다.

"도적 요괴는 달리기가 엄청 빨라. 여기서 제도까지 왕복하는 데 사흘도 안 걸리지. 자, 부탁할게."

제일 몸집이 작은 요괴의 모습이 한순간 흔들리더니 사라졌다. 뛰어나간 것이다. 동체 시력에도 나름 자신이 있던 케챠챠카의 눈에도 거의 보이지 않았다. 그가 설명한 대로 엄청난 순발력이었다.

마도사 킬러다. 케챠챠카는 당연하고, 마술을 발동하는 데 거의 지연 시간이 없는 테름도 제때 공격하지 못할 속도다. 바보 같은 차림새지만, 평범한 구성원이 아니다.

이런 인재가 있다면 암살 따위는 간단할 텐데. 혹시 의뢰한 용병단이 나타나지 않았던 이유가 저것들에게 당했기 때문 아닐까? 멍하니 있던 케챠챠카에게 '열세 개째'가 계속 설명해 주었다.

"마법 요괴는 마법이 특기야. 검 요괴는…… 검을 정말 좋아하고……… 그러니까……… 덩치 요괴는 정말 크지."

"………."

"………내가 사역하는 정령이라고 하면 비행선에 같이 태워 주려나?"

"케케……."

안 되겠다. 하는 말도, 그 말의 진짜 의미도, 진지하게 하고 있는 건지, 도발하고 있는 건지조차 모르겠다. 너무 깊게 생각해선 안 된다. 탑승 허가가 나올 리가 없다. 너무나도 어이없는 연극이다.

케챠챠카는 살짝 소리를 지르며 훈련장에서 도망쳤다.

"크라이! 검을 정말 좋아하는 검 요괴는 뭘 하면 되는 거야?"

"………일단 아직 나설 차례가 아니니까 근처에서 휘두르기 라도 하고 있지 그래?"

"우……… 우오오오오오오옷! 휘두르기다아아아아아아아 앗! 휘두르기 힘들어, 휘두르기 힘들다고! 나는 아직 미숙해!"

시트 너머로 검을 쥔 검 요괴가 맹렬한 기세로 휘두르기를 시작했다.

검을 정말 좋아하는 검 요괴는 베는 것만 놓고 보면 타의 추종을 불허하지만, 그것밖에 못 하는 결함 요괴다. 그것밖에 못 하는 현재 상황을 매우 만족스러워하는 곤란한 요괴이기도 했다.

……역시 둘러댈 순 없나. 케챠챠카도 어이가 없는지 나가버렸다.

크류스의 치료를 부탁했던 연금 요괴가 천천히 물러섰다. 엎드린 채 쓰러진 크류스는 꿈쩍도 하지 않았다. 아마 엄청 쓴 마력 회복약을 마셔서 기절했을 것이다.

"덕분에 살았어. 그런데 그 차림새…… 리즈에게 들은 거야?"

연금 요괴는 아무런 대답도 하지 않는 대신 시트를 크게 들어 올리며 내게 다가오다가 마법 요괴가 잡아당겨서 요란스럽게 넘어졌다. 연금 요괴의 알맹이가 데굴데굴 튀어나왔다. 특징이 없어서 소거법 같은 방식으로 마법 요괴라고 부른 요괴는 자신이 행동한 결과를 바라보지도 않고 싸늘한 목소리로 말했다.

"리더, 호위 의뢰 도중에 장난치지 말아주세요. 그런 짓을 하니까 적이 생기는 거라고요."

장난친 기억 같은 건 없는데…….

일단 다 쓴 세이프 링을 빼서 건넸다. 받아든 마법 요괴가 부들부들 떨고 있었다.

시트리 일행이 머무르고 있다는 훈련장 근처 방으로 자리를 옮겼다.

시트를 벗어 던지고 연금 요괴에서 연금술사로 클래스 체인지한 시트리가 말했다.

"통신석이 통하는 한계 거리가 이곳이에요."

"통신석?"

"통신 마법을 내장시킨 마도구고, 최근에 개발되었어요. 보구인 '공음석'을 참고로 만든 것이고…… 성능이 크게 떨어지지만 양산품이죠. 키르나이트에게도 넣어두었어요."

"호오…… 그거 편리하겠네."

"뭐, 참고했다고는 해도 그건 보구니까 형태를 흉내 낸 것뿐이지만요……."

시트리는 크기가 주먹만 한 네모난 돌을 꺼냈다. 그렇구나…… 이걸로 동향을 체크하고 있었던 거였어.

의자에 앉자 시트리가 곧바로 차를 내주었다. 왠지 짊어지고 있던 짐을 내려놓은 것 같은 기분이었다. 쾌적했기에 눈치채지 못했는데, 아무래도 나는 긴장하고 있었던 것 같다. 시트리와 다른 파티원들이 있으니 안심감이 다르다. 마법 요괴가 있으니 융단 연습도 분명히 늦지 않게 마칠 수 있을 것이다.

시트리는 내가 숨을 돌린 모습을 보고는 방긋방긋 웃으며 말했다.

"호위도 드디어 가경에 접어들었겠죠. 하늘로 날아가 버리면 저희가 손을 쓸 수 있는 것도 별로 없어져 버리니까…… 그러기 전에 뭔가 해둘 수 있지 않을까 싶어서요."

"덕분에 살았어. 그렇지……."

힘을 빌리는 건 한심하지만, 이쯤에서 황제 폐하나 프란츠 씨의 호감도를 벌어두는 것도 나쁘지 않을 것 같다. 하늘을 여행하는 거니까 아무리 준비해도 지나치진 않을 테고.

"미리 말해두지만——— 아직 물을 와인으로 만들거나 오렌지 주스로 만들 수는 없어요."

해야 할 일을 이것저것 생각하고 있자니 루시아가 눈살을 찌푸리며 딱 잘라 말했다.

"응⋯⋯ 여기는⋯⋯."

"깨어났구나. 폐를 끼쳤어, 크류스."

"약한 인간⋯⋯⋯?! 그래, 나는——."

크류스가 침대 위에서 몸을 일으키고는 허둥대며 주위를 둘러보았다.

해는 완전히 졌다. 크류스는 머리를 누르다가 창밖을 확인하고는 자기 옷차림을 확인했다.

크류스가 쓰러진 지 몇 시간이 지났다. 보아하니 연금 요괴가 마력 회복약과 기억을 약간 지우는 약을 동시에 먹인 모양이다. 그녀에게 기억이 남아있으면 골치 아파지긴 하겠지만, 너무 망설임이 없다. 케챠챠카? 케케케라는 말밖에 안 하니까 괜찮지 않을까?

"내 방이야. 마력 고갈 때문에 쓰러져서 데리고 왔는데⋯⋯ 괜찮아?"

죄책감을 억누르고 미소를 지으며 말했다. 크류스는 약의 영향 때문인지 아직 약간 멍한 상태였다.

크류스가 보라색 눈동자로 나를 빤히 올려다보며 한동안 뭔가 생각하더니 눈살을 찌푸리며 말했다.

"⋯⋯⋯⋯그 요괴 집단은 대체 뭐였냐, 입니다."

"…………꿈이라도 꾼 거 아니야?"

"생각나기 시작했다…… 그 요괴, 내게 뭔가 억지로 먹이고──."

……기억이 전혀 사라지지 않았는데. 시트리는 머리가 좋지만 예전부터 약간 얼빠진 구석이 있다.

크류스의 표정이 점점 멍한 표정에서 다른 표정으로 바뀌어 갔다.

"새, 생각, 나기 시작했다, 입니다…… 맞아. 그 요괴의 알맹이, 본 적이 있다, 입니다. 우리를 클랜으로 끌어들일 때 교섭하러 왔던, 약한 인간의 파티 멤버였다, 입니다."

게다가 얼굴까지 들켰네. 아무래도 기억에 꽤 선명하게 남은 모양이다.

"꿈이라도 꾼 거겠지."

크류스는 비틀거리며 일어선 다음 내게 다가섰다. 말 없는 압박에 나도 모르게 뒤로 물러섰다.

정신을 차리고 보니 벽까지 몰린 상태였다. 크류스가 눈을 가늘게 뜨고 협박하듯이 말했다.

"야, 약한 인간, 너, 진짜로 그런 말로 나를 속일 수 있을 거라 생각하냐, 입니다! 무슨 꿍꿍이인지 전부 말해줘야겠다, 입니다!"

"꿈이야……."

"으응? 내 눈을 똑바로 보고, 다시 한번 말해봐라, 입니다. 거짓말을 하지 않았다고, 약한 인간의 파티 멤버를 걸고 맹세해라, 입니다."

"가까워. 잠깐만, 너무 가깝다니까!"

뾰족한 귀가 움찔움찔 움직이고 있다. 투명한 느낌이 드는 눈동자와 예쁘게 생긴 입술. 속눈썹이 몇 개인지조차 셀 수 있을 것 같다. 정령인이라 해도 외모는 인간과 별로 다를 게 없다.

……보통은 위치가 반대 아닌가? 나는 이래 봬도 남자인데, 가냘퍼 보여도 역시 헌터구나.

그냥 털어놓아도 되려나……. 테름이나 케챠챠카라면 모를까, 크류스는 클랜 멤버다. 사정 이야기를 하면 이해해줄 가능성도 있……을 것 같기도 하다. 어쩌지?

내가 동요한 걸 느낀 건지 크류스가 미소를 지었다.

그녀의 인상과는 약간 다른 시원스러운 미소다. 그녀가 속삭이듯이 말했다.

"자, 말해, 입니다. 약한 인간? 솔직하게 말하면, 용서해줄 수도 있다, 입니다."

"《천변만화》, 할 이야기가 있다만……?! ………………."

그때 갑작스럽게 문이 열렸다. 들어온 사람은 테름이었다.

테름은 벽 쪽에 몰린 나와 시원스러운 미소를 짓고 있는 크류스를 보고는 깜짝 놀란 듯이 눈을 크게 떴다. 그리고 한동안 굳어 있다가 뭔가 납득한 듯이 고개를 크게 끄덕였다.

"아, 그렇군…… 어째서 데리고 온 건지 이해할 수가 없었다만, 그런 관계……………… 갑작스레 들어와서 미안하군. 그런데, 늙은이가 충고하자면…… 그런 건 문을 잠그고 해야지. 아, 방해해서 미안하군. 내가 하려던 이야기는 나중에 해도 된다. 다시 오지."

끼이익, 삐걱거리는 소리를 내며 문이 닫혔다. 크류스는 한동안 눈을 깜빡이더니, 나와 문을 번갈아 보고 생각하다가 테름이 한 말이 무슨 뜻인지를 이해한 건지 얼굴이 새빨갛게 물들었다.

"뭐어? 뭐어어어어어어?! 저 인간, 무슨 착각을 한 거냐. 나, 나하고, 약한 인간이, 그런 관계라고?! 까불지 마라, 입니다! 머리가 어떻게 돌아가면 그런 생각을 하는 거냐, 입니다! 마력적 자질과 신체적 자질이 다른 차원 수준으로 뛰어난 정령인과 허약한 인간족이 짝을 맺을 리가 없잖아, 입니다!"

"⋯⋯아니, 생물적으로는 그렇게 큰 차이가 없다던데. 매우 드물게나마 반정령인(하프 노블)도 있고."

"다다다, 닥쳐! 누구 때문에─── 큭, 약한 인간, 두고 보자, 입니다! 테름! 잠깐만! 테름~!"

크류스가 울상을 지으며 방에서 뛰쳐나갔다. 보아하니 크류스에게는 나를 추궁하는 것보다 오해를 사서 굴욕을 느낀 게 더 중요한 모양이었다. 덕분에 살았다⋯⋯⋯⋯ 아니, 잠깐만?

혹시 테름은 나를 구해주기 위해 일부러 그런 말을 한 게 아닐까? 나와 테름은 최고의 팀이다. 예전에도 시트 요괴에 대해 말을 맞춰주기도 했으니 충분히 그럴 수 있다.

"《심연화멸》에게 고맙다고 인사를 해야겠네⋯⋯."

하지만 이제 걱정할 필요는 없다. 할 수 있는 건 전부 다 했다. 내일부터는 믿음직스러운 《천변만화》를 보여주지.

……폐하께서는 대체 무슨 생각을 하고 계신 걸까.

프란츠는 마음속에 솟구치는 감정, 이루 말할 수 없는 감정을 겨우 억누르고는 호위 준비를 갖추고 있었다.

원래 라드릭 폐하께 자유로운 기질이 있다는 사실은 알고 있었다. 지금까지는 그것도 타고난 패왕의 자질이라고 생각했지만, 이번에는 너무나도 큰 부담을 떠안아버렸다.

《천변만화》에게 의존하는 건 이해가 된다. 그 남자가 무죄라는 사실은 제블디아의 지보로 인해 증명되었고, 8이라는 인정 레벨은 터무니없는 숫자다. 전혀 느껴지진 않지만 흡수한 마나 머티리얼은 항상 훈련을 게을리하지 않는 프란츠와 비교해도 차원이 다를 것이다. 실제로 일부나마 엿보게 된 그 힘은 너무나도 불가사의했다. 하지만 그건 별개로 치더라도 그 성격은 도저히 신뢰할 수가 없었다.

프란츠는 사람을 보는 눈에 자신이 있지만, 크라이 안드리히처럼 까불대는 사람은 본 적이 없다. 정보를 은폐하는 것도 그렇고, 완전히 맥이 빠지는 모습도 그렇고, 껄렁대는 차림새도 그렇고, 도저히 황제 폐하의 호위를 맡을 태도가 아니다. 그와 비교하면 매우 수상쩍은 차림새인 케챠챠카나 인간을 얕보고 있는 정령인이 훨씬 낫다. 테름은 헌터의 모범이다. 어째서 리더가 착실하지 않은 건지…… 전부 끝나면 탐색자 협회에 엄중히 항의해야만 할 것이다.

감정만 놓고 보면 아그만 가문의 힘을 써서라도 박살 내고 싶지만, 개구리가 되었던 폐하가 용서했기에 그럴 수는 없다. 아니, 폐하가 용서할 것까지 예상하고 행동한 건지도 모르겠다.

불만은 쌓여가기만 했다. 무엇보다 열받는 것은 황제 폐하와 황녀 전하를 프란츠에게 밝게 만든 점이었다.

떠올리기만 해도 죽이고 싶어진다.

다음 기회는 없다. 앞으로 조금이라도 폐하에게 해를 끼치려 하면 감옥에 처넣어주마.

애초에 신산귀모라면 문제가 일어나기 전에 어떻게든 하란 말이다!

하지만 《천변만화》만 신경 쓰고 있을 상황이 아니다. 폐하를 지키는 것은 기사단의 임무다. 이제부터 목적지까지는 하늘을 여행하게 된다. 비행선이 추락한 적은 지금까지 한 번도 없었으니 육로보다 훨씬 안전하겠지만, 만약 내부에 여우의 수하가 파고들게 되면 도망칠 곳이 없다. 그것만큼은 반드시 피해야만 한다.

그런 의미에서는 준비 시간으로 사흘을 쓰는 것도 나쁘지 않을 것 같다.

반대로 이렇게 준비했는데 침입자가 파고든다면 프란츠의 목이 날아갈 것이다.

거의 쉬지도 않고 지시를 내리던 프란츠의 방에 기사단의 부하 중 한 명이 뛰어들어 왔다.

"단장님, 《천변만화》가 비행선에 반입하고 싶은 물건이 있다며 연락했습니다."

"뭐……? 물건이 뭔데?"

"포션입니다."

"호위에 필요한 개인 물건을 반입하는 건 이미 허가를 내렸다. 사소한 것 가지고 일일이 확인하지 마라!"

"네. 그렇게 전달했습니다만, 아무래도 양이 많은 것 같아서——."

자기도 모르게 감정적으로 소리친 프란츠에게 남자 부하가 당황한 듯한 표정으로 말했다.

트레저 헌터에게 헌팅이란 사전준비까지 일컫는 말이다.

정보 수집과 물자 보급 등, 세밀한 조정이 의뢰의 성공 여부를 결정짓는다고 해도 과언이 아니다.

《비탄의 망령》에서 그것들을 관리하고 있는 건 연금 요괴다. 성격이 원래 그래서인지 그녀의 준비는 언제나 완벽하다. 물자 앞에서 만족스럽게 고개를 끄덕이고 있자니 프란츠 씨가 달려왔다.

프란츠 씨는 쭉 늘어서 있는 나무상자를 보고 한순간 멍하니 있다가 곧바로 나를 노려보았다.

왠지 최근에는 프란츠 씨가 화를 내는 표정만 본 것 같은 느낌이 든다.

"이, 이봐, 《천변만화》, 이게 대체 무슨 생각이냐! 기본적인 물자는 우리가 준비했다!"

"……유비무환이라는 말도 있잖아요."

"한도가 있잖나! 네놈, 트아이잔트에서 장사라도 할 셈이냐!"

무엇을 상정한 건지 연금 요괴가 마련한 상자의 숫자는 내 예상보다 훨씬 양이 많긴 했다. 전부 합쳐서 100상자 정도 되려나, 일반적인 트레저 헌터라면 분명히 1년은 버틸 수 있는 양이다.

대체 어디서 들여온 건지, 돈이 얼마나 들었는지도 모른다. 내게 청구하지도 않았다.

하지만 일부러 추가로 보충해준 건데 화를 낼 필요는 없지 않나?

"진정하라고, 프란츠 씨. 그쪽에서 마련한 포션이 다 떨어졌을 때를 대비한 거야. 그리고 그 왜, 포션만 준비한 게 아니라고. 음식도 준비했어."

"으…… 이 녀석이! 식량도 충분히 마련해 두었다!"

"다 떨어졌을 때를 대비한 거야. 사막은 넓으니까 만약에 비행선이 추락하면 그쪽에서 마련한 음식만으로는 부족할 거 아냐? 물도 준비해 두었어."

사막이라고 하면 조난이다. 나는 쾌적하니 상관이 없지만, 폐하의 세이프 링도 햇살까지는 막아주지 못한다.

"………………"

자신만만하게 설명했는데 대답이 들리지 않았다. 고개를 들고 프란츠 씨의 얼굴을 확인하고는 나도 모르게 깜짝 놀랐다.

좀 전까지 화가 나서 얼굴을 새빨갛게 물들이고 있던 프란츠 씨의 표정에서 감정이 사라진 상태였다.

마치 가면처럼 무표정한 얼굴로 나를 빤히 바라보고 있는데.

……내가 이상한 말을 했나?

긴장한 내게 프란츠 씨는 지옥 밑바닥에서 울리는 듯한 목소리로 물었다.

"……무슨 일이, 일어나는, 거지?"

"어……?"

무슨 소릴 하는 거야? 프란츠 씨가 눈을 동그랗게 뜬 나를 다그쳤다.

"무슨 일이 일어나는 거냐고, 묻고 있다! 《천변만화》! 네놈, 장난치는 거냐? 일어날 일에 대해 알고 있다면, 사전에 방지해라! 보고해라!"

"?!"

그가 내 멱살을 잡은 채 마구 흔들어댔다. 잡기 계열 공격은 세이프 링이 통하지 않는 몇 안 되는 공격이다.

"몰라, 모른다고! 모른다니까!"

"거짓말! 하지 마라! 죽인다!"

힘없이 따졌지만 프란츠 씨는 전혀 믿어주지 않았다. 내 행동은 헌터로서 지극히 당연한 것이다.

"진정, 진정해―― 그냥 대비, 대비한 거야!"

"어디에! 그냥 대비하려고! 가게를 낼 수 있을 정도로! 물자를 반입하는! 사람이! 있나! 허가를 내줄 리가, 없잖아! 나를! 바보 취급하는 거냐!"

"여기! 있잖아!"

프란츠 씨는 한동안 나를 마구 흔들다가 겨우 조금 진정한 건지 거칠게 놓아주었다.

정말, 귀족들은 난폭해서 곤란하다. 양이 많긴 하지만 대비하는 건 헌터로서 당연히 해야 할 일인데.

모처럼 일을 했는데…… 답답해하던 내게 프란츠 씨가 어깨를 들썩이며 딱 잘라 말했다.

"비행선은…… 추락하지 않는다. 지금까지 추락한 적도 없다."

"으, 응, 그래, 그렇지. 프란츠 씨가 한 말이 맞아. 나도 9할 정도는 추락하지 않을 거라 생각해. 그러니까 이건 진짜로 그냥 대비하는 거야. 하하하…… 나는 겁이 많으니까 말이지."

우스갯소리처럼 넘어가 달라고 해야겠다. 내가 헛웃음을 짓는데도 프란츠 씨의 표정은 여전히 딱딱하게 굳어 있었다.

"다시 말해, 네놈은 이렇게 말하는 거로군. 지금까지 어떤 날씨에도, 마물에게 습격당하더라도 추락하지 않았던 제블디아가 자랑하는 최신예 비행선이…… 1할이라는 높은 확률로 추락할 거라고?"

"…………."

보아하니 오해가 있는 모양이네. 어째서 다들 내 말꼬리를 잡으려 하는 거지? 미리 말해두지만 나는 꽤 적당히 말하는 편이거든? 가끔 시트리에게 큐 카드를 만들어달라고 할 정도다.

그리고 나는 호위 의뢰가 실패할 거라 생각하지 않는다. 신경이 곤두선 프란츠 씨를 안심시키기 위해 말했다.

"……괜찮아, 프란츠 씨. 배가 추락하더라도 황제 폐하는 내가 구해낼 테니까."

"…………으, 이봐, 비행선이 고장 나지 않았는지 다시 한번 확인해라! 탑승할 자의 신원도! 추락할 가능성을 전부 찾아내라! 이틀 안에 해라! 추락시키지 않는다! 절대로 추락시키지 않을 거다, 《천변만화》! 네 생각대로는 안 될 거다! 젠장!"

프란츠 씨가 근처에 있던 부하에게 소리를 지르듯이 명령하고는 나를 노려보았다.

딱히 내가 추락시키는 건 아닌데…… 뭐, 상관없겠지. 호위 의뢰를 무사히 마치면 화해할 수 있을 거야.

내려야 할 지시는 다 내렸다. 내가 해야 할 것은 진짜로 마지막 대비――― 융단 연습이다.

정말 많이 죽었지만, 사이좋게 지낼 수 있는 좋은 방법이 생각났다.

잘 될지는 모르겠지만, 시험해 봐야겠다.

그리고 시간이 쏜살같이 지나간 뒤 운명의 날이 왔다. 최근에는 날씨가 좋은 날이 이어졌는데, 공교롭게도 오늘은 하늘에 두꺼운 구름이 꼈다. 하늘을 날기에 좋은 날씨라고 하긴 힘들다.

준비는 거의 끝났다. 테름도, 케챠챠카도, 그리고 크류스도, 다들 준비를 완벽하게 마친 모양이었다.

프란츠 씨가 눈앞에서 떡 버티고 서 있었다. 이마에 핏줄을 드러내고는 눈썹을 움찔움찔 떨면서 말했다.

"……내가 잘못 들었나?"

"…………정말 미안해."

유일한 문제는 내가 부탁했던 도적 요괴가 아직 돌아오지 않았다는 것뿐이다.

도적 요괴에게는 제도로 돌아가 어떤 물건을 가져다 달라고 부탁했다. 그녀의 속도라면 충분히 늦지 않게 올 수 있을 거라 생각했는데, 잘못 예측했다. 아니, 애초에 이른 아침에 출발할 줄은 몰랐다.

황제 폐하는 출발할 준비를 하고 있어서 나를 도와줄 사람은 아무도 없다.

최근 며칠 동안 계속 폐를 끼쳤던 크류스도 많이 토라졌는지 내가 돌아보니 고개를 홱 돌려버렸다.

키르나이트 버전 알파는 여전히 제자리에 똑바로 선 채 움직이지 않는다.

"《천변만화》, 네놈의 요구는 충분히 들어줬다. 출발을 사흘이나 연기했고 배의 정비도 고장 난 부분이 없는지 처음부터 다시 검토했다. 모은 물자도 전부 실었다! 그런데 출발을 또 연기하라고?!"

지금 당장에라도 검을 뽑아 들 것만 같은 기세다. 나도 이런 말을 하고 싶진 않다. 화를 낼 건 뻔했다. 하지만 이대로 가다간 열심히 심부름을 하러 간 리즈가 돌아왔는데 내가 없다, 그런 슬픈 상황이 되어버린다.

"나도 예상하지 못했다고…… 그렇지. 먼저 출발하고 내가 나중에 따라가는 건 어떨까?"

내 책략은 성공했다. 난폭한 카펫 군은 매우 기분이 좋다. 아무래도 내가 사준 파란색 융단이 정말 마음에 든 모양이다. 계속 수컷인 줄 알았는데, 혹시 암컷인가?

분명 지금 그녀라면 나를 태우고 비행선을 쫓아가 줄 것이다.

"안 된다! 마음에 들진 않지만 네놈은 폐하께서 선택하신 호위다! 혼자 멋대로 행동하는 건 인정할 수 없다! 출발은 한 시간 뒤다! 사흘이나 줬는데 준비를 마치지 못한 네놈 잘못이다!"

큰일이네…… 너무 맞는 말이라 할 말이 없다.

프란츠 씨는 거친 말투로 그렇게 말하고는 이제 할 이야기가 없다는 듯이 방을 나서려 했다.

그때, 프란츠 씨가 열려고 했던 문이 철컥, 열렸다.

"?!"

"……오."

들어온 건 너덜너덜한 시트를 뒤집어쓴 도적 요괴였다.

어떻게 도적 요괴라는 걸 알아보았냐면, 내가 부탁한 물건을 들고 있기 때문이었다.

"????"

"어, 어어……?"

도적 요괴는 너무 경악한 나머지 굳어버린 프란츠 씨 앞을 지나 멍하니 서 있던 크류스와 테름 같은 사람들을 무시하고는 내 앞으로 다가왔다.

물건을 받아들었다. 도적 요괴가 가지고 온 물건. 그것은──

내 키만큼 큰 지팡이였다.

크류스가 가지고 있는 나무 지팡이와는 달리 금속으로 이루어져 있고, 나선을 그리는 지팡이의 끄트머리 가운데에 커다란 원형 보옥이 떠 있다. 금속은 색깔 때문에 금처럼 보이지만, 금이 아니다. 이 지팡이는——— 보구다.

보아하니 아무리 대단한 도적 요괴가 다녀오기에도 제도는 멀었던 것 같다. 하지만 나이스 타이밍이다.

비틀거리는 도적 요괴를 끌어안고는 등을 툭툭 두드리며 노고를 치하해 주었다. 요괴는 내게 한순간 몸을 기댔지만, 요괴로서의 입장을 지키며 말없이 나갔다. 역시 할 때는 하는 요괴다.

문이 닫혔다. 이제 필요한 물건은 전부 갖춰졌다. 융단이 박수를 치고 있다. 나는 하드보일드하게 말했다.

"자, 모든 준비가 끝났다. 출발해볼까."

"자, 잠깐만. 그냥 넘어갈 셈이냐?! 방금 그건 뭐지!"

"……내가 사역하고 있는 시트의 정령이야."

"…………정말 그런 말로 납득시킬 수 있을 거라 생각하나?!"

프란츠 씨의 얼굴이 굳었다. 크류스가 보란 듯이 나를 바라보았다.

하지만 밀어붙인다. 나는 밀어붙일 거다. 저건 시트의 정령이다. 그 이상도, 그 이하도 아니다.

딱히 호위를 방해한 건 아니니까 상관없잖아!

일부러 가져다 달라고 한 통역 지팡이——— 묵직한 『라운드 월드』를 꽉 쥔 다음, 나는 반항할 생각이 없다는 것을 나타내기 위해 미소를 지었다.

이제야…… 이제야 케챠챠카가 하는 말을 알아들을 수 있겠어!

제블디아 제국이 자랑하는 최신예 비행선. '검은 별(블랙 스타)'은 그 이름과도 같이 까맣고 거대한 탈것이었다. 제일 눈에 띄는 것은 거대한 풍선 같은 선체 상부였지만, 탑승하는 부분도 꽤 컸다. 루시아의 빗자루에 태워달라고 하거나 날뛰는 용을 붙잡고 하늘을 난 적은 있지만, 이런 탈것을 탄 적은 처음이다. 크기만 놓고 보면 어지간한 용보다 크다. 이 위용은 분명히 제국의 힘을 나타낸다는 의미도 있을 것이다.

"날씨가 안 좋군."

"이 정도라면 문제는 없을 겁니다. 실적도 있습니다. 배는 절대로 추락시키지 않을 겁니다. 절대로."

"……그런 걱정은 하지 않았다."

고집스럽게 말하는 프란츠 씨를 보고 황제 폐하가 눈살을 찌푸리며 배에 올라탔다.

그 모습을 바라보던 프란츠 씨가 내 근처로 다가와서 노려보았다.

"중량 제한이 있다. 네놈의 짐 때문에 인원을 줄였다. 도움이 되지 않는다면 가만히 두지 않을 거다."

"아니…… 그냥 대비한 건데. 그래도 정말 허술해 보이네…… 풍선 같기도 하고."

"……찢어지더라도 전문 마도사가 마법으로 보수한다. 문제는 없다. 형태는 발굴된 보구를 기반으로 삼았다. 진짜는 마도사의 보조 없이도 날 수 있다지만, 소문에 불과하다."

그렇구나…… 보구를 기반으로 삼아서 시행착오를 겪으며 물건을 만들어내는 건 자주 있는 일이다. 그런데 괜찮으려나?

짐을 줄일 걸 그랬나…… 시트리에게 너무 대충 지시를 내렸던 것 같다.

"……용이 습격하면 단숨에 당해버릴 것 같네."

"쓸데없는 소리하지 마라! 외부의 적은 네놈들에게 맡기마. 마도사라면 손쉬운 일이겠지."

"응, 그래, 그렇지."

아무래도 마도사를 모은 내 판단은 옳았던 것 같다. 모았다고 해야 하나, 모였다는 표현이 정확하겠지만, 테름이라면 배 안에서 바깥에 있는 용을 죽일 수도 있을 것이다.

내가 곧바로 대답하자 프란츠 씨는 수상쩍은 것을 보는 듯한 눈초리로 바라보고 있었다.

그렇군…… 훌륭한 배다. 테름 아포크리스는 처음 본 '검은 별'의 위용에 감탄하며 목소리를 냈다.

제국이 보유하는 이 최신예 비행선은 귀족 전용이기에 일반인이나 헌터가 탑승하는 것은 허락되지 않는다.

마도사가 다루는 마술 중에는 비행술도 있다. 테름도 하늘을 날아본 적 정도는 있지만, 그것을 고려해도 이 비행선은 혁신적이다. 하늘을 나는 원리에 대해서는 테름도 문외한이기 때문에 모르지만 선체에 새겨진 마술적 구조는 분명히 일류였다. 일류 술사가 온 힘을 다해 계산하고 시간을 들여 마술을 새겨넣은 것이다.

선체를 지켜주는 마법은 강도를 높여주는 방어 마법부터 중량 경감, 선체를 수시로 보수하는 마법까지 복잡하게 새겨져 있다. 불꽃과 번개, 냉기를 비롯한 자연재해까지도 어느 정도 대책이 되어 있었다.

이것은 그야말로 고대의 구현인 보구와는 정반대로 현대 기술의 정수를 한데 모아 만들어낸 배다.

이 정도로 대책이 되어 있으니 지금까지 몇 번이나 운행했는데도 배가 추락한 적이 한 번도 없다는 게 이해가 된다.

레벨7인 테름에게도 이것을 바깥에서 추락시키는 건 꽤 힘든 일이다. 용 무리가 습격하게 만들어도 확률은 절반 정도일 것이다. 하지만 케챠챠카가 불러내는 용은 종류를 지정할 수 없다. 힘들 거라고 말할 수밖에 없다.

하지만 그것은——— 외부에서 추락시킬 경우다. 결계는 외부의 공격에는 강하지만, 내부에서는 어떻게든 해볼 수 있다. 테름은 그때, 《천변만화》의 이상한 행동과 이상한 지시의 의도를 이해했다.

제국 쪽에서는 이 배가 추락할 것을 고려하지 못하고 있다. 그리고 실제로 이 배는 어지간한 습격에는 추락하지 않는다. 그런 의미로도 '검은 별'은 제국의 상징이라 할 수 있다. 그렇기 때문에 떨어뜨릴 가치가 있다.

여우의 힘을 알리기에 이보다 더 좋은 것은 없다. 그리고 만약에 이 비행선이 추락할 만한 재앙에 휩싸인다면, 호위가 실패하고 황제가 죽는다 하더라도 '어쩔 수 없다'는 결론이 내려질 것이다. 《천변만화》의 명예에 다소 흠집이 나긴 하겠지만, 조직의 힘을 빌리면 확실하게 그런 논조로 몰고 갈 수 있다.

이것이………… '열세 개째'의 생각인가. 테름의 작전은 완벽했다. 지금도 그렇게 생각하고 있으며, 황제의 암살을 노린다면 테름의 책략 쪽이 훨씬 빠르다.

하지만 이 '열세 개째'의 책략은——— 얻을 수 있는 게 전혀 다르다. 그 눈은 테름의 목적 너머를 내다보고 있었다. 이렇게까지 압도적인 차이를 보여주니 질투하는 마음조차 들지 않는다.

아직 '열세 개째'의 행동 중에 이해가 안 되는 것이 몇 가지 있긴 하지만, 그런 것들도 무언가 의미가 있는 행동일 것이다.

하지만 계속 그냥 지켜보고만 있을 수는 없다.

'열세 개째'는 습격 준비에 대해 맡긴다고 했다. 공을 세우게 해주겠다는 뜻일 것이다. 프란츠가 이끄는 근위 기사단은 그럭저럭 실력이 있는 자들이다. 테름이라면 압도할 수 있지만, 숫자는 그쪽이 더 많다.

방심할 수는 없다. 테름은 마음을 다잡고는 '검은 별'에 올라탔다.

제5장   길 잃은 여관과 미아들

"오오오, 난다, 날고 있어!"

"비행선이니까 당연하지, 입니다!"

크류스가 촌놈을 보는 듯한 눈초리로 바라보고 있다. 원래 숲속에서 얌전하게 살아가는 정령인이 그런 눈초리로 보다니……아무래도 크류스는 도시에 완전히 익숙해진 모양이다.

비행선의 이륙은 매끄러웠다. 부유감은 내가 지금까지 체험했던 어떤 비행보다 잔잔했다.

설마 인공물이 진짜로 하늘을 날다니…… 기술의 진보는 대단하구나…….

쓸데없이 거대한 지팡이에 몸을 기댄 채 창문 너머로 지상을 내려다보고 있자니 크류스가 눈살을 찌푸리며 내게 물었다.

"그런데, 그 지팡이는 뭐냐? 입니까?"

"보구 지팡이야. 멋지지?"

생김새도 훌륭하고 말이지. 내가 자신만만하게 말하자 크류스는 자기가 쓰던 지팡이를 보았다.

과거의 유물인 보구는 형태가 특이한 경우가 많다. 『라운드 월드』도 마찬가지였고, 원래 마도사의 지팡이는 목제가 많지만 이건 금속제다. 지팡이 끄트머리에 떠 있는 구슬도 대체 어떻게 떠 있는지, 무슨 이유로 떠 있는지 알 수가 없다. 신기하고 영문을 알 수 없어서 정말 보구다운 것 같다.

지팡이 보구는 무기형 보구 중에서도 희귀해서 상급 헌터 중에도 가지고 있는 사람이 별로 없다. 이 지팡이는 원래 지팡이의 필수 조건인 마력 증폭 효과가 전혀 없기에 무기로는 도움이 안 되지만, 그래도 꽤 가치가 있다.

여담이지만 테름이 양쪽 팔에 끼고 있는 팔찌도 보구일 것이다. 분명히 **팔찌형** 지팡이 보구다. 순수한 지팡이 보구보다 더 비싼 물건이다. 역시 제도에서도 으뜸가는 마술 집단, 좋은 물건을 가지고 있네.

"………약한 인간, 지금까지 왜 가지고 다니지 않았냐, 입니다."

"필요 없었으니까."

크류스가 뭔가 말하고 싶은 듯이 예쁜 눈썹을 일그러뜨렸다.

오랜만에 들어봤는데, 지팡이가 꽤 무겁다. 디자인이 멋진 건 좋은데, 여기까지 들고 오는 것만으로도 꽤 피곤해졌다. 리즈에게 중량 경감 보구를 같이 가져다 달라고 할 걸 그랬다(리즈와 다른 파티원들에게 이 정도 무게는 없는 거나 마찬가지라 따로 부탁하지 않으면 가져다 주지 않는다).

"……지팡이 보구 같은 것도 가지고 있었구나, 입니다."

"검 보구랑 도끼 보구도 가지고 있어. 컬렉션 중 하나일 뿐이야."

"……그렇구나. 컬렉션으로 두기에는 아까운 보구다, 입니다. 그런데, 신기한 지팡이다…… 입니다. 보구 지팡이는 마력 변환율이 엄청나다는 게 사실이냐, 입니까?"

"응, 그래, 그렇지……."

마도사라서 그런지 지팡이가 신경 쓰여 견딜 수가 없는 모양이다. 자신의 지팡이와 『라운드 월드』를 힐끔힐끔 번갈아 가며 보고 있다. 안타깝게도 이건 지팡이라기보다는 지팡이형 통역기니까 그쪽 지팡이가 더 성능이 좋을 거야.

나는 크류스의 시선을 느끼면서 이곳저곳을 둘러보다가 무슨 생각을 하고 있는 건지 혼자서 바깥쪽을 빤히 내려다보고 있던 케챠챠카를 발견했다.

일부러 리즈에게 제도까지 가서 지팡이를 가져다 달라고 한 건 케챠챠카와 이야기를 나누기 위해서다.

나는 지팡이를 하드보일드하게 들고는 의기양양하게 케챠챠카를 향해 다가갔다.

후드를 깊게 눌러쓴 척 보기에도 수상쩍은 주술사가 이쪽을 보았다.

"여, 케챠챠카, 뭔가 신경 쓰이는 거라도 있어?"

"히히…… 히히히…….”

"히(He)? 신경 쓰이는 남자라도 있는 거야?"

"케케케케케…….”

여전히 커뮤니케이션이 안 되는 녀석이다. 하지만 그런 상황도 이제 끝이다.

나는 『라운드 월드』를 발동시켰다. 방긋방긋 웃으며 말을 걸었다.

"미안, 한 번만 더 말해줄 수 있어?"

"우케케케…… 케케.”

케챠챠카가 말하는 모습은 매우 수상쩍었지만, 후드에 가려진 그 눈은 깜짝 놀랄 정도로 냉정하다.

나는 고개를 크게 끄덕이고는 대답했다.

"……히히히히."

"우히익?!"

"케케케……케케."

"케켁! 케케케켁!"

"…………그렇구나, ……그렇구나."

정색하는 표정을 짓지 않게끔 온 힘을 다하며 고맙다는 인사를 하고는 케챠챠카에게서 물러났다.

이쪽을 빤히 살펴보고 있던 크류스 근처로 돌아가자, 크류스는 나를 비난하는 듯한 눈초리로 보았다.

"약한 인간, 케챠는 동료니까, 케챠를 가지고 노는 것도 적당히 좀 해라, 입니다!"

"응, 그래, 그렇지…… 가지고 놀 생각은 없었는데."

그런데 세상에는 참 신기한 일도 다 있다. 나는 고개를 갸웃거리다가 크류스에게 지팡이를 내밀었다.

"크류스, 호위 의뢰를 수행하는 동안 이 지팡이를 빌려줄게."

"뭐어……?"

"써보고 싶었지? 잃어버리진 말고."

"?! ??? 약한 인간, 넌 무기도 없이 호위할 셈이냐, 입니다!"

크류스가 눈을 크게 뜨면서도 힐끔힐끔 신비로운 분위기를 지닌 『라운드 월드』를 보고 있었다.

나는 하드보일드한 척 폼을 잡으며 내 머리를 손가락으로 가리켰다.

"괜찮아. 내 무기는…… 이거, 니까. 오히려 지금은 지팡이가 걸리적거리기만 해."

무거우니까 들어주세요…….

크류스가 당황하면서도 『라운드 월드』를 받아들었다. 꽤 무게가 나가는데도 지팡이를 든 크류스는 아무 말도 하지 않았다. 팔다리가 가녀린데도 나보다 완력이 센 것 같다. 슬프다.

"흐, 흥…… 같은 클랜 멤버라고 해도 무기를 맡기다니 헌터로서 믿기지 않지만…… 그렇게까지 말하니 내가 맡아주겠다, 입니다."

"응, 그래, 잘 부탁해. 아, 그렇지. 그 지팡이는 꽤 강력하니까 배 안에서는 시험해보지 않는 게 좋을 거야."

"나도 알아, 입니다."

나는 방긋방긋 웃으며 케챠챠카를 힐끔 보았다.

케챠챠카가 한 말………… 전혀 통역이 되지 않았다. 보아하니 그는 일부러 '우케케케케'라고 말하고 있는 모양이다. 보구의 힘은 절대적이다. 이 보구는 논리적으로 언어를 변환시켜주는 게 아니라 '의사의 소통'이라는 개념이 구현된 것이다. 제도의 지보, 『트루 티어즈』가 '진실'이라는 개념 그 자체인 것처럼.

헌터는 정말 특이한 사람들밖에 없다.

비행선은 가끔 흔들리기도 했지만, 전체적으로는 쾌적했다. 내가 입고 있는 퍼펙트 베케이션 덕분이기도 하겠지만, 대부분은 프란츠 씨가 힘써주었기 때문일 것이다.

프란츠 씨는 사흘 동안 준비를 완벽하게 갖춘 모양이었다. 탑 승자를 확실하게 체크하고, 비행선에 문제가 없는지 다시 확인했다. 그게 얼마나 부담이었는지는 약간 야윈 그의 모습을 보면 잘 알 수 있다.

"쥐새끼 한 마리도 못 들어온다. 어떠냐,《천변만화》, 이래도 배가 추락한다는 거냐?!"

"괜찮을 것 같긴 한데, 추락할 때는 추락하니까…… 비상구가 어디더라?"

"윽………… 젠장, 나가서 왼쪽이다! 선내 지도는 건네주었을 텐데! 비꼬는 거냐?!"

아, 그랬지. 그런데 프란츠 씨는 너무 긴장했다. 긴장해봤자 어떻게 해볼 수가 없을 때는 답이 없는 법이니 너무 깊게 생각하는 건 바람직하지 못하다. 나는 프란츠 씨가 조금이라도 안심할 수 있게끔 말했다.

"뭐, 그래도 괜찮아. 낙하 대미지는 세이프 링이 커버해주니까. 이건 실제로 체험해 본 거야."

"윽…… 까, 까불지 마라,《천변만화》!"

뭐가 마음에 안 든 건지 프란츠 씨가 테이블을 세게 내리쳤다.

프란츠 씨는 무심코 깜짝 놀라 한 발짝 물러선 내게 다가선 다음 손가락을 들이밀며 큰 소리로 말했다.

"네놈의 역할은 그렇게 되지 않게끔 하는 거다!《천변만화》,

어째서 네놈은 계속 여유로운 태도만 보이는 거냐! 필사적으로 호위해라!"

"어, 그, 그건 분명…… 경험 차이 때문이겠지."

"뭐, 뭐라고?!"

나는 지금까지 정말 지독한 꼴을 당해왔다. 황제 폐하를 호위하는 건 처음이지만, 많은 드래곤에게 습격당한 적은 처음이 아니었고, 이렇게 혼나는 것도 처음이 아니다. 그리고 추락하는 것도 처음이 아니다. 좀 더 심한 꼴을 당한 적도 있다. 온갖 불행을 겪어온 내게 빈틈은 없고, 금방 포기하는 편이기도 했다. 게다가 나는 세이프 링을 다루는 기술만은 천하제일이다. 뭐, 기동시키는 것뿐이지만.

"뭐, 그래도 어떻게든 될 거야."

"이 배는 철벽이다! 마물 기피 대책도 세워두었다. 지상이라면 모를까, 공중에서 습격당할 걱정은 없다!"

프란츠 씨의 목소리는 마치 자기 자신을 타이르는 것 같았다.

그때, 선실 밖에서 프란츠 씨의 부하가 절도 있는 동작으로 들어왔다.

"프란츠 단장님, 지상에서 폭풍의 징조가 있다는 연락이——."

"…………젠장, 네놈이 출발을 사흘이나 연기했기 때문이다! 전원, 경계해라. 비바람에 배가 추락하진 않는다. 만약에 벼락이 치더라도 말이다!"

프란츠 씨가 나를 노려보았다. 하지만 여행에 폭풍은 항상 따라붙는 법이다. 저번에 바캉스를 갔을 때도 그랬고.

나는 눈살을 찌푸리고는 지금까지 해왔던 경험을 떠올리며 적어도 표정만이라도 밝게 만들기 위해 살짝 미소를 지었다.

"폭풍만으로 끝나면 좋겠는데 말이지."

비행선이 거세게 흔들렸다. 케챠챠카는 창밖으로 흘러가는 먹구름을 보고는 이를 악물었다.

스트레스 때문에 배와 머리가 아팠다. '여우'의 일원이 된 이후로 처음 경험한 일이다.

원인은 알고 있다. 모든 원인은 그 자칭 '열세 개째'――― 크라이 안드리히다.

케챠챠카는 그 남자의 실력이 대단한 것 같지 않았다. 정체를 밝히기 전에도, 정체를 밝힌 뒤로도, 그 남자는 너무나도 느긋했고 아무리 잘 봐줘도 까불대고 있다.

지금까지 케챠챠카에게 '케케케'라는 말을 한 사람은 없었고, 그밖에도 황제를 개구리로 만들거나, 시트의 정령을 부르거나, 하고 싶은 대로 다 하고 있다. 모든 것이 계산이라고 하면 어쩔 수 없지만, 용케도 호위 단장인 프란츠 아그만이 쫓아내지 않는 걸 보니 케챠챠카도 지금까지 얼간이들밖에 없다고 생각했던 근위기사단을 다시 평가했을 정도였다.

진심을 말하자면, 저게 진짜로 '아홉꼬리 그림자여우'의 최고 간

부라면 케챠챠카는 더 이상 이 조직에서 활동해나갈 자신이 없다.

진짜로 간부인 건가? 케챠챠카의 마음속에는 정체를 들은 뒤에도 계속 그런 의문이 소용돌이치고 있었다.

테름이 '여우'의 일원이라는 건 틀림이 없다. 하지만 그 남자는 모른다. 주술은 원한이나 강한 감정을 이용해서 현상을 일으키는 마술이다. 그런 주술을 사용하는 케챠챠카는 사람의 성격을 꿰뚫어 보는 실력이 뛰어나다. 그의 견해에 따르면 '천변만화'는 그냥…… 아니, 터무니없이 경박한 녀석이다. 그가 하는 행동에는 악의나 계산이 없고, 무엇보다 헌터라면 당연히 두르고 있어야 할 '죽음의 냄새'가 전혀 나지 않는다.

하지만, 있을 수 없는 일이다. 있을 수 없는 일이란 말이다! 창문을 엄청난 기세로 두들기고 있는 빗방울을 바라보며 케챠챠카는 힘없이 '케케……'라며 불만을 토해냈다.

케챠챠카가 보기에 《천변만화》는 여우의 일원이 아니다. 그와 동시에 레벨8 헌터도 아닐 것이다! 평범한 일반인(그것도 꽤 약한 편)일 것이다! 하지만 실제로 여우인지 아닌지는 제쳐두고 레벨8 헌터라는 사실은 의심할 여지가 없다. 대역일 가능성도 의심했지만, 대역을 쓰더라도 저런 녀석을 선택하지는 않을 것이다.

그리고 일반인이 여우의 암호를 알고 있다는 건 절대로 있을 수 없는 일이다. 우연히 들어맞을 만한 내용도 아니다.

너무나도 뒤죽박죽이었다. 뭐가 진실이고 뭐가 거짓인지, 케챠챠카는 알 수가 없었다.

골치 아픈 수속이 필요하지만, 이럴 때를 대비해 여우에는 긴

급용 구성원 확인 시스템이 존재한다.

제도로 돌아가면 반드시 확인해야겠다. 임무를 위해서가 아니라 나 자신을 위해서 확인해야만 한다.

바깥은 완전히 폭풍이었다. 폭풍 정도로 추락할 만한 배는 아니지만, 비행선 내부는 벌집을 쑤셔놓은 듯이 소란스러웠다. 폭풍은 케챠챠카의 힘이 아니다. 테름의 힘도 아닐 것이다. 그냥 우연이다. 우연치고는 케챠챠카와 테름에게 너무 형편이 좋았지만, 그냥 우연에 불과할 것이다.

케챠챠카의 상사, 테름 아포크리스가 눈을 크게 뜨고는 중얼거렸다.

"들어본 적이 있다. 《천변만화》는 폭풍을 부른다. 그때가 온 건가? 지금이라면 추락하더라도 이상할 게 없지."

있을 수 없는 일이다. 마술 중에는 폭풍을 부르는 것도 있지만 바깥에서 휘몰아치고 있는 폭풍에는 마술로 일으켰을 때 보이는 독특한 징조가 없고, 그 남자에게 마력 같은 건 없다. 평소의 케챠챠카였다면 큰 목소리로 그렇게 딱 잘라 말했을 것이다.

하지만 실제로 열세 개째는 아무런 마술적 동작도 없이 황제를 개구리로 만들었다.

"케케에……."

"불안한가, 케챠. 문제없다. 비행선의 방어 마법도 내부에서 가하는 공격에는 약하다."

살짝 목소리를 낸 케챠챠카를 보고 테름이 두 팔에 차고 있던 팔찌를 문질렀다.

이 남자라면, 최강의 수속성 마법을 다루는 자라면, 확실하게 해낼 것이다.

테름 아포크리스는 강하다. 은밀성도 그렇고 위력까지, 케챠챠카는 이 남자만큼 강력한 마도사를 본 적이 없다. 대인전만 놓고 보면 아마 《심연화멸》조차 뛰어넘을 것이다.

그리고——— 물의 분신. 보구의 힘을 빌어 분신을 만들어내 자유자재로 조작하는 그 힘은 유일무이하다.

실제로 황제를 죽이는 것만이라면 언제든 가능했다. 호위 따위는 아무리 많이 있어도 상관이 없다.

하지만 한 달 전이었다면 믿음직하게 느껴졌을 그 말도 지금은 케챠챠카를 안심시켜주지 못했다.

문제없을 것이다. 실패할 확률은 거의 없다. 여차하면 용을 부르면 된다.

그때, 방에 《천변만화》가 들어왔다.

그는 테름을 보고 약간 맥 빠지는 인상이 드는 미소를 짓고는 일어서려 하는 그를 말렸다.

"아, 딱히 아무것도 안 해도 돼."

"……흐음. 아직 때가 아니라는 건가?"

"응? 그래, 프란츠 씨네가 움직인대."

"뭐?! 그 남자도 동료인가?!"

"어……? 그야…… 그런데…… 뭐, 아직 우리가 움직일 타이밍은 아니야."

《천변만화》가 뜻밖이라는 듯이 말했다. 말도 안 돼, 그렇게 소리치려다 아슬아슬하게 참았다.

케챠챠카가 보기에 프란츠 아그만은 결백하다. 결백한 사람들 중에서도 제일 결백하다. 프란츠는 트루 티어즈의 심판을 스스로 지원해서 결백함을 증명했다. 그런 남자가 여우의 일원일 리가 없다.

하지만 그와 동시에 《천변만화》도 마찬가지로 결백함을 증명한 바 있다.

……이번 의뢰가 성공하면 한동안 휴가를 내야겠다.

힘없는 케챠챠카와는 달리 테름은 의젓했다. 일어서려다 다시 앉았다.

그의 눈에는 《천변만화》가 어떻게 보일까? 테름이 턱을 쓰다듬고는 열세 개째에게 물었다.

"흐음…… 그렇다면 따르도록 하지. 그러고 보니 확인해야만 하는 것이 있었군. 크류스는 어떻게 할 건가?"

"어? 어떻게 하냐니?"

"꽤 사이가 좋은 것 같던데…… 처치해도 상관없나?"

"……?! 어????!"

그 정령인이 걸리적거리긴 한다. 작전을 실패하게 만들 수 있는 요소는 줄여야만 한다.

당연한 테름의 질문에 《천변만화》는 눈을 휘둥그레 뜨고 있었다. 의아하다는 표정으로 말했다.

"사이가 딱히 좋은 건 아니지만…… 처치하진 않을 거야. 너희가 그렇게 사이가 안 좋았나?"

임무에 개인적인 감정을 끌어들이지 않는 것이 프로다. 딱히 사이가 좋지 않다는 건 지금까지 사이좋게 이야기를 주고받던 모습이 전부 연기였다는 뜻인가? 그리고 그런 행동에 무슨 의미가 있다는 거지?

"안 좋은 건 아니다만…… 다시 말해, 크류스는 자네에게 맡겨도 된다는 거지?"

테름이 묻자 열세 개째는 눈을 깜빡이며 고개를 갸웃거리다가 곧바로 자신을 납득시키는 것처럼 끄덕였다.

"으음…… 그래, 가끔은 리더 같은 일도 해야지. 크류스에게는 구두로 주의를 줄게."

"구두……? ……………마, 맡기도록 하지."

엄청나게 불안한데, 진심인 건가? 진심으로 주의를 주는 것만으로도 입막음을 할 수 있을 거라 생각하는 건가? 가능할 리가 없다. 하지만 여우는 계급이 높은 자의 명령에는 절대적으로 복종해야만 한다.

방 밖에서 떠들썩한 소리가 들렸다. 보아하니 폭풍으로 인해 비행선이 받은 영향을 확인하고 있는 것 같았다.

영향 같은 게 있을 리가 없다. 이 배는 그야말로 요새다. 하지만, 실제로 비행선이 추락하면 폭풍 때문이라 판단될 것이다. 파괴 공작을 할 절호의 타이밍인 것 같은데, 더 좋은 타이밍이 따로 있다는 건가?

그때, 마치 그 의문을 눈치챈 듯이 《천변만화》가 갑자기 케챠챠카를 보았다.

심장이 크게 뛰고 등골이 오싹해졌다.

《천변만화》는 진지한 표정으로 케챠챠카 쪽으로 다가왔고──
그대로 지나쳤다.

창문을 들여다보며 눈살을 찌푸렸다. 케챠챠카도 마찬가지로
창문을 들여다보았다.

강한 폭풍 속, 하늘에는 거대한 하얀색 연이 날고 있었다. 자기
도 모르게 눈을 비벼보았지만, 연은 사라지지 않았다.

그 위에는 예전에 보았던 말도 안 되는 시트의 정령이 달라붙
은 것처럼 타고 있었다.

《천변만화》는 왠지 당황한 듯한 표정으로 말했다.

"…………꽤 하네."

마치 타이밍을 재고 있었던 것처럼 강한 번개가 빛났고, 연에
명중했다. 엄청나게 큰 소리가 울렸다.

시트의 정령들을 태우고 있던 연이 떨어지기 시작했다. 《천변
만화》는 그 모습을 힘없는 표정으로 바라보고 있었다.

"……우케케……."

케챠챠카는 작은 목소리를 내며 항복하고는 침실로 가서 침대
안으로 파고들었다.

"크류스, 저기 말이야. 테름에게 뭔가 실례되는 행동 했었어?"

"뭐어? 실례되는 행동이라면 약한 인간이 했을 텐데, 입니다."

크류스가 팔짱을 끼고는 불만인 듯한 표정으로 말했다. 말이 심한 것 같지만 따질 수가 없다.

바깥에는 엄청난 폭풍이 몰아치고 있었다. 폭풍이나 번개에는 익숙해지긴 했지만, 하늘 위에서 마주친 기억은 손에 꼽을 정도밖에 없다.

흔들리는 선체, 빛과 소리. 퍼펙트 베케이션이 없었다면 도저히 쾌적하게 지낼 수 없었을 것이다.

융단은 이렇게 흔들리는 와중에도 신이 난 모양인지 거리에서 사 온 융단과 춤을 추고 있었다. 새로 사 온 융단은 가격이 꽤 나가긴 했어도 어디까지나 일반적인 융단이라 움직일 수가 없지만 그런 부분은 신경 쓰이지 않는 모양이었다. 한눈을 팔면 함께 도망쳐버릴 것 같을 정도로 마음에 든 것 같았다.

보구란 정말 신기하다. 그런데 너희, 키 차이가 꽤 나는구나…….

춤을 추고 있던 융단을 보고 있자니 크류스가 마구 화를 내며 말했다.

"애초에 약한 인간은 나를 너무 자주 부른다, 입니다! 그야 의존해버리는 것도 이해가 되지만, 틈만 나면 불러대고, 입니다! 날마다 방으로 부르고…… 혹시 나를 좋아하는 거냐, 입니다! 포기해라, 입니다! 내가 말을 들어주는 건 라피스의 명령 때문이지, 호의는 요만큼도 없다, 입니다."

고백도 안 했는데 차여버렸다.

밤마다 보구를 충전해달라고 불러서 미안해. 그래도 매번 부탁하고 있으니 보통은 오해하지 않을 텐데?

그래도 나는 크류스가 싫지 않다. 보구를 충전해주는 사람은 모두 정말 좋아하고, 따라붙는 욕설도 다른 사람과 비교하면 훨씬 낫다. 테름이나 케챠챠카도 그렇고, 이번에 나는 사람 복이 꽤 있는 것 같다. 혹시 이번에 나…… 운이 좋은가?

"그러고 보니 테름이 오해한 게 아직 안 풀린 것 같던데."

"으…… 이러니까 항상 발정 난 인간은———."

"………폐하에게 그런 말을 하면 안 된다?"

"?! 말할 리가 없잖아, 바보 취급하는 거냐, 입니다! 약한 인간하고 싸잡아서 생각하지 마라, 입니다!"

그래도 이번 일을 마치면 크류스에게도 보답을 해야겠네…… 어뮤즈 땅콩을 잔뜩 선물하는 건 어떨까? 맛은 마음에 든 것 같고, 마력을 쓰지 않으면 통증도 없을 테니까.

고비를 넘긴 건지, 흔들리던 배가 안정되기 시작했다. 보아하니 큰 피해 없이 빠져나온 것 같다. 내 소중한 시트 요괴들이 번개를 맞긴 했지만 그들은 번개나 낙하 정도로 죽지 않을 테니 걱정할 필요는 없을 것 같다.

그때, 갑자기 후다닥 뛰어오는 소리가 들렸고, 문이 세차게 열렸다.

"후…… 후하하하하하하하하하하하하하!"

들어온 사람은 땀을 뻘뻘 흘리고 있던 프란츠 씨였다.

모두에게 지시를 내리고 있었던 건지 표정에 약간 지친 기색이 있지만, 눈만큼은 강한 빛을 내뿜고 있었다. 프란츠 씨는 크류스가 눈을 흘기는 것도 아랑곳하지 않고 미친 듯이 웃어대며 나를 손가락으로 가리켰다.

"어떠냐,《천변만화》! 넘어섰다, 넘어섰다고! 폭풍 따위는 별것 도 아니지! 네놈의 예측은 빗나갔다, 이 배는 무적이다!"

"어…… 아, 응, 그래, 그러게?"

아무리 그래도 너무 기뻐하는 거 아닌가? 애초에 나는 9할의 확률로 추락하지 않는다고 했는데…….

프란츠 씨는 당장에라도 춤을 추기 시작할 기세였다.

춤을 출 거면 파트너로 내 융단을 빌려줄 수도 있는데.

"……약한 인간, 너, 진짜, 이리저리 시비를 너무 많이 건다, 입 니다."

시비를 걸지도 않았는데 상대방이 받아준 거다. 신기하게도.

하지만 그렇게까지 말하니 약간 따지고 싶어지기도 했다.

"아직 폭풍을 완전히 벗어난 건 아니니까…… 주의하는 게 좋 을 거야."

"후하하하하하하하하하…… 분한 마음에 내뱉는 말 따윈 얼마 든지 해봐라! 네놈의 싸구려 연극에 어울려주는 것도 이제 끝이 다! 얌전히 있어라! 폐하께 보고를 드려야겠군……!"

자신만만하게 선언한 다음, 프란츠 씨는 마치 귀족처럼 가슴을 당당하게 펴고 나갔다.

……아니, 잘 생각해보니 귀족이었지?

마치 폭풍 같은 기세였기에 크류스도 눈을 동그랗게 뜨고 있 었다. 그리고 잠시 후, 조용히 말했다.

"스트레스가 너무 많이 쌓였다, 입니다. 그럴 때는 허브티라도 마시면서 숨을 돌리는 게 좋지, 입니다. 인간은 좀 더 우리처럼 자유롭게 살아야 한다, 입니다."

"허브티라…… 좋네. 시트리가 자주 끓여주곤 했는데."

감정을 담아 고개를 끄덕이던 나를 보고 크류스가 눈살을 찌푸리며 왠지 마음에 안 든다는 듯한 표정을 지었다.

"……약한 인간에게는 필요가 없잖아, 입니다. 너는 정령인보다 스트레스가 없을 것 같다, 입니다."

내가 탄 것치고는 신기하게도 비행선의 운행은 지극히 순조로웠다. 딱히 흔들리지도 않았고, 뭐, 나는 보구의 힘으로 인해 어떤 상황에서도 쾌적하긴 하지만 크류스도 아무 말 없는 것 보니 역시 최신예 비행선인 것 같다.

나라의 중요 인물이 이동할 때 쓰는 배라 그런지 방은 지금까지 머물렀던 여관과 비교해도 손색이 없었다.

소품이나 가구도 품질이 좋고, 침대도 푹신푹신하다. 만약에 이런 곳을 탐험하는 걸 정말 좋아하는 리즈가 있었다면 배 안을 구경하고 다녔겠지만, 슬프게도 그녀는 이미 번개를 맞고 추락해버렸다.

방에 달린 창문을 통해 바깥을 몇 번 살펴보았지만, 바깥에는 먹구름이 껴 있을 뿐 연이나 요괴들의 모습은 보이지 않았다. 내 소꿉친구들은 다들 터무니없는 짓을 하는 성격이니 다시 도전해도 이상할 게 없는데, 역시 폭풍은 힘들 거라는 사실을 깨달은 건가? 아니, 애초에 연을 타고 하늘을 난다는 발상이 현실을 제대로 못 보고 있는 거 아닌가.

키르나이트도 만족스러운 듯이(?) 방 구석에 똑바로 서 있었다. 융단보다 얌전하네.

침대 위를 데굴데굴 구르며 구석에서 활기차게 움직이는 융단을 바라보고는 고개를 갸웃거렸다.

"……추락, 하려나……?"

내가 운이 안 좋은 걸 생각하면 충분히 있을 수 있는 일이지만, 프란츠 씨를 보아하니 이 배는 어지간히 튼튼한 정도가 아닌 모양이다. 용이 잔뜩 습격해왔다는 사실은 알고 있을 테니 용에게 습격당해도 괜찮을 거라는 자신감이 있는 것 같다. 물론 추락은 안 하는 게 낫다는 건 굳이 말할 필요도 없다.

배가 도착할 곳은 목적지인 모래의 나라, 트아이잔트의 수도다. 트아이잔트는 작은 나라지만, 치안은 나쁘지 않은 것 같으니 나라 안에서는 꽤 안전할 것이다.

"……그렇다면 승부는 며칠 이내, 인가."

뭐, 그래도 최근 한동안은 그 '여우'도 모습을 드러내지 않았고, 이미 쫓아오지 못하게 되었을 가능성 또한 있다.

중얼중얼 혼잣말을 하고 있자니 노크하는 소리가 들렸다. 문 건너편에서 테름의 목소리가 들렸기에 급하게 침대에서 일어나 어슬렁거리며 일을 하고 있던 척했다.

얼굴을 내민 테름은 밤인데도 불구하고 멋진 모습이었다.

"늦은 밤에 갑자기 찾아와 미안하군. 《천변만화》, 만에 하나를 대비해 의견을 맞춰보고 싶어서 말이다. 케챠도 신경 쓰고 있는 것 같더군."

"……그래. 슬슬 올 것 같았지."

나도 모르게 동요하며 하드보일드한 척해버렸다. 하드보일드한 테름에게 휘둘리고 있다.

앞으로의 일에 대해 의견을 맞춰본다! 정말 착실한 헌터다. 역시 레벨7, 훌륭한 책임감이다. 이게 바로 수많은 수라장을 거쳐온 역전의 강자다. 루크처럼 항상 제멋대로 구는 녀석들이 본받았으면 좋겠다. 정말로 그 할멈의 동료라는 생각이 들지 않을 정도로 착실하다.

"《심연화멸》에게는 언젠가 보답을 해줘야겠어."

"?! 역시 자신감이 대단하군…… 하나 로제는 파괴만 놓고 보면 틀림없는 일류다. 기습도 통하지 않지. 아마 자네가 생각하는 것 이상으로 파괴의 화신일 거야."

내가 조용히 중얼거리자 테름이 내 말을 알아들었는지 호들갑스럽게 놀라고 있었다.

어……? 그 할멈은 보답을 하면 태우는 거야? 어째서? 너무 흉악하잖아. 굳이 말하자면 보답을 하지 않을 때 태울 것 같은데, 테름이 농담을 하는 것 같지는 않다.

……보답을 하러 갈 때는 세이프 링을 확실하게 충전해가야겠다.

"의견을 맞춰보고 확인하자는 거지? 딱히 그럴 필요는 없어. 지금까지처럼 테름에게 맞출게."

"뭐라고?!"

너무 떠넘기기만 했나? 하지만 나는 전투 능력이든 지휘 능력이든 쓰레기나 마찬가지고, 여차할 때는 내가 지시를 내리는 것보다 경험이 풍부한 테름에게 전부 맡기는 게 나을 텐데.

내가 지시를 내리면 무슨 일이 생겼을 때 내 탓이 될 테니까 그러고 싶지 않다. 뭐, 지시를 내리지 않아도 내 탓이 되겠지만, 내리지 않는 게 그나마 마음이 편하다.

"미안하지만, 이게 내 방식이야. 아, 크류스에게는 이미 이야기를 해두었으니까 괜찮아."

"흐음…… 다시 말해, 실행은 완전히 우리에게 일임하겠다는 건가."

"……문제가 있나? 무슨 일이 생기면 보조해줄 테니까."

지금까지도 리더십을 보여준 적은 별로 없었지만, 이제 그냥 맡겨버려도 괜찮을 것 같다.

"……아니. 그게 자네의 방식이라면 나는 거기에 맞출 뿐이지. 이렇게까지 상황을 갖춰줬으니 손쉬운 일이다."

손쉽다고 하는 것치고는 굳은 표정을 짓고 있는데, 이게 책임감의 차이라는 건가?

그리고 상황을 갖춰줬다니…… 나는 아무것도 안 했는데. 립서비스까지 완벽하다니, 정말 대단하다.

나도 이런 나이스 미들처럼 나이를 먹어가고 싶다. 그러고 보니 꼬리를 가지고 있다 했나?

그건 마력 덩어리다. 마도사가 사용하면 막대한 힘을 발휘한다. 나는 아무런 생각도 없이 방긋방긋 웃으며 말했다.

"그래. 일곱 개 꼬리의 힘을 보여줘."

그 이후로도 딱히 아무런 일도 없이 비행선 여행은 순조롭게 진행되었다. 처음에는 폭풍에 휘둘렸지만, 그 이후로는 깜짝 놀랄 정도로 아무 일도 없었다. 정기적인 브리핑 때 보는 프란츠 씨의 안색도 점점 좋아졌다.

이제 이대로 그냥 도착하는 거 아닌가? 그런 말이 머릿속을 스쳐 가기 시작한 순간, 그것이 왔다.

방에서 크류스와 놀고 있자니 프란츠 씨가 뛰어들어왔다.

그 표정에 드러난 것은 공포나 초조함이 아니라 당황스러움이었다.

"《천변만화》, 폐하께서 부르신다."

"? 무슨 일 생겼어?"

소동은 일어나지 않았다. 눈을 동그랗게 뜬 내게 프란츠 씨가 눈살을 찌푸리며 말했다.

"⋯⋯⋯⋯바깥을 봐라. 눈치채고 있겠지만── 아무리 시간이 지나도 폭풍에서 벗어나질 못하고 있다."

나도 모르게 창문 쪽을 보았다. 바깥에는 여전히 어두운 하늘이 펼쳐져 있었다.

창문 밖. 하루가 지났는데도 가실 기색이 없는 폭풍을 보고 테름 아포크리스는 살짝 한숨을 쉬었다.

"······설마, 힘의 차이가 이 정도일 줄이야······."

폭풍은 척 보기에도 이상했다. 바람은 약하고, 강수량도 그렇게까지 많지는 않았지만, 어둠만은 걷히지 않았다.

마법을 지속적으로 사용하는 건 꽤 까다롭다. 테름은 수속성 마법의 전문가다. 《지수》라는 별명은 그 마술로 거대한 폭포를 완전히 정지시킨 일화로 인해 붙게 되었다.

하지만 인생을 마술에 바쳐온 테름도 바깥에 전개된 폭풍의 정체는 알 수가 없었다.

재능의 차이를 느끼게 된 것은 이번이 세 번째다. 게다가 이번에는 훨씬 연하인 청년이다.

테름은 그리워하는 듯이 두 팔에 차고 있던 팔찌 보구, 예전에 운 좋게도 레벨6 보물전 【수신의 은신처】에서 손에 넣은 『수신의 가호』를 쓰다듬었다. 그 보구는 장비한 자에게 강한 수속성 가호를 내려준다. 적절한 곳에 매각하면 3대는 확실하게 놀고먹을 수 있는 물건이다. 그 보구는 테름의 힘을 매우 강하게 만들어 주었다.

지금 테름 아포크리스의 힘은 폭포를 멈췄던 20년 전보다 훨씬 강하다. 그럼에도 불구하고 전개된 마술을 간파할 수 없었다. 아니, 그뿐만이 아니라 개구리로 만든 마법도 전혀 이해할 수가 없었다.

전문 분야가 아니라는 건 분명하지만, 무엇보다 무시무시한 것은 마술을 사용한 자에게 마술을 발동시키는 전조가 없었다는 점이다. 테름도 그쪽 방면에는 자부심이 있었지만, 아마 그 속도와 은폐 능력은 테름보다 압도적으로 뛰어날 것이다.

"로제와 《대현자(마스터 메이거스)》에 이어 세 명째인가."

현재 제도 최강의 수속성 사용자라 불리는 테름에게는 예전에 라이벌이 두 명 있었다.

아니, 정확하게 말하자면 라이벌이라고 '다른 사람들이 생각했었다'라고 할 수 있을 것이다.

재능이 없는 마도사가 보면 비슷하다고 생각했을지도 모른다. 하지만 그 두 사람은 분명히 주옥 같은 재능을 지니고 있었고, 테름은 어설프게 재능을 지닌 탓에 그 차이를 누구보다 잘 이해할 수 있었다.

한 사람은 테름과 마찬가지로 헌터를 지망하며 힘을 키워 최강의 화속성 마도사, 《심연화멸》이 되었고, 다른 한 사람은 학술 기관에 남아 연구를 하다가 마도의 심연을 엿본 결과, 추방당했다.

비극이라고 생각하진 않는다. 힘을 추구하는 자에게는 법의 벽 안쪽은 너무나도 좁다.

하지만 당시부터 가장 거친 성격 때문에 두려움을 사던 로제마리 퓨로포스가 여전히 법을 어기지 않고 인간 사회 안에 군림하고 있다는 건 아이러니하다고 할 수밖에 없을 것이다.

테름이 이렇게까지 강한 힘을 얻을 수 있었던 것도 아홉꼬리 그림자여우의 일원이 되어 온갖 수단을 사용한 덕분이다. 그리고 《천변만화》가 그 정도의 힘을 자랑하는 것도 마찬가지로 벽을 넘어섰기 때문일 것이다.

하지만 설마 질투하는 감정조차 생기지 않다니…… 나이를 먹었나. 그런 감상을 품고 쓴웃음을 짓던 테름은 마음을 다잡았다.

습격이 실패하는 건 만에 하나라도 있을 수 없는 일이지만, 방심은 금물이다.

근위대의 실력은 그럭저럭 괜찮지만, 압도적인 속도로 마술을 전개할 수 있는 테름이 보기에는 신경 쓸만한 상대가 아니다. 조용히 숨어들어 대상만을 확실하게 죽일 수 있다. 그리고 테름의 수법은 척 보기에는 이해할 수도 없다.

손에 넣은 지 수십 년. 『수신의 가호』는 이미 손발처럼 다룰 수 있다.

발생한 물이 형태를 이루었다. 색과 질량이 바뀌고, 불과 몇 초만에 여우 가면을 쓴 인간 형태를 만들어냈다.

이것이 바로 테름 아포크리스의 마도사로서의 집대성. 보구를 완전히 다루고 나서야 겨우 발동시킬 수 있는 물 계열 마술의 극치. 유일하게 《심연화멸》이 지니고 있는 마술조차 뛰어넘은 오리지널 스펠.

여우 가면을 쓴 인간 형태는 척 보기에는 인간으로만 보이지만, 생물이 아니기 때문에 기척이 없다. 지금까지 누구에게도 간파당한 적이 없었다. 《천변만화》는 한순간에 '가짜'라고 간파했지만, 그건 예외다.

최고 간부가 직접 와서 호위로 테름과 케챠챠카를 끌어들인 것은 테름에 대해 기대하는 마음이 있기 때문일 것이다.

그리고 동시에 그것은 이 임무의 중요도를 나타내고 있다. 실패는 용납되지 않는다.

'열세 개째'는 테름에게 타이밍을 맡기겠다고 말했다.

지금이 바로 절호의 기회, 습격할 타이밍은 이 기회말고는 없다.

"케챠, 가자. '준비'는 되었겠지?"

"히히히……."

케챠챠카가 품속에서 까만 천에 싸인 보옥을 꺼내 보였다. 항상 그랬듯이 무슨 생각을 하고 있는 건지는 모르겠지만, 그의 눈은 조용히 빛나고 있었다. 《천변만화》에게 놀림당하고 약간 지친 기색이 있긴 하지만, 이 정도면 문제없을 것이다.

보옥, 『리벨리온 스피어』는 테름의 팔찌보다 희귀한 보구다. 그 힘은 대체가 불가능하고, 이런 상황이기에 도움이 된다. 이 비행선은 용에게 습격당하더라도 간단히 추락할 물건이 아니지만, 실제로 배가 추락하고 용이 습격했다는 사실이 있다면 주위 사람들도 멋대로 납득할 것이다.

그때, 테름은 케챠챠카가 추가로 꺼낸 기묘한 물건을 눈치챘다.

"……음, 그건 뭐지?"

"…………우케, ……우케케케."

레버와 큼직한 버튼이 몇 개 달린 상자다. 어떤 컨트롤러 같기도 했다. 케챠챠카는 꽤 조심스럽게 그것을 품속에 넣고는 평소처럼 이해할 수 없는 웃음소리를 냈다.

자기도 모르게 한숨을 쉬었다. 마도사는 원래 특이한 사람이 많지만, 감정을 힘으로 바꾸는 주술사는 그중에서도 더욱 그렇다. 충실하고, 결과도 내고 있다. 실력이 좋기에 불평하진 않았지만——— 테름은 커뮤니케이션을 포기하고 턱으로 바깥을 가리켰다.

"우선 기관부다. 신속하게 시작한다. 이건 우리가 할 일이다. 《천변만화》에게 수고를 끼칠 수는 없다."

비가 내리고 있다. 물을 풍부하게 쓸 수 있을 때, 《지수》는 무적이다.

세계에게, 《심연화멸》에게, 그리고 열세 개째에게, 이 힘을 보여주자.

불려가서 들어간 그 넓은 방에는 이미 황제 폐하와 황녀 전하, 그리고 호위를 맡은 기사들이 모여 있었다.

원래 빛이 많이 들어오게끔 하기 위해 만들어진 커다란 창문으로는 소용돌이치고 있는 검은 하늘이 보였다. 방에 있는 작은 창문을 볼 때는 아무런 생각도 들지 않았지만, 이렇게 보니 마치 세계의 종말인 것 같았다.

"지상에는 공음석으로 연락을 취하고 있다만, 그쪽에는 비가 내리지 않는 것 같다."

"그렇구나, 그렇구나……."

왠지 시선이 이쪽으로 쏠리고 있었다. 황제 폐하도 이쪽을 보고 있고, 황녀 전하도 불안한 듯한 눈치로 바라보고 있다. 프란츠 씨가 한 말에 그럴싸하게 고개를 끄덕였다. 하지만 내 머릿속은 텅 비어 있었다.

폭풍에서 빠져나가지 못한다고 해봤자 나는 어떻게 할 방법이 없다. 내가 고민해서 알아낼 수 있었다면 프란츠 씨나 다른 사람이 이미 눈치챘을 것이다. 내가 할 수 있는 건 불안한 마음을 달래주는 것뿐이다.

"이건…… 정말 운이 안 좋네."

"?! 그럴 리가 있나! 네놈은 이 광경을 보고 아무런 생각도 안 드는 거냐?!"

"지, 진정해. 그냥 폭풍이야. 자주 있는 일이라고."

"자주 있기느ㅇㅇㅇㅇㅇㅇㅇㅇㅇ은!"

프란츠 씨가 흥분해서 얼굴을 새빨갛게 물들이고는 침을 튀기며 소리쳤다. 그렇게 말해봤자…… 곤란한데. 모르는 건 모르는 거고, 자주 있는 일은 자주 있는 일이다. 테름이라면 마법으로 폭풍을 없앨 수 있을지도 모르는데. 거크 씨도 그렇고 프란츠 씨도 그렇고, 왜 무슨 일만 생기면 나를 부르는 걸까.

인선을 완전히 잘못했다. 나를 리더로 삼아버린 루크와 다른 파티원들만큼 보는 눈이 없다.

"특이한 폭풍 정도로 죽는 소리를 하면 헌터 같은 건 못 해먹지. 이 배는 추락하지 않는다면서?"

"윽……."

프란츠 씨가 이를 악물고는 한순간 침묵했다. 후욱, 후욱, 거친 숨소리가 들린다.

프란츠 씨가 말할 때까지 가만히 기다리고 있자니 그가 억누르는 듯한 목소리로 말했다.

"사…… 사죄, 하마, 크라이 안드리히! 네놈의 충고를 받아들이지 않았던 것을! 하나 지금은 폐하의 옥체를 가장 우선시해야 한다! 무슨, 무슨 일이 일어나고 있는 거지? 어떻게 해야 하나?"

그 말을 듣고 근위대 기사들이 동요했다. 물론 나도 눈을 동그랗게 떴다. 프란츠 씨의 표정은 전혀 사과하고 있는 것 같지 않았지만, 그래도 그가 말만이라도 사과를 할 줄이야——— 하지만 안타깝게도 나는 원인도 모르고 해결 수단도 모른다. 고개를 숙이든 엎드려 빌든 모르는 정보를 말할 수는 없다.

그리고 프란츠 씨가 뭘 잘못한 건지도 잘 모르겠다. 나는 매우 곤란한 나머지 볼을 벅벅 긁어댔다.

"미안해, 모르겠어."

"네, 네놈…… 이렇게까지 했는데도———."

그가 내 멱살을 붙잡고 들어 올리고는 앞뒤로 흔들었다. 시야가 마구 흔들려서 나도 모르게 비명을 질렀다.

"진정해! 폭풍의, 원인, 같은 건, 폭풍에게, 물어봐야, 알 수 있———."

어쩔 수 없이 흔들리고 있자니 옆에서 팔이 스윽 뻗어왔다. 진동이 멈췄다. 끼어든 사람은 좀 전까지 무뚝뚝한 표정으로 침묵하고 있던 크류스였다. 크류스는 평소보다 불쾌한 듯한 목소리로 말했다.

"이봐, 그쯤 해두지, 입니다."

"뭐?!"

"지금은 그런 짓을 하고 있을 때가 아니잖아, 입니다. 프란츠는 스트레스가 너무 많이 쌓였어, 이럴 때일수록 호위를 맡은 리더는 차분하게 행동해야 한다, 입니다."

"으……."

프란츠가 나를 거칠게 놓아주었고, 나는 비틀거리면서도 겨우 엉덩방아를 찧기 직전에 버텨냈다.

크류스는 풀려난 나와 프란츠 씨 사이에 은근슬쩍 끼어들며 말했다.

"애초에 폭풍은 약한 인간 때문에 생겨난 게 아닌데 이 녀석만 다그치는 건 너무 가엾잖아, 입니다."

"으…… 그래, 그 말이, 맞다. 정말 맞는 말이야!"

궁지에선 벗어난 것 같다. 다른 기사들도 단장의 분노가 가라앉자 안심한 것처럼 보였다.

애초에 프란츠 씨는 너무나도 신경질적이다. 황제 폐하의 호위라는 중책을 짊어지고 있다는 건 동정이 가지만, 약간 폭풍이 오래 간다는 것까지 신경 쓰다가는 제대로 해낼 수 있는 것도 못 하게 된다.

고개를 끄덕이고 있던 내게 프란츠 씨가 집게손가락을 들이대며 소리쳤다.

"하지만, 그 남자는 틀림없이 뭔가 알고 있다! 상황을 정확하게 이해하면서도 우리를 놀리고 있어! 네놈도 들었을 텐데, 폭풍에서 빠져나갈 때까지는 주의하는 게 나을 거라거나, 폭풍만으로 끝나면 좋겠다거나! 완벽하게 대책이 되어 있는 최신예 비행선을 보고 추락한다거나! 네놈은 그 말을 어떻게 설명할 셈이냐!"

"……………약한 인간, 너는 정말 아무것도 모르는 거지, 입니까?"

한순간에 배신한 크류스가 수상쩍은 듯이 나를 바라보았다. 하지만 모르는 건 모른다.

어떻게든 시간을 벌기 위해 변명을 하려고 주위를 둘러보았다. 그리고─── 사고가 한순간 공백이 되었다.

창문 근처, 황제 폐하 뒤에 로브를 걸친 여우 가면 남자가 있었다.

소리를 지르기도 전에 내 표정의 변화를 눈치챈 프란츠 씨가, 크류스가, 황제 폐하가 움직이기 시작했다.

"윽─── 대체 어디서?!"

황제 폐하가 딸을 감싸며 뒤쪽으로 물러났다. 근위대가 무기를 뽑아 들었고, 크류스가 지팡이를 들어 올렸고, 그때까지 잠자코 있던 키르나이트가 앞으로 나섰다. 멋진 콤비네이션, 움직이지 못한 건 나뿐이다.

"키르나이트?!"

"키……르……."

하지만 키르나이트의 공격은 문외한인 내가 보기에도 분명히 제 실력이 아니었다.

이미 뭔가 공격을 당한 건가?! 시트리에게서 빌려온 엄청난 실력자인데?!

하지만 그런 상황에서도 죽을 것 같은 목소리를 내며 키르나이트가 갑자기 칼날을 내리쳤다.

여우 가면을 쓴 남자가 그 공격을 슬쩍 피했다.

수많은 근위대에게 둘러싸여 압도적으로 불리할 텐데, 여우 가면을 쓴 남자는 초조해하지 않았다.

그때, 문이 세차게 열렸다. 들어온 사람은 테름과 케챠챠카였다.

엄청난 나이스 타이밍! 역시 너희는 최고의 동료다.

"!! 아, 테름, 기다리고 있었어. 좋은 타이밍이야."

"테름! 여우다! 어디로 들어온 거지?! 놓치지 마라!"

프란츠 씨가 소리쳤다. 황제 폐하가 내 뒤쪽으로 물러났다.

프란츠 씨도, 크류스도, 근위대도, 황제 폐하도, 모두가 여우 가면만 신경 쓰고 있었다.

──그래서, 그것을 보고 있던 건 나뿐이었다. 테름이 눈을 살짝 크게 뜨고는 미소를 지었다.

"아, 늦어서 미안하군. 이 배는 너무 넓어."

한순간이었다. 묵직한 것이 무너지는 소리가 연달아 울렸다.

"어⋯⋯?!"

무슨 일이 일어난 건지 전혀 알 수가 없었다. 나는 그 광경을 보고 처음으로 그 소리의 정체를 알게 되었다.

여우 가면을 둘러싸고 있던 근위대와 하인들이 한 명도 남김없이 쓰러져 있었다. 유일하게 프란츠 씨만이 의식을 유지하고 있긴 했지만, 무릎을 바닥에 꿇은 채 머리를 흔들고 있었다. 여우 가면을 쓴 남자는 그 광경을 보고도 꿈쩍도 하지 않았다.

왠지 모르겠지만 무사한 크류스가 눈을 크게 뜨고는 급하게 좌우를 둘러보았다. 무사한 것은 황제 폐하와 황녀 전하, 크류스와 키르나이트, 그리고 방금 들어온 두 사람과 여우 가면뿐이다.

???? 뭐지? 무슨 일이 일어난 거지? 어째서 쓰러진 거야? 어?

소리는 들리지 않았다. 전조도 없었다. 무엇보다 나는 무사하다. 세이프 링이 발동된 기척도 느껴지지 않았다.

테름을 맞이하며 짓던 미소가 그대로 굳은 채 사고가 정지한 내게 테름이 한숨을 쉬며 말했다.

"이런, 이런, 마지막에는 이렇게 쉽게 정리되다니, 맥 빠지는군. 자네의 수완은 정말 놀라울 뿐이야, 《천변만화》."

『뭐어? 어째서 내가 약한 인간에게 협력해야만 하는 거냐, 입니다! 약한 인간은 내게 바캉스 선물도 안 줬다고, 입니다!』

정령인은 장수하는 종족이다. 수명은 인간보다 훨씬 길고 노화도 느리게 오기에 식물처럼 평온한 인생을 보낸다. 그리고 그런 고위 종족에게 있어서 세 배 이상의 속도로 태어나고, 아이를 낳고, 죽어가는 종족인 '인간'의 일생은 매우 어지러운 것이었다. 정령인 중 대다수가 숲에 틀어박힌 채 좀처럼 바깥으로 나오지 않는 이유는 능력이 약한 인간을 얕보기 때문이기도 하지만 자신과 비슷한 모습을 지닌 그 종족의 급한 삶을 보고 있자면 눈이 팽팽도는 것 같은 느낌이 들기 때문이다.

그런 의미에서 스스로 인간 사회로 들어온 크류스 일행은 매우 활발하고 호기심이 왕성하다 할 수 있다.

항의하는 크류스에게 그녀가 존경하는 파티 리더, 라피스는 눈을 가늘게 뜨고 의연한 목소리로 말했다.

『크류스, 이건 좋은 기회다. 좀처럼 나서지 않는《천변만화》의 임무에 참여할 기회는 거의 없다. 루시아 로제———《만상자재》가 어떻게 그 정도의 힘을 얻었는지 알아낼 기회다. 이것은 나아가서는 우리의 미래로 이어질 수도 있는 중대한 임무다.』

『그래도, 라피스. 나는 호위에 익숙하지 않아, 입니다. 폐를 끼치게 될지도 몰라.』

무슨 말인지는 안다. 크류스 일행은 평범한 정령인보다 호기심이 왕성하고 향상심도 강하다. 무슨 생각을 하는 건지 전혀 알 수가 없는《방랑》, 엘리자 정도는 아니지만 인간에게 협력하는 것도 싫지만은 않다.

하지만 불안한 마음은 있었다. 정령인인 크류스는 정령인의 기질이 몸에 배어 있다. 조심하고 있긴 하지만, 어쩌다 보니 인간을 화나게 만드는 경우도 자주 있었다. 말투도 제대로 의식해야만 존댓말을 쓸 수 있다.

상대가 평범한 상인이라면 그런 상태로도 어떻게든 되겠지만, 상대가 귀족이라면, 그리고 상대가 황제라면 만에 하나 무슨 일이 벌어졌을 때 어떻게 될지 모른다. 파티는 물론이고 그 영향이 클랜에게도 미칠 것이다.

그 얼빠진 얼굴을 가진 약한 인간이 어떤 의도로 라피스에게 요청을 한 건지 전혀 이해할 수가 없다.

크류스가 불안하다는 듯이 말하자 라피스는 의젓하게 고개를 끄덕였다.

『녀석이 우리에게 요청한 이유는 알 수가 없다만,《천변만화》의 지시만 따르면 문제는 없을 것이다. 그리고 그 힘의 근원을, 수법을 배우는 거다. 이것은 크류스, 너만이 할 수 있는 임무다.』

그렇게까지 말하니 거절할 이유가 없었다. 중대한 역할이다. 《천변만화》의 힘의 비밀을 알아낼 수 있다면 파티 전체의 강화로 이어진다. 개인적인 흥미도 있다.

주먹을 쥐고 기합을 넣었다. 그때, 문득 생각이 나서 리더를 보았다.

『그러고 보니 어째서 나야? 입니다. 다른 멤버 중에 좀 더 적절한 녀석이 있을 텐데, 입니다.』

『뭔가 했더니……. 우리 중에서는 네가 제일 《천변만화》와 사이가 좋으니까.』

수상쩍어하는 표정을 지은 크류스에게 라피스가 어깨를 으쓱이며 말했다.

정말, 라피스는 엄청나게 착각하고 있다. 크류스는 딱히 《천변만화》와 사이가 좋은 게 아니다.

이것저것 부탁하니까 고귀한 정령인으로서, 힘을 지닌 자의 의무로서 도와주고 있을 뿐이다.

애초에 약한 인간은 루시아의 오빠다. 그렇기 때문에 크류스가 상대해주고 있는 것이다.

그리고 약한 인간은 까불대고 얼빠진 녀석이지만, 인간치고는 나쁜 녀석이 아니다.

───계속 그렇게 생각해왔다.

그래서 갑작스럽게 눈앞에 펼쳐진 광경에 크류스는 정령인으로서 말도 안 될 정도로 그저 멍하니 서 있었다.

넓은 방은 시체가 잔뜩 쌓인 듯한 꼴이 되어 있었다. 여우 가면을 둘러싸고 있던 근위대는 모조리 쓰러졌고, 꿈쩍도 하지 않았다.

창문 밖에는 어둑어둑한 공간이 펼쳐져 있다. 근위대 중에서 유일하게 의식이 있는 프란츠도 무릎을 꿇고 있다.

"허억, 허억……. 대, 대체 어떻게 된, 거냐……."

"흐음…… 폐하에게 효과가 없었던 건 세이프 링의 힘인데…… 설마 황녀 전하의 대미지를 대신 입은 건가? 그 갑옷의 힘인가? 동료였던 게 아니었나? ………뭐, 좋다. 하지만 움직이지 않는 게 좋을 거다. 이제 네놈은 곧 죽을 테지만…… 안 그래도 얼마 남지 않은 수명이 빠르게 고갈되니까."

마치 무기물처럼 감정이 느껴지지 않았던 여우 가면 남자가 조용히 흩어졌다. 테름의 표정은 온화해 보였다. 그리고 바로 곁에 있는 《천변만화》의 표정에도 마치 달라붙은 듯한 미소가 있었다.

이해할 수가 없었다. 아니, 하고 싶지 않았던 건지도 모르겠다.

호위들이 쓰러진 원인. 이것은─── 마법이다.

지극히 조용하고 강력하며, 생명을 죽이기 위해서만 존재하는 마법. 정령인은 이렇게 역겨운 마법은 쓰지 않는다.

호위들은 아직 살아있다. 의식을 잃고 전투 불능 상태가 되었지만, 약간이나마 생명의 고동이 느껴진다.

하지만 그 고동은 서서히 약해지고 있다. 어서 치료하지 않으면 조만간 죽을 것이다.

직감으로 이해했다. 이것은——— 효율이다. 효율을 생각했기에 단숨에 죽이지 않은 것이다. 정 같은 게 아니다. 어차피 죽을 테니 마법으로 숨통을 끊어주겠다는 '낭비'는 하지 않는다. 그런 것이다.

칠 드래곤 무리를 쓰러뜨린 마법을 본 순간에도 크류스는 테름의 마법에서 한없이 싸늘한 인상을 받았다. 착각한 거라 생각했지만, 직감은 빗나가지 않았다.

인간은 무시무시하다. 수명이 짧은 탓에 성장이 빠르고, 급하게 사는 탓에 망설임 없이 누군가를 죽인다.

그리고 여우 가면 남자 역시——— 분신이었다면 기척이 없는 것이나 갑자기 나타난 것도 납득이 된다.

본 적이 없는 마법이지만 사용한 이유도 이해가 된다. 의식의 빈틈을 찌르기 위해서다. 물리 공격과 마찬가지로 마법 공격도 빈틈을 찌르는 편이 효과가 더 크다.

한기가 솟구쳤다. 이 남자는 압도적인 실력을 지니고 있으면서도 전혀 방심하지 않는다.

오른손으로 들고 있던 평소와는 다른 지팡이의 감촉. 재빨리 입을 열었지만, 나온 것은 주문이 아니라 외침이었다.

"어, 어떻게 된 거냐, 입니다! 너, 무슨 짓을 한 건지 알고는 있는 거냐, 입니다! 케챠챠카, 어째서 테름을 말리지 않아, 입니다!"

"…………설득한 것 아니었나, 《천변만화》. 뭐, 됐다. 자네의 처우는 내 권한이 아니야. 적도 못 되지. 다치고 싶지 않다면 뒤쪽으로 빠져 있어라."

"우케케……."

그 말을 듣고 크류스는 상황을 이해했다. 이해하고 싶지 않았지만, 이해해버렸다.

황제 폐하의 표정에는 초조한 기색이 없었다. 그저 허리에 차고 있던 보검 쪽으로 손을 대고는 테름에게 물었다.

"근처에 숨어있다는 건 알고 있었다만…… 테름 아포크리스. 네가 '여우'냐?!"

"그렇고말고. 하지만 이제 작별이다. 배도 곧 추락한다."

테름은 안색 한 번 바꾸지 않고 말했다.

이길 수 없다. 크류스의 실력으로는 만약에 허를 찌른다 해도 테름을 쓰러뜨리지 못한다.

테름의 힘은 인간이라고 생각하기 힘들 정도로 뛰어나다. 아마 물 쪽 분야에 있어서는 루시아 로제조차 따라가지 못할 대마도사다. 그리고 크류스 쪽을 보고 있지 않은 지금도 저 남자는 방심하지 않고 있다.

승산이 있다고 한다면 지금 맡아두고 있는 보구 지팡이의 힘에 달렸겠지만———.

《천변만화》의 표정은 테름이 들어온 직후부터 전혀 바뀌지 않았다.

그 한심해 보이는 미소를 본 크류스는 처음으로 강한 오한을 느꼈다.

테름이 한 말을 생각하면 약한 인간도————.

재빨리 《천변만화》로부터 거리를 벌리고는 지팡이를 겨누었다. 프란츠가 검을 지팡이삼아 비틀비틀 일어섰다. 하지만 그의 눈은 탁해졌고 얼굴은 창백했다. 지금이라면 근접 전투 능력도 크류스가 더 강할 것이다.

"크라이 안드리히…… 네놈이…… '여우'냐."

프란츠의 호흡은 거칠었다. 눈에 띄는 상처는 없지만, 반쯤 죽어가는 상태다.

그럼에도 불구하고 그는 힘없는 동작으로 검을 뽑아들었다. 잘 닦인 검의 끄트머리가 떨리고 있었다.

"당하진, 않는다. 분명히, 수상쩍다고, 생각했다. 젠장, 그렇게 생각했단 말이다!"

"네놈들이 패배한 원인은 우리를 얕잡아본 것이다. '여우'는…… 어디에나 있다. 하늘 위에는 원군이 오지 않는다. 우리 넷 상대로 영광스러운 제블디아의 제0기사단장이 얼마나 싸울 수 있는지 보여주시지."

완전히 당했다. 황제도 검술 실력이 좋긴 하지만, 테름을 당해낼 정도는 아니다.

아니, 아무도 당해낼 수 없다. 만약에 프란츠가 무사한 상태라 해도, 다른 기사단이 살아있었다 해도, 그리고 크류스가 협력했다 해도————《지수》 테름과 《천변만화》가 적이 된 시점에서 승산 같은 게 있을 리가 없다.

"믿고 있었는데——— 시, 실망이다, 약한 인간!"

혼자 남은 키르나이트도 꿈쩍도 하지 않았다. 그 또한 여우의 일원이었을 것이다. 냉정하게 생각해보니 키르(KILL)나이트라는 살벌한 이름을 가진 녀석이 제정신일 리가 없다.

아니——— 《천변만화》가 멤버를 정한 시점에서 결과는 이미 정해져 있었던 것이다.

끓어오르는 감정을 다스리고 냉정하게 생각했다. 승산은 없다.

크류스가 살아있는 이유는 약한 인간이 지시했기 때문일 것이다.

배신하게 만들 생각인가? 얕잡아 봤군. 크류스가 호위 대상을 배신하는 건 있을 수 없는 일이다.

추하게 살아갈 바에는 차라리 고귀한 정령인으로서 긍지 있는 죽음을 선택한다.

크류스가 약한 인간에게 협력했던 것은 약한 인간이 분명히 착한 사람이었기 때문이고———.

할 수 있는 건 도망치는 것뿐이다. 배에 구멍을 뚫고 도망치는 것이다.

낙하 정도라면 마법으로 어떻게든 할 수 있다. 추격자가 오지 않는다면 말이지만.

모두를 살릴 수는 없다. 우선순위는 황제 폐하가 첫째, 그다음이 황녀 전하다.

크류스는 각오를 다졌다. 강한 마법을 사용한다. 호흡을 가다듬고 의식을 날카롭고 예민하게 만든다.

따끔거리는 살의와 테름이 끌어낸 방대한 마력이 방을 가득 채우고 있었다.

그때, 지금까지 잠자코 있던 《천변만화》가 왠지 심각해 보이는 표정으로 중얼거렸다.

"내가, 여우라고······? ················무슨 소리야?"

"················뭐어?!"

대체 무슨 일이 일어난 건지 전혀 알 수가 없었다.

머리 회전이 별로 빠른 편이 아니라는 건 자각하고 있지만, 눈앞에서 벌어진 엄청난 전개는 완전히 내 허용량을 넘어섰기에 현실감이 전혀 없었다. 나는 표정을 바꾸지조차 못했다.

테름이 방 안으로 들어온 순간, 호위들이 털썩털썩 쓰러졌고, 여우 가면 남자가 사라졌고, 나는 비난당하고 있었다.

하지만 그런 상황에서도 내 뇌는 혼란스러움을 극복하지 못하고 있었다.

나는 평소에도 무능하지만 예상치 못한 갑작스러운 전개가 이루어지면 그 이상으로 무능해진다.

뭐가 뭔지 모르겠다. 테름과 케차챠카가 적이었다는 것도 놀랍지만 테름이 나를 아군으로 생각하고 있었다는 건 더 놀라웠다. 깜짝 놀랐네.

온몸에 수많은 시선이 꽂히는 게 느껴진다. 좀 전까지 쏴죽일 듯이 날카로운 눈초리로 바라보고 있던 프란츠 씨도, 노려보고 있던 크루스도, 그리고 온화한 미소를 짓고 있던 테름이나 평소와 똑같은 케챠챠카도, 그리고 황녀 폐하와 황녀 전하까지, 다들 이쪽을 보며 굳어 있었다.

그 순간, 분명히 시간이 멈춰 있었다. 하지만 제일 상황을 이해하지 못하고 있는 건 아마 나일 것이다.

어떻게 해야 할지 모르는 내게 테름이 다시 미소를 지으며 말했다.

"홋…… 시시한 농담이로군, 《천변만화》. 이제 연기 같은 건 필요 없다."

"어……?"

연기 같은 건 안 했는데……. 그렇게 말하려던 순간, 그제야 내 뇌가 움직이기 시작했다.

평소였다면 식은땀을 흘렸겠지만, 쾌적했기에 식은땀은 흘리지 않았다. 아니, 지금까지 느긋하게 지냈던 것은 분명히 퍼펙트 베케이션의 힘일 것이다. 이 보구는 강력하지만, 장비한 자를 반강제적으로 쾌적하게 만들어버리는 단점이 있다.

고민하고 있을 때가 아니다. 케챠챠카와 테름이 적이라면…… 위험하잖아.

그들은 내 최강의 전력이었다. 아군은 왠지 모르겠지만 무릎을 꿇고 있는 프란츠 씨, 크루스, 키르나이트밖에 없다.

나는 살짝 헛기침을 하고는 상황을 바로잡기로 했다. 한 발짝 뒤로 물러나 테름과 케챠챠카를 비난했다.

"테름, 케챠, 너희가 배신자였나! 믿고 있었는데!"

"?! 무슨 소릴 하는 거지?! 너, 너도 '여우'의 일원이잖나?!"

이 남자는 무슨 소리를 하는 거지? 그때, 내게 하늘의 계시가 내려왔다. 내려오는 게 너무 늦었잖아.

혹시…… 프란츠 씨가 말한 '여우'가 팬텀이 아닌가? 좀 이상하다 싶긴 했지. 신출귀몰의 보물전【길 잃은 여관】은 마이너하고, 그들이 인간에게 흥미를 가지고 접촉, 아니 공작을 하는 일은 있을 수 없다. 애초에 걔들이 적이라면 호위를 아무리 많이 데리고 와도 소용이 없다고!

그럼 팬텀이 아니라면 뭐지? 뭐, 행동으로 보아 도적단이나 테러리스트겠지, 분명히.

공교롭게도 나는 겁쟁이지만 범죄자에게 협력할 정도로 타락하진 않았다.

"여우? 나는 인간이야. 헌터라고, 어째서 그런 생각을 하는 건지 모르겠네."

"뭐……라고?! 어째서 암호를 알고 있었던 거냐?!"

"……무슨 말인지 전혀 모르겠는데."

"자, 장난치지 마라! 네놈, 열세 개째라고 했잖나!"

"무슨 말인지 전혀 모르겠는데!!!"

"윽?!"

아니, 진짜라니까. 암호라는 게 뭔데? 열세 개째가 뭔데? 유일하게 짐작이 가는 건 요괴 여우에게 꼬리를 받았다는 이야기를 한 것 정도인데, 아무리 그래도 그건 아니겠지.

테름의 표정에 크게 동요한 기색이 드러났고, 아무 짓도 안 했는데도 뒤로 한 발짝 물러섰다.

"있을 수, 없는 일이다……. 젠장, 설마 함정인가?! 이 폭풍은 어떻게 된 거냐?!"

"뭐어? 함정?"

이 영감님이 무슨 소릴 하는 거지? 폭풍 같은 건 모른다고.

멋대로 함정이라고 하면서 내가 뭔가 저지른 듯이 누명을 씌우지 말았으면 하는데.

테름이 오른팔을 들어 올렸다. 나는 오랜만에 날카로운 목소리로 외쳤다.

"어이쿠, 움직이지 마. 테름하고 케챠차카. 움직이면 너희를——두꺼비로 만들어주마. 내 힘은 봤겠지? 저번에는 힘을 조절했을 뿐이야."

"?!"

테름이 움직임을 딱 멈추었다. 그의 이마에는 식은땀이 흐르고 있었다.

각성한 마법의 재능. 그 이후로 몇 번 시험해 보았지만, 다시 발동되지는 않았다. 하지만 지금 각성하지 않으면 언제 각성한다는 거지? 폼을 잡으며 팔을 뻗은 내게 크류스가 눈을 휘둥그레 뜨고 소리쳤다.

"약한 인간, 너, 너, 적인지 아군인지 좀 확실하게 밝혀라, 입니다!"

"………아니, 내가 무죄라는 건 트루 티어즈로 증명되었잖아."

국보로 무죄가 증명되었는데 오해를 산 이유를 알 수가 없다.

계속 내가 그럴 줄 알았다고 하던 프란츠 씨가 눈을 크게 떴다. 아무리 그래도 너무 못 믿네. 무능한 모습을 여러 번 보여주긴 했지만 그런 범죄 행위에 손을 댄 기억은 없는데…….

"이해가, 안 된다고?! 그렇다면 어째서 나를 끌어들인 거지? 지금까지 내버려 둔 이유는?! 젠장……."

테름이 벌벌 떠는 듯이 말했다. 나는 당당하게 가슴을 펴고 맞받아쳤다.

"무슨 말인지 전혀 모르겠는데!"

"하지만 배의 동력은 이미 파괴했다. 이 배는 추락할 거다!"

뭐라고……?! ……융단하고 사이좋게 지낼 수 있게 해두어서 다행이다.

그런데 역시 추락하는 건가…… 다행히 아직 낙하하는 것 같진 않은데, 혹시 풍선 부분이 있어서 낙하 속도가 느린 건지도 모르겠다. 하늘을 나는 원리를 모르니 완전히 망상이지만.

나는 자포자기하는 심정으로 미소를 지었다. 이제 될 대로 되라. 이 호위 의뢰는 확실하게 실패다.

"형태가 있는 물건은 언젠가 부서진다. 프란츠 씨……는 안 되겠구나. 키르나이트, 저들을 구속해라."

하지만 폐하는 살아있다. 쓰러진 다른 사람들도 지금 당장 치료하면 살아날지도 모른다.

하지만 시트리가 맡긴 키르나이트는 내 말을 듣고도 꿈쩍도 하지 않았다.

지금까지는 제대로 움직였는데 어째서———— 그렇게 생각한 순간, 수상쩍은 목소리가 울려 퍼졌다.

미친 듯이 웃고 있던 사람은 까만 로브를 두르고 있어서 척 보기에도 수상쩍은 남자였다. 너무나도 수상쩍어서 오히려 수상하지 않던 남자, 케챠챠카 뭉크. 그가 신산귀모가 아니라면 누가 신산귀모일까.

"히히…… 우케케…… 그럴 줄, 알았다. 너는…… 히히히…… 아군이 아닐, 거라고. 히히히히히히익!"

"?! 케챠가 말을 했어?!"

"?! 크케케…… 바보, 취급하기는———— 하지만, 히히히…… 케케케……."

"케챠…… 정말 기뻐하는 것 같다, 입니다?!"

그러게, 빛나고 있어. 아니, 적하고 아군 둘 다 나를 적이라고 생각했던 거야? 상처받네.

케챠챠카가 품속에서 작은 상자를 꺼냈다. 시트리에게 받았던 키르나이트의 컨트롤러였다. 찾아도 보이지 않았는데 어째서 케챠챠카가————.

"설마————."

말도 안 돼…… 나는 케챠챠카 앞에서 컨트롤러를 쓴 기억이 없는데.

하지만 케챠챠카는 그것과 키르나이트의 관계를 짐작하고 있는 것 같았다.

계속 오토 모드였던 키르나이트는 꿈쩍도 하지 않았다.

"히히히…… 이 녀석이, 골렘이라는 건, 알고 있었다……. 히히히…… '여우'를, 얕보지 마라, 《천변만화》, 죽어!"

케챠챠카가 스틱을 움직이고 큼직한 버튼을 눌렀다.

키르나이는 움찔, 한 번 떨고는―― 두 팔과 두 다리를 어색하게 움직이며 기괴한 동작으로 춤추기 시작했다.

"……?!"

시트리가 가르친 것치고는 꽤 조잡한 댄스다. 케챠챠카는 아무런 말도 하지 않고 댄스를 보고 있었다.

악몽이라도 꾸고 있는 것 같은 표정이다. 키르나이트는 한참 춤을 추고 나서 멈추고는 제자리에 쓰러졌다.

그때 나는 키르나이트에게 밥을 한 번도 주지 않았다는 사실이 생각났다.

식사할 때도 없었던 것 같다. 생고기를 주면 되던가?

…………아, 아무튼 키르나이트가 적이 되지는 않을 것 같다.

멍하니 서 있는 케챠챠카에게 하드보일드하게 어깨를 으쓱여 보였다.

"아…… 나중에 쓰려고 했는데…… 그래서, 그게 어쨌다고?"

"?! ???? 크…… 케케케케케케케, 키히익~!"

케챠챠카가 완전히 망가졌다. 전의를 되찾은 건지, 테름이 내게 두 손을 내밀었다.

마법이 날아온다. 한순간만에 구성된 것은 셀 수 없이 많은 물의 창이었다.

영창 속도가 너무 빠르다. 전조가 전혀 안 보이는데?! 도망칠 수도 없었기에 수없이 많이 날아든 창이 내 온몸에 꽂혔다. 엄청 난 위력, 엄청난 속도, 그럼에도 불구하고 소리 하나 나지 않았다. 무시무시한 마법이다.

하지만 나는 퍼펙트 베케이션과 세이프 링 덕분에 쾌적했다.

물의 창은 전부 막혔고, 나를 한 발짝도 움직이게 만들지 못했 다. 이것은 세이프 링의 효과다.

"으…… 멀쩡, 하다고?! 그 유명한《천변만화》의 '절대방어'인가?!"

"믿기지 않는 실력이야, 테름. 분명히 내가 알고 있는 사람들 중에 최강급의 마도사겠어."

테름이 거친 목소리로 말했고, 나도 마음속으로는 표정만큼 차 분한 게 아니었다. 표정은 쾌적하지만.

무시무시한 마도사다. 방금 그 마법은 영창 속도와 위력도 그 렇지만, 컨트롤도 극치에 달한 수준이었다.

어째서 그런 걸 아냐면, 세이프 링 하나로 전부 막아냈기 때문 이다. 세이프 링이 펼치는 결계는 아주 잠시뿐이다. 동시에 명중 하지 않았다면 이런 결과는 나오지 않았을 것이다. 이런 건 루시 아도 할 수 있을지 없을지 수상쩍다.

나는 씨익 웃고는 기합을 담아 마법을 날렸다.

"하지만, 장난은 여기까지다! 하아아아아아아아아아아앗! 오 렌지 주스가 되어라!"

"으?!"

테름과 케챠챠카는 표정이 굳은 채 뒤로 물러났다. 마법은 발동되었다. 아마도, 어쩌면, 발동되었을 것이다. 하지만 테름과 케챠가 오렌지 주스가 될 기색은 없다.

나는 살짝 헛기침을 했다. …………혹시 나, 마법을 쓸 수 없는 건가?

"………………아무래도 오늘은 몸 상태가 안 좋은 것 같군. 도망칠 거라면 굳이 쫓아가진 않을 텐데?"

"윽…… 이렇게까지 굴욕을 주는 건가! 얼어붙어라!"

테름이 두 팔에 차고 있던 팔찌가 희미하게 빛났다. 후둑후둑, 작은 소리가 내 쪽을 향해 다가왔고, 나를 감싸려다 정지했다. 세이프 링은 발동되지 않았다. 이것은 셔츠형 보구, 퍼펙트 베케이션의 효과다.

이 보구는 방어 능력이 거의 없는 거나 마찬가지지만, 기온의 변화에는 엄청나게 강하다. 정말 쾌적하다.

뒤에 있던 크류스가 무사한 건 테름이 위력을 높이기 위해 범위를 꽤 많이 줄였기 때문일 것이다.

"있을 수 없는 일이다. 절대로 있을 수 없는 일이야! 그 냉기를 막기만 한 게 아니라, 완전히 없앴다고?!"

"내게 고온다습은 통하지 않아."

"약한 인간, 장난치고 있을 때냐, 입니다!"

사고를 거치지 않고 입에서 멋대로 나온 말에 크류스가 태클을 걸었다.

테름의 얼굴은 새빨갛게 물들어 있었다. 완전히 머리에 피가 쏠렸다.

"크윽············· 배와 함께 떨어뜨려주마."

"크케케케케케켁!"

케챠챠카가 웃음소리를 내며 발을 동동 굴렀다.

뭘 당하고 있는지는 모르겠지만, 세이프 링이 점점 소비되고 있다는 걸 알 수 있었다. 저주를 걸고 있는 것 같은 분위기가 느껴지긴 하는데, 이게 주술이라는 건가? 테름보다 상성이 안 좋을 것 같은데.

배가 추락하면 큰일이다. 하지만 왠지 모르게 몸 상태가 안 좋은 내게는 공격 수단이 없다. 구해줄 사람도 없다.

크류스를 보니 짐작했다는 듯이 마법을 영창했다.

"크윽······ 불꽃 마법은 잘 못 쓴다고 했는데······ '불의 폭풍'."

나도 구색 맞추기 정도로 샷 링을 동시에 기동시켰다. 발생한 매우 약한 탄환이 영창을 계속하고 있던 테름에게 날아들었고, 명중하기 전에 사라졌다. 간이 결계를 치고 있는 모양이다. 마도사가 자주 쓰는 수법이다. 어느 정도 강력한 공격은 막지 못해서 그냥 보험 같은 용도로 쳐두는 거라고 들었는데, 다시 말해 샷 링으로 날린 마법의 탄환은 대단한 공격도 못 된다는 뜻이다.

뒤늦게 크류스가 날린 마법, '불의 폭풍'이 테름에게 명중했다.

활활, 가랑비 같은 불똥이 테름에게 쏟아져 내렸지만 전혀 효과가 없었다.

아무리 그래도 위력이 너무 약하다. 봐주고 있는 건가? 나도 모르게 그녀를 보니 크류스 자신이 제일 놀라고 있었다. 들고 있던 지팡이······ 내가 빌려둔 라운드 월드를 보며 소리쳤다.

"뭐어?! 대, 대체 뭐냐, 이 지팡이?! 입니다."

"……………지, 지팡이 탓을 하면 안 되지."

하지만 이제 틀렸다. 모든 게 안 좋은 쪽으로만 돌아가고 있다.

그리고 그러던 동안에 테름이 두 팔에 차고 있던 팔찌가 신비로운 빛을 뿜어냈다. 푸른 빛이다. 나는 지팡이형 보구를 별로 가지고 있지 않기에 잘 모르겠지만, 그 빛은 틀림없이 강력했다. 막을 수가 없어!

공기가 뒤흔들리고, 강한 충격이 배 전체를 흔들었다. 테름이 소리쳤다.

"모조리 죽어버려라! '글라키에스 제로(하얀 하늘에 끊기거라)'."

"루시아! 고도, 높여! 더 높이이!"

"크으…… 시끄러워…… 일반적인, 폭풍이 아니야!"

리즈의 말에 루시아는 얼굴을 새빨갛게 물들이며 필사적으로 연 마법을 제어했다.

이미 시트는 걸치고 있지 않다. 그럴 상황이 아니었다.

연은 거대하다. 안셈을 비롯한 모두와 짐까지 싣고 있어서 무게도 꽤 나간다. 하지만 그것과는 상관없이 제어가 거의 통하지 않았다. 마치 날뛰는 말의 고삐를 쥐고 있는 것 같았다.

언제 어디서나 마법을 쓸 수 있게 연구하고 있는 루시아가 보기에는 믿기지 않는 일이었다.

마술의 기동을 방해하는 특수하고 강력한 결계 안에서 마술을 쓰고 있는 듯한 감각. 분명히 이상하다.

그래도 어떻게든 거센 바람을 타고 연이 위쪽으로 계속 올라갔다.

하늘에는 종말을 연상케 하는 먹구름이 펼쳐져 있었다. 그 안에서 거대한 기척이 느껴졌다.

연 위쪽에 달라붙어 있던 시트리가 고개를 살짝 갸웃거리며 눈을 반짝였다.

"이런 고도에 결계가 쳐져 있을 리가 없는데…… 꽤 상황이 수상쩍네요."

"우오오오오오오옷! 정~, 말~, 높~, 다~, 아~! 폭풍 속으로 돌진해, 루시아! 내가 퍼스트 어택을 날릴 거다! 두고 보자, 저번에는 안타깝게도 패배했지만, 이번에야말로 번개를 벨 때, 이럴 때 베지 않으면 남자가 아니야!"

"…………으음."

그리고, 하얀 연을 탄 기묘한 집단은 까만 구름 안으로 망설임 없이 돌진했다.

마도사의 무서운 점을 한 가지 들자면 마법이 내 일상의 연장선상이 아니라는 점일 것이다. 검을 휘두르면 무언가를 벨 수 있다는 건 이해할 수 있지만, 마도사가 손가락을 튕긴 것만으로도 불이 켜지는 원리는 예상도 할 수가 없다. 마술도 일단은 일정한 규칙에 따르고 있는 것 같지만, 마도사가 아닌 사람이 그것을 인식할 수는 없다. 루시아가 《만상자재》라는 거창한 별명을 얻은 것도 그 때문이다.

테름이 주문을 외쳤다. 그런 상황에서도 나는 테름이 무슨 짓을 하려는 건지 전혀 이해할 수가 없었다.

하지만 괜찮다. 괜찮다. 내게는 세이프 링이 있다. 눈을 감고 재빨리 오른팔을 뻗으며 앞으로 나섰다.

어차피 도망쳐봤자 소용이 없다. 이럴 때 내가 할 수 있는 건 벽이 되는 것뿐이다.

배를 뒤흔들던 충격이 갑자기 멎었다. 세이프 링은………… 발동된 기척이 없는데?

슬쩍 눈을 떴다. 시야에 들어온 것은 깜짝 놀란 테름의 표정이었다.

"마, 말도 안 돼…… 있을 수 없는 일이다. 마력도 충분히 남아 있다…… 어째서 마법이 발동되지 않는 거지?!"

어? 실패했어? 그렇게까지 자신만만하게 주문을 외워놓고 실패한 거야?

테름은 대놓고 빈틈을 드러내고 있었다. 하지만 공교롭게도 우리 쪽도 프란츠 씨 일행은 쓰러졌고, 근접 전투를 벌이면 마도사에게도 지는 나밖에 없기 때문에 아무것도 할 수가 없다. 황제 폐하가 검으로 공격해주면 안 되나…….

케챠챠카는 내가 아무것도 하지 않았는데도 주눅이 든 것처럼 한 발짝 물러섰다.

"우케케…… 무슨 짓을…… 한 거냐……?"

"설마 이 폭풍의 힘인가?! 술식이, 고정되지 않아?!"

테름이 초조해하며 팔찌를 빛냈다. 그리고 나는 애초에 마법을 쓰지 못하기 때문에 평소처럼 쾌적했다.

뭐가 뭔지 잘 모르겠지만 덕분에 살아난 것 같아. 그런데 이 폭풍, 테름 때문에 생긴 거 아니었어?

나는 우선 지금 내가 할 수 있는 일을――― 거울 앞에서 몇 번이나 연습했던 하드보일드한 미소를 지었다.

"보아하니 형세가 역전된 모양이로군. 마법을 쓰지 못하는 너 따위는 그냥 영감에 불과하다."

"젠장……."

테름이 앞으로 나섰다. 그 육체에는 빛의 선이 혈관처럼 드러나 있었다. 신체 강화 마법이다. 보아하니 쓸 수 있는 마법도 있는 것 같다. 신체 강화는 상대방에게 마법이 통하지 않았을 때 사용하는 마도사의 마지막 수단이다. 육체에 부담이 가는 데다 강화해도 근접 전투 직업보다는 약하기 때문에 '발버둥'이라고도 불린다.

"?! ??? 약한 인간, 나도 마법을 못 쓴다, 입니다?!"

"나도 못 써."

테름은 늙은 나이인 것 같지 않은 몸놀림을 보였다. 몸을 낮춘 채 이쪽으로 다가오는 모습은 마치 도적 같기도 했다. 경험치가,

헤쳐나온 수라장이 다른 것이다.

재빨리 손가락에 끼고 있던 샷 링을 아무렇게나 기동시켰다.
색만 화려한 마법의 탄환이 폭풍처럼 테름을 덮쳤다. 파괴 능력
이 거의 없는 탄환을 테름이 옆으로 뛰며 피했다.

그가 바닥에 떨어져 있던 검을 주워 들고는 물이 흐르는 듯한
동작으로 이쪽을 향해 던졌다. 검은 내 머리를 향해 일직선으로
날아왔지만, 항상 그랬듯이 발동된 세이프 링으로 인해 튕겨 나
갔다. 남은 세이프 링은——— 다섯 개. 테름이 깜짝 놀랐다.

좀 전에는 피하지 않았던 샷 링의 공격. 그걸 호들갑스럽게 피
한 걸 보니——— 나는 세이프 링이 얼마 남지 않았는데도 불구
하고 쾌적한 기분으로 허세를 부렸다.

"보아하니 이제 결계조차 치지 못하는 것 같네."

"윽…… 괴물 같은 놈……."

내 명추리를 들은 테름이 경계하는 듯이 슬금슬금 거리를 벌리
며 거친 숨을 쉬었다.

농담이지? 그쪽이 훨씬 더 괴물인데.

"약한 인간, 방심하지 마라, 입니다! 얼른 쓰러뜨려, 입니다!"

뒤에서 크류스가 내 등을 찔러댔다. 그 빌려준 지팡이로 때리
러 가주면 안 되나.

아마 마법을 쓰지 못하는 크류스도 원래부터 못 쓰는 나보다는
강할 것 같은데.

그런데 어떻게 해야 할까. 마도사를 붙잡으려면 마법을 봉인하
는 힘을 지닌 구속구가 필요하다. 게다가 그것도 상급 마도사에게

는 통하지 않는 경우가 있다. 그렇기 때문에 강력한 마도사와 전투를 벌이게 되면 보통은 어느 한 쪽이 죽어야 끝나기 마련이다.

나는 재빨리, 왠지 모르겠지만 마법을 쓰지 못하는 테름을 보고 비꼬는 듯한 미소를 지으며 말했다.

"테름, 난 《심연화멸》의 오른팔을 죽이고 싶지 않아. 그 팔찌를 버리고 항복해라."

딱히 보구가 신경 쓰이는 건 아니다. 하지만 테름의 힘 중 큰 비중을 차지하고 있는 건 틀림없이 저 팔찌다. 마도사에게 지팡이는 증폭기이며 제어 장치이기도 하다. 크류스가 익숙하지 않은 지팡이로 마법을 제대로 쓰지 못했던 것처럼, 지팡이를 잃으면 테름의 힘도 크게 줄어들 것이다.

내 말을 듣고 테름이 단정한 얼굴을 일그러뜨리며 전의를 드러냈다. 테름이 입을 열려던 순간, 뒤에 있던 케챠챠카가 지금까지 들어본 적도 없었을 만큼 냉정한 목소리로 말했다.

"테름……… 용이, 오지 않는다. 일단 물러나는 게, 낫겠다."

"윽…… 젠장."

어째서 아군은 적이 되면 강해지고, 적은 아군이 되면 약해지는 걸까.

너, 좀 전까지 우케케케라는 말밖에 안 했잖아?

말을 꺼내기도 전에 테름이 돌아섰다. 전위 못지않은 속도로 문을 걷어차서 부수고는 방에서 뛰쳐나갔다. 케챠챠카가 그 뒤를 따라갔다. 나는 그저 바라보고 있을 수밖에 없었다.

쫓아가봤자 질 테니까. 독 체인을 보낼 수도 있겠지만, 레벨7

을 붙잡을 수는 없을 것이다.

"약한 인간, 쫓아가자, 입니다!"

"진정해, 크류스. 저 사람들은 내버려 둬. 사람 목숨이 우선이야. 프란츠 씨와 다른 사람들을 치료하자!"

크류스가 내 등을 밀면서 소리쳤다. 나는 거의 반사적으로 그 말을 거부했다.

다행히 물자는 잔뜩 있었기에 방마다 나누어서 배치해 두었다. 그런 행동이 익숙하지 않은 내 대신 크류스가 능숙하게 포션을 꺼내서 쓰러진 근위대들에게 먹였다.

보아하니 단숨에 당한 사람들도 죽지는 않았던 모양이다. 시트리 특제 포션을 먹이자 곧바로 안색이 좋아졌고, 호흡도 정상적으로 돌아왔다. 크류스가 안심한 듯이 숨을 내쉬었다.

"순수한 파괴의 마법은 아니었던 것 같다, 입니다."

"허억, 허억…… 하지만 움직일 수가 없었다. 힘이 들어가지 않았다……."

유일하게 의식이 있던 프란츠 씨가 땀을 뻘뻘 흘리며 말했다.

"체내의 수분을 약간 조작했다…… 믿기지 않을 정도로 대단한 기술이다, 입니다. 미끼를 내놓고 빈틈을 찌르기는 했지만, 라피스도 이런 건 불가능하다, 입니다."

크류스의 목소리는 심각했다. 마술의 기초라서 알고 있긴 한데, 마술을 다른 사람의 몸속에 직접 사용하는 것은 매우 힘든 일이다. 왜냐하면 인간의 육체는 정도의 차이가 있긴 하지만 마술에 대한 내성을 지니고 있기 때문이다. 그런 의미에서 한순간만에 그렇게 많은 사람들의 몸속을 조작해서 무력화시킨 테름은 분명히 초일류 마도사였다. 자동으로 기동되는 세이프 링이라면 막을 수 있지만, 허를 찌르면 막을 방법이 없다.

프란츠 씨가 비틀비틀 일어섰다. 다른 병사들은 아직 그럴 만한 여유가 없는 것 같았다. 우선 생명의 위기는 사라졌지만, 테름과 케챠챠카에 비해 이쪽 전력은 너무나도 불안했다.

황제 폐하는 이런 상황에서도 전혀 동요한 모습을 드러내지 않았다. 의자에 의젓하게 앉아 내게 물었다.

"그래서, 어떻게 할 건가? 승산은 있나?"

"없을 리가 없잖아, 입니다. 그렇지? 약한 인간, 입니다."

황제의 날카로운 눈빛을 받고, 크류스의 질문을 받고, 하지만 그런 상황에서도 나는 여전히 쾌적했다.

일단 승산이 있는지 없는지를 따지자면 없다. 아니, 배가 추락한다면 도망치는 것부터 고려해야 할 것이다.

"크류스, 너…… 하늘을 날 수 있어?"

"날 수 있———지만! 이 지팡이로는! 못 한다! 입니다!"

"……그거 지팡이가 아니라 통역기거든."

"?! 뭐어?!"

크류스가 라운드 월드를 탁탁 때려댔다. 나는 슬며시 눈을 피했다. 설마 이런 일이 생길 줄이야.

어떻게 하면 되지? 모르겠다. 무슨 일이 일어나고 있는지조차 전혀 알 수가 없다. 큰일이다.

나는 어떻게 하면 될지 몰라서 일단 물자 안에서 훈제 고기 덩어리를 꺼낸 다음, (아마도) 배가 고파서 쓰러진 채 경련하고 있던 키르나이트 근처에 설치했다.

진정해라. 떠들어봤자 소용이 없을 때는 일단 진정해야지.

팔짱을 끼고 눈을 감았다. 매우 쾌적했다. ……그렇지!

혹시 시간을 벌면 내 사랑스러운 요괴들이 구해주러 오는 거 아닐까?

완전히 현실 도피를 하기 시작한 내게 크류스가 갑자기 날카롭게 소리를 질렀다.

"읔?! 약한 인간! 뒤쪽!"

재빨리 돌아서서 발치를 보았다. 어느새 엎드려 있던 키르나이트 옆에 작은 그림자가 웅크리고 있었다.

어린아이다. 인간 어린아이. 리즈도 몸집이 작은 편인데, 더 작다. 펑퍼짐하고 새하얀 법의 비슷한 옷. 가녀린 팔이 뻗어와 내가 내려놓은 훈제 고기를 잡고는 작은 입으로 가져가 냠냠 먹고 있다.

이 비행선에는 어린아이가 타지 않았다. 이상한 광경이었지만, 소름이 돋진 않았다. 쾌적하기 때문이다.

그래도 쾌적하다고 놀라운 게 사라지는 건 아니다. 어린아이는 아무런 말도 하지 않았다. 하지만 크류스와 다른 사람들은 새파랗게 질렸다. 황제 폐하도 눈을 크게 뜬 채 굳어 있었다. 융단조차 겁을 먹었는지 얌전했다.

하얀 머리카락이 긴데, 성별은 알아볼 수가 없었다. 머리 위쪽 절반을 하얗고 기묘한 가면이 가리고 있기 때문이다.

사고가 다시 정지했고, 입에서 멋대로 말이 나왔다.

"아, **진짜**다……."

그제서야 나는 이 배에 깔린 이질적인 기척을 눈치챘다.

하얗고 매끈매끈한 질감에 위쪽으로 뻗은 두 개의 '귀'. 왠지 모르겠지만 신기하게도 '초연'한 인상이 들었다.

여우 가면이다. 테름의 동료가 쓰고 있던 것과는 분명히 다른, '진짜' 여우 가면.

그 얼굴이 위를 향하고, 이쪽을 올려다보았다. 그 가면에는 눈에 구멍이 뚫려 있지 않았다. 하지만 보고 있다.

승산은 없다. 그것은 그런 생물이었다. 소름이 끼쳐야 했다. 인간이 죽음을 두려워하듯이, 나는 당연히 그것을 두려워해야만 했다. 하지만 나는 여전히 쾌적했다.

다음부터는 호위 의뢰를 맡을 때 이 셔츠를 입으면 안 될지도 모르겠다.

문득 떠올랐다. 예전에 그것과 마주쳤던 것도 신기한 폭풍이 친 날이었다. 폭풍 같은 건 너무 많이 겪어서 전혀 눈치채지 못했는데, 아무래도 그것은 폭풍과 함께 찾아오는 것 같다.

그 이후로 목격 정보가 없다 싶었는데 설마 하늘을 날아다니고 있었을 줄이야, 아무도 못 봤을 만도 하다.

어째서 이런 상황에 처하게 된 거지? 이것도 테름의 소행인가?

──아니.

이건 그저 너무나도 운이 안 좋은 것이다. 그들은 인간의 손으로 제어할 만한 존재가 아니다.

살아있는 동안 두 번 다시 마주칠 일은 없을 거라고 했는데……나도 정말 운이 안 좋구나. 최근에는 사고를 당한 적이 없었던 것 같은데, 보아하니 그냥 쌓여있던 게 터진 것 같다.

창밖에는 좀 전까지 보이던 폭풍이 없었다. 아니, 펼쳐져 있던 세계 그 자체가 흔적도 없이 사라졌다.

바깥에 펼쳐져 있는 것은─── 완전한 흰색이었다. 보물전이란 마나 머티리얼이 재현한 이계다. 레벨이 낮은 보물전이라면 현실 세계에 맞는 이계가 되지만, 레벨이 높은 보물전은 그렇지 않다. 지금 이곳은 현실 세계와 동떨어진 규칙이 지배하는 곳, 그야말로 다른 세계다. 마술이 발동되지 않았던 이유도 그런 것 때문일 것이다.

이제 와서 눈치채봤자 소용이 없기에 나도 모르게 미소를 짓고 있자니 '여우' 가면을 쓴 기묘한 어린아이─── 팬텀의 입가에 덩달아 미소가 걸렸다.

어느새 테름과 케챠챠카가 도망친 문 건너편의 광경은 다른 것으로 바뀌어 있었다.

부딪혔다. 삼켜졌다. 그제야 그 현실을 이해했다. 그리고 여우 어린아이가 말했다.

"어서 와. 무섭지 않아."

약간 벌린 입속은 불꽃처럼 붉었다. 그 입에서 나온 목소리는 가냘펐고, 억양에도 위화감이 있었지만 분명히 우리가 쓰는 말이었다.

———그것은 너무나도 강해져버린 보물전의 말로. 세계 각지를 돌아다니는 기괴한 땅. 살아있는 악몽. 발견 빈도와 최심부에 자리 잡은 강대한 팬텀 때문에 지금껏 답파한 자가 없는 신의 세계.

추정 인정 레벨 10. 그들은 배우고, 돌아다니고, 장난친다.
【길 잃은 여관】. 그 기묘한 보물전은 그렇게 불리고 있었다.
"환영할게."
그들은 신이다. 이 세계에 군림하는 위대한 신의 기억이다.
한 번은 살아 돌아올 수 있었지만, 두 번째도 생환할 수 있을 거라는 보장은 없다.
물리치는 건 불가능하다. 왜소한 인간이 유일하게 할 수 있는 것은——— 교섭뿐. 신이란 그런 존재인 것이다.
"거짓말쟁이."
곧바로 그렇게 나온 내 말을 듣고, 여우의 권속이 활짝 웃었다.
"거짓말 아니야."

내장을 직접 만지작거리고 있는 것 같은 느낌에 크류스는 당장에라도 토할 것만 같았다.

마치 이계에 들어와 버린 것 같은 압박감. 지금 크류스를 일어서 있게 해주고 있는 것은 정령인으로서의, 그리고 호위 의뢰를 맡은 헌터로서의 자존심뿐이다.

마나 머티리얼의 흡수량이 적고 레벨이 낮은 헌터가 진한 농도의 마나 머티리얼이 가득 찬 보물전에 들어가면 가끔 속이 안 좋아질 때가 있다. 헌터에게는 상식 중의 상식이지만, 원래 자주 일어나는 일은 아니다. 어지간히——— 헌터와 보물전의 레벨 차이가 크게 나지 않는 이상은.

창문을 보았다. 그 밖에 좀 전까지 펼쳐져 있던 세계는 없었다.

공포와 혼란 때문에 소리를 지를 뻔했지만, 아슬아슬하게 제정신을 유지했다.

이계형 보물전. 마나 머티리얼의 농도로 인한 구역질. 하나둘 정도의 레벨 차이가 아니다.

그리고 눈앞에 있는 여우 가면을 쓴 어린아이는 틀림없이 그 안에 서식하는 팬텀일 것이다.

두렵다. 지금까지 본 적도 없는 괴물이다. 저것과 비교하면 용 따위는 그저 도마뱀이나 마찬가지다.

어린아이 같은 모습이지만 그건 분명히 어린아이가 아니었다. 인간의 언어와 비슷한 말을 하고 있지만 그것은 '말'이 아니었다. 숲의 수호자인 정령인의 본능이 계속 경종을 울려대고 있다.

테름 이상으로 승산이 없다. 물론 프란츠나 다른 호위들은 아예 비교조차 되지 않는다. 하지만 아직 절망하지 않은 것은 리더인 《천변만화》가 선두에 서 있고, 여전히 태연한 모습을 보이고 있기 때문이다.

아무리 레벨8이라 해도 《천변만화》는 인간이다. 하지만 그 모습은 괴물이 나타난 뒤에도 전혀 달라지지 않았다. 힘은 느껴지지 않는다. 약한 인간은 여전히 약한 인간이다. 하지만 괴물과 나란히 서 있는데도 태연한 데다, '거짓말쟁이'라는 농담까지 내뱉는 자이니 동격의 괴물이나 마찬가지였다.

구해내야 한다. 어떻게든 살아남아야 한다. 하지만 상황을 제대로 파악할 수조차 없었다.

"약한 인가———."

"크류스, 조용히 해. 넌 가끔 실례되는 말을 하니까. 너무 자극해선 안 돼."

곧바로 약한 인간이 손가락을 입가에 가져다 댔다.

?! 뭐어? 이럴 때 자극할 리가 없잖아, 입니다!

불평하고 싶지만, 말을 꺼낼 만한 분위기가 아니다. 여우 가면을 쓴 어린아이가 가벼운 말투로 말했다.

"상관없어."

"정말로? 실례되는 말을 해도 돼?"

"괜찮아, 괜찮아. 쓰다듬어도 돼."

영문을 알 수가 없다. 이해가 안 된다. 말만 듣고 보면 사람을 잘 따르는 것 같다. 하지만 중압감이 느껴진다.

이것은——— 살의다. 이곳에서 크류스 일행은 분명히 피식자이고, 저 팬텀이 하고 있는 말에는 내용이 없으며, 말한 대로 생각하고 있는 것도 아니었다. 마치 바람이 울리는 소리가 우연히 인간의 말로 들린 것처럼 불길했다. 약한 인간은 용케도 태연하게 이야기를 나누고 있는 것 같다.

하지만 이렇게 된 이상, 뭔가 알고 있는 것 같은 약한 인간에게 맡길 수밖에 없다.

"배고프다. 아이스크림 먹고 싶다."

"아이스크림? 아이스크림을 주면 보내줄 거야?"

"물론이지. 토할 것 같다."

"너, 재미있네……."

"은퇴하고 싶다."

어린아이가 한 말을 듣고 약한 인간이 안심했는지 쿡쿡 웃었다.

하지만 그런 말을 할 리가 없다. 팬텀이 아이스크림을 먹고 싶다거나, 토할 것 같다는 말을 할 리가 없다. 냉정하게 생각하면 그런 말을 할 리가 없고, 약한 인간도 그 사실을 알고 있을 것이다.

너무나도 불길하다. 무심코 한 발짝 물러서려던 크류스는 들고 있던 물건을 눈치챘다.

『라운드 월드』.

약한 인간이 들려준 지팡이다. 장엄한 생김새와는 달리 마력을 증폭시켜주지도 않았던 결함품.

하지만 그때 약한 인간이 크류스에게 뭐라고 말했던가…… 그렇다. 이것은 지팡이가 아니라 **통역기**라고 했다. 사용 방법은 모른다. 하지만 크류스는 재빨리 지팡이에 마력을 담았다.

지팡이 끄트머리에 떠 있던 보옥이 회전했다. 팬텀이 입을 열었다. 그리고 목소리와 겹쳐지는 것처럼 의미가 전달되었다.

『죽인다. 반드시 죽인다. 우리의 영역에 무단으로 들어온 것을 후회하며 죽어라.』

"?!"

"하하하, 너는 재미있구나."

거센 분노가 담긴 의지였다. 얼굴이 굳었다.

대충 짐작하고 있긴 했지만, 역시 우호적인 건 겉모습뿐, 말과는 전혀 다른 의미였던 것이다.

그럼에도 불구하고 약한 인간은 마치 불에 기름을 붓는 듯이 방긋방긋 웃고 있었다.

『뭐가, 우습지? 보인다, 그 몸에 깃든 힘. 들어본 인간들 중에서도——— 최저. 말도 안 된다. 무릎 꿇어라, 편히 죽여주마.』

"응, 그래, 그렇지. 나도 초콜릿을 먹고 싶네에."

"약한 인간?! 너———."

무슨 말인지 못 알아듣고 있지, 이 지팡이를 써라, 입니다! 그렇게 말하려던 참에 그가 말렸다.

"크류스, 조용히 하라고 했잖아? 내게 맡겨줘. 지금 즐겁게 이야기하고 있는 참이니까——— 돌아가게 해달라고 교섭해볼게. 필요한 건 적대시하지 않는 거야. 그들 상대로 승산 같은 건 없어."

『결심했다. 결심했다, 너는 다음 일격으로 죽인다. 싸울 각오가 있다면 손을 잡도록 해라.』

혹시 뭔가 이유가 따로 있어서 모르는 척하고 있는 건가?

어린아이가 방긋방긋 웃으며 가녀린 손을 약한 인간 쪽으로 내밀었다. 그와 동시에 무게조차 느껴질 정도로 진한 살의가 방을 가득 채웠다. 좀 전에 치료해준 근위대 중 몇 명은 의식을 잃은 것 같았다.

약한 인간 말고 모두는 마치 재해가 지나가는 것을 기다리는 것처럼 숨을 죽이고 있었다.

"어? 내 팬이야? 그거참, 뭐라고 해야 하나…… 영광이네."

?!

말릴 틈도 없었다. 말을 알아듣지 못하더라도 이 살의를 느끼지 못할 리는 없을 텐데, 약한 인간은 망설이는 기색도 없이 그 손을 잡았다.

꽤 우호적인 팬텀이네. 나는 방긋방긋 웃는 여우 가면 어린아이를 보고 일단 안심하고 있었다.

보물전【길 잃은 여관】에는 팬텀이 두 종류——— 핵인 거대한 요괴 여우와 수많은 권속이 서식하고 있다.

거대한 요괴 여우는 계속 보물전 중심에 있을 테니 눈앞에 있는 어린아이는 권속일 것이다.

이 보물전의 팬텀은 가장 급이 낮은 경우에도 당해낼 수 없는 힘을 지니고 있다. 예전에 왔을 때 들은 이야기로는 발생한 뒤 지금까지 권속이 당한 경우는 손꼽을 정도밖에 없는 모양이다. 아마 힘만 따지면 레벨이 높은 보물전의 보스급일 것이다. 테름이 아군이라 해도 승산은 별로 없다. 테름의 마법이 무시무시하긴 했지만 그건 우리가 나약한 인간이기 때문이고, 팬텀에게 효과가 있을 것 같진 않다.

그래서 나는 어떻게 해서든 비위를 맞춰주며 보내달라고 하는 것만 생각할 수밖에 없었다. 자존심 같은 건 엿이나 먹으라지. 다행히 그들은 무시무시한 힘을 지니고 있지만, 일반적인 보물전의 팬텀처럼 살의를 품고 죽이려 들지는 않는다. 저번에도 공물을 바치고 엎드려 빌어서 용서를 받았다.

하지만 이번에는 아무래도 조금 다른 상황인 것 같다.

팬텀은 엎드려 빌라고 요구하지 않았고, 공물을 원하지도 않았다. 어눌한 말만 할 뿐, 딱히 무언가를 강요하지도 않았다. 아무것도 안 해도 그냥 보내줄 것 같을 정도로 우호적이다.

혹시 이【길 잃은 여관】은 예전에 내가 헤매다 들어간 곳과 다른 여관인가?

환영한다는 말도 거짓말이 아니었나? 환영하지 않아도 돼, 그냥 돌아가게 해주세요.

"실은 팬입니다. 악수해주세요."

팬텀에게까지 이름이 알려지다니, 대체 어떤 문화를 쌓아온 거지?

어린아이가 손을 내밀길래 그 손을 잡았다. 그리고——— 그 현상이 일어났다.

크류스가 짤막하게 비명 같은 소리를 냈다. 무슨 짓을 당했는지 알 수가 없었다. 색도, 소리도, 아무것도 없었다. 내가 알 수 있었던 건 그 순간에 제일 비싼 세이프 링이 하나 발동되었다는 것뿐이었다.

급하게 주위를 확인했다. 크류스가 깜짝 놀라 눈을 크게 뜨고 있었다.

잘 모르겠다. 눈을 깜빡이며 손을 잡은 채 굳어 있던 팬텀에게 물었다.

"……? 너, 뭔가 했어?"

"……즐거웠어."

"?! ???"

확실한 형태를 지니고 있던 팬텀이 사라져갔다. 발치에서 마치 침식되는 것처럼 먼지로 변했다. 꼭 잡고 있던 손이 허공을 갈랐다. 달그락, 소리가 들렸다.

그 뒤에 남은 건 어린아이가 쓰고 있던 여우 가면뿐이었다.

"우……웨에에에에에에에에엑!"

갑자기 프란츠 씨가 제자리에 엎드려 마구 토하기 시작했다.

갑작스럽게 토하는 모습을 보고 나는 눈을 크게 떴다. 황제 폐하는 토하지 않았지만 얼굴에 핏기가 없었다.

마찬가지로 새파랗게 질린 크류스가 입을 가리며 말했다.

"그렇, 구나…… 그것이, 이곳의 팬텀을 쓰러뜨리는 법, 인가…… 입니다. 특이하군, 입니다."

"뭐어."

눈을 깜빡이고 있던 내게서 크류스가 한 발짝 물러섰다. 그녀의 시선 끝에 있던 것은 여우 가면이었다.

"조건? 거짓말을 할 수 없다……? '일격에 죽이지 못했기에' 죽은 건가, 입니다———. 으윽…… 약한, 인간, 너, 이 마나 머티리얼 속에서 용케도 태연하구나, 입니다."

"? 뭐, 쾌적하니까."

다들 몸이 안 좋은 것 같은데, 원인은 마나 머티리얼 멀미일 것이다. 나는 마나 머티리얼을 흡수하는 힘과 유지하는 힘이 거의 없기 때문에 경험해본 적이 없는데, 뛰어난 흡수 능력을 지니고 있으며 재능이 있는 헌터들은 허용량 이상의 마나 머티리얼을 흡수함으로써 일어나는 마나 머티리얼 멀미라는 것을 가끔 겪는다고 한다. 근육통 같은 거나 마찬가지다. 그러고 보니 예전에 왔을 때도 나 말고는 다들 그랬다.

여우 가면을 주웠다. 이건…… 두고 간 건가? 드롭 아이템? 왜 손을 잡은 것만으로도 죽은 거지? 손을 잡히는 게 약점인가? 말도 안 돼. 그렇다면 왜 악수 같은 걸 하자고 한 건데.

……뭐, 두고 간 거라면 기념으로 가져가도 되겠지. 누가 따지면 그때 돌려줘도 될 테고.

그런데 배는 여전히 흰색에 감싸여 있었다. 테름과 케챠챠카가 도망쳐 나간 곳 너머에는 예전에 본 적이 있는 【길 잃은 여관】의 경치가 펼쳐져 있다. 여기 있어봤자 소용이 없다. 이 보물전은 일반적인 보물전이 아니다. 엄청나게 가기 싫지만, 이 보물전에서 탈출할 방법은 내가 아는 한, 보스에게 허락을 받는 것뿐이다.

"어쩔 수 없지, 갈까……."

내가 갈 수밖에 없다. 이 보물전의 팬텀들에게 인간 따위는 다소 강하다 해도 별 차이가 없을 테니 조금이라도 이곳에 대해 알고 있는 내가 가는 게 생존율이 높을 것이다.

이 보물전에는 규칙이 있다. 예전에 이곳에서 마주친 팬텀이 이렇게 말했었다.

───신은 누구에게도 얽매이지 않는다. 신을 얽맬 수 있는 것은 그 신 자신뿐이다.

크류스가 출구(입구?)로 다가가는 나를 보고 당황한 듯이 말했다.

"약한 인간, 지팡이는───."

"어? 필요 없어."

"뭐어? 그럼 왜 일부러 준비한 거냐, 입니다!"

"…………크류스가 쓰고 싶어 하려나 해서."

"?!"

애초에 이 보물전의 팬텀은 다들 말을 할 수 있으니 지팡이 같은 건 필요없다. 필요한 것은─── 사랑이라고, 사랑.

공격적으로 접근해선 안 된다. 이 보물전의 팬텀들에게 인간 따위는 하찮은 존재다.

한 발짝, 문을 통해 보물전 안으로 발을 내디뎠다. 곧바로 발치에서 목소리가 들렸다.

"유부를 먹고 싶어. 유부를 주지 않으면 공격할 거야."

좀 전까지는 분명히 아무도 없었다.

붉게 칠해진 나무가 깔린 복도에 앉아 있었던 것은 좀 전과 마찬가지로 여우 가면을 쓴 어린아이였다.

단, 이번에 나타난 것은 미묘하게 외모가 다르고, 말도 어눌하지 않고, 여자아이다. 머리카락 색도 연한 금색이다.

기장이 짧은 흰색 기모노. 얇은 손가락 끝을 내 쪽으로 내밀고 있다.

유부…… 미안한데 이번에는 안 가지고 왔어. 시트리가 준비해 준 건 보존 식량뿐이거든.

크류스 알르겐의 헌터 인생에서 틀림없이 가장 큰 위기였다.

마나 머티리얼의 농도만으로도 구역질이 날 정도로 아득하게 격이 높은 보물전. 자주 쓰던 지팡이는 없고(두 개를 들고 다니는 건 힘들었고, 애초에 이렇게 될 줄은 몰랐다), 덧칠된 규칙은 마력을 제대로 끌어올리지도 못하게 만들었다. 그야말로 절체절명이다.

이런 상황에서 믿을 만한 건 이 보물전에 대해 알고 있는 것 같은 약한 인간뿐이었다.

하지만 보호받기만 할 수는 없다. 정령인으로서 자존심이 있다.

아니, 보호받는 것까지는 좋더라도 발목을 잡는 건 견딜 수 없다.

떨리는 손으로 주먹을 꽉 쥐었다. 어떻게 하면 될지 모르겠다. 마법 없이 크류스가 할 수 있는 건 없다. 무기도 없다. 생각은 할 수 있지만, 그것도 신산귀모에는 미치지 못한다.

그때, 크류스는 좀 전에 테름이 보여주었던 움직임을 떠올렸다.

공격 마법을 발동하지 못했던 테름은 곧바로 신체 능력을 강화시켰다.

급하게 마법을 사용했다. 공격 마법이 아니라 신체 강화 마법이다. 마력이라는 에너지를 힘으로 변환시키는 초보적인 마법이다. 마력이 몸 전체를 순환하자 몸속이 뜨거워졌다. 떨림이 멈추고 힘이 솟구쳤다.

그렇구나. 보물전의 규칙이 몸속까지는 적용되지 않는구나. 제대로 된 마도사는 마법을 쓸 수 없는 보물전에 들어가지 않지만, 그리고 보니 그런 이야기를 들은 적이 있다. 마나 머티리얼로 인해 덧칠된 보물전의 규칙은 마찬가지로 마나 머티리얼로 덮어쓸 수 있는 것이다.

이 정도면——— 싸울 수 있다. 평소와는 다른 방식으로 마력 조작을 했기에 몸이 약간 아프지만, 어뮤즈 땅콩을 먹은 상태로 마력 조작을 했을 때와 비교하면 훨씬 낫다. 최근에 했던 훈련의 성과가 나타나고 있었다.

정령인의 마술 적성은 엄청나다. 마력량도 인간과 비교가 되지 않는다. 오래 버티진 못하지만, 지금 크류스의 신체 능력은 근접 전투 직업에 필적할 것이다.

물론, 이 보물전의 팬텀을 이길 수 있을 것 같지는 않지만——.

약한 인간은 불안해하는 크류스를 아랑곳하지 않고 밉살스러울 정도로 쉽사리 방 밖——— 보물전으로 덧칠되어 변화해버린 공간으로 발을 내디디고 있었다.

혼자 가는 건 자살이나 마찬가지다. 좀 전에는 이겼지만, 크류스는 팬텀과 약한 인간 사이에 얼마나 큰 격의 차이가 있는지 알 수 있었다. 결코 그것만으로 승부가 결판나는 건 아니지만, 힘의 차이가 너무 크다. 이런 비상사태에서 빠져나가기 위해서는 협력하는 게 나을 것이다. 딱히 겁이 나서 그런 건 아니다.

뒤를 쫓아가려던 순간, 크류스는 그것을 눈치채고 눈을 크게 떴다.

"윽?!"

약한 인간의 발치에 금발의 여우 가면 팬텀이 나타나 있었다.

게다가 그 팬텀에게 깃든 힘은 좀 전에 나타났던 팬텀보다 훨씬 강했다. 척 보기에 가녀린 몸에 가득 차 있는 기척은 지금까지 싸워왔던 어떤 팬텀보다 진했다. 그리고 그것은 좀 전에 나타났던 팬텀이——— 사망했을 때 발산된 마나 머티리얼 찌꺼기로 프란츠를 토하게 만든 팬텀이 보스나 간부가 아니라 그냥 졸개에 불과하다는 사실을 나타내고 있었다.

보구를 지팡이 삼아 떨리는 다리를 채찍질하며 앞으로 나아갔다. 멈추면 두 번 다시 일어설 수 없을 것 같았다. 그렇게 비참한 모습을 보일 바에는 차라리 앞으로 나아가는 게 낫다.

황제를 호위하는 것을 신경 쓸 여유는 없었다. 이렇게 된 이상, 크류스 따위는 있으나 없으나 마찬가지다.

그렇다면 약한 인간을 따라가서 함께 사태를 해결하기 위해 노력하는 게 그나마 승산이 있다.

"유부를 먹고 싶어. 유부를 주지 않으면 공격할 거야."

팬텀이 말했다. 농담 같은 소리다.

하지만 듣고 있던 보구는 그 말이 좀 전과는 달리 있는 그대로의 의미를 지니고 있다는 사실을 알려주고 있었다.

유부—— 왜 유부인지는 모르겠지만, 가지고 있을 리가 없다.

———하지만, 크류스는 이렇게 생각했다. 약한 인간이라면 가지고 있더라도 이상할 게 없다고.

식량을 실은 건 약한 인간이었다. 그리고 그는 이 보물전에서도 전혀 초조해하지 않았다.

약한 인간은 한동안 조용히 발치의 팬텀을 보고 있다가 어설픈 미소를 지었다.

"미안, 이번에는 없는데."

"?! 장난치지 마———."

입니다! 그렇게 소리치려 했을 때는 이미 끝난 뒤였다.

한 줄기 바람이 불었다. 온몸에 충격과 통증이 퍼져서 신음 소리를 냈다. 그제서야 크류스는 자신이 벽에 부딪혔다는 사실을 깨달았다.

몸이 삐걱대긴 했지만, 마법으로 강화시키고 있었기에 대미지는 크지 않았다.

크류스가 맞은 건 그냥 '여파'에 불과하다. 여우 가면은 분명히 약한 인간을 향해 팔을 휘두르고 있었다. 마법이 아니었다. 그것은 그냥 팔을 휘두른 것뿐이었다. 하지만 레벨이 높은 보물전의 팬텀은 때로는 단련한 헌터가 스치기만 해도 산산조각 날 정도로 괴물 같은 힘을 발휘한다.

기침을 하면서도 일어서서 고개를 든 크류스의 눈에 들어온 것
은———좀 전과 마찬가지로 멀쩡하게 서 있는 약한 인간과 쓰
러진 여우 가면의 모습이었다.

"?!"

있을 수 없는 일이다. 크류스가 마지막에 본 광경은 여우 가면
이 공격하는 모습이었다. 그게 통하지 않은 것만이라면 모를까,
오히려 여우 가면이 쓰러질 리가 없다.

가면으로 가려지지 않은 입술 틈새로 한줄기 피가 흘러내렸다.
하얗고 펑퍼짐한 기모노에 붉은색이 퍼져나갔다. 방대한 마나 머
티리얼로 이루어진 몸이 살짝 떨렸다. 뻗은 팔. 그 손가락 끝이
힘없이 떨리고 있었다.

"?! 무슨 짓을 한 거냐, 입니다?!"

"아니, 나는 아무것도 안 했는데…….."

약한 인간이 당황한 듯이 말했다. 그의 손에는 피가 한 방울도
묻지 않았다. 《천변만화》의 능력은 클랜 사람들에게도 전혀 알려
져 있지 않았지만, 눈앞에 펼쳐진 광경은 그런 수준이 아니었다.

눈앞에서 일어난 일인데도———이해할 수가 없다.

"수, 숨기지 마라, 입니다."

"어??? 아니, 숨기진 않았는데…….."

약한 인간은 진심이었다. 그 표정에는 거짓이 보이지 않았다.

———그 순간, 크류스 알르겐은 이해했다. 약한 인간은 숨기
고 있는 게 아니다. 숨기지도 않았는데 아무도 이해하지 못한 것

이다. 뛰어난 마도사의 기술을 초보 마도사가 전혀 이해하지 못하는 것처럼.

"약한 인간, 이것저것 물어보고 싶은 게 있지만, 일단 한 가지만 확인하겠다, 입니다! 너, 이 보물전의 보스를 쓰러뜨릴 수 있냐, 입니다?"

"…………아니, 못하지."

약한 인간은 몸을 숙인 다음 경련하고 있는 팬텀을 만지고는 평소처럼 허약한 표정으로 말했다.

이제 뭐가 뭔지 모르겠다. 아무것도 이해할 수가 없어서 오히려 즐거워졌다.

크류스가 이것저것 말했는데, 나도 모르니 대답할 수가 없었다.

팬텀이 멋대로 쓰러져서 피를 토했다. 방금 일어난 일을 설명하자면 그렇게 된다. 세이프 링도 줄어들지 않았다.

이 보물전의 팬텀은 강하다. 저번에 마주쳤을 때는 내 소꿉친구들이 어떻게 해보지도 못했을 정도로 강하다.

나는 팬텀이 무방비할 때 일격을 맞춘다 하더라도 생채기조차 내지 못할 것이다. 존재의 격이 다르다.

일단 쓰러져서 경련하고 있던 팬텀 근처에 쭈그려 앉았다.

보아하니 완전히 전투 불능 상태인 것 같다. 아직 죽지는 않았지만, 손가락 하나 꿈쩍도 못하는 모양이다.

여우 가면이 약간 기울어졌고 팬텀이 나를 올려다보았다. 그때 나는 눈앞에 있는 팬텀을 본 적이 있다는 걸 눈치챘다.

이 팬텀——— 내가 저번에 왔을 때 만났던 녀석이다.

그때는 몸이 좀 더 작았고, 요구했던 것도 '맛있는 걸 주지 않으면 공격할 거야'였지만, 이 머리카락과 헤어스타일은 틀림없다. 그때, 나는 우연히 가지고 있던 유부(라고 해야 하나, 유부초밥 도시락)을 줬다. 그 직전에 머무르던 마을에서 산 거였는데, 보아하니 정말 마음에 들었던 모양이다.

두 개, 세 개, 그렇게 계속 달라고 했으니 예상은 하고 있었는데——— 아, 그렇구나.

"…………혹시, 약속을 깜빡 잊고 있었어?"

그렇다. 그랬다. 그때, 나는 분명히 이렇게 말했다. 약속한 것이다.

———더 주는 대신, 이제 두 번 다시 나와 동료들을 공격하지 말라고.

그리고 이 팬텀은 그 말을 받아들였다. 【길 잃은 여관】의 팬텀은 '거짓말을 하지 못한다', 분명히 그렇게 말했다.

땅바닥에 축 늘어진 손가락이 내 말에 대답하는 듯이 움찔, 움직였다.

"………………평소 행실이 중요하긴 하네."

거짓말을 해버리면 쓰러지는 건가? 까다로운 팬텀이다. 그런데 은혜는 베풀고 볼 일인 것 같다.

일단 죽지는 않을 것이다. 쓰러뜨릴 방법도 없지만, 오히려 죽여버리면 다른 개체에게 원한을 살지도 모르니 죽이지 않는 게 나을 것 같다.

신 특유의 횡포와 오만. 폭력적인 등가교환. 이 보물전은 거울이라고, 예전에 이 보물전에서 만났던 팬텀이 그렇게 말했다. 원하는 것이 주어지지만, 그 대가로 달라는 것을 주어야만 한다.

그랬기 때문에 나는 살아남을 수 있었다.

"어쩔 수 없지, 내 힘을 보여줄까."

나도 나름대로 성장했다. 지금 내 엎드려 빌기 스킬은 그때와는 비교도 안 된다.

사과해서 용서를 받는 것만 놓고 보면 나보다 더 뛰어난 사람은 없다.

쾌적한 미소를 짓는 나를 보고 크류스가 이상한 목소리를 냈다.

"야, 약한 인간!!"

?! 정신을 차렸다. 어느새 우리는 수많은 여우 가면에게 둘러싸여 있었다.

복도는 물론이고 벽, 천장에 달라붙은 수많은 가면. 그 숫자는 100개 정도가 아니었다.

우리가 나온 문은 사라졌다. 도망칠 곳은 없다. 내가 일어서자 새파랗게 질린 크류스가 비틀거리며 마치 등을 맡기겠다는 듯이 내 등에 자신의 등을 기댔다.

나는 살짝 한숨을 쉬고는 너무 쾌적한 나머지 쓴웃음을 지었다.

…………끝장이다. 이렇게 잔뜩 있었나…….

팬텀의 바다가 갈라졌다. 갈라진 그 너머에 있던 것은 키가 크고 칠흑 같은 여우 가면을 쓴 팬텀이었다.

다른 팬텀보다 격이 높은 것 같지만, 힘을 파악하는 것만 놓고 보면 나보다 더 뒤처지는 사람이 없으니 차이를 알아볼 수가 없다.

여우 가면이 발소리를 내지 않고 미끄러지듯이 다가왔다. 등을 기대고 있던 크류스가 아예 등에 달라붙었다. 은은한 목소리가 들렸다. 사람과 다를 것 없이 유창한 말이었다.

"우리 여관에 온 것을 환영한다. 손님이 온 건 오랜만이군. 뭐, 겁먹을 필요는 없다. 다들 인간을 오랜만에 보았기에 흥미진진한 거라서. 안전은 보장하지."

그리고 그 팬텀의 입가에 비꼬는 듯한 미소가 드리웠다.

"그 대신, 네 가장 소중한 것을 받아가마."

가장…… 소중한 것? 너무나도 난폭한 요구였기에 나도 모르게 눈살을 찌푸렸다. 팬텀은 슬쩍 웃고 있었다.

저번에는 이런 요구를 하지 않았다. 보아하니 이 보물전의 팬텀은 진화한 것 같다.

달라붙어 있는 크류스의 심장 고동이 느껴졌다. 하지만 나는 보구 덕분에 쾌적했다.

가장 소중한 것…… 그야 물론 루크와 다른 파티원들의 목숨이다. 하지만 그들은 이 보물전에 오지 않았다.

내 마음을 읽은 건지, 여우 가면이 부드러운 목소리로 말했다.

"아, 지금 내놓을 수 있는 것 중에 말이다. 그리고 자신의 목숨은 포함되지 않는다. 이건――― 공평한 거래야."

저번에 왔을 때는 【길 잃은 여관】에 대해 알지 못했다. 당연히 팬텀의 특성도 몰랐다. 의도치 않게 헤매다 들어왔고, 너무나도 차원이 다른 힘의 기적 때문에 깜짝 놀란 우리 앞에 여우 가면이 나타나 말했다.

『우리 영역에 들어왔군. 사람이 들어온 게 몇 년 만인지——— 사정이 어찌 됐든 불청객이다, 길 잃은 자여. 하지만 지금 당장 엎드려 사죄한다면——— 용서해주지.』

움직일 수 있는 건 나뿐이었다. 마나 머티리얼의 흡수량과 축적량, 그리고 빠져나가는 속도에는 개인차가 있다. 그 척도가 강자의 자질이라고도 할 수 있지만, 그와 동시에 마나 머티리얼의 영향을 크게 받는다는 것을 나타낸다. 재능이 텅 빈 나는 이 보물전 안에서도 속이 약간 안 좋은 것 말고는 아무렇지도 않았던 것이다.

예를 들자면 나는——— 밑빠진 독이다. 당시에는 쾌적하지 않았지만, 나는 그 팬텀이 말한 대로 망설임 없이 화려하게 엎드려 빌고는——— 용서를 받았다.

사죄 스킬의 유용성을 눈치챈 순간이었다. 그리고 나는 그때부터 고개를 숙이는 게 약간 즐거워져 버렸다(그리고 너무나도 꼴사납다며 루시아에게 얻어맞았다).

【길 잃은 여관】과의 만남은 내게 큰 영향을 끼쳤다. 공포에 내성이 생긴 것도 이 보물전 때문이다.

뭐, 지금은 쾌적하니까 내성 같은 건 상관이 없지만.

따를 수밖에 없다. 싸워봤자 승산은 없다. 뭘 빼앗을 셈이지?

이 팬텀은 자기 자신의 목숨이 포함되지 않는다고 했다. 그렇다면 그다음으로 소중한 것—— 전혀 생각나는 게 없다. 소중한 것이 긍지나 자존심 같은 거라고 치고, 엎드려 빌면 용서해주지 않을까? 지금 내 엎드려 빌기 스킬은 그때와는 비교도 되지 않는다. 거의 예술의 경지에 도달했다. 책의 표지를 장식할 수 있는 수준인데——.

여우 가면이 손을 뻗으면 닿을 만한 거리까지 다가왔다. 그리고 팔을 천천히 들어올렸다.

나도 모르게 한 발짝 물러섰다. 그 손가락 끝이 내게 닿으려던 순간, 여우 가면의 움직임이 딱 멎었다.

여우 가면이 튕겨져 나간 듯이 한 발짝 물러섰다. 입술을 벌렸다. 거기서 나온 목소리는 매우 동요한 듯한 목소리였다.

"……????? 어어어……어라? 혹시 너………… 위기감이 없는 형씨 아니야?"

"……아니야."

위기감 정도는 있다고. 뭐, 지금은 쾌적해서 쾌적하지만, 위기라는 건 알고 있다.

왠지 모르겠지만 여우 가면이 당황하고 있다. 좌우를 보고는 구멍이 뚫리지 않은 여우 가면을 가까이 들이대며 내 얼굴을 빤히 바라보는 듯한 시늉을 했다. 크류스가 내 등을 꽉 잡고 있다.

"아니, 아니, 아니, 어? 왜 있는 거야? 여기는—— 하늘이거든? 아직 그때 이후로…… 100년도 안 지났는데."

"……응, 그래, 그렇지."

"어떻게 온 거야? 우리는 고속으로 하늘을 날고 있다고! 영문을…… 영문을 알 수가 없네."

그런 건 내가 물어보고 싶다고. 저번에도 그렇게 생각했는데, 아마 내 잘못이 아니라 너희가 우리를 들이받은 거야. 마차가 길을 지나다 돌멩이를 쳐서 날려버린 것처럼.

하지만 불평을 할 수는 없다. 상대방은 초월자다. 나는 필요하다면 엎드려 빌 뿐이다.

보아하니 상대방은 나를 기억하고 있는 것 같다. 사과하면 용서해줄지도 모른다.

주먹을 꽉 쥔 나를 보고 여우 가면이 머리를 감싸고는 한심하게 떨리는 목소리를 냈다.

"정말, 어떻게 들어온 거냐고! 어머니가 '살아있는 동안 두 번 다시 마주칠 일은 없을 것이다'라고 했잖아! 우리는 정말 신중하게 사람이 들어올 수 없는 곳으로 옮겼는데……."

……어?

신은 전능하다. 그 때문에 자신이 한 말에 얽매이게 된다. 이 보물전의 신은 마나 머티리얼로 구현된 존재지만, 애초에 신이란 원래 그런 건지도 모르겠다.

그러고 보니 진실인지 거짓인지, 예전에 제도 터에 존재했던 레벨10 보물전———【별의 신전】을 거점으로 삼고 있던 다른 별의 신도 자신이 한 말로 인해 힘이 제한되었고, 그 결과 아크의 조상에게 패배했다고 한다.

위기감이 있는 여우 가면 형씨의 안내를 받아 안쪽으로 들어갔다. 복도 이곳저곳에서 수많은 여우 가면들이 이쪽을 빤히 보고 있었지만, 안내를 받고 있어서 그런지 습격해오지는 않았다.

【길 잃은 여관】은 여전히 진짜 여관 같은 모습이었다. 나무 바닥에 멋진 나무 기둥. 붉은색과 흰색을 기반으로 한 내부는 왠지 동쪽 도시에 있었다고 하는 신사를 연상케 했다. 혹시 그쪽 출신인 건가?

이 보물전의 팬텀 중에서도 위치가 꽤 높은 것 같은 여우 가면 형씨가 친근한 말투로 말했다.

"몇 번이나 말했지만, 인간에게 흥미진진하거든. 손님은 좀처럼 안 오니까. 두 번이나 온 건 위기감 씨뿐이야. 위기감 씨 때문에 여동생은 유부를 정말 좋아하게 되어버렸어. 나는 사죄를 요구하는 걸 그만두었고."

뒤에서 유부 꼬맹이가 따라오고 있는데, 전혀 반응을 보이지 않았다. 혹시 반항기인가?

"우리는 공평하고 공정해. 죽음을 원하지 않으면 죽지 않아. 허를 찔러 공격하지도 않지. 위기감 씨가 죽인 신참은——— 그런 걸 잘 몰랐어. 인간의 말도 제대로 못 했지?"

왠지 나도 인간의 말을 제대로 하지 못하게 될 것 같다.

아니, 그거 죽은 거야? 혹시 내가 팬텀을 죽인 거 처음 아닌가?

약간 껄끄러운 마음이 드는데…… 뭐, 자멸한 거나 마찬가지니 관대하게 봐줬으면 좋겠다.

안내를 받아서 간 곳에는 거대한 붉은색 문이 있었다. 여관의 구조는 저번에 왔을 때와 달라진 게 없는 것 같았다.

조용히 따라온 크류스가 큰 소리로 오열하며 주저앉았다. 안색을 보니 당장에라도 죽을 것 같다.

위기감 있는 여우 가면 형씨가 어이없다는 듯이 말했다.

"이게 보통이야. 위기감 씨, 머리가 어떻게 된 건데?"

"나도…… 각오 정도는 하고 있어."

쾌적하긴 하지만, 보구가 사고를 제어하는 건 아니다. 언제든 엎드려 빌 수 있게끔 마음가짐을 다지고 있었다. 그리고 위기감 씨라고 부르지 말았으면 좋겠다. 하지만 그렇게 태클을 걸 입장은 아니다.

"크류스는 바깥에서 기다리고 있어. 이야기를 하고 올 테니까."

강력한 팬텀은 지극히 강한 마나 머티리얼로 이루어져 있다. 문 앞에 온 것만으로도 죽을 것 같아 보이는데 실제로 마주치면 크류스가 어떻게 되어버릴지도 모른다.

크류스가 숨을 헐떡이며 나를 올려다보았다. 당장에라도 토할 것 같은 건지 눈가에 눈물이 맺혔다.

"안심해, 잠깐 이야기를 하고 오는 것뿐이니까. 어떻게든 될 거야. 그리고 지금 나는——— 쾌적하거든."

이렇게 된 이상 이제 포기한 경지다. 나 같은 건 어차피 훅 불면 사라져버릴 테니 할 수 있는 일을 할 뿐이다. 만약에 내게 위기감이 없다면 너희가 빼앗아 갔기 때문일 텐데.

왠지 그냥 이곳에서 뒹굴거리고 싶다. 결심했다. 살아 돌아가면 반드시 뒹굴거려야지.

여우 가면 형씨가 문을 열었다. 나는 심호흡을 한 번 한 다음 이형(異形)의 신을 향해 걸어가기 시작했다.

그 순간, 크류스는 자신이 죽은 것을 확신—— 아니, 체험했다.

그 문 너머에서 뿜어져 나온 것은 그 정도로 강력한 마나 머티리얼이었다.

지금까지 공략해온 보물전과는 너무나도 달랐다. 적은 그야말로 신이다. 세계 그 자체다.

격이 너무 달랐기에 육체가 움직이는 것을 거부하고 있었다. 본능이 살아가는 것을 포기하고 있었다.

——하지만, 그런 와중에도 약한 인간은 안색도 전혀 변하지 않았다.

약한 인간은 약하다. 어느 정도 익숙해지면 몸에 깃든 마나 머티리얼을 간파할 수 있다. 적어도 약한 인간이 지닌 마나 머티리얼은 크류스 이하일 것이다.

하지만 실제로 크류스는 이렇게 몸을 웅크리고 있고, 약한 인간은 아무렇지도 않게 문 건너편으로 나아가고 있다.

대체 얼마나 큰 그릇이 있어야 저렇게 할 수 있을지, 크류스는 상상조차 되지 않았다.

하지만 분명히 저것이야말로 레벨8—— 인간을 벗어난 영역일 것이다.

아무리 레벨8이라 해도 도저히 살아 돌아올 수 있을 것 같지는 않았다. 이 문 너머에 숨어있는 괴물은 믿기지 않을 정도로 격이 다르다. 하지만 어째서인지 크류스는 신기한 확신이 들었다.

약한 인간은——— 분명히 돌아온다. 몸을 웅크린 채 손가락 하나 움직이지 못하고 괴로워하던 크류스에게 문 앞에 남아있던 키가 큰 여우 가면이 조용히 웃으며 말했다.

"걱정할 필요는 없어. 위기감이 없는 형씨는 밉살스러울 정도로 규칙을 잘 지키고 있어. 평범한 정령인, 너는 오히려 자기 걱정을 해야 해."

살이 부들부들 떨리고, 혼이 비명을 질렀다.

신이란 인간과 너무나도 동떨어진 존재다. 진짜가 실제로 존재하는지는 제쳐두고, 만약에 그것이 팬텀이라 하더라도——— 예전에 마주쳤던 그 존재는 척 보기에도 신이라는 것을 알아볼 수 있는 위용을 지니고 있었다.

쾌적하지도 않았던 내가 당시에 그것을 보고 견딜 수 있었던 것은, 엄청나게 졸개 같은 내가 제정신을 유지할 수 있었던 것은, 그저 내가 죽음의 공포에 익숙했기 때문이다. 생물로서의 격이 바닥을 기던 내게는 신이든 아신이든, 용이든 아룡이든, 별 차이가 없는 것이었다. 보물전은 【길 잃은 여관】뿐만이 아니라 모든 곳이 정말 무섭다. 그렇기 때문에 익숙했던 나는 그 신에게 굴복하지 않았다. 그냥 완전히 요행이었다.

그리고 지금, 나는 예전과는 달리 쾌적하기에 신 앞에 서 있을 수 있다.

그것은 하얗게 빛나는 여우 같은 모습이었다. 기척의 크기에 비해 실체의 크기가 너무 작았다. 그럼에도 불구하고 용과 비슷한 크기이긴 하지만——— 아마…… 고급 게처럼 살이 꽉 찼을 것이다.

뒤쪽에는 두꺼운 꼬리가 빛을 뿜어내며 여러 개 뻗어 있었다. 짐승이다. 짐승이지만, 신이다. 그 모습은 너무나도 현실감이 없었다.

쓰러뜨릴 수는 없다. 지금 루크와 다른 파티원들이 있더라도 불가능할 것이다. 저것은 인간이 이길 수 있는 존재가 아니다.

『오오오…… 욕심 많은 자…… 다시 나에게 도전하는가…….』

과연 신 상대로도 세이프 링이 통할까? 공격을 당해본 적이 없으니 모르겠지만, 생각해봤자 의미가 없다. 공격당하게 되면 어차피 죽을 뿐이다.

자랑은 아니지만, 나는 지뢰를 밟은 숫자만큼은 누구보다 많다. 빛나는 두 눈을 보고 있자니 정신이 나갈 것 같았기에 나는 재빨리 눈을 피했고, 그것만으로는 실례일 것 같아서 제자리에 당당히 엎드려 빌었다.

신이 타악, 꼬리로 바닥을 내리쳤다. 그것만으로도 공기가 뒤

흔들렸다.

"다시 올 생각은 없었어."

『웃기는 소리…….』

정말로 웃기는 소리다. 하늘을 날아다니는 보물전이라니, 보통은 우연히 마주칠 만한 것이 아니다.

하지만 실제로 마주쳤다. 좋아서 다시 한번 사지를 찾아가려는 사람이 어디 있다고. 하지만 그런 말을 초월적인 존재에게 할 수 있을 리가 없다. 거크 씨에게 되려 성질낼 때와는 다르다. 살려줘.

엎드려 있던 내게 여우 신이 말했다. 묵직한 목소리였다.

『내가 한 말을, 기억하고 있나?』

전혀 기억이 안 났지만, 키가 큰 여우 가면이 말했었다. 나는 기억을 더듬으며 진지한 목소리로 대답했다.

"두 번 다시 만나지 않는다."

『살아있는 동안 두 번 다시 마주칠 일은 없을 것이다.』

마찬가지잖아. 뭐가 다르다는 거지? 불평하고 싶지만, 그럴 입장이 아니기에 말하지 못하고 있던 내게 신이 말했다.

그 목소리는 신기하게도 마음에 스며들었다.

『이것은…… 마주친 것이 아니다.』

? 마주친 게 아니라고? 아니, 마주친 거잖아. 무슨 소릴──── 아니, 잠깐만? ……그렇구나, 그런 거야.

이 보물전에서 팬텀은 거짓말을 할 수가 없다. 하지만 운이 없게도 지금 눈앞에 있는 팬텀은 거짓말을 해버렸다.

그러니까 어떻게든 만회해보려 하고 있다. 다시 말해, 비위를 맞추려면 그 말을 긍정하면 된다.

오늘 나는── 머리가 잘 돌아간다. 나는 적의가 없다는 것을 나타내기 위해 웃으며 딱 잘라 말했다.

"그래, 그 말이 맞아. 이건 마주친 게 아니야. 내가 일부러 만나러 온 거지!"

어때, 완벽하지? 내게는 적의나 해를 끼칠 의도가 없다고.

완벽한 답을 말한 내게 여우가 보인 반응은 극적이었다.

『윽………… 얕보지 마라! 하등한 인간이, 내게 동정을 베풀 셈인가!』

"?!"

혼이 날아가 버릴 것 같은 포효가 온몸을 때렸다. 몸 전체에 털이 곤두섰고, 심장이 멈출 뻔했다.

죽지 않은 게 기적이다. 아니, 쾌적하지 않았다면 죽었을 것이다.

너무 동요한 나머지 굳어버린 내게 신이 추가 공격을 가했다.

『네놈처럼 나를 얕본 인간은 태어나서 처음이다! 이제 두 번 다시 얼굴도 보고 싶지 않다! 살이 꽉 찬 고급 게는 무슨!』

…………아, 보아하니 마음을 읽고 계시는군요. 꽤 미움을 산 것 같은데, 당연한 건지도 모르겠다.

하지만 굳이 변명을 하자면── 고급 게는 정말 맛있다. 먹는데 드는 수고만 없다면 더 좋겠지만…… 다들 껍질을 까주긴 하는데 미안하니까.

『닥쳐라, 닥쳐라, 닥쳐라! 나는 네놈만큼 답이 없는 인간을 본 적이 없다! 네놈은 우둔한 인간의 대표다!』

신이 커다란 꼬리를 마구 움직이며 소리쳤다. ……마치 떼를 쓰고 있는 것 같아서 좀 귀엽다.

『아아아아아아악! 나의 지성이 오염된다! 그걸 가지고 나가라!』

"아………… 나왔다, 입니다."

알현을 마치고 문 밖으로 나섰다. 헤어진 지 얼마 안 되었는데, 크류스의 목소리가 매우 오랜만에 듣는 것처럼 느껴졌다. 역시 사람은 좋다. 신을 상대하는 건 못 해먹겠다. 쾌적한 상태로도 도 저히 상대를 해줄 수가 없다.

크류스가 비틀거리는 내 어깨를 부축해 주었다. 그리고 내가 쥐고 있던 것을 눈치채고는 눈을 크게 떴다.

"이, 이봐, 그건 뭐냐, 입니다."

"아………… 줄까?"

내가 쥐고 있던 것은 하얗게 빛나는 꼬리였다. 보스에게 달려 있던 꼬리다. 저번에도 그랬지만, 필요 없다고 하는데도 또 내게 떠넘겨 버렸다. 저번에 받은 꼬리는 막대기 끄트머리에 달아서 빗자루처럼 만든 다음 루시아에게 줬는데, 이번 꼬리는 어떻게 해야 할까. 어딘가에 버리고 싶다.

"피, 필요 없다, 입니다! 그만해, 들이대지마, 입니다!"

크류스가 보기에는 평범한 꼬리가 아닌 것 같은지 날카로운 비명을 질렀다.

그런데 꼬리 같은 건 누구에게 선물해야 하지?

여우 가면 형씨——— 줄여서 형씨 여우가 한순간 입을 다물고는 불쾌하다는 듯이 말했다.

"역시, 어머니는 패배했나……."

"아니, 그렇지는 않을 거야. 신이 무슨 생각을 하는지는 모르겠
지만……."

왠지 엄청나게 미움을 산 것 같은데, 대체 뭐지……. 마음속을
읽어버리면 어떻게 해볼 수도 없고, 상대방이 신이라고는 해도
그렇게까지 일방적으로 싫어하니 약간 힘이 빠진다.

"……그것은 목숨이다. 사정이 어찌 됐든, 위기감 씨는 이겼어."

목숨……? 이 꼬리가 목숨인가? 그 보스에게 돋아나 있던 꼬리
의 숫자는 열두 개였다.

지금 하나는 여기 있으니까 열한 개 남았다.

"……열한 번 반복하면 쓰러뜨릴 수 있다는 거야?"

"…………시험해 보겠어?"

형씨 여우가 웃었다. 그 표정을 보고 내 어깨를 부축해주던 크
류스가 내 뒤로 슬쩍 숨었다.

……그냥 의문이 입 밖으로 나왔을 뿐이야.

"이제 두 번 다시 올 생각은 없어. 그런데 비행선은 어떻게 되지?"

저번에는 바로 그 자리에서 해방되었지만, 이번에는 비행선까
지 휘말려 들었다. 내가 묻자 형씨 여우가 한숨을 쉬었다.

"우리에게는 위기감 씨를 무사히 해방시켜줘야 하는 규칙이 있
지. 비행선이라는 것도 원래대로 돌아갈 거야. 사실 하늘까지 쫓
아온 탈것 같은 건 부숴버리고 싶지만, 그럴 순 없거든."

오? 오오? 보아하니 어떻게든 될 것 같은데? 이 보물전의 팬텀

은 거짓말을 하지 못한다. 험한 꼴을 당하긴 했지만,【길 잃은 여관】과 마주쳤는데 이 정도로 끝나다니, 나도 이상한 상황에서는 운이 좋네.

숨을 돌렸다. 하지만 다음 순간, 형씨 여우가 잔혹한 미소를 지었다.

"단, 우리가 무사히 해방시켜주는 건 위기감씨 뿐이야. 다른 자들을 해방시켜줄 생각은 없어."

뭐, 라고? 그건……………… 정말 곤란한데. 우선순위를 따지자면 나와 루크 같은 파티원들 목숨이 제일 먼저지만, 다른 사람들도 딱히 죽어도 상관없는 건 아니다. 꼬리를 돌려줄 테니 용서해주면 안 되나…….

"이건 규칙이다. 여관에 들어왔으니 대가를 치르게 하지 않으면 어머니에게 혼나게 되지. 자, 크류스 알르겐."

내 뒤에 숨어있던 크류스가 고개를 내밀었다. 내 등을 잡고 있던 그녀의 손이 떨리고 있었다.

형씨 여우가 속삭이는 듯한 목소리로 말했다. 부드러운 목소리지만, 그렇기 때문에 무시무시하다.

"해방되고 싶다면—— 네 가장 소중한 것을 내놓으실까……."

크류스의 소중한 것…… 뭐지?

여기는 하늘 위다. 그녀의 파티 멤버나 정령인 동료는 없다. 형씨 여우의 요구는 엎드려 비는 것보다 심하지만, 불공평한 것치고는 공평하다. 자신의 목숨과 여기에는 없는 것은 제외해도 되니까.

내가 크류스 입장이었다면 어지간한 것들은 망설임 없이 내놓았을 자신이 있다.

세이프 링을 내놓으라 해도…… 뭐, 내놓을 것이다. 그렇게 생각하다가 눈치챘다.

우리에게는 황제 폐하가 있잖아. 폐하를 내놓으라고 하면 정말 곤란하다. 의뢰를 실패하게 될 테고, 제블디아에서 쫓겨나게 될 것이다. 폐하는 이곳에 없으니까 끌고 가진 않으려나? 그럴 리가 없다. 형씨 여우의 교섭은 공평하다. 빼앗을 수 있는 것을 굳이 제외할 리가 없다.

자신의 목숨을 제외한다는 게 핵심이다. 꽤 악랄한 규칙이구나. 커플이라면 애인을 뺏기게 될 것 같다.

크류스는 아무 말도 하지 않았다. 그저 내 옷을 힘주어 잡고는 형씨 여우를 노려보고 있었다.

형씨 여우는 한동안 조용히 있다가 곧바로 곤란하다는 듯이 입을 다물었다.

"이거………… 큰일이군, 크류스 알르겐. 위기감 씨는 빼앗을 수 없다. 무사히 해방시켜줘야만 하니까."

"…………어?"

이 여우가 무슨 말을 하는 거지? 나도 모르게 그런 말을 꺼내기도 전에 등에 달라붙어 있던 크류스가 떨리는 목소리로 말했다.

"뭐, 뭐어어어? 이 여우가 대체 무슨 소릴 하는 거야, 입니다!"

……나랑 똑같은 생각을 하고 있었구나. 마음이 잘 맞네.

"네가 제일 소중히 여기는 것은 빼앗을 수 없다고 했어. 그는

규칙으로 지켜지고 있으니까."

"내, 내, 내가, 약한 인간을 제일 소중히 여겨?! 그럴 리가 없잖아, 입니다!"

"아니, 틀림없다. 둘러대려 해봤자 소용없어. 나는…… 사람의 마음을 읽을 수 있거든. 자각하고 있는지 여부는 상관없다. 너는 위기감 씨를 소중히 여기고 있고, 위기감 씨는 위기감이 없어."

크류스가 재빨리 등에서 떨어졌다. 얼굴이 귀까지 새빨갛게 물들어 있었고, 지팡이를 쥐고 있던 손이 하얘졌다.

뭐라고 해야 하나………… 쑥스럽네. 크류스가 나를 소중하다고 생각했다니.

"으으, 기뻐하지 마, 입니다! 라피스랑 다른 동료들이 없기 때문이야, 입니다!"

"그렇구나…… 황제 폐하보다 더 소중하구나아."

신에게 미움을 산 뒤라 더더욱 마음에 스며든다. 그렇게 약한 인간, 약한 인간, 노래를 불렀는데…… 대체 언제 점수를 딴 걸까. 같은 클랜 보정?

크류스가 부들부들 떨면서 얼굴을 새빨갛게 물들인 채 바닥을 꽝꽝 두들기고 있었다.

형씨 여우는 잠시 생각에 잠긴 표정을 짓고 있다가 한숨을 쉬고는 말했다.

"어쩔 수 없지…… 위기감 씨. 네 소중한 것을 가져가겠어. 하지만 이건 중대한 규칙 위반이야. 대신——— 위기감 씨와 위기감 씨의 동료들을 전부 해방시켜주지."

……그렇게 나오는구나. 잘됐다고 해야 하나, 그게 아니라고 해야 하나…… 하지만 나는 만에 하나를 대비해서 물어보았다.

"만약에 내가 제일 소중히 여기는 게 크류스나 황제 폐하라면 어떻게 할 건데?"

크류스가 얼굴을 새빨갛게 물들인 채 깜짝 놀랐다. 형씨 여우는 어깨를 으쓱이고는 말했다.

"그렇게 되면 어쩔 수 없지. 내 패배야, 네 동료들을 해방시켜 주지. 이건 공평한 거래다."

나는 승리를 확신했다. 좀 전까지는 소중한 거라고 해도 전혀 생각나는 게 없었지만, 지금 나는 크류스가 해준 말 때문에 마음이 흔들리고 있다.

아니, 크류스지. 제일 소중한 건 크류스야. 미안하지만 황제 폐하는 그다음이야. 호위 실격이네.

아니, 잠깐만…… 이게 전부 눈앞에 있는 형씨 여우의 책략 아닐까?

형씨 여우가 빼앗아 가려 하는 것. 그건 틀림없이 이 꼬리일 것이다. 그렇기 때문에 실패할 것을 알면서도 크류스에게 거래를 제안했고, 대상을 나로 옮겨서 꼬리의 탈환을 노린 것 아닐까?

하지만 이대로 가다간 양쪽 다 패배하게 된다. 이 꼬리는 마력 덩어리이고 적절하게 사용하면 엄청난 힘을 발휘하는 모양이지만, 나는 꼬리 같은 건 딱히 상관없다. 이대로 가다가는 이걸 줄 수가 없는 것이다.

나는 크게 심호흡을 하고는 눈을 감고 기도했다. 내 소중한 것은 이 꼬리다. 이 꼬리가 제일 소중하다. 크류스보다 훨씬 더 소중하다. 아니, 훨씬까지는 아닌가? 약간 더 소중하다. 꽤 귀한 물건이고, 윤기가 있다는 점도 마음에 든다. 엉덩이에 달면 여우 꼬리가 돋아난다는 점도 좋다. 만졌더니 루시아에게 얻어맞았지만── 그때, 눈을 떴다. 형씨 여우는 좀 전과 마찬가지로 곤란한 듯한 표정을 짓고 있었다.

…………보아하니 꼬리가 아니었던 모양이다. 실망한 내게 형씨 여우가 딱 잘라 말했다.

"알겠어. 위기감 씨가 제일 소중히 여기는 것은……………… '융단'인 것 같아. …………내가 이런 말을 하는 건 좀 그렇지만, 머리가 이상한 거 아니야?"

──그리고 나는 요구받은 대로 어쩔 수 없이 '융단'을 내주었다.

선택지는 없었다. 심장이 긴장 때문에 마구 뛰고 있다.

고개를 숙인 내게 키가 큰 형씨 여우가 융단을 돌돌 말아서 옆구리에 끼고는 말했다.

"확실하게 받았다. 이제 정신을 좀 차렸을 테니 두 번 다시 헤매다 들어오지 말라고."

"내…… 의지로 온 게 아니야. 너희가 우리를 들이받은 거라고……."

마음속에서 우러나온 내 말을 듣고 여우 가면은 별로 믿지 않는 것 같은 기색으로 어깨를 으쓱였다.

"마찬가지다."

그들의 공평함은 우리의 공평함이 아니다. 그들이 뭐라 말하든, 이것은 그저 보물전의 규칙이다. 우리에게 적용되는 규칙이 아니라 그들이 움직이는 규칙이다.

예를 들어 내게 힘이 있었다면 그들을 힘으로 어떻게든 해서 소중한 것을 바칠 필요도 없이 무사히 탈출할 수도 있었을 것이다. 하지만 이건 어쩔 수 없는 일이다.

작별 인사는 하지 않았다. 시야가 아무런 전조도 없이 바뀌었고, 여우 가면 형씨가 사라졌다. 마치 모든 것이 환상이었던 것처럼──── 눈앞에는 원래 있던 곳, 낯익은 비행선 복도가 펼쳐져 있었다.

창문 밖에는 구름 한 점 없이 푸른 하늘이 펼쳐져 있다. 보물전을 빠져나온 것이다.

나는 그 사실을 확인하고는 한숨을 크게 쉬었다.

우리는 생존자가 거의 없는 재해를 최소한의 피해만으로 넘어선 것이다. 융단은 고귀한 희생이었다.

【길 잃은 여관】은 이제 어디로 가게 될까…… 잘 모르겠지만, 하늘을 계속 날아다닌다면 앞으로 우리와 마주칠 일은 두 번 다시 없을 것이다. 두 번 다시 없기를 기도할 수밖에 없다.

먼 곳을 바라보는 눈으로 창밖을 보던 내(아마 애달픈 분위기를 풍기고 있었을 것이다) 등을 크류스가 갑자기 붙잡았다.

핏기가 가셨던 얼굴에는 붉은 기가 돌아왔다. 보아하니 이제 구역질도 나지 않는 것 같다.

"이, 이봐! 약한 인간, 너, 대체 무슨 생각을 하고 있는 거야, 입니다!"

크류스에게는 미안하게 됐다. 하지만 그 순간, 나는 분명히 크류스를 가장 소중하게 생각했다. 그런데 내가 생각하지도 못한 융단이라니………… 형씨의 독심술, 정확도가 꽤 높네.

"자, 자, 진정해. 분명히 내부 분열을 노린 그들의 책략일 거야!"

"약한 인간, 너, 나를 바보라고 생각하는 거 아니냐, 입니다! 진짜 적당히 좀 해라, 입니다!"

그렇지 않아…… 그래도 이번에는 정말 죄송합니다아아아!

크류스에게는 이제 이것저것 미안한 것밖에 없다. 내가 할 수 있는 건 뭐든지 해줄 생각이다.

"그런데 크류스, 지금은 다투고 있을 때가 아니야. 황제 폐하의 상황을 확인해야지. 여우 가면이 한 말은 믿을 수 있긴 하지만, 그런 걸 먼저 챙기는 게 일류 헌터 아닐까?"

"…………너, 계속 그러면 얻어맞는다, 입니다."

머릿속으로 지도를 떠올리며 원래 있던 방으로 향했다. 복도 이곳저곳에는 사람이 쓰러져 있었다. 기사, 문관, 하인, 마도사. 아마 팬텀에게 당한 게 아니라 테름에게 당한 사람들일 것이다.

그중 한 명에게 달려간 크류스가 맥박을 살피고 동공을 확인한 다음 심장 소리를 듣고 나서 멍하니 말했다.

"살아있어…… 아직 살아있다, 입니다. 영문을 알 수가 없다, 입니다."

테름의 실력은 틀림없이 일류였다. 그런 마도사에게 당한 사람들이 치료도 받지 않은 채 우리가 보물전에서 꾸물대고 있던 동안 살아남았을 리가 없다.

"그렇구나…… 마나 머티리얼의 힘…………인가, 입니다."

그렇구나…… 이해가 된다. 마나 머티리얼은 사람의 몸을 보다 강인하게 만들어준다. 마력을 원하는 자에게는 마력을, 힘을 원하는 자에게는 힘을, 지키는 힘을 원하는 자에게는 지키는 힘을 준다. 만약에 죽어가는 사람이라면 생명력이 강화될 것이다. 원래 마나 머티리얼이 사람의 몸을 바꾸는 속도는 완만하지만, 【길 잃은 여관】의 마나 머티리얼 농도는 엄청나게 진했다. 무슨 일이 일어나도 이상할 게 없다.

일반인도 강화되는데 강화되지 않은 나는 대체 어떻게 된 걸까…….

혹시나 여우 가면이 뭔가 손을 썼을 가능성도 있다. 그들은 내 동료를 무사히 돌려보내 주겠다고 했다. 살아있는 동안에 보물전으로 들어온 사람이 돌아갈 때 죽었다면 무사히 돌아온 게 아닐 것이다.

뭐, 이제는 진실에 대해 알아볼 방법이 없고, 어찌 됐든 불행 중 다행이다.

방은 우리가 나갔을 때와 전혀 달라진 게 없었다.

"돌아왔나, 《천변만화》…… 바깥 상황을 보니 해결한 것 같군."

황제 폐하가 나를 보자마자 말했다. 다른 사람들은 다들 죽어가는 표정인데 여전히 위엄을 보이고 있는 걸 보니 역시 대국의 우두머리라고 해야 하나.

그리고 나는 재빨리 방 안을 확인하다가——— 황제 폐하 뒤에 숨어있던 난폭한 카펫을 발견하고는 안도의 한숨을 쉬었다. 다행이다…… 아무도 잃지 않았어.

크류스가 몸을 떨면서 내 귓가에 속삭이는 듯이 협박했다.

"너, 진짜 적당히 좀 해라, 입니다. 실패했으면 어쩔 생각이었던 거냐, 입니다."

아니, 그 녀석은 융단이라고만 했으니까…… 애인용 융단을 사 두길 정말 잘했네.

그런데 인간이란 정말 영문을 알 수가 없다. 특히 위기감이 없는 그 인간은 이해가 잘 안 된다.

【길 잃은 여관】의 넘버 2. 위대한 어머니 여우 대신 전체를 통솔하고 있는 형씨 여우는 빼앗은 파란색 융단을 빤히 바라보았다. 제일 소중하게 여기는 것은 사람마다 제각각 다르다. 물건을 소중히 여기는 사람도 있고, 목숨을 소중히 여기는 사람도 있다. 그리고 추억을 소중히 여기는 사람도 있을 것이다. 하지만 동료가 잔뜩 있을 텐데, 강력한 어머니 여우의 꼬리를 손에 넣었을 텐데, 융단이라는 답을 내놓은 건 이해할 수가 없었다.

【길 잃은 여관】에 들어오는 사람은 별로 없다. 저번에 그 인간

이 방문한 뒤로【길 잃은 여관】을 찾아온 사람은 없었기에 징수한 것도 처음이다. 하지만 곁에 있던 정령인으로부터 읽어낸 '소중한 것'은 형씨 여우도 이해가 될 정도로 그럴싸했으니 역시 그 위기감이 없는 인간의 감성이 이상한 것 같다. 혹시 누군가의 유품인 건가? 그렇게 생각하던 형씨 여우는 눈을 크게 떴다.

"으………… 당했다."

이게 아니다. 알 수 있다. 이건 분명히 융단이지만, 소중한 것이 아니다. 속은 것이다.

최악이다. 형씨 여우는 크게 한숨을 쉬었다. 이미 비행선은 해방시켜버렸다.

이건, 패배다. 지혜 대결에서 패배했다. 설마 그 타이밍에 다른 물건을 내놓다니———.

그 인간은 약간 착각한 것 같았지만, 이건 공정한 규칙이다. 공정한 '속임수 대결'이고, '지혜 대결'이다. 첫 징수라 익숙하지 않기도 했지만, 다른 물건을 받은 건 완전히 패배다. 복수는 용납되지 않고, 패자는 오히려 대가를 치러야만 한다. 어머니가———꼬리를 준 것처럼.

역시 그 위기감이 없는 인간은——— 고수다. 위기감이 너무 없어서 오히려 상성이 안 좋다.

자신의 무능함에 질색하면서도 형씨 여우는 다른 생각을 떠올렸다.

대책이 필요하다. 이렇게 짧은 시간만에 두 번이나【길 잃은 여관】과 마주치는 건 비정상이다. 엄청나게 운이 안 좋은 건지, 아니면【길 잃은 여관】의 은폐능력을 뛰어넘는 힘을 지니고 있는 건지, 그런 것치고는 저항을 전혀 못한 것 같긴 하지만 이대로 하늘을 날아다니는 건 바람직하지 못할 것이다. 하지만 인간이 절대로 오지 못하는 비경으로 가는 것도 바람직하지 못하다. 이번에 막내 동생이 폭주한 거나 살해당한 것도 인간에게 너무 익숙하지 못했기 때문이다. 정말 까다로운 문제다.

어머니도 졌다. 나도 졌다. 여동생도 졌다. 완패다. 유일하게 속이 시원한 부분이 있다면 그것은——— 그들이 타고 있던 배가 틀림없이 추락할 것이라는 점이다.

기동 장치가 완전히 파괴된 상태였다. 배가 오랫동안 하늘에 머물러 있었던 이유는【길 잃은 여관】에게 붙잡혀 있었기 때문이다. 해방시키면 다시 중력에 사로잡히게 된다. 어머니의 꼬리를 빼앗겼다. 원한은 없지만, 아무런 느낌도 들지 않는 건 아니다. 흥미로운 인간이긴 해도 구해줄 이유는 없다.

【길 잃은 여관】의 팬텀은 매우 공평하다. 형씨 여우는 살짝 코웃음 치고는 공기에 녹아들 듯이 자취를 감추었다.

남은 두 사람에게서 대가를 빼앗아야만 한다.

———그리고 갑작스럽게 비행선이 크게 흔들리며 기울었다.

경사로 변한 바닥에서 프란츠 씨가 넘어져서 굴러갔다. 쾌적한 건 나뿐이었다.

"?! 큰일이다, 떨어지고 있어, 입니다!"

세계가 거세게 흔들렸다. 가구는 고정되어 있는 것 같지만, 사람은 그렇지 않다.

실제로 날고 있을 때는 어떻게 날고 있는 건지 이해가 안 되었는데, 막상 떨어지기 시작하니 정말 곤란하다.

아직 승무원의 치료도 마치지 못했다. 모두 살아있다는 걸 확인하긴 했지만, 움직일 수 있는 사람은 극히 일부다.

"크류스, 마법으로 어떻게 안 돼?"

"안 된다! 입니다! 마법은 그렇게 만능이 아니야! 입니다!"

나는 떠들어봤자 어떻게 해볼 수가 없었기에 덜컹덜컹 흔들리고 있던 바닥에 풀썩 주저앉았다.

역시 추락하는 건가…… 나는 플라잉 카펫도 있고 세이프 링도 있으니 추락사할 걱정은 없지만, 다른 녀석들이 큰일이다. 마나 머티리얼로 강화된 사람은 튼튼하지만, 이 높이에서 낙하하면 안 셈이 아닌 이상 그냥 죽을 것이다. 이 배에는 비전투원도 여러 명 타고 있다.

"프란츠 씨랑 근위대는 떨어져도 괜찮아?"

"?! 그럴 리가 있나!"

프란츠 씨의 태클도 날카롭지 않다. 마침 그 타이밍에 부하가 돌아왔다.

"안 되겠습니다, 낙하산도 전부 파괴당했습니다!"

테름 녀석, 솜씨가 꽤 좋네…… 과거로 돌아가 멤버를 선택할 때부터 다시 시작하고 싶다.

"……추락하는 타이밍에 죽을힘을 다해 점프하면 어떻게든 되려나?"

반쯤 진심으로 한 말이었지만, 기사들이 새파랗게 질렸다. 프란츠 씨가 기어오면서 내게 말했다.

"《천변만화》, 네놈은 폐하를 어떻게든 구해다오!"

"……프란츠 씨는 얼굴하고 안 어울리게 좋은 사람이란 말이지."

"?! 죽인다!"

"뭐, 진정하라고. 아직 시간이 있어. 내 마법이 각성할지도 모르고, 물에 떨어질 가능성도 있잖아."

"이곳은 이미 사막이다!"

"……그렇지! 침대가 있잖아? 시트를 팔다리에 묶고 날다람쥐처럼 활공하면……."

"야, 약한 인간, 너, 진심으로 말하는 거냐, 입니다?!"

내가 낸 좋은 아이디어가 모조리 기각당했다. 《비탄의 망령》 멤버들이라면 받아들였을 텐데.

일어서서 창문 너머로 바깥을 내다보았다. 이미 지면이 또렷하게 보이고 있었다.

사막이다. 프란츠 씨가 말한 대로 사막이다. 이제 추락할 때까지 시간이 얼마나 남았는지도 모르겠다.

"……사막의 모래는 부드러울 것 같네."

"이, 이봐! 설마, 방법이 없는 건가?"

"……다들 내게 너무 의존하잖아. 그러니까 추락할지도 모른다고 했던 건데⋯⋯."

사실 아까부터 마법을 써서 비행선을 새로 만들어보려고 했는데, 아무래도 안 되는 것 같네⋯⋯.

쏠리는 시선 때문에 왠지 엄청난 압박감이 느껴진다. 신산귀모는 괴롭다.

우선 황제 폐하와 황녀 전하를 융단으로 구해낸다. 아니, 잠깐만. 폐하는 세이프 링을 쓸 수 있을 테니까 그냥 세이프 링을 주는 게 나으려나? 크류스는 강한 정령인이니까 어떻게든 될 테고. 다른 멤버들은⋯⋯ 역시 착륙하는 순간에 점프? 비행선은 위쪽이 풍선이니까, 전혀 근거가 없는 말이라 미안하지만 떨어지는 곳에 따라서는 살아남을 수 있을 것 같은 느낌이 드는 것 같기도 하다. 안 되려나?

그렇게 생각하던 나는 별생각 없이 바깥을 보고는 눈을 크게 떴다.

창밖에 요괴 부대가 있었다. 정확히 말하자면 이제 요괴가 아니지만, 말도 안 될 정도로 큼직한 연을 탄 채 날고 있었다. 보아하니 보물전에는 휘말리지 않았던 것 같네.

나는 미소를 지으며 하드보일드하게 손가락을 튕겼다.

"어쩔 수 없네, 내가 어떻게든 해주지."

그리고 나는 시트 요괴들을 바라보며 필사적으로 사념을 보냈다.

루시아! 마법으로 비행선을 띄워줘! 루시아, 너라면 할 수 있어! 비행선 같은 건 커다란 풍선 같은 거나 마찬가지야! 일생의 부탁이야, 어떻게든 날려줘! 루시아아아아아아아아아아아아아!

"우오아아아아아아아아아아아악!"

강한 충격이 배 전체를 덮쳤다. 가구 같은 것들은 고정되어 있지만, 식기가, 나무상자가 공중에 떴다.

모두가 필사적으로 책상이나 의자에 달라붙어 있다. 프란츠 씨는 황제 폐하를 감싸고 있다. 사람들의 얼굴에는 죽을상이 드러나 있었다. 유일하게 황녀만은 내가 빌려준 융단을 타고 있어서 쾌적한 모양이라 정말 부럽다. 나도 아직 제대로 타지 못했는데—— 뭐, 그래도 아직 어린애니까.

그리고 한층 더 큰 충격이 선체를 뒤흔들었다.

세이프 링이 충격을 막아냈다. 마치 거대한 파도에 휘둘리고 있는 것 같았다.

유리가 깨지는 소리. 진동과 충격이 간헐적으로 이어졌고—— 정적이 찾아왔다.

부유감이 사라졌다. 한동안 그대로 웅크린 채 상황을 지켜보았지만, 다음 진동이 올 기색은 없었다.

비틀거리며 일어섰다. 크게 숨을 쉬었다. 살아있다…… 살아있어!

홀 안은 정말 지독한 꼴이었다. 보아하니 추락한 건 이번이 처음인지 구석에서 거센 충격을 견디지 못하고 물리법칙에 따라 내동댕이쳐진 호위 기사들이 경단처럼 뭉쳐서 넘어져 있었다. 하지만 죽지는 않았을 것이다. 황제 폐하가 바닥에 손을 짚고는 천천히 몸을 일으켰다. 프란츠 씨가 신음 소리를 냈다. 추락하기 전에 크류스 같은 마도사 그룹이 충격 완화 마법을 걸어준 것이다.

융단을 타고 있었기에 무사히 충격을 회피한 황녀 전하가 오들오들 떨고 있다. 융단이 나를 향해 엄지손가락(?)을 들어 보였다. 아무래도 꽤 능력이 좋은 융단이었던 것 같다.

부상자도 많을 것 같지만, 그 높이에서 추락해서 이 정도 피해로 끝난 거라면 훌륭하다.

"으으…… 윽…… 어, 어떻게 된……."

몸을 부딪힌 건지, 크류스가 팔을 누르며 눈을 떴다. 아직 의식이 몽롱한 모양인지 눈의 초점이 맞지 않았다. 말투에도 지금까지 보여주었던 힘이 없었다. 이런, 이런, 추락 초보야?

이럴 때는——— 눈을 뜨고 있으면 어지러우니까 감는 게 좋아. 하는 김에 귀를 막고 몸을 웅크리면 무섭지 않으니 더 좋고. 현실 도피라고도 하지.

깨진 창문 너머로 살며시 손을 뻗어 모래를 만졌다. 모래에서는 작열하는 태양의 잔향이 느껴졌다.

부상자가 많은 상황에서 가만히 있을 수는 없다. 각오를 다지고 바깥으로 나왔다.

모래에 발이 푹푹 빠지는 가운데, 배 그늘에서 나왔다. 그리고 눈앞에 펼쳐진 광경을 보고 깜짝 놀랐다.

그곳에 펼쳐져 있던 것은 사막이었다. 단, 지평선 끝까지 아무것도 없는 건 아니었다.

일렁이는 공기 너머——— 수백 미터 앞에 커다란 도시가 보였다. 우거진 나무들과 낮은 방벽 너머에는 하얀 건물이 보였다. 내 시력으로는 콩알처럼 보이기만 하지만, 갑자기 떨어진 우리를 보고 놀란 건지 작은 그림자들이 잔뜩 문 밖으로 나타났다. 문 근처에는 깃발이 펄럭이고 있었다. 노란 바탕에 다섯 자루의 창─── 호위 여행을 시작하기 전에 보았던 모래의 나라─── 트아이잔트의 국기다.

그렇구나…… 괜찮은 지점에 떨어졌다. 보아하니 노숙할 필요는 없을 것 같다.

어떻게 되나 싶었는데, 무사히 도착한 모양이다.

나는 혼자서 고개를 끄덕이고는 좋은 소식을 전하기 위해 일단 배로 돌아가기로 했다.

"여러분! 트아이잔트에 무사히 도착한 모양이야!"

"음…… 으…… 네놈에게는 이제 아무런 말도 안 할 거다……."

아직 어지러운 건지, 프란츠 씨가 이마에 손을 대며 웅얼거리는 목소리로 대답했다.

Epilogue 비탄의 망령은 은퇴하고 싶다 ⑥

그리고 우리는 무사히 목적지인 모래의 나라, 트아이잔트에 도착했다.

사망자 0명(부상자 다수). 회담 일정도 여유롭다. 완벽한 결과였다. 잘됐구나, 잘됐어.

"기운을 차리면, 반드시 두들겨 패주마, 입니다……."

착륙한 순간, 마력을 쥐어 짜내며 모두에게 방어 마법을 걸어주었다는 크류스가 침대 안에서 축 늘어진 채 말했다. 내 주가가 하락세를 탄 것과는 달리, 크류스의 주가는 상한가를 쳤다.

정령인이라 처음에는 경원시당했지만, 지금은 사람들이 마음 편히 말을 걸게 될 정도였다.

생명의 은인이라고 떠들어대는 사람도 있다. 크류스는 원래 착한 아이니까 처음부터 이랬어야겠지만, 그녀를 빌려준 라피스에게는 다음에 정식으로 보답을 해야할 것 같다. 루시아는 안 줄 거지만.

우리 호위 의뢰도 이제 일단락되었다. 지금부터는 문관들이 일을 할 차례다.

이번 여행 중에는 정말 이런저런 일들이 있었다. 뜻밖의 배신과 보물전과의 조우. 하지만 냉정하게 생각해보자.

나는 출발하기 전에 에바에게 '도적이 나올지도 몰라. 마수가 나올지도 몰라. 그리고 보물전이 생겨날지도 몰라. 재해에 휘말릴지도 몰라'라고 말했다. 그리고 그런 것들과는 분명히 마주친 적이 없다. 배신을 당하긴 했지만 도적들에게 습격당하지는 않았고, 용이 나오긴 했지만, 마수가 나오지는 않았다. 보물전과 마주치기는 했지만 그건 새롭게 생겨난 것이 아니고, 폭풍에 삼켜지기는 했지만 재해라고 할 정도는 아닐 것이다. 다시 말해 내가 말했던 것 중에서는 아무것도 일어나지 않았다. 그게 무슨 뜻이냐면———.

"…………어라? 혹시 이번에 내가…… 운이 좋았나?"

"?!"

"아니, 아니, 잠깐만. 방심했을 때가 제일 위험하지…… 이제부터 무슨 일이 생길지도 몰라."

"?! 적당히 좀, 해라, 입니다…… 약한 인간…….."

크류스가 힘없이 팔을 뻗었다. 하얗고 매끈한 피부가 드러나 있었다. 나는 한동안 눈을 깜빡이고 있다가 무슨 뜻인지 짐작하고는 얌전히 머리를 내밀고 얻어맞았다.

이번 의뢰의 공로자는 크류스지만, 음지의 공로자는 요괴들일 것이다. 시트리가 알려준 여관으로 향했다.

넓은 침실로 들어서자 침대 위에 축 늘어져 있던 루시아 요괴가 나를 원망스러운 눈초리로 바라보았다. 항상 입고 다니는 로브를 벗고 편한 차림새였다. 하지만 얼굴에는 핏기가 없었다.

"…………오빠, 바보…….."

"아무래도 그렇게 규모가 큰 비행선을 300킬로미터 가까이 날린 건 힘들었던 모양이에요. 목적지에서 크게 벗어나 있었으니……
그래도 사막 한복판에 떨어뜨릴 수는 없었으니까요."

시트 요괴에서 벗어난 시트리가 아이스 드링크를 가져다 주었다.

300킬로미터나 날렸구나…… 눈치채지 못했네. 나는 흔들리는 걸 견디느라 필사적이었으니까.

"응, 그래, 그렇지…… 역시 루시아야! 믿고 있었다고!"

도시 근처에 추락할 만도 하네. 힘들긴 했겠지만, 루시아가 열심히 힘써주지 않았다면 틀림없이 죽은 사람이 생겼을 것이다. 사망자 0명은 그녀 덕분이다.

나는 침대에 걸터앉아서 별생각 없이 루시아의 머리에 돋아난 하얀 귀 쪽으로 손을 뻗다가 얻어맞았다.

"하지, 마세요……."

루시아가 띄엄띄엄 따졌다. 보아하니 꼬리를 만지려 하면 그냥 얻어맞는 걸로 끝나지 않을 것 같다.

"아무리 마나 포션을 마셔도 꼬리가 빨아들여서 루시아가 회복되질 않아요. 사용한 마력이 회복될 때까지 떼어낼 수도 없고……
일시적인 부스트로는 써먹을 수 있지만, 디메리트가 강하네요."

시트리가 쓴웃음을 지으면서 말했다. 루시아에게 돋아난 꼬리와 귀는 '여우신의 끝꼬리'의 힘을 사용한 부작용이었다.

저번에 마주쳤을 때, 【길 잃은 여관】에서 가지고 온 그 꼬리는 시트리의 연구를 거쳐 루시아에게 넘어갔다. 그리고 훈련한 끝에 루시아는 꼬리로부터 힘의 일부를 끌어내는데 성공했다. 평소에

는 막대기 끄트머리에 달고 빗자루 대신 쓰고 있지만, 만에 하나 루시아의 마력이 부족해졌을 때는 꼬리가 루시아에게 막대한 힘을 주는 것이다(어떻게 다는지 물어보면 얻어맞기 때문에 나는 모른다. 옷을 벗을 필요는 없는 것 같은데……).

북슬북슬한 귀를 바라보고 있자니 루시아가 얇은 이불을 머리까지 뒤집어쓰고 숨어버렸다.

"……뭐, 기운을 차릴 때까지 루시아를 좀 돌봐줘. 이쪽은 일단 숨을 좀 돌린 것 같으니까."

회담 경비는 다른 부대가 맡는 것 같으니까, 무슨 일이 생기더라도 최대한 루시아의 힘은 빌리지 않는 걸로 하자.

괜찮다, 루시아가 없더라도 내게는 아직 기운이 넘치는 검 요괴 일행이 있다. 지금은 어디론가 놀러 가버린 것 같지만, 부르면 금방 올 것이다. 우리는 파티다. 검 요괴 일행은 언제나 있어줬으면 할 때 함께 있어준다.

연금 요괴가 방긋방긋 웃으며 말했다. 근처에는 극도의 단식으로 홀쭉해진 키르키르 군도 같이 있었다.

"맡겨만 주세요. 이번에는 저희에게도 얻을 게 있는 여행이 되었어요. 크라이 씨에게 맡겼던 키르키르 군도 보다 스마트하게 파워업했고요."

……키르나이트에서 키르키르 군이 나왔을 때의 충격을 잊을 수가 없다.

"아, 그렇지………… 루시아에게 줄 선물이 있는데……."

내 목소리를 듣고 얇은 이불 안에서 마법 요괴가 꼼지락거리며 움직였다. 여우귀 두 개가 움찔거리고 있었다.

좋아, 좋아, 이걸로 꼬리가 두 개째구나. 나는 고개를 크게 끄덕이고는 가지고 온 주머니 안에서 새로운 꼬리를 꺼냈다.

"자, 잠깐만! 내 말 좀 들어봐!"

필사적으로 소리치던 내 몸통을 융단이 날카로운 스텝을 밟으며 후려쳤다. 하늘을 보며 쓰러진 내 위에 융단이 올라타서는 연속으로 펀치를 날렸다. 하지만 몸통박치기라면 모를까, 융단의 펀치는 별로 아프지 않았다. 오히려 조금 재미있다. 융단이 몸 위에 올라타다니, 융단을 타는 것보다 대단한 일이다.

"미안하다니까, 그래도 그때는 그럴 수밖에 없었어! 나도 그런 짓을 하고 싶지는 않았다고."

아무래도 난폭한 카펫 몰래 여자친구(남자친구?)를 여우에게 준 게 문제였던 모양이다.

하지만 그때는 그럴 수밖에 없었다. 누구나 그런 상황이 되면 나처럼 행동했을 것이다.

"나는 폐하를 지킬 의무가 있었단 말이야. 그리고 너는 뒤에 숨어있기만 했잖아!"

융단에게 호소해 보았지만 전혀 들어주질 않았다. 애초에 융단의 귀가 어디에 있는지도 모르겠는데, 내 뺨을 찰싹찰싹 때려대고 있다. 모처럼 사이좋게 지내기 직전이었는데 너무하다.

하지만 내가 잘못했다. 벌을 감수해야겠지. 누운 채 융단에게 학대당하고 있자니 크류스가 문을 열고 들어왔다. 항상 입고 다니는 로브가 아니라 얇은 파자마 차림이었다.

융단에게 깔린 채 팔을 들어 올리자 눈을 동그랗게 뜨고 있던 크류스가 험상궂은 표정을 지었다.

"무무, 무슨 짓을 하고 있는 거냐, 입니다! 약한 인간."

"몸은 이제 괜찮아? 다행이네, 다행이야."

"지, 질문에 대답해라, 입니다."

"그건 융단에게 물어봐."

융단이 술이 주렁주렁 달린 부분으로 내 머리를 때렸다. 귀로 때리는 생물은 없을 테니 그 부분은 귀가 아닐 것 같다. 어쩔 수 없지…… 장난은 이제 끝이다.

"알았어, 알았다고, 내가 졌어. 새 융단을 사줄게. 엄청 미인으로."

융단의 공격이 멈췄다. 하지만 여전히 내 위에 올라타고 있다. 나는 살짝 한숨을 쉬었다.

"알았어, 알았다고, 외로움을 타는 녀석이구나. 사과하는 의미도 담아서 두 장…… 아니, 세 장을 사줄게. 어때? 용서해줄래?"

융단이 내 머리를 몇 번 쓰다듬고는 비켜주었다. 보아하니 화가 풀린 것 같다.

정말, 현관 매트 정도 크기인 주제에 사치를 부리기는.

"약한 인간, 너, 진짜 진지하게 좀 해라, 입니다."

"이래 봬도 진지하게 하는 건데…………."

크류스는 눈살을 찌푸리고는 살짝 한숨을 쉰 다음 마음을 다잡은 듯이 나를 보았다.

얇은 옷에서 하얀 팔다리가 쭉 뻗은 모습이다. 그러고 보니 크류스는 숲 정령인이기 때문에 피부가 하얗지만, 정령인 중에는 사막에서 사는 부류도 있고, 피부도 갈색이다(뭐라고 해야 하나, 엘리자가 그렇다). 혹시 계속 사막에서 지내다 보면 크류스도 피부가 그을려서 그런 느낌으로 되려나?

그런 생각을 하고 있자니 크류스가 나무라는 듯한 말투로 말했다.

"알겠냐? 약한 인간. 나는 약한 인간의 편이 아니지만, 라피스에게 명령을 받았다, 입니다. 약한 인간의 명예가 실추되는 건 우리의 명예가 더럽혀지는 거나 마찬가지다, 입니다."

"크류스는 기특하네."

정령인이 다들 크류스 같은 녀석들이었다면 인간을 얕잡아보는 것도 어쩔 수 없을 것 같다.

"지금 상황은 꽤 위험하다, 입니다. 그러니까 우리는 이야기를 좀 나누어야 한다, 입니다. 그렇지, 입니다?"

"저기…… 딱히 위험하진 않은데…… 제대로 도착했으니까."

결과적으로 황제 폐하를 목적지에 무사히 데려다주었다.

"위험하잖아, 입니다! 약한 인간, 너, 배신자를 두 명이나 끌어들였잖아, 입니다!"

"아………… 그건…… 생각 못 했네."

"두들겨 팬다, 입니다. 책략이 있다면 확실하게 말해, 입니다! 있는 거냐, 입니다?"

"없어. 그러고 보니 테름하고 케챠챠카를 잊고 있었네……."

배 안에는 없었다. 아마 아직 보물전 안에 있는 거 아닐까?

눈을 깜빡이며 고개를 갸웃거리는 나를 보고 크류스는 머리를 감싸며 루시아와 똑같은 표정으로 한숨을 쉬었다.

"여긴…… 뭐지……."

"케케케……."

테름의 헌터 인생은 길었다. 마도사로서 교육받은 뒤로는 계속 헌터로서 활동해왔고, 그 이후로는 '여우'의 일원으로서 다양한 경험을 해왔다. 하지만 이렇게까지 기괴한 경험은 처음이었다.

테름은 분명히 배에서 뛰어내렸다. 곧바로 바깥으로 나가 태세를 갖출 생각이었다.

하지만 방에서 한 발짝 내디딘 뒤 시야에 펼쳐진 것은 뜻밖의 광경이었다.

테름은 곧바로 이해했다. 이 농밀한 기척, 보물전이다. 그것도 테름이 지금까지 경험했던 레벨8 보물전조차 뛰어넘을 정도로 레벨이 매우 높은 보물전——— 환상은 아니다. 아무리 능력을 알 수 없는 《천변만화》라 해도 아무런 전조 없이 테름을 속이는 건 불가능하다.

마술이 발동되지 않았던 이유도 이해가 되었다. 보물전으로 들어왔기에 규칙이 바뀐 것이다.

위험하지만 움직이지 않을 수는 없다. 다행히 신체 강화는 아직 쓸 수 있다.

케챠챠카와 둘이서 방심하지 않고 저택을 조사해 나갔다. 저택은 넓었고, 천장도 높았다.

불길했다. 저택은 분명히 인간형 생물을 위해 만들어져 있었다. 하지만 생명의 기척은 전혀 느껴지지 않았다.

"방심하지 마라…… 반드시 출구가 있을 거다."

"히히히……."

복도는 한없이 이어져 있었다. 분명히 지금까지 타고 온 비행선보다 넓었다.

아마 공간이 일그러졌을 것이다. 레벨이 높은 보물전에서는 자주 있는 일이다.

그때, 테름은 기묘한 물건을 발견했다. 그림이다.

하얗게 칠해진 벽에는 매우 추상적인 그림이 걸려 있었다. 신중하게 다가가 관찰했다.

노란색 선이 이리저리 그어져 있어서 척 보기에는 뭔지 알아볼수가 없었지만——— 테름은 눈을 가늘게 뜨고 중얼거렸다.

"…………여우……?"

"케켁!"

케챠챠카가 경고하자 테름은 물러나며 돌아보았다. 복도 너머에 자그마한 그림자가 있었다.

하얀 기모노를 입은 어린아이——— 팬텀이다. 하지만 그 얼굴은 광택이 있는 하얀 가면으로 가려져 있었다. 그 형태가 나타내고 있는 것은——— 여우다. 그 자그마한 몸에서 느껴지는 마나머티리얼의 기척은 어지간한 수준이 아니었다.

그때 테름은 떠올렸다. 정체를 알 수 없는 오한이 온몸에 퍼져 나갔다.

"윽?! 말도 안 돼——— 설마, 이곳은———."

테름이 소속된 비밀 조직, '아홉꼬리 그림자여우'의 이름은 어떤 보물전에서 유래되었다.

여우 형태의 신이 군림하는 보물전. 조직의 창시자는 운이 없게도 예전에 신과 마주쳤고, 살아남았다. 그 힘과 존재에 매료되어 그 이름을 빌렸다. 조직의 트레이드 마크는 여우 가면이다.

그리고 예전에 창시자가 보물전에서 가지고 온 여우 가면은 현재, 보스의 증거가 되었다.

똑같은 생각을 한 건지, 케챠챠카의 얼굴도 굳었다.

있을 수 없는 일이다. 그 보물전은 세계 어디에 있는지———아니, 애초에 존재하는지조차 알 수가 없다.

신의 영역에 들어선 창시자도 다시 보물전과 마주치지 못했다고 들었다.

운명이다. 마주치는 데 필요한 것은 평범한 운이 아니다. 그런 운명이어야만 할 것이다.

눈을 돌린 것도 아닌데 갑자기 여우 가면을 쓴 어린아이의 모습이 사라졌다. 그 대신 뒤쪽에서 목소리가 들렸다.

"환영하네, 손님."

"윽?!"

"사정은 알고 있어. 경계할 필요는 없고. 테름 아포크리스. 케챠챠카 뭉크. 위기감 씨에게 버림받은 슬픈 인간."

기척은 없었다. 어느새 여우 가면을 쓴 청년이 서 있었다. 첫눈에 강제로 이해하게 되었다.

이건——— 이길 수 없다. 존재의 격이 너무나도 다르다. 자연스럽게 물러나려 하는 몸을 아슬아슬하게 멈췄다.

하지만, 아직 멀었다. 조직의 창시자는 그 보물전에 대해 '결코 포기하지 마라'라는 말을 남겼다. 실제로 살아남아서 가면을 가지고 온 자가 있다면 《지수》 테름이 똑같은 일을 해내지 못할 리가 없다.

"네가——— 신인가."

닿을 수 있다. 인간 형태를 지닌 팬텀은 인간과 구조가 비슷할 경우가 많다. 그렇다면 몸속에 수분도 있을 것이다. 직접 닿는다면 조작할 수 있을 가능성도 있다. 수분 조작의 극치에 달한 나라면 할 수 있을 것이다.

아니, 할 수밖에 없다. 방심시켜야 한다. 테름이 한 말을 듣고 청년이 말했다.

"안심했으면 하는데, 우리는 공평하다. 안전은 보장하지. 단, 대가를 받겠다."

"대가…………?"

"너희들이 가장 소중히 여기는 걸 받겠다. 겁낼 필요는 없어, 이건——— 위기감 씨와도 했던 공평한 거래야."

빈틈은 있다. 아니, 빈틈투성이다. 상대방은 우리의 공격을 경계하지 않고 있다.

경계하는 테름과 케챠챠카를 본 청년은 고개를 크게 끄덕이고는 천천히 입을 열었다.

"『수신의 가호』와 『리벨리온 스피어』를 받겠다."

"윽?!"

마음을…… 읽고 있다. 그 두 보구는 테름과 케챠챠캬가 지닌 힘의 근간이다. 양쪽 다 대체할 아이템이 존재하지 않고, 무엇보다 보구를 잃으면 테름 일행은 만에 하나라도 승산이 없다.

식은땀이 볼에 흘러내렸다. 청년의 입가에 미소가 드리웠다.

"어떻게 할 거지?"

"……거절한다, 라고 하면?"

몸속의 수분을 조작한다. 닿을 수 있다. 닿기만 하면 승부가 끝난다. 손가락 하나라도 닿는다면———.

테름이 도발하는 것처럼 말하자 여우 가면을 쓴 청년은 부드러운 미소를 지었다.

"아——— 물론, 너희에게는 거절할 권리도 있지. 우리는…… 매우 공평하거든."

테름과 케챠챠카의 흔적을 찾기 위해 허가를 받은 다음, 추락한 비행선으로 향했다. 오늘 함께 나선 사람은 만능인 시트리 요괴와 홀쭉해져서 볼륨이 절반 정도로 줄어들어 버린 키르키르 스마트다.

트아이잔트는 더욱 살벌한 분위기를 풍기고 있었다. 회담이 가까워졌기 때문이다. 거리에는 다른 나라에서 온 것 같은 기사나 마도사의 모습이 늘어나서 활기차게 보이면서도 왠지 긴장되는 느낌이 들었다.

트아이잔트는 국토가 넓긴 하지만 그렇게까지 번영한 나라는 아니다. 자세한 역사 같은 건 모르겠지만, 이 나라는 예전에 싸움이 끊임없이 벌어지던 곳인 모양이다. 국토의 대부분이 사막 지대이며 비도 좀처럼 내리지 않는다. 얼마 안 되는 식량을 두고 쟁탈전을 벌였고, 사막 고유의 강력한 마물들이 설치고 다니던 이 땅은 지옥 같은 양상을 보였다고 한다.

그런 상황을 타개한 것이 트레저 헌터의 전성기라 불리는 이 시대 그 자체였다.

트아이잔트는 사람이 살기에 적합한 곳이 아니었지만, 그와 동시에 사막 지대이기에 독특한 보물전이 여러 개 있었다. 그리고 지맥에서 솟구치는 마나 머티리얼이라는 거의 무한한 에너지로 인해 생겨나는 보물전은 파내는 사람만 존재한다면 무한의 자원에 가까웠다. 그렇게 빈곤하던 땅에 미지의 보물전을 추구하는 헌터들이 몰려들었고, 그들을 맞이하기 위해 도시가 여러 개 생겨났다. 계속 싸움을 벌이던 사막의 주민들은 하나로 뭉쳤다. 그것이 이 나라의 기원이라고 한다.

"일부 도시만 발전한 모양인데…… 역시 식량이 문제인가 보네요. 보물전 중에 식량이 나오는 곳은 거의 없고, 수입도 마물 때문에 꽤 힘든 것 같아요."

"큰일이네."

"근처에서 식목 작업도 진행 중인 것 같은데, 진도가 잘 안 나가나 봐요."

나와 마찬가지로 처음 왔을 텐데 묘하게 잘 알고 있는 시트리 요괴가 방긋방긋 웃으며 설명해 주었다.

도시 밖으로 나섰다. '검은 별'은 위쪽의 풍선이 약간 쭈그러들어서 처음 봤을 때 느꼈던 위용이 온데간데없었다. 비스듬하게 박힌 선체를 겨우 파내긴 했지만, 수리하는 데는 시간이 걸릴 것 같다. 비행선을 경비하는 사람들이 있었지만, 이미 허가를 받고 왔기에 깨진 창문을 통해 안으로 들어갔다.

배 안은 추락한 직후 그대로였다. 나오기 전에도 배 안을 대충 확인했고 테름과 케챠챠카의 흔적을 찾아내지는 못했지만, 내 눈은 장식이나 마찬가지니까 시트리라면 뭔가 찾아낼 수 있을 가능성이 있다.

온 김에 실어둔 물자를 회수한다는 목적도 있었다. 이대로 내버려두면 열기 때문에 못쓰게 되어버릴 테고, 돌아갈 때는 이 비행선을 쓰지 않을 테니 이제 필요가 없는 물건이다. 반출 허가도 이미 받았다.

"감사합니다! 식량이나 포션은 이 나라에 항상 부족하니까……."

"뭐, 원래 시트리가 가져다준 물건이잖아. 본전은 뽑을 것 같아?"

"물론이죠! 전부 크라이 씨 덕분이에요!"

시트리는 매우 밝은 미소를 짓고 있었다. 정말 넘어져도 그냥 일어나지는 않는구나.

둘(+키르키르 군)이서 내부를 신중하게 확인해 나갔다. 처음 비행선을 본 시트리의 눈이 빛나고 있었다.

"그러고 보니 시트리랑 다른 파티원들은 용케 보물전에 휘말리지 않았네."

"그게…… 들어가려 하긴 했는데, 비행 속도가 부족했던 것 같아요."

"…………어?"

"잠시 후에 속도가 떨어졌길래 접근해서 루크 씨가 바깥에서 구멍을 뚫으려 했는데 흠집도 나지 않아서…… 합류하질 못했네요."

"…………응, 그래, 그렇지."

"【길 잃은 여관】의 경계는 물리적인 게 아니었던 모양이라…… 아무래도 왜곡된 공간 상대로는 루크 씨의 검도 통하지 않았던 것 같아요. 수행한다고 하더라고요."

"……응, 그래, 그럴 수도 있지."

나는 루크와 다른 파티원들이 그때 뛰어들지 못했던 것을 진심으로 다행이라 생각하며 고개를 끄덕였다. 그곳에 루크와 다른 파티원들이 있었다면 내 소중한 것은 융단이 아니라 그들이 되었을 것이다. 그랬다면 루크와 다른 파티원들을 내줄 수는 없으니 우리가 여우와 정면으로 싸우게 되었을 것이다.

아니, 루크랑 다른 사람들이 없다 싶었는데 혹시——— 수행하러 가버린 건가? 너무 근육뇌잖아.

"뭐, 【길 잃은 여관】은 아직 조금 일렀다는 뜻이지."

완전히 쾌적한 모드로 적당한 말을 늘어놓는 내게 시트리가 떨리는 목소리로 호소했다.

"크라이 씨, 그래도 오해하진 말아주세요! 제 준비는 완벽했어요! 【길 잃은 여관】과 마주칠 가능성도 약간이나마 고려하고 있었고요!"

"…………시트리는 대단하네."

고려하고 있었다면 말해주지…… 나는 쓸데없는 짓만 했는데. 마치 자신이 실수했다는 듯한 표정을 짓고 있던 시트리의 등을 두드려 주었다. 그런 실수는 나와 비교하면 안 한 거나 마찬가지다.

시트리 요괴의 표정이 약간 부드러워졌다. 그리고 나를 올려다보며 조심조심 물었다.

"그러고 보니…… 크라이 씨. 제가 준비한 유부는 도움이 되었나요?"

…………어? 유부……? …………유부가 있었어? 전혀 눈치채지 못했는데.

하지만 시트리가 농담을 하는 것 같지는 않았다. 마치 칭찬해 주기를 기다리고 있는 것처럼 안절부절못하고 있었다. 목록을 제대로 읽지 않은 나도 잘못했지만, 보통 유부가 들어있을 거라는 생각은 안 한다.

나는 미소를 지은 채 시트리 요괴의 머리를 쓰다듬어주면서 둘러댔다. 감촉이 좋은 머리카락이 손가락 사이를 빠져나갔고, 시트리 요괴의 약간 처진 눈이 약간 더 부드러워졌다.

"응, 그래, 시트리 덕분에 살았어. 아니, 농담이 아니라 진짜 도움이 됐어. 그게 없었다면……… 그래. 여러모로 위험했을 거야."

"저번에【길 잃은 여관】에서 궁지를 벗어날 때 썼으니까…… 분명히 필요해질 것 같아서…… 고생해서 마련한 거예요. 제블디아에서는 유부가 항상 먹는 음식이 아니니까요. 다행이네요…….."

존재 자체를 몰랐다는 건 절대로 들켜선 안 된다. 시트리의 미소를 어둡게 만들어선 안 된다.

내게 제일 소중한 건 시트리야, 시트리. 전부 내 잘못이다. 그래, 전부 내 잘못이라고.

도움이 되었다는 게 기쁜지, 시트리가 매우 신이 나서 말했다.

"그런데 참고로 삼으려 여쭤보는 건데요…… 다섯 상자로 충분하던가요?"

"다섯 상자?! 음, 음………… 글쎄?"

시트리, 대비가 너무 철저한 거 아닌가? 다섯 상자라니…… 파티라도 할 생각이야?

신이 난 시트리가 하는 말을 슬쩍슬쩍 흘려넘기며 배 안의 상태를 둘러보았다. 테름과 케챠챠카의 모습도, 흔적도 보이지 않았다. 역시 보물전에 남아 있다고 생각해야 할 것이다.

그런데 그렇게 되면 확인할 방법이 없네……. 그때, 문득 내 둔한 귀가 작은 소리를 포착했다.

소리가 들린 곳은 화물실이었다. 원래는 짐을 보관하는 곳인데, 이번에는 내가 반입한 보존 식량의 양이 매우 많았기에 그것으로 공간을 거의 다 차지했다. 사람이 숨을 수 있는 곳은 없다.

시트리가 허리에서 보구인 물총을 살며시 뽑아 들었다. 키르키르 군이 매우 가늘어져버린 팔을 들어 올리고 파이팅 포즈를 취했다. 세이프 링이 있는 내가 시트리보다 앞서서 문을 열고 안을 들여다보았다.

화물실은 마지막에 보았을 때와 별로 달라진 게 없었다. 화물실에 있던 짐은 다른 방에 있던 것들과는 달리 만에 하나를 대비해 고정시켜두었다. 높게 쌓인 나무상자는 그대로 있었고, 무너지지도 않았다.

신중하게 안으로 들어갔다. 실내를 둘러보았지만, 딱히 수상쩍은 점은 없었다. 밖에서 들린 소리인가?

"괜찮아, 착각했던 것 같네———."

시트리에게 그렇게 말한 순간, 눈앞에 쌓여있던 커다란 나무상자의 뚜껑이 소리도 없이 열렸다.

처음 보인 것은 하얀 삼각형이었다. 뚜껑을 안쪽에서 열고 몸을 일으키며 나타난 것은 여우 가면을 쓴 하얀 기모노 차림의 소녀였다. 손에는 커다란 유부를 들고 있었다. 나는 그저 눈만 깜빡였다.

"…………?"

……젓가락을 쓰라고, 젓가락을…… 손으로 집어먹다니, 버릇이 나쁘잖아.

팬텀이 나를 보면서 느긋하게 유부를 먹었다. 나는 미소를 지으며 상자 쪽으로 다가가 그 팬텀의 머리를 살짝 누르고는 뚜껑을 닫았다. 크게 심호흡을 하고는 비틀거리며 상자를 들어올렸다.

나무상자라 상자 자체로도 무게가 꽤 나가지만, 마치 아무것도 들어있지 않은 것 같은 무게였다.

아니, 실제로 이 상자는 텅 비었다. 아무것도 들어있지 않은 상자다. 시트리를 돌아보고는 웃었다.

"……………자, 이상 없음. 짐을 가지고 나갈까? ……혹시 다섯 상자로는 약간 부족했을지도 모르겠네."

더위 때문에 환각을 본 건지도 모르겠다. 재빨리 가지고 나갈 물건을 챙겨서 도시로 돌아가야겠다.

스트레스 때문인가? 돌아가서 시원하고 달콤한 음료수라도 마시면서 융단이랑 놀아야지.

"사, 사로잡으신 건가요……. 크라이 씨, 역시 대단하세요……. 저는 흉내도 못 낼 것 같아요."

이런, 시트리가 정색하고 있다. ……이거 어쩌지? 여동생분이 와 계시는데요?!

"제가 사로잡고 싶었던 건 조직 쪽 여우였는데요———."

그런 말을 해봤자 내가 데리고 온 것도 아닌데———.

상자 안에서 부스럭거리는 소리가 들렸다. 보아하니 여동생 여우(이름은 모르지만 편의상 그렇게 부른다)는 굶주린 배를 채우느라 정신이 없는 것 같다. 항상 어지간하면 부드러운 표정을 짓고 다니는 시트리도 이번만큼은 굳은 표정을 짓고 있다.

그런데 어떻게 해야 하나. 아무리 그래도【길 잃은 여관】의 팬텀은 장난이 아니다. 원래 팬텀은 보물전 밖에서는 오랫동안 살아갈 수 없어서 밖으로 나오지 않는 법인데, 보아하니 이 여우 소녀에게는 그런 상식이 통하지 않는 것 같다.

"……여우 귀가 달린 루시아라면 어떻게든 할 수 있지 않을까? 그 왜, 동료라고 판단할지도 모르잖아."

"루시아에게 맞을걸요? …………한 마리만이라면 모든 힘을 기울여서 쓰러뜨릴 수 있을지도 몰라요."

쨍쨍 내리쬐는 햇빛. 열기 때문에 공기가 일그러졌다. 자신의 생사에 대한 이야기를 하고 있는데도 상자 안은 조용했다. 역시 적의가 없는 상황에서 죽이는 건 좀 그렇지.

"……별로 좋은 방법 같지는 않은데."

"그렇죠…… 믹서에 넣어도 망가지기만 할 것 같아요."

"?? 믹서가 뭐야?"

"팬텀을 뭉개서 마나 머티리얼액을 만드는 실험을 하고 있거든요. 원래는 공기 중으로 흩어———."

"아, 그래…… 미안, 미안. 그 정도면 됐어."

여동생 여우보다 이쪽 여동생이 훨씬 더 살벌하네.

가장 손쉬운 해결책은 【길 잃은 여관】에 돌려보내는 방법일 것이다. 나는 눈에 띄지 않는 뒷골목에 상자를 내려놓고는 각오를 다지고 천천히 뚜껑을 열었다. 알맹이가 사라졌기를 기원했지만, 상자 안에는 팬텀이 무릎을 웅크린 채 얌전히 들어가 있었다.

짐승 꼬리나 귀가 달린 것도 아니었다. 그냥 보기에는 가면을 쓴 평범한 사람이지만, 기척이 너무나도 다르다.

크게 심호흡을 하고는 물어보았다.

"저기, 너 말이야…… 【길 잃은 여관】에 연락을 할 수 있어?"

아니, 어째서 있는 건데? 이상하지 않아? 상자만 챙겨서 집에

갔어야지!

여동생 여우는 한동안 가만히 있다가 품속에 손을 넣고는 수첩 정도 크기의 얇은 녹색 판을 꺼냈다. 그것은 매끈매끈했다. 만지자 까만 편에 빛이 들어오며 숫자가 떴다. 현재 시각인 것 같았다.

나는 눈을 크게 떴다. 이건——— 알고 있어, 알고 있다고!

"『스마트폰』이야…… 전화 보구라고."

"전화라니, 그 전화 말인가요? 형태가 전혀 다른데……."

전화란 일부 기술국에서 개발되고 있는 통신 시스템이다. 여전히 실험 단계이고 여러모로 허들이 있어서 제국에는 보급이 되지 않았지만, 뭐, 다양한 곳으로 연결되는 공음석이나 마찬가지다.

그리고 그것과 거의 비슷한 기능을 지닌 것이 고도 물리 문명의 유물인 이 스마트폰이다!

"뭐, 보구니까……. 이건 말이지…… 단말기마다 번호가 부여되어 있고, 이야기하고 싶은 상대의 번호를 누르면 멀리 있는 상대하고도 이야기를 나눌 수 있는 거야."

"그건…… 상대방도 같은 도구를 가지고 있어야 하고, 번호를 모르면 의미가 없지 않나요?"

"맞아, 맞아. 그래서 공음석보다 쓰기 힘들거든. 그런 주제에 애호가가 있어서 정말 비싸."

그리고 왠지 모르겠지만 마을 근처가 아닌 곳에서는 통화권 이탈이라고 하면서 연결이 안 되고, 떨어뜨리거나 물에 빠뜨리면 망가진다든가, 이런저런 약점이 있는 기묘한 보구다. 나도 욕심이 나지만 가지고 있지 않고, 친구들 중에 가지고 있는 사람은 아무도 없기에 손에 넣어봤자 별로 의미가 없다. 어째서 여동생 여우가 가지고 있는지는 모르겠지만, 혹시 【길 잃은 여관】은 고도 물리 문명 무렵의 보물전인가?

"역시 크라이 씨…… 박식하시네요."

시트리가 눈을 크게 뜨고 존경하는 눈초리로 바라보았지만, 나는 그 보구에 대해 별로 아는 게 없다.

하지만 그 시선이 약간 기분이 좋아서 나도 모르게 자랑해버렸다.

"이건, 보아하니 신형이구나. 신형에는 놀랍게도…… 카메라가 달려 있거든. 크기가 작은데도 기능이 많아."

"그렇군요…… 다른 기능은 또 뭐가 있나요?"

그냥 소문이지만 스마트폰에는 몇 가지 종류가 있고, 각각 할 수 있는 게 다른 모양이다. 어지간한 것들은 할 수 있다고 들었다. 마법 지팡이나 마찬가지다.

"카메라로 빔을 쏴서 마물을 쓸어버리거나, 그리고…… 맞다, 음식을 냉장 보관하거나…… 고도 물리 문명 주민들은 다들 스마트폰으로 몸을 지키며 생활에 유용하게 썼대. 만능 도구야."

"?! 뭐든지 할 수 있는 건가요? 예를 들어………… 결혼이라든가."

"할 수 있을 거야, 아마도."

그때, 여동생 여우가 움직였다. 내게서 보구를 재빠르게 빼앗고는 조물조물 조작한 다음 다시 건넸다. 화면에는 '발신 중'이라는 글자가 떠 있었다. 예술적일 정도로 군더더기가 없는 조작이다. 너무 멋지다.

"대단해…… 스마트폰의 프로인가? 완패다…… 다음에 나도 어떻게든 하나 구해봐야겠네."

"촌놈…… 창피해."

여동생 여우가 처음으로 그 작은 입술을 열었다. 목소리는 담담했지만, 목덜미가 빨갛게 물들었고, 몸이 조금씩 떨리고 있었다.

"큰일이네…… 데리러 오지 않을 것 같은데."

형씨 여우와 이야기를 나눈 결과를 전해주었지만, 여동생 여우는 전혀 동요하지 않았다. 그냥 상자 안에 있기만 했다.

형씨 여우는 지금 매우 바쁜 모양이었다. 내가 말한 순간, '으엑'이라고 하던데. '으엑'이라고.

기다리고 기다리던 제대로 된 침입자라며 매우 기뻐했다. 테름과 케챠챠카다.

형씨 여우의 목소리를 들어보니 정말 험한 꼴을 당할 것 같다. 고민거리가 하나 사라져버렸다.

"방임주의 같네……. 팬텀하고 인간의 감각이 다른 건지도 모르겠어."

여동생을 잘 부탁한다는 말조차 하지 않았다. 융단을 받은 건 완패라고 했지만, 화를 내지도 않았다.

역시 약간 엇나가는 부분이 있는 것 같다. 그리고 여동생도 우리가 이렇게 고민하고 있는데도 느긋하게 봉투를 뜯고 유부를 먹고 있었다. 상자 안에는 포장지가 흩어져 있었다. 마이페이스인 부분도 신급이다.

"……그러고 보니 이 나라에는 유부가 있어?"

"없어요."

"?!"

시트리가 곧바로 대답하자 여동생 여우는 얼어붙었다. 손에서 먹던 유부가 툭, 떨어졌다.

그렇겠지. 제도에서는 어떻게든 손에 넣은 것 같지만, 유부를 항상 먹는 나라는 본 적이 거의 없다. 그리고 유부를 손에 넣지 못하게 되면 이 팬텀은 대체 무슨 짓을 할까.

아니, 그냥 하늘을 날아서 돌아가라고. 하늘 정도는 날 수 있잖아. 혹시 날지 못한다면…… 그래. 루시아가 거부한 새로운 꼬리를 달면 날 수 있게 되지 않을까? 문제도 사라지니 일석이조다.

왠지 피곤하네…… 내가 고민하는 것도 바보 같다. 그냥 이 근처에 내버려 두고 돌아갈까.

그런 생각을 한 순간, 갑자기 옷소매가 늘어졌다. 여동생 여우가 팔을 뻗어 내 옷을 붙잡고 있었다. 목소리를 내진 않았지만 애수에 찬 분위기를 풍기고 있다. 그렇게 잡고 늘어지더라도 팬텀을 돌봐줄 수는 없다.

애초에 강대한 팬텀인데 유부에 너무 약하다. 유부 왕국이든 어디든 가버리라고.

그때, 여동생 여우가 오른손을 품속에 넣었다. 다시 꺼냈을 때 그 손에는 은색 판── 좀 전과는 색이 다른 스마트폰이 있었다.

뭐……라고?! 이건 혹시…… 전설의 더블폰이라는 건가?

전전긍긍하던 내게 여동생 여우가 방금 꺼낸 스마트폰을 슬쩍

내밀었다.

"줄게."

나는 산보다도 높게, 바다보다 깊게 반성했다.

……잘 생각해 봐라, 크라이 안드리히. 너는 헌터잖아. 약자를 구하는 것도 헌터의 본분이다.

이 여우 가면은 팬텀이지만 나쁜 팬텀이 아니다. 실수로 인간 사회에 떨어져 버렸으니 불쌍하잖아.

생각해라. 생각하는 거다. 모두가 행복해지는 방법을. 있잖아, 있을 거다, 있어야 한다. 지금이야말로 평소에 잠들어 있는 그 힘을 해방시킬 때다.

보구를 만져보고 싶은 마음을 억누르고 주머니에 넣은 다음, 주먹을 꽉 쥐고 말했다.

"뭐, 여기까지 데리고 왔는데 내팽개치고 가는 건 무책임한 일이지. …………모두가 행복해질 수 있는 방법이 생각났어."

작열하는 태양이 빛나고, 대지를 달구고 있다. 모래의 나라 트아이잔트의 국토 중 대부분은 황폐한 사막이다.

외투로 피부를 보호하며 바깥에서 작업하던 남자들이 햇빛에 그을린 얼굴을 들고는 구름 한 점 없는 하늘을 노려보았다.

원래는 싸움이 끊임없이 일어나던 나라였다. 보물전을 노리고 트레저 헌터들이 대량으로 유입되자 국민들이 일치단결했지만, 영토 중 대부분이 답이 없는 토지라는 건 변함이 없다.

무엇보다 큰 문제는 물이 없다는 점이다.

비는 1년에 손에 꼽을 정도만 내리고, 일교차도 심하다. 몰아치는 모래 폭풍은 여행자를 헤매게 만들고, 토지 중 대부분에는 가혹한 풍토에 적응하여 강력하기 짝이 없는 마물들이 설치고 있어 도로를 깔 수조차 없다. 나름대로 풍요로운 곳은 트아이잔트에서 몇 안 되는 대규모 오아시스를 중심으로 삼은 수도 정도이며 다른 도시는 여전히 그날 먹을 음식도 부족한 형편이다. 그리고 남자들은 그런 나라를 구하기 위한 단체의 멤버였다.

"젠장, 안 되겠어. 이것도 자라지 않네."

아…… 오늘도 빌어먹을 하루다.

수도에서 수십 킬로미터 떨어진 곳. 지맥을 따라 만들어진 그 마을에서 활동이 이루어지고 있었다.

───식목 작업이다. 그리고 그것은 장기간에 걸친 모래의 나라의 비원이기도 했다.

갈색 흙 위에 일정한 간격으로 길쭉한 나무가 심겨 있었다. 하지만 나뭇잎은 갈색으로 말라비틀어졌고, 나뭇가지는 사람의 새끼손가락처럼 가늘어서 제대로 자란 것 같지 않았다.

마을 사람들의 안색은 어두웠다. 트아이잔트의 풍토로 인해 식물은 자라지 않는다. 물은 귀중하고, 흙에는 영양분이 거의 없다. 그런 가혹한 환경에서 자라나는 식물은 마물인 식인 선인장 정도다.

이 땅에 비를 내리는 것은 강력한 마도사도 버거워하는 일이다.

유일한 가능성은———— 마나 머티리얼뿐이다.

마나 머티리얼은 생명을 강화시킨다. 그 대상은 인간이나 마물 뿐만이 아니다. 마나 머티리얼이 지나가는 길, 지맥 위에 식목 작업을 진행해 식물의 생명력을 강화시킴으로써 효율적인 사막 녹화를 시도한다. 그것이 바로 트아이잔트에 남겨진 최후의 수단이었다.

애초에 트아이잔트는 온갖 조건이 부족했다. 물도, 자원도, 기술력조차 부족하다. 실력이 좋은 마도사를 불러서 시도해본 적도 있지만, 일시적으로 성공하더라도 오래가지는 못했다.

이제 실낱같은 희망에 기댈 수밖에 없다. 모든 것이 허사가 되더라도, 참여한 사람들이 성공을 믿지 않더라도———— 그만큼 식물은 모래의 나라 주민들이 동경하는 것이었다.

수십 킬로미터 떨어져 있는 수도는 회담이 진행되는 것으로 인해 떠들썩한 모습이었지만, 남자들과는 아무런 상관도 없다.

오늘도 지친 몸에 채찍질을 하며 작열의 대지와 싸운다. 그 남자가 찾아온 건 바로 그때였다.

팔이 드러나 있고 무늬가 화려한 셔츠를 입은 남자였다. 피부는 하얀색. 그것은 사막의 남자가 아니라는 증거였다. 무기 같은 건 딱히 가지고 있지 않았고, 가혹한 사막을 돌아다니는 장비를 갖추고 있는 것 같지도 않았다. 그 기척은 헌터는 물론이고 날마다 마나 머티리얼을 흡수하고 있는 마을 사람들과 비교해도 매우 희미해서 이곳과는 전혀 어울리지 않았다.

애초에 식목 작업을 위해 만들어졌기에 여행자가 거의 오지 않는 한적한 마을인 것이다.

하지만 어린아이와 미녀를 데리고 온 그 남자는 리더에게 안내를 받고 와서는 레벨8 헌터라고 자기소개를 한 다음, 왠지 모든 것을 포기한 것처럼 달관한 미소를 지으며 말했다.

"작은 '사당'을 준비해라. 신을 빌려주지. 분명히 이 땅을 풍요롭게 만들어 줄 거다."

바보 같은 소리였다. 하지만 남자가 제시한 트레저 헌터 증명서는 진짜였다.

레벨8이라는 칭호에는 무게가 있다. 트라이잔트에 존재하는 최강의 헌터의 인정 레벨이 8이다. 눈앞에 있는 남자는 그렇게까지 강한 것 같지 않았지만, 그 칭호는 무시하기에 너무나도 위대했다.

깜짝 놀란 마을 사람들에게 그 헌터――― 크라이 안드리히가 말했다.

"하루에 한 번, 유부를 하나 바쳐라. 그러면 분명히 도와줄 것이다."

"……세 개."

옆에 있던 여우 가면을 쓴 어린아이가 옷소매를 잡아당기며 말했다. 크라이는 곧바로 다시 말했다.

"…………세 개 바쳐라. 아, 그리고…… 하는 김에 이걸 묻어주었으면 좋겠군. 땅속 깊이, 확실하게. 알겠지?"

"아, 크라이 씨…… 그럴 수가, 너무 아까운데."

핑크 블론드 머리카락 여자가 눈을 크게 뜨고는 살짝 비명을 질렀다.

그 영웅이 내민 상자에는 왠지 신비로운 하얀 꼬리가 들어 있었다.

나는 뭔가 해낸 듯한 기분으로 하늘을 올려다보았다. 푸른 하늘이, 찬란하게 내리쬐는 햇빛이——— 쾌적하다.

"전부 해결했다…….."

여동생 여우는 그 힘을 필요로 하는 사람들에게 유부를 제공하는 의무까지 합쳐서 떠넘겼고, 꼬리까지 처분했다. 땅속 깊이 묻어달라고 했으니 분명히 언젠가는 흙으로 돌아갈 것이다. 덤으로 스마트폰까지 손에 넣어버렸다.

오늘 나는 지금까지보다 더 머리가 잘 돌아간다.

"크라이 씨의 생각은 가끔 따라가지 못할 때가 있어요. 꼬리, 너무 아깝네요…….."

여동생 여우는 그냥 졸개지만, 왜소한 인간이 보기에는 신과 같은 힘을 지니고 있다는 건 마찬가지다. 그녀의 힘은 잘 모르겠지만, 비를 내리게 하는 것 정도는 가능하겠지. 만약에 불가능하다 하더라도 분명히 이 가혹한 환경에서는 믿음직스러운 호위가될 것이다. 그녀는 팬텀치고는 말이 정말 잘 통하니까.

아, 좋은 일을 하니 기분이 좋네.

"떠넘긴 것에 대한 사과까지는 아니더라도, 비행선에서 빼낸 짐도 보내주자."

사막에서 식목 작업을 진행하는 건 매우 힘들다고 들었다. 그곳에 있던 마을 사람들도 다들 빼빼 마른 상태였다. 짐은 거의 보존 식량이지만, 없는 것보다는 나을 것이다. 유부도 조금 남아있을지도 모르겠다.

아직 아쉬워하고 있던 시트리가 신기하게도 볼을 부풀린 채 말했다.

"분부하신 대로 할게요."

"그 꼬리는 실험하기에 너무 위험해."

"……그런 걸 마을 사람에게 주신 건가요?"

"그거랑 이건 다른 이야기지."

준 게 아니다. 버린 것이다. 물건도, 책임도, 구멍에 파묻고 폐기했다. 어떻게 해볼 수 없는 건 땅속 깊이 버리는 게 제일이다. 나중에 변명을 생각해 두면 완벽할 것이다.

그때 받은 지 얼마 안 된 스마트폰에서 띠리링, 소리가 났다. 급하게 꺼내서 화면을 터치했다.

연락한 건 형씨 여우였다. 멋대로 번호가 등록되어 있네…… 대체 뭐지?

약간 불안해하며 버튼을 누르자 화면이 눈부시게 빛나기 시작했다.

밤. 방에서 대기하고 있자니 오랜만에 프란츠 씨가 불러냈다.

이제 불러내는 것도 익숙해져 버렸다. 그리고 반대로 프란츠 씨도 퍼펙트 베케이션을 입은 내게 익숙해진 것 같다.

"잘 와줬다, 《천변만화》. ······나가 있거라."

프란츠 씨를 제외한 근위기사들이 지시에 따라 방에서 나갔다. 평소처럼 남은 사람은 프란츠 씨와 폐하, 그 뒤에 얌전히 있는 황녀 전하뿐이었다.

나를 불러낸 이유는 얼마든지 짐작이 갔지만, 프란츠 씨는 화가 나지 않은 것 같았다.

보아하니 여동생 여우 같은 것들은 아직 들키지 않은 모양이다.

"회답까지 시간이 얼마 남지 않았다. 우선 지금까지 호위하느라 정말 고생이 많았다. 불러낸 건 이번 호위에 대해, 그리고 향후에 대해 이야기를 나누기 위해서다."

그렇구나, 향후 말이지. 그러고 보니 크류스도 걱정하던데.

프란츠 씨가 굳은 표정으로 이야기를 이어나갔다.

"네놈은 폐하의 호위 멤버로 악명을 떨치고 있는 '아홉꼬리 그림자여우'의 멤버를 끌어들였고, 결과적으로 제국이 자랑하는 비행선인 '검은 별'을 추락시켰다. 제국의 법에 따르면 극형에 해당된다. 어떠한 이유가 있다 하더라도 폐하를 미끼로 삼는 것은 용납될 수 있는 행위가 아니며 보물전으로 유도하는 것은 완전히 전대미문이다."

귀족이란 보통 거만하고 서민을 고려하지 않는다. 제국법은 엄격하지만, 그럼에도 불구하고 귀족의 횡포 때문에 서민이 피해를 입었다는 이야기를 자주 듣곤 한다. 하지만 프란츠 씨가 방금 한

선고는 이치에 맞는 말이었다.

"…………그렇구나."

하지만 내가 한 가지 말할 게 있다면, 나는 폐하를 미끼로 삼거나 보물전으로 유도하지 않았다. 믿어주진 않겠지만, 내게 죄가 있다면 무능하다는 것뿐이다.

"잠깐, 입니다! 약한 인간이 좀 지나치긴 했지만, 결과적으로 목적지에는 무사히 도착했다, 입니다. 여우 멤버들을 끌어들인 것도 꾀어내기 위해서 그랬던 것이니 그 사실을 고려하면 정상참작의 여지가———."

"아니…… 그냥 눈치채지 못했을 뿐인데."

"?! 뭐어?!"

크류스가 엉뚱한 목소리를 냈다. 무능해서 미안해. 그래도 그 유명한 《마장》 멤버 중에 테러리스트가 있을 거라는 생각은 보통 안하잖아. 그리고 케챠챠카도 매우 수상쩍었다. 그렇게 수상쩍은 남자가 진짜 악당이라고 누가 예상했을까. 게다가 내가 선택한 멤버를 그대로 받아들인 프란츠 씨 쪽에도 문제가 있는 것 아닌가?

겉으로 드러내지 않고 마음속으로 책임을 전가하고 있던 내게 폐하가 물었다.

"흐음, 크라이 안드리히. 네놈은 이번에 가장 큰 문제가 뭐였다고 생각하나?"

폐하의 눈빛은 매우 진지했다. 문제는 여러 가지가 있었을 것이다. 하지만 함부로 말할 수는 없다.

한동안 고민했지만, 무슨 말을 해도 혼날 것 같았다. 어쩔 수 없이 한숨을 쉬며 말했다.

"문제는 이것저것 있었지만, 가장 큰 건——— 운이 매우 안 좋았던 거겠죠."

"?! 뭐어?! 약한 인간, 너, 무슨 소리를———."

아니, 그래도…… 응? 틀린 말은 아니야. 문제점에 대해 물어보았을 때 할 답변으로는 별로겠지만.

완전히 될대로 되라는 식으로 대답하자 폐하가 눈살을 찌푸렸다. 그는 잠시 침묵하고 있다가 고개를 크게 끄덕였다.

"…………운이 매우 안 좋았던 거라면 어쩔 수 없겠지."

"……분부를 받들겠습니다."

"?! ??? 어?!"

프란츠 씨가 딱딱한 목소리로 대답했다. 크류스가 눈을 동그랗게 뜨고 맥빠지는 목소리를 냈다.

나도 뜻밖이었다. 폐하는 그렇다 치더라도 프란츠 씨가 받아들이다니, 그의 성격을 고려하면 있을 수 없는 일이다.

하지만 프란츠 씨는 시원스럽게 말했다.

"폐하께서는 네놈이 지금까지 저지른 실수를 온정으로 용서하겠다고 말씀하신 것이다. 이것은 원래는 있을 수 없는 조치다."

"그야…… 있을 수 없긴 하겠죠."

"닥치고 들어라."

기분 나쁜 예감이 든다. 있을 수 없다. 있을 수 없는 일이다. 이번 호위 의뢰 때 생긴 일은 아무리 과실이라 해도, 전부 원만하게 끝났다고 해도(원만하게 끝나진 않았지만), 처벌 없이 넘어갈 만한 일이 아니다.

　나도 어느 정도 처벌을 각오하고 있었다. 그럴싸한 이야기에는 숨겨진 게 있는 법이다. 공짜보다 비싼 것은 없다.

　"회담의 경비는 철벽이다. 만약에 《지수》가 습격하더라도 문제는 없다. 하나 우리는 손님이다. 참견할 수는 없지. 알겠나? 크라이 안드리히."

　"음⋯⋯⋯⋯⋯⋯⋯. 아, 맞다. 이제 습격당할 걱정은 안 해도 돼."

　고민이 되긴 했지만, 방법이 없다. 나는 어쩔 수 없이 형씨 여우가 메일의 첨부 기능으로 보낸 보구 두 개를 테이블 위에 올려놓았다. 하나는 칠흑의 보옥, 다른 하나는 테름이 끼고 있던 팔찌였다.

　프란츠 씨의 표정이 얼어붙었다. 아무런 이야기도 듣지 못했던 크류스가 멍한 표정을 짓고 있었다.

　"케챠챠카와 테름이 가지고 있던 보구야. 이게 없으면 그들의 전력은 반감되겠지."

　"어, 어어어어? 네놈, 어, 어디서, 어떻게── 아니, 어느새???!"

　프란츠 씨가 엄청나게 혼란스러워하고 있다. 하지만 팬텀에게 받았다는 진실은 말할 수가 없다.

　자세한 건 잘 모르겠지만, 그들은 지혜 대결을 해서 지면 대가를 치러야만 하는 모양이다.

　"기업 비밀이야. 팔찌는 루시아에게 줄 거지만, 보옥은 넘길 수도 있어. 용을 부르는 보구 같으니까───."

　"뭐, 라고?!"

그렇게 위험한 물건은 필요 없거든. 크류스가 충격을 받은 듯한 표정으로 나를 보고 있어서 죄책감이 엄청나다. 하지만 말할수는 없었다고. 폐하도 굳은 표정을 지으며 침묵하고 있다.

잠시 후, 폐하가 마음을 굳게 먹은 듯이 묵직한 목소리로 말했다.

"《천변만화》, 네놈의 실력을 보아 뮤리나의 호위 겸, 지도를 의뢰하고 싶다."

"⋯⋯⋯⋯⋯네?"

무슨 말을 하는 건지 이해가 잘 안 된다. 이야기가 안 이어지는것 같은데?

뮤리나 황녀 전하를 바라보자 그녀는 재빨리 폐하 뒤로 숨었다.

호위라면 근위대가 있다. 실제로 프란츠 씨는 《지수》의 마수로부터 황녀를 지키고 있다.

애초에 방금 프란츠 씨가 회장이 철벽의 수비니까 참견하지 말라고 한 직후잖아. 황녀 전하는 회장까지 가는 거 아니야? 라드릭 황제 폐하의 정보는 정치에 둔한 내게도 이것저것 정보가 들어오지만, 뮤리나 황녀에 대해서는 아무것도 모른다. 공적도 없고 미모가 널리 알려진 것도 아니라서 이런 말을 하면 불경죄가될지도 모르겠지만, 존재감이 너무 없다. 얼마 전까지는 이름도몰랐을 정도다.

⋯⋯⋯⋯아니, 잠깐만? 문득 의문이 머릿속을 스쳤을 때크류스가 이야기를 꺼냈다.

"그러고 보니 애초에 어째서 황녀 전하를 데리고 온 거냐, 입니다? 황성이 더 안전할 텐데, 입니다."

맞아, 그거라고. 딱히 뮤리나 황녀 전하는 정치가가 아니잖아? 차대 황제 후보도 아니었을 테니 데리고 올 필요가 없다.

크류스가 한 말을 듣고 프란츠 씨의 표정이 완전히 바뀌었다. 화가 난 게 아니다. 어두워진 것이다.

항상 엄하던 폐하의 표정에도 한순간 머뭇거리는 기색이 스쳐갔다. 마치 폭발 직전인 폭탄을 보고 있는 것 같은 기분이었다.

그리고 폐하가 마치 국가 기밀이라도 속삭이는 듯한 말투로 말했다.

"《천변만화》. 이건 비밀이다만…… 사실 뮤리나는——— 운이 매우 안 좋다."

Interlude　　　　무제제

전 세계에 존재하는 보물전과 팬텀, 트레저 헌터.

지맥에서 솟구치는 마나 머티리얼로 인해 누구나 영웅이 될 수 있는 시대.

그것은 같은 종족이라 해도 재능에 따라 격차가 발생한다는 뜻을 품고 있었다.

마나 머티리얼의 흡수 효율은 재능치라고도 불린다. 이 세계에서는 마나 머티리얼을 거의 받아들이지 못하는 평범한 헌터 천 명보다 뛰어난 재능치를 지닌 천재 헌터 한 명이 훨씬 강하다.

진실인지 거짓인지, 예전 세계에는 마나 머티리얼이 거의 없는 시기가 있었다고 한다. 그 시대의 생물은 종족에 따라 어느 정도 힘의 상한치가 정해져 있었고, 같은 종족끼리는 힘의 차이가 그리 크지 않았다고 한다.

하지만 지금 시대는 다르다. 마나 머티리얼을 대량으로 흡수한 자는 강하고, 우수하기에 우대받는다. 그리고 얼마나 강해질 수 있는지를 결정짓는 것은 노력뿐만이 아니다. 그렇기 때문에 상류 계급인 사람들은 대대로 재능치가 높은 자의 피를 받아들여 보다 강한 자손을 남기려 해왔다. 현재 만연하고 있는 재능지상주의는 분명히 우리 같은 서민보다 상류 계급 사람들에게 더욱 무겁게 다가올 것이다.

"어⋯⋯⋯? 어, 어째서 그런 흐름이 된 거죠?"

선물로 준 팔찌를 바라보며 신기하게도 이야기를 건성으로 듣고 있던 루시아가 눈을 크게 떴다.

모르겠다―― 정신을 차리고 보니 나는 황녀 전하의 호위와 지도 의뢰를 맡게 되었다.

어디까지가 진실인 건지 모르겠지만, 폐하에게 이야기를 들어보니 아무래도 뮤리나 황녀는 운이 매우 안 좋은 모양이다. 게다가 기가 약해서 튀는 불똥도 제대로 털어내지 못한다고 한다. 그런 상황을 어떻게든 해줬으면 한다는 게 황제 폐하의 말이었다.

하지만 뭐라고 해야 하나, 그는 정말 보는 눈이 없다. 용케 황제 자리에 있는 것 같다. 지금까지 운이 안 좋은 것이나 재능이 없는 것으로 따지면 나, 크라이 안드리히보다 더한 사람이 없었다. 내게 부탁하는 건 정말 잘못된 선택이다.

"⋯⋯오빠가 가르쳐줄 만한 건 없을 텐데요. 차라리 저희가 더 낫겠어요."

"그래도 황제 폐하의 요구를 거절할 수는 없지. 그리고 빚을 만들어두는 것도 나쁘진 않아."

하지만 내가 약하더라도 《비탄의 망령》은 최강이다. 연줄도 있다. 호위나 지도를 맡아줄 사람을 소개해주는 것도 문제가 없다.

"무엇보다―― 정말 좋은 걸 받았거든. 뭔줄 알아? 그 무제제 티켓이야."

'무제제(武帝祭)'란 세계에서 손꼽히는 무투대회다. 그 이름대로 각지에서 유명한 전사가 모여 세계 최강의 자리——— 무제의 자리를 놓고 싸운다. 아마 뮤리나 황녀에게 강자를 보여 주고 가르치라는 의도일 것이다.

완전히 마침가락이다. 루크와 다른 파티원들도 흥미를 보였고, 나도 한 번 정도는 관전해보고 싶다는 생각이 있었기 때문이다. 좀처럼 얻기 힘든데 티켓을 주다니, 역시 황제다.

매우 신이 난 나를 루시아는 왠지 모르겠지만 수상쩍은 것을 보는 듯한 눈초리로 보고 있었다.

———세계 최강의 싸움이 지금, 시작된다.

외전   불운과 행운

예상과는 다른 형태이긴 했지만, 염원하던 트레저 헌터가 된지 한 달.

제도를 돌아다니다 보니 갑자기 목소리가 들렸다.

"오오, 이럴 수가………… 이러한 운명을 지닌 자가 이 세계에 있다니!!"

왠지 절박한 목소리라 나도 모르게 멈춰 서서 목소리가 들린 쪽을 보았다.

보라색 후드를 뒤집어쓴 수상쩍은 노파였다. 도로 가장자리에 탁자를 설치해두고는 그 위에 수정구슬을 올려놓고 있다.

주름이 깊게 파인 얼굴. 부릅뜬 눈은 이쪽을 똑바로 바라보고 있었다.

점쟁이인가? 평소였다면 재빨리 지나쳤겠지만, 왠지 매우 신경 쓰였다.

호위 대신 데리고 온 루시아가 점쟁이를 수상쩍은 것이라도 보는 듯한 눈초리로 바라보았다. 미래와 길흉을 내다보는 점쟁이는 마도사와는 다른 스킬이 필요한 모양이고, 보통 사이가 안 좋다.

나는 살짝 어깨를 으쓱이고는 점쟁이에게 다가갔다.

"?! 어? 가시려고요?"

"뭐, 이야기 정도는 들어보자고."

딱히 점을 믿는 건 아니지만, 요즘은 몸 상태가 좀 안 좋은 것 같기도 하고, 파티의 앞날을 에 대해 점을 쳐달라고 하는 것도 나쁘지 않을 것 같다.

그렇게 마음 편히 다가가자 점쟁이 할멈은 튀어나올 것 같을 정도로 눈을 크게 떴다.

이러한 운명이라니, 대체 뭘까? 그냥 선전 문구일지도 모르겠지만, 혹시나 영웅이 되는 것처럼 엄청난 미래가 기다리고 있는 건가?

약간 설레던 내게 할멈이 말했다.

"오오오오‥‥‥‥‥ 이럴 수가‥‥‥‥ 이럴 수가 있나. 점쟁이의 긍지를 생각하면 해서는 안 되는 말일지도 모르겠다만—— 그대‥‥‥‥‥ 조만간—— 죽는다."

"‥‥‥‥‥."

"뭐, 뭐어?! 갑자기 무슨——."

루시아가 눈을 크게 뜨고는 굳어버린 내 대신 다그쳤다. 하지만 점쟁이의 표정은 변하지 않았다.

그 목소리에는 매우 박력이 있어서 도저히 사기꾼 같지는 않았다.

"오오, 이렇게‥‥‥‥ 이렇게 가엾을 수가‥‥‥‥ 틀림없다. 이런 상을 본 것은—— 점쟁이 일을 시작한 지 50년, 적중률 9할 9푼, '신의 눈'이라 불린 나도 처음이로구나. 그 '공주'조차 발치에도 못 미친다. 신은 어째서 이렇게 심한 짓을—— 하지만 모르고 살아가는 것은 더한 불행이다. 그대는—— 헌터로구나?"

"아, 응‥‥‥‥ 얼마 전에 되긴 했는데——."

"그대에게 헌터는 역천(逆天)직이다."

역천직이라니, 처음 듣는 단어라고…… 너무 불길하다.

"그대의 운명은 원래부터 좋지 않았다만, 헌터가 됨으로써 더할 나위 없이 악화되었다. 그것은 지옥으로 이어지는 길이다. 그대가 가는 곳마다 불운에 불운이 이어지고, 불운의 바겐세일——."

신의 눈이라고 불릴 정도로 실력이 대단한 점쟁이가 불운의 바겐세일이라는 말을 하나?

단숨에 풀 죽은 내게 점쟁이가 계속 말했다.

"어째서 재능도 없으면서 헌터 같은 게 되어버린 건가! 너무나도 어리석군. 암흑에 가라앉은 운명. 지금까지 살아남은 것이 기적이나 마찬가지. 불운이 모여들어 생겨난 것 같은 이 세계에서 가장 운이 없는 남자."

말이 너무 심하네. 하지만 재능이 없다는 건 맞다.

나도 그만두려 했다고. 루크와 다른 일행들의 기세에 휩쓸려서 아직 은퇴하지는 못했지만.

"아무리 그래도 너무 실례잖아요! 오빠에게 무슨 원한이라도 있는 건가요?!"

루시아가 점쟁이를 노려보았다. 헌터가 된 지 얼마 안 되었지만, 그녀의 눈빛은 이미 오빠를 위축시킬 정도로 박력이 있었다. 하지만 이 점쟁이에게는 통하지 않는 것 같다.

"잘 듣거라. 나도 이런 말을 하고 싶진 않다. 복채도 받을 생각이 없다. 하나 이건 미래를 보는 자의 선의로 하는 말이다만—— 그대는 헌터를 그만두어야 한다. 그렇지 않으면 멀지 않아 비참한 죽음을 맞이할 것이다."

……어라? 혹시 이 점을 통해서 헌터를 그만둘 수 있을까?

자비심조차 느껴지는 목소리를 듣고 루시아가 깜짝 놀랐다. 그리고 점쟁이는 더듬더듬 말하기 시작했다.

"그대에게는 지금부터 온갖 불운이 쏟아져 내릴 것이다. 그야말로 언덕에서 굴러떨어지는 듯이———."

"……구체적으로는 무슨 일이 생기는데?"

온갖 불운이라니, 말이 너무 지나치다. 그야 내가 실력이 별로 좋지도 않고 운도 좋은 편은 아니지만, 지금까지 당당하게 살아왔다. 그런데 비참하게 죽는다니, 너무하잖아.

내가 그렇게 묻자 점쟁이는 더할 나위 없이 심각한 표정으로 말했다.

"헌팅을 하러 나서면 폭풍에 휘말리고, 번개는 그대를 향해 떨어지고, 산책을 하면 도적에게 습격당하고, 반대로 도적으로 착각당하는 경우도 있을 것이다. 보물전에 가면 그대가 도저히 당해낼 수 없을 정도로 강력한 팬텀에게 습격당하게 된다."

"?!"

"제비를 뽑으면 결코 당첨이 나오지 않고, 헌팅에 관련된 모든 스승으로부터 버림받고, 막대한 빚을 떠안게 되며, 벗은 악한 일에 손을 대게 된다. 게다가 재능이 없는 그대는 그런 시련들을 뛰어넘을 수도 없다. 절대로. 오오오, 그대가 할 수 있는 것은 그저 앉아서 죽기만을 기다리는 것뿐이다."

"…………그래서, 그것 말고는?"

운명이 너무나도 위험해서 나도 모르게 물었다. 점쟁이가 보통 이런 말을 하나?

오히려 재미있어지기 시작하네.

"그대가 세운 예상, 추측은 전부 빗나가고, 그 때문에 큰 사건을 종종 일으키게 된다. 사막에 가면 조난당하고, 숲에 들어가면 조난당하고, 바다로 나가도 조난당한다. 걸어가면 보물전이 생겨나거나 마주치게 된다. 빈번하게 마물이나 팬텀 무리에게 습격당하는 데다 범죄 조직도 그대를 노릴 것이다. 인간뿐만이 아니라 다른 존재들에게도 심하게 매도당하며 도망칠 수도 없다. ⋯⋯⋯어라? 여난의 상까지 있구나? 그대, 혹시─ 역병신인가?"

루시아가 왠지 모르겠지만 나를 째려보았다. 너무 심하네. 여난이라니⋯⋯ 내가 친하게 지내는 여자애는 여동생을 제외하면 리즈하고 시트리 정도밖에 없는데.

"일부러 싸우러 나서지 않아도 소용없다. 그대는 근처에서 일어난 모든 싸움에 휘말리게 된다. 사사건건 독이나 약을 탄 음식이 나오고, 상급자들은 눈엣가시로 여길 것이다. 무언가 행동하는 타이밍은 최악이다. 리더로서도, 멤버로서도, 하는 일이 전부 문제만 일으키게 된다. 그 모습은 그야말로 뒷면밖에 없는 동전─."

"자, 잠깐만 기다려! 스톱, 스톱."

너무나도 심하다. 좋은 구석이 하나도 없다. 마치 이 세상의 불운을 응축시킨 것 같─ 아, 처음에 그렇다고 했지.

아무튼 내게는 재능이 없고 의욕도 없지만, 그런 말까지 들을 이유는 없다.

"운이 없다는 건 알겠는데, 그 상황을 어떻게 할 방법은 없어? 럭키 아이템이라든가."

점쟁이란 보통 비참한 미래를 피할 수 있는 수단도 동시에 가르쳐주는 법이다.

하지만 내 질문을 들은 점쟁이는 딱 잘라 말했다.

"없다. 그대의 불운은 이미 운명―― 럭키 아이템 따위로 어떻게 해볼 범주가 아니다. 하나 지금 당장 헌터를 그만둔다면 조금이나마 제대로 죽을 수 있을 것이다."

어어어⋯⋯? 이렇게 무책임한 점쟁이가 어디 있어? 일방적으로 내 불운만 말해주다니, 생산성이 전혀 없잖아.

게다가 헌터를 그만두더라도 조금이나마 제대로 죽는다니――.

⋯⋯⋯⋯아니, 이 사람, 사기꾼이네.

그렇게 지독한 운명이라면 첫 번째 헌팅 때 죽었어도 이상할 게 없다. 이래 봬도 헌터가 된 지 벌써 한 달은 지났다.

험한 꼴을 당하긴 했다. 예상치 못한 상황도 생겼다. 폭풍도 마주쳤다. 하지만 실제로 그런 것들을 전부 넘어섰다. 애초에 헌터가 편한 직업이라고 생각하진 않았다.

"⋯⋯그래도 나는 이렇게 멀쩡하게 살아있어. 헌터가 된 이후로 한 번도 상처를 입지도 않았고."

내가 한 말에 점쟁이는 정말 의아하다는 듯이 눈살을 찌푸렸다.

"그게 신기하구나. 이렇게까지 운이 없는 운명을 짊어지고 있으니 그대가 이미 100번은 죽었더라도 이상할 게 없는데――."

"그러니까 운명 같은 건 아무도 모른다는 뜻이군요! 오빠, 이런 삼류 사기꾼은 내버려 두고 그냥 가요.”

“으음…………."

루시아가 실례되는 말을 하며 내 팔을 붙잡았다. 점쟁이는 살짝 끙끙대며 빛나는 눈으로 나를 올려다보고는 고개를 갸웃거렸다. 보아하니 정말 신기한 모양이다.

하지만 모처럼 말을 걸어주었다. 이번에는 눈썰미가 빗나갔지만 점쟁이 일을 오래 했다는 건 사실일 것이다. 굳이 적대시할 필요는 없다.

그때, 나는 일부러 밝은 목소리로 물어보았다.

“그런데 안 좋은 거 말고——— 뭔가 장점 같은 거 없어? 특기라든가."

“으음?”

안 좋은 말만 계속 들었지만, 사람에게는 하나 정도는 장점이 있을 것이다. 나는 운동을 잘 못하고, 공부도 그렇게 잘하는 편이 아니다. 용기도 그렇게 강하지 않고, 유일하게 자랑할 수 있는 건 글씨를 예쁘게 쓸 수 있다는 것 정도인가?

하지만 이 점쟁이가 진짜로 일류라면 내가 모르는 장점을 찾아내는 것 정도는 간단히 해낼 수 있을 것이다.

점쟁이 할멈은 한동안 눈을 가늘게 뜨고 있다가 내가 조용히 기다리고 있자 눈살을 찌푸리며 말했다.

“그대——— 사람 복이 정말 좋구나."

"············네?"

한순간 무슨 말을 들은 건지 이해하지 못했다.

사람 복이 좋다니, 그건 장점이 아니잖아? 아니, 운이나 마찬가지잖아. 그야 안 좋은 것보다는 좋은 게 낫긴 하겠고, 그 점에 있어서는 멋진 소꿉친구들이 있으니 자각도 하고 있었지만———.

할멈이 마치 열이 오른 듯한 표정으로 계속 말했다.

"어마어마한 복이다. 그대는 많은 적을 얻은 것과 동시에 많은 벗들을 얻게 될 것이다. 하나 좀 전에 본 운명을 감안하면———그 벗은———아니, 적 또한———그대의 불운에 휘말려 험한 꼴을 당하게 될 것이다. 그대의 운명은 혼자서 끝날 만한 것이 아니다. 이것 참, 정말로 기괴한 운명이로군."

············종합적으로 정리하자면, 나는 역병신이구나.

"아니, 그뿐만이 아니다. 그대———연애복도 대단하구나. 별다른 이유도 없이 엄청나게 인기를 끌게 된다. 남녀노소, 다른 종족에 이르기까지 여러 이성, 동성에게 호감을 사게 된다. 여난의 상도 있으니 다가오는 그 자들도 틀림없이 그대의 불운에 휘말리게 된다만———오래 살 수만 있다면 아이를 100명은 낳을 수 있을 것이다. 애초에 그럴 생각은 없는 것 같다만…… 대체 어떤 별 아래에 태어나야 그런 상이———."

동성이나 다른 종족까지 합친 게 과연 연애복이라 할 수 있을까?

아니, 그쪽 방면으로는 전혀 짐작 가는 게 없다. 이 사람은 분명히 적당한 말을 늘어놓고 있는 것 같다.

그러고 보니 누구에게나 들어맞을 듯한 말을 늘어놓으면서 휘두르는 게 삼류 점쟁이의 상투 수단이라고 했지.

"오빠, 얼른 가요! 더 이상 이야기를 들을 필요도 없어요!"

루시아가 불쾌한 표정으로 내 손을 세게 잡아당겼다. 노파는 마지막으로 루시아를 보며 말했다.

"그대도 험한 꼴을 당할 것 같구나. 가엾게도……."

역시 나는 역병신이구나.

비탄의 망령은 _____ 은퇴하고 싶다

작가 후기

이 졸작을 구입해 주셔서 정말 감사합니다!

벌써 6권, 무사히 보내드리게 되어 안심하고 있습니다. 츠키카게입니다.

저번 권에서 멤버가 대충 모인 《비탄의 망령》. 멤버가 모여서 드디어 이제부터 본격적으로 시작하게 되었고, 이번 권은 그런 소꿉친구들과 플라잉 카펫, 유쾌한 NEW 어둠 전골 파티를 보내드렸습니다!

내용을 말씀드리자면 융단, 사막, 비행선, 여우. 저번 권도 코미디 분위기가 꽤 강했는데, 자세한 내용은 생략하겠습니다만, 이번에도 새로운 캐릭터, 기존 캐릭터들이 뒤섞여 꽤나 터무니없는 짓을 저질렀습니다.

여담이지만 이번 권에 나오는 여우와 융단은 예전부터 계속 내보내고 싶다고 생각하던 요소였습니다.

《비탄의 망령》의 세계에서 보물전은 과거의 '정보'가 마나 머티리얼이라 불리는 힘에 의해 세계에 구현된 것입니다. 그 정보 중에는 실제로 있었지만 사라진 문명 등, 과거의 기억 말고도 민화나 동화, 괴담, 신화 같은 것들도 포함되어 있습니다. 이번 권 마지막 부분에서 크라이가 어떤 아이템을 손에 넣었는데, 이번 권은 그렇게 세계관을 드러낸다는 의미에서도 본격적인 시작일지도 모르겠습니다. 일러스트레이터이신 치코 님, 정말 힘드실 것 같네요…….

그리고 이번 권에서는 **다른 작품과의 콜라보**를 하거나, **특장판 (아크릴 열쇠고리 + SS!)**을 내거나, **점포 특전집 Vol.2**를 내거나, 정말 여러 가지 기획을 진행했습니다! 그밖에도 이 라이트노벨이 대단해! 2021 단행본, 노벨즈 부분에서 7위라는 영광을 주시고, 많은 분들께서 응원해 주셔서 작가로서 예상치 못한 기쁨을 누렸습니다! 앞으로도 잘 부탁드립니다!

그리고 코미컬라이즈판도 이 서적판과 같은 시기에 4권이 출판될 예정입니다. 귀여운 리즈, 불쌍한 티노, 느긋한 크라이가 가득 담겨 있으니 그쪽도 잘 부탁 드립니다!

자, 마지막은 항상 하던 감사의 말씀으로 마무리하도록 하겠습니다.

이번에도 멋진 일러스트를 그려주신 치코 님. 정말 감사합니다. 이 융단의 약동감…… 보아하니 융단 마스터?! 앞으로도 부디 잘 부탁드립니다.

담당 편집자이신 카와구치 님. 그리고 GC 노벨즈 편집부 여러분과 관계자 여러분. 이번에도 정말 신세를 많이 졌습니다. 항상 페이지 숫자가 많아서 죄송합니다. 다음 권도…… 이미 지금 단계에서 다 들어가지 못할 정도입니다. 사전 정도 두께가 될지도 모르겠네요(거짓말). 잘 부탁드립니다!

그리고 누구보다 지금까지 함께 해주신 여러분께 깊은 감사의 말씀을 드립니다. 앞으로도 즐기실 수 있게끔 온 힘을 다할 테니 계속 이어서 코믹스, 원작 모두 응원 부탁드립니다!

2021년 1월 츠키카게

비탄의 망령은 ——————— 은퇴하고 싶다

*이미지화
米イメージ画

嘆きの亡霊は引退したい
6巻発売!!!
おめでとうございます!!!
埃野らい

비탄의 망령은 은퇴하고 싶다
6권 발매!!!
축하드립니다!!!
헤비노 라이

역자 후기

안녕하세요. 천선필입니다.

이번 『비탄의 망령은 은퇴하고 싶다』 6권, 재미있게 읽으셨는지 모르겠습니다.

이 시리즈의 경우 5권까지 번역을 김정규 님께서 맡고 계셨으나 여러 가지 사정으로 인해 이번 6권부터 제가 맡아서 번역을 진행하게 되었습니다.

다른 분께서 맡고 계시던 작품을 이어받아서 진행하는 경우가 드문 케이스는 아닙니다만, 그 과정에서 표현이 달라지는 이유 등으로 인해 독자분들이 혼란스러워하는 경우가 생기곤 하기에 번역을 함에 있어서 매우 조심스러운 것도 사실입니다.

그나마 김정규 님께서 작업하신 내용 등을 담당 편집자분께서 꼼꼼히 챙겨주신 덕분에 번역 작업에 들어가기 전, 미리 어느 정도 파악하고 준비를 할 수 있었던 것 같습니다. 독자 여러분께서 이 작품을 재미있게 읽으실 수 있게끔, 앞으로도 신경 써서 번역하도록 하겠습니다.

이렇게 다른 분의 작품을 제가 대신 맡게 되는 경우가 간혹 있는데, 이럴 때는 앞서 번역하신 분께서 사용하신 단어, 캐릭터 이름 등을 독자 여러분들께서 읽으시는데 위화감이 들지 않게끔, 그리고 예전 번역자분을 존중하는 차원에서 최대한 그대로 유지하려 합니다만, 잘못 옮겨졌거나 훨씬 더 괜찮은 단어가 있을 거라 생각되는 경우에는 편집부와 논의를 거쳐 변경할 예정입니다. 이번 6권에도 변경한 부분이 몇 군데 있습니다. 보다 나은 작품을 만들기 위한 노력으로 봐주시고 양해해주셨으면 좋겠습니다.

감사의 말씀 드리고 후기를 마치려 합니다.

항상 폐만 끼쳐드리고 있는 담당 편집자분, 그리고 책을 내는데 여러모로 신경 써주신 소미미디어 관계자 여러분, 그리고 아버지, 어머니, 누나, 매형 가족 여러분. 감사합니다.

그 누구보다 감사드리고 싶은 분은 독자 여러분입니다. 매번 후기를 통해 말씀드리고 있긴 하지만 제가 이렇게 번역을 하는 것도, 그리고 마치고 후기를 쓸 수 있는 것도 독자 여러분 덕분이라 생각합니다. 진심으로 감사드립니다.

행복한 하루 보내시길 바랍니다.
감사합니다.

천선필

NAGEKI NO BOUREI HA INTAI SHITAI Vol.6
© 2021 by Tsukikage / Chyko
All rights reserved.
First published in Japan in 2021 by MICRO MAGAZINE, INC.
Korean translation rights reserved by Somy Media, Inc.

비탄의 망령은 은퇴하고 싶다 6

2023년 5월 15일 1판 2쇄 발행

저　　　자 츠키카게
일 러 스 트 치코
옮 긴 이 천선필
발 행 인 유재옥
본 부 장 조병권
담 당 편 집 박치우
편 집 1 팀 김준균 김혜연
편 집 2 팀 박치우 정영길 정지원 조찬희
편 집 3 팀 오준영 이해빈
편 집 4 팀 전태영 박소연
라이츠담당 김정미 맹미영 이윤서
디 지 털 박상섭 김지연
미　　　술 김보라 박민솔
발 행 처 ㈜소미미디어
인쇄제작처 ㈜코리아피앤피
등　　　록 제2015-000008호
주　　　소 서울시 마포구 토정로222, 403호 (신수동, 한국출판콘텐츠센터)
판　　　매 ㈜소미미디어
영　　　업 박종욱
마 케 팅 한민지 최원석 최정연
물　　　류 허석용
전　　　화 (02)567-3388, Fax (02)322-7665

ISBN 979-11-384-0788-5
ISBN 979-11-6507-865-2 (세트)